ハヤカワ・ミステリ文庫
〈HM⑦-19〉

# 黒い瞳のブロンド

ベンジャミン・ブラック
小鷹信光訳



早川書房

*8959*

THE BLACK-EYED BLONDE

*A Philip Marlowe Novel*

by

Benjamin Black



Translated by
Nobumitsu Kodaka
Published 2023 in Japan by
HAYAKAWA PUBLISHING, INC.
This book is published in Japan by
direct arrangement with
JOHN BANVILLE UNLIMITED
and RAYMOND CHANDLER LIMITED
c/o THE WYLIE AGENCY (UK) LTD.

ジョゼフ・アイザックとルビー・エレンに

# 黒い瞳のブロンド

**登場人物**

フィリップ・マーロウ……………私立探偵
クレア・キャヴェンディッシュ……依頼人
リチャード…………………………クレアの夫
ドロシア・ラングリッシュ…………クレアの母
エヴァレット・エドワーズ三世……クレアの異父弟
ニコ・ピーターソン………………クレアのかつての恋人
リン…………………………………ニコの妹
フロイド・ハンソン………………カウィーア・クラブのマネージャー
ウイルバーフォース・
　　　　　キャニング……………カウィーア・クラブのオーナー
マンディー・ロジャース……………女優の卵
ハル・ワイズマン…………………スタジオの保安係
ルー・ヘンドリクス………………マフィアのボス
トラヴィス…………………………〈バーニーズ〉のバーテンダー
ジョー・グリーン…………………市警本部殺人課部長刑事
バーニー・オールズ………………保安官事務所殺人課課長補佐
ハーラン・ポッター………………大富豪
リンダ・ローリング………………ハーランの娘
エドワード・ローリング……………リンダの夫。医師

# 1

地球の回転が止まったのではないかと訝(いぶか)りたくなるような、夏のある火曜日の午後のことだった。デスクの上の電話機は、見つめられているのを察しているような気配を漂わせていた。私のオフィスの埃(ほこり)まみれの窓の下方では、ときたま車が走り過ぎ、我らが清らかな街の良き市民たちが数人、男たちのほとんどは頭に帽子を載せ、あてもなくぶらぶらと舗道を歩いていた。私は、カーウェンガー通りとハリウッド大通りとの角で信号が変わるのを待っている女性を見つめていた。長い脚、肩が盛り上がったクリーム色のスリムなジャケット、ネイヴィー・ブルーの細身(ペンシル)のスカート。帽子もかぶっていた。小鳥が髪の側面に止まって、楽しげにそこに巣をつくってしまったかのように見える、小さな帽子だった。

彼女は左を見、右を見、また左に目をやり、幼い頃はきっといい子だったに違いない、優雅な足取りで自分の影を追いながら、陽に照らされた通りを横断した。

ここまではあまり収入(みいり)のないシーズンだった。ニューヨークから大型旅客機(クリッパー)で飛んで来た男のボディーガードをつとめたのが一週間。男は剃り立ての青い顎をし、金の時計バンドと、小指にボイゼンベリーほどあるルビーを埋め込んだ指輪をはめていた。その男はビジネスマンだと言ったので、私はその言葉を信じることにした。心配事があって汗をいっぱいかいていたが、結局何事も起こらず、私は報酬を支払ってもらった。その後、保安官事務所のバーニー・オールズに、亡夫が遺した宝物のコイン・コレクションを麻薬中毒の息子に盗まれた、小柄で上品な老婦人と連絡するよう言われた。品物の回収に少しばかり荒っぽい真似も必要だったが、どうと言うほどのことではなかった。コレクションの中にはアレグザンダー大王の頭部が刻まれたコインも混っていた。クレオパトラの横顔が彫られているのもあった。例の大きな鼻が際立っているやつだ。昔の連中はなぜ彼女をあれほど崇(あが)め奉ったのだろう。

外のドアが開いたのを報(し)らせるブザーが鳴り、女性が待合室を横切って、私のオフィスのドアの前で一瞬立ち止まる音がした。木のフロアをハイヒールが叩く音がするといつも胸が騒ぐ。私は探偵だから信用出来ますよ、と言わんばかりのとっておきの深味のある声音で中に入るよう声をかけるひまもなく、彼女がノックをせずに入ってきた。

窓から見おろした時の見かけよりも背が高かった。上背があり、ほっそりとしているが肩幅は広く、腰はちんまりと整っている。言い換えれば、私のタイプだった。かぶっている帽子には、鼻の先端まで垂れているヴェールがついていた。斑入りの黒絹製の上品な目庇（まびさし）だ。鼻先も格好が良いが、鼻そのものの形も良かった。貴族的だが、細過ぎも高過ぎもしていない。とにかくクレオパトラの巨大な鼻とは格段の差だった。彼女は、ジャケットに合わせた淡いクリーム色の、肘まで達する手袋を着けていた。素材は、アルプスの険しい岩山で短い生涯を優美に過ごしためずらしい動物の皮革だった。彼女の感じの良い微笑みは、これまでのところ友交的で、唇の端を少し歪めた、人を小馬鹿にするような魅力的な笑い方だった。髪は金髪（ブロンド）、瞳は黒、山中の湖のように黒くて深く、瞼（まぶた）の外側の端が精妙に先細りしていた。黒い瞳をした金髪女というのはそうひんぱんにお目にかかれる取り合わせではない。彼女の脚をじっくり見つめないよう努めた。火曜日午後の担当の神様は、私を少しばかり元気づけてやろうとしてくださったのだ。

「名前はキャヴェンディッシュです」と彼女は言った。

私は椅子をすすめた。彼女が訪ねようとしていたのが私だと分かっていたら、髪にブラシを当て、耳たぶの裏にベーラム（香水）をひと振りしておいただろう。こうなったからには、彼女はあるがままの私を受け入れるしかない。しかし、目に映るものがそれほどお気に召さないようではなかった。私がすすめたデスクの向かい側の椅子に座り、黒い瞳でじっと私を観察しながら、彼女は指を一本ずつ手袋から抜き取った。

「ご用件は何でしょうか、ミス・キャヴェンディッシュ？」と私は尋ねた。

「ミセスです」

「失礼、ミセス・キャヴェンディッシュ」

「ある友人があなたのことを教えてくれました」

「そうでしたか。良い評判だとよいのですが」

私は、依頼人用にデスクの上の箱に入れて置くキャメルをすすめたが、彼女は自分のエナメル革のハンドバッグを開け、銀のケースを取り出し、親指でパチンと開いた。ソブラニー・ブラック・ラシアン——もちろんだ、ほかにどんな煙草がある？　マッチを擦って私がデスク越しに手を伸ばすと、彼女は身を乗り出し、まつ毛を下向きにして頭を垂れ、私の手の甲にほんの一瞬指先を触れた。パール・ピンクのネイル・ポリッシュを感心して眺めたが、感心したことは口にしなかった。彼女は元の位置に座り直し、細身のブルーのスカートの下で脚を組み、相手を値踏みする涼しげな視線をまた私に向けた。どういう男かを決めるのに、じっくりと時間をかけていた。

「人を見つけていただきたいのです」と彼女は言った。

「そうですか。どなたをでしょう？」

「ピーターソンという男です。ニコ・ピーターソン」

「お友だちでしょうか？」

「かつての愛人です」

ショックのあまり私が自分の歯を呑み込むのを期待したのであれば、彼女はさぞやがっかりしたことだろう。

「かつての？」と私は言った。

「そうです。姿を消しました。おかしなことに、別れも告げずに」

「いつのことですか？」

「二カ月前です」

私を訪れるまでになぜそれほど手間取っていたのか。それは尋ねないことにした。とりあえず、いまは控えておいた。透けて見えるヴェールの黒いメッシュの奥にひそむ冷ややかな目に見つめられていると妙な気分になる。隠し窓から覗かれているような感じ。覗かれて値踏みをされているような。

「姿を消したと仰いましたね」と私は言った。「それは、あなたの周辺からという意味でしょうか、あるいは完全にという意味でしょうか？」

「どうやら両方の意味のようです」

先を続けるのを待ったが、二、三センチ深く座り直し、再び微笑みを浮かべただけだった。またしてもあの笑い方だ。ずっと前にマッチで火をつけ、後は燻るままにしておいたもののような笑みだった。赤子の唇みたいに突き出た、愛らしい上唇をしている。赤ん坊にするようなキスではないキスを最近たっぷりとしたかのような、柔かくていくぶん脹れぼったい唇だった。彼女は私がヴェールを気にしているのに気づいたらしい。手を挙げ、ヴェールを顔から持ち上げた。それを外すと目は輝きを増し、あざらしのような黒の艶々とした色合いが、私の喉元に何かがこみあげてくるような感じを催させた。

「では、その人のことを教えてください」と私は言った。「あなたのミスタ・ピーターソンのことを」

「あなたと同じように背は高く、黒っぽい髪。頼りない感じだけどハンサムで、ドン・アメチー（一九〇八～一九九三年。映画俳優）風の滑稽な口髭を生やし、身形もいい。と言うか、良かったわ。わたしが口出し出来た頃は」

彼女は小さなハンドバッグから黒檀の短いホルダーを取り出し、ブラック・ラシアンを差し込んだ。器用な指だ。ほっそりとしていながら強靭さが秘められている。

「彼は何をしている人物ですか？」と私は尋ねた。

瞳を冷たく光らせて、彼女は私に一瞥をくれた。「生計を立てるために、という意味でしょうか？」質問をじっくり反芻していた。「人に会うことです」と彼女は答えた。

今度は私が椅子に背をもたせかけた。「と言うと？」

「言葉通りの意味です。会ったときはいつも、彼は急ぎの用件で出かけようとしていました。〝こいつに会わなきゃならない〟〝どうしても会わなければならないやつがいるんだ〟という具合に」彼女の物真似はなかなかのものだった。ミスタ・ピーターソンの人柄がだいぶ呑み込めてきた。彼が彼女のタイプとは思えなかった。

「忙しい男ということですね」と私は言った。

「忙しい割にはほとんど空振りだったわ。とにかく、人に分かる成果は、と言うか、わたしにも分かる成果はなかった。あなたが尋ねれば、映画スターのエージェントだと言うでしょうね。急いで会わねばならないと言っていた相手は、たいてい撮影所関係の人たちでした」

彼女がひんぱんに時制を変えるのは興味深かった。それでいながら、彼女にとって、そのピーターソンなる男は、ほとんど確定的に過去の存在であるという印象を受けた。だとすれば、なぜ彼女はこの男を見つけ出したがっているのだろうか。

「映画関連の仕事をやっているのですか？」と私は尋ねた。

「関連と言えるかどうか。端っこの方に指をかけている程度じゃないかしら。マンディー・ロジャースの仕事はいくらかうまくいったようだったけれど」

「その名前には心当たりがないのですが」

「スターの卵よ。純情娘とニコは呼んでいたわ。きわ立った才能のないジーン・ハーロウ（一九一一～一九三七年。映画女優）を想像してみてください」

「ジーン・ハーロウには才能があった、と？」

そのジョークに彼女は微笑んだ。「ニコは、自分が飼っているガチョウがすべて白鳥であるという固い信念を持っているの」

私はパイプを取り出し、葉を詰めた。私が喫っている煙草にキャヴェンディッシュ葉が少し混っていることにはたと気づいた。が、この幸運なめぐり合わせに頼るのはやめることにした。つくり笑いと口の端に浮かぶ小さなひきつりに迎えられるのがいいところだろう。

「長いおつき合いなのですか、あなたのミスタ・ピーターソンとは？」と私は尋ねた。

「長くはないわ」

「長くはないと言うと、どれくらい？」

彼女は肩をすくめた。右肩をほんのわずかにだったが。「一年かしら？」答えは疑問形だった。「そう。初めて会ったのは夏だった。たぶん、八月」

「どこでですか？　彼と初めて会ったのは？」

「カウィーア（アメリカ・インディアンの部族名）・クラブ。ご存じかしら？　パリセイズにあるの。ポロ・グラウンド、プール、明るく輝いている人々。あなたみたいな探偵屋（シェイマス）には、自動制御装置つきのゲートの中に片方の足さえ入れさせない場所よ」後半の科白は彼女は実際には口にしなかった。が、私の耳にははっきりと伝わった。

「あなたのご主人は彼をご存じなのですか？　あなたとピーターソンとのことを」

「それは何とも」

「言えないのですか、それとも言いたくないのですか？」

「言えないのです」彼女は膝の上に掛けているクリーム色の手袋にちらりと視線を落とした。「ミスタ・キャヴェンディッシュとわたしは、何と言ったら良いのかしら、ある取り決めをしているのです」

「と言うと？」

「あなたは正直じゃないわ、ミスタ・マーロウ。わたしが言っている取り決めのことはよくご存じのはずです。わたしの夫はポロ競技のポニーもカクテル・ウェイトレスも大好きよ、先にくるのがどちらかは分からないけれど」

「そしてあなたは？」

「わたしが好きなものはいろいろあります。一番は音楽。ミスタ・キャヴェンディッシュは、そのときの気分と酔い方とによって、音楽に二種類の反応を示すの。吐き気を催すか、声をあげて笑い出すか。吐くのも不快だけど、笑い声も醜い」

私は立ち上がり、パイプを手に窓辺に近づき、特に何を見るわけでもなく外に目をやった。通りを挟んだ向かいのオフィスのひとつで、格子縞のブラウスを着た秘書嬢が口述録音機（ディクタフォン）のイアフォンを耳に差し込んでかがみこみ、トントン、トントンとタイプライターを打っていた。彼女なら、通りで二、三度見かけたことがある。素敵な顔に、ひかえめな微笑みが浮かんでいた。母親と二人暮しで、日曜日の昼食にはミート・ローフを作るタイプの娘だ。寂しき我が街。

「最後にミスタ・ピーターソンとお会いになったのはいつですか？」タイプを叩くミス・レミントンを眺めながら、私は訊いた。返事がなかったので、振り向いた。ミセス・キャヴェンディッシュは、もちろん人の背中に話しかける不作法さは持ち合わせていなかった。

「気になさらないでください」と私は言った。「世の中をじっくり眺めるのが好きなので、この窓辺に立つことが多いのです」

私は戻って、また椅子に座った。灰皿にパイプを置き、両手を組み合わせ、片方の拳の中央に顎を載せて、こんなに熱心に耳を傾けることもできますよという様子をして見せた。私の確固とした全き精神集中を示す真摯なポーズを、彼女は受け入れようと決めた。「彼と最後に会ったのは――二カ月前だと申しあげたでしょう」

「どこででしたか？」

「そう、このときもカウィーア・クラブでした。日曜日の午後です。わたしの夫はとりわけ激しいチャッカーに参加していました。それは――」

「ポロ競技のことですね。知っています」

彼女は身体を前方に伸ばし、煙草の灰を私のパイプの火皿のわきにひらひらと落とした。微かな香水の匂いがデスク越しに漂ってきた。シャネルのナンバー5のような香りだ。とは言え私にとっては、どんな香水の匂いもシャネルのナンバー5と同じ匂いがした。とにかくこれまではということだが。

「ミスタ・ピーターソンには逐電の気配がありましたか？」と私は尋ねた。

「逐電？　風変わりな言葉ね」

「あなたが言った、姿を消すよりはひかえめです」

彼女は微笑み、その判断の正当性を認めるかのようにそっけなく肯いた。「普段とあまり変わりはありませんでした」と彼女は言った。「そう言えば、ほんの少し悩み事があるようでした。神経質になっているような——後で思い返すとそんな感じがするというだけかもしれませんが」私は彼女の話し方が気に入った。由緒あるカレッジの蔓に覆われた外壁とか、羊皮紙にきれいな手書き文字で記された信託基金の詳細説明書を思い出させる。

「そんなことをしかけていることを示す明らかな気配は間違いなく見せませんでした」彼女はまた微笑んだ。「逐電などということを」

私はしばらく考え、私が考え事をしていることを彼女に分からせた。「教えてください」と私は言った。「彼がいなくなったことを、いつ気づきましたか？　いつ、間違いないと判断されたのですか、という意味ですが」こんどは私が笑みを見せる番だった。「彼が姿を消したことを」

「何度も電話をかけたのですが、応答がありませんでした。それで自宅を訪ねました。牛乳の配達はキャンセルされておらず、新聞は玄関ポーチに山積みになっていました。そのようななおざりな対応は彼らしくないことでした。ある面ではよく気がまわる人でしたから」

「警察へは行きましたか？」

彼女の目が大きくなった。「警察？」と彼女は言った。そのあと、声をあげて笑うのかと思った。「とんでもない。ニコは、むしろ警察を避けていました。警察に捜させたりして喜ぶはずもないでしょう」

「避けるというのはどんな具合にですか？」と私は訊いた。「隠さねばならないことがあったのですか？」

「どんな人間にもあるのではありませんか、ミスタ・マーロウ？」

彼女はまた、愛くるしい瞼を広げた。

「場合によりけりです」

「どんな場合なら？」

「いろいろな場合です」

こんなやりとりをしていても話が拡がってゆくだけでどこにも辿りつけない。「お伺いしてもよろしいでしょうか、ミセス・キャヴェンディッシュ？」と私は言った。「あなたご自身は、ミスタ・ピーターソンに何が起ったとお考えなのですか？」

彼女はもう一度小さく肩をすくめる仕草をした。「どう考えたら良いのか分かりません。ですから、あなたのところへ参りました」

私は肯き、考え深げな肯き方に見えることを期待しながらパイプを手に取って、吸い残した葉を固く詰めたり、あれやこれやといじくり回した。思慮深く、賢明な人間に見えるようにしたいときは、煙草のパイプが役に立ってくれる。「お尋ねしますが」と私は訊いた。「ここにおいでになるのに、なぜこれほど長く時間がかかったのですか？」

「長かったでしょうか？　彼から連絡が入るのではないかと、ずっと考えていました。ある日電話が鳴って、メキシコかどこかから彼の声が聞こえてくるのではないかと」

「どうしてメキシコなのですか？」

「ではフランスにしましょうか、コート・ダジュールとか、もっと異国情緒のあるどこか、モスクワとか、あるいは上海はどうかしら。ニコは旅行をするのが好きでした。一ヵ所に落ち着いていられない性分をそれでまぎらわせていたのでしょう」かすかな苛立ちを示しながら、彼女はほんの少し身を乗り出した。「この事件の調査を引き受けていただけますか、ミスタ・マーロウ？」

「出来るかぎりやってみます」と私は答えた。「しかし、事件と呼ぶのはいかがなものでしょうか。とにかく、今の段階では」

「あなたの条件はいかほどでしょうか？」

「お定まりのものです」

「お定まりと言われても、わたしには分かりかねます」

彼女に分かるだろうとは、ほんの少しも思っていなかった。「前金として百ドル。調査料は一日二十五ドル。それと調査活動に関わる経費です」

「どれくらい時間がかかるのでしょうか、あなたの調査活動には？」

「これも場合によります」

彼女は一瞬沈黙し、またあの値踏みをするような目つきをしたので、私は少しばかりひるんだ。「わたし自身のことについてはまだ何もお訊きになっていませんね」と彼女は言った。

「遠回りしながら接近を図っていたところです」

「では、少し手間を省いてさしあげましょう。わたしの結婚前の姓はラングリッシュです。ラングリッシュ・フレグランシズ社の名前はお聞きになったことがありますか？」

「もちろんです」と私は答えた。「香水会社でしょう」

「ドロシア・ラングリッシュはわたしの母です。アイルランドからわたしを連れて移民して来たとき、母は未亡人でした。彼女はこのロス・アンジェルスでビジネスを始めました。もしその名前をご存じであれば、彼女がいかに成功をおさめてきたかも知っていらっしゃるでしょう。わたしは母のために——彼女が好む言い方をすれば、母とともに働いてきました。その結果、今のわたしはとても裕福です。わたしのためにニコ・ピーターソンを探していただきたいのです。取るに足らない男ですが、わたしの男なのです。おっしゃる通りの金額をお支払いいたします」

パイプをまたいじくり回そうかと考えたが、二番煎じは見え見えだ。代わりに私は、目から表情を消し、きわめて素直な眼差しを返した。「先刻申し上げましたように、ミセス・キャヴェンディッシュ、前金が百ドル、調査料が一日二十五ドル、それに経費です。お引き受けした場合、どんな事件も分けへだてなく調査するのが私のやり方です」

彼女は微笑み、唇をすぼめた。「まだ事件と呼ぶべきではない、とおっしゃったと思っていましたが」

一本とられたことは認めざるを得ない。私は抽斗(ひきだし)を開け、通常の契約書を取り出し、指の先でテーブル越しに彼女の方へ押しやった。「それを持ち帰ってお読みいただき、契約条項にご同意いただけたら署名をして、私に戻してください。それと、ミスタ・ピーターソンの住所と電話番号を教えてくださいませんか。私にとって役に立ちそうなことがほかにあれば、それも教えてください」

彼女は、受け取るべきか、私の顔に投げ返すべきかを迷っているかのように、契約書に目をやった。結局彼女はそれを取り上げ、丁寧に折りたたんで、ハンドバッグに納めた。「ウエスト・ハリウッドのベイ・シティー・ブールヴァードの近くに家があります」彼女はそう言って、再びハンドバッグを開け、革張りの小さなメモ帳と金色の細い鉛筆を取り出した。メモ帳に何かを書きつけ、そのページを破り取って、私に手渡した。「ネイピア通りです」と彼女は言った。「目を利かさないと見落とすかもしれません。ニコは人目につかない場所を好みます」

「警察を避けていたからですね」と私は言った。

彼女は立ち上がったが、私はまだ座っていた。また彼女の香水の匂いを嗅いだ。シャネルではない、ラングリッシュだということになる。名前や番号はあとで何とか調べようと決めた。「あなたの連絡先も必要なのですが」と私は言った。

彼女は私の手中のメモ用紙を指差した。「わたしの電話番号はそこに書きました。必要なときはいつでもかけてください」

彼女の住所に目をやった。オーシャン・ハイツ四四四番地。ひとりだったら口笛を吹いていただろう。上流社会の人間だけが住める、海岸沿いに私道を走らせた場所だ。

「あなたのお名前も存じあげません」と私は言った。「ファースト・ネームのことですが」

何か理由があったのだろう、この質問は、彼女の顔を微かに染めさせた。彼女はうつむき、そのあとすっと顔を上げた。「クレアよ」と彼女は言った。「綴りにiは入りません。わたしたちが生まれたアイルランドの郡の名前です」彼女は、恥じいるかのように見える、小さなしかめ面をしてみせた。「故国のことになると、とかくわたしの母は感傷的になるのです」

私はメモ用紙を自分の財布に納め、立ち上がり、デスクの後ろから抜け出した。どれほど上背があっても、こっちの方が背が低いような気にさせられる特別な女性が存在する。クレア・キャヴェンディッシュを見おろして立っているのに、むしろ見上げているような感じがした。彼女は私に手を差し伸べ、私はその手を握った。たとえどれほど短くとも、二人の人間が初めて身体を触れ合わせる瞬間というのはやはり特別なものだ。

私は彼女をエレベーターまで送った。彼女は、そこで私に最後の微笑みを投げ、去って行った。

オフィスに戻った私は、窓辺の例の場所に陣どった。ミス・レミントンはあいかわらずトントン、トントンとタイプライターを叩いている。なにしろ勤勉な娘だ。顔を上げて、こっちを見てほしいと願ったが、願いは叶わなかった。もし見てくれたら、とりあえず手を振るつもりだったのか、うつけ者みたいに。

クレア・キャヴェンディッシュのことを考えた。どうも腑におちないことがある。私は、私立探偵としては少しは名前も知られているが、オーシャン・ハイツに住むドロシア・ラングリッシュの娘で、当然もっとましなコネをいくらでも知っている女性が、消息を絶った自分の愛人を探させるために、なぜ私を選んだのだろうか？　そもそもどうして彼女はニコ・ピーターソンなどと関わりを持ったのか。彼女の説明が正確だとすれば、この男は小粋なスーツに身をくるんだはんちくな詐欺師に過ぎない。入り組んだ質問は山のようにあるが、クレア・キャヴェンディッシュの無遠慮な眼差しと、楽しんでいるように光る見透かすようなその輝きを思い出すと、疑問に集中出来なくなった。

振り向くと、デスクの端に彼女が置き忘れていったシガレット・ホルダーがあった。黒檀のホルダーは、彼女の瞳の色と同じように艶光りする黒色だった。彼女は私に前金を支払うのを忘れて帰ってしまった。それはどうでも良いことではあったが。

# 2

彼女が言ったことは正しかった。目立つようなことは何ひとつしていなかったネイピア通りの標示がぎりぎりの瞬間に目にとまり、私は大通りから逸れて車を乗り入れた。その通りは、前方の果てが薄青色の霞（かすみ）にくるまれている丘に向かってゆるやかな上り勾配になっていた。家の番地を数えながら、私はゆっくりと車を走らせた。ピーターソンの住まいは、どことなく日本の茶室に似ていた。自分でそうだろうと想像している日本の茶室と言う意味だが。赤黒いマツ材で造られた平屋の建物で、まわりがぐるりとポーチで囲われ、風見（風向計）を載せた中央の頂きに向かって四方からなだらかな傾斜の屋根が続いている。窓は細長く、シェードが降りていた。新聞こそ積み上げられていないが、その佇（たたず）まいから見てかなりのあいだ、ここには誰も住んでいないことが分かった。私は車を駐め、ポーチに通じる三段の木の踏段を昇った。陽に照らされた壁面は油じみた防腐剤（クレオソート）の臭いを放っていた。呼鈴を押したが、家の中でベルが鳴る気配はなかったので、ノッカーを試してみた。

空っぽの家には、乾いたクリークが水を勢いよく吸い込むように、物音を飲み込んでしまう感じがある。ドアのガラス窓に片方の目を押し当て、レースのカーテン越しに中を覗こうとしたが、たいした収穫は得られなかった。ごくありきたりの居間に、ありきたりの品が配置されているだけだった。

背後で声がした。「あいつは留守だよ、お兄さん」

私は振り向いた。色の褪せたブルーのつなぎと襟なしのシャツを着たじいさんだった。頭部は殻つきピーナッツに似ていた。大きな頭蓋骨と大きな顎に挟まれた頬がおちくぼんでいた。歯のない口はわずかに開いたままだ。顎に一週間分の銀色の無精鬚を生やし、その先端が陽光の中で輝いていた。ギャビー・ヘイズ（一八八五～一九六九年。西部劇俳優）をさらにみすぼらしくしたようなじいさんだ。片方の目をつむり、もう一方の目を細めて私を見上げ、食い戻しを反芻（はんすう）する牝牛のように半開きの口をゆっくりと左右に動かした。

「ミスタ・ピーターソンを探しているんだ」と私は言った。

彼は頭を横に向けて、空唾（からつば）を吐いた。「だから、留守だと言っただろう」

私は踏段を降りた。私が何者で、どれほどの面倒事をもたらすかを推しはかりながら、いくぶんたじろいだ風だった。私は煙草を取り出して彼に一本すすめた。じいさんは大喜びで受け取り、下唇に押しつけた。私は親指の爪でマッチを擦り、火を回してやった。

大砲の口から発射されたサーカスの道化師のように、私たちのわきの乾いた茂みからコオロギが一匹飛び出した。陽光は強く、熱く乾燥した風が吹きつけてくる。帽子をかぶっていて良かった。じいさんは頭を陽にさらしているが、熱気には気づいていないようだ。煙草の煙を大きく吸い込み、数本の細い灰色の条（すじ）にして吐き出した。

私は火の消えたマッチをポンと茂みに投げ捨てた。「いけないことをしたな」とじいさんが言った。「ここで火事を起こせば、ウエスト・ハリウッド中が丸焼けになる」

「ミスタ・ピーターソンを知ってるのか？」と私は訊いた。

「もちろんだ」通りの先にある朽ちかけた小屋をじいさんは身振りで示した。「あれがわしの家だ。彼はときどき訪ねて来て、一服させてくれたりしながら、暇つぶしをしていったもんだ」

「いなくなってどれくらいになる？」

「そうだな」再度目を細めながら、考え込んでいた。「最後に見かけたのは六週間か七週間前だったと思う」

「行き先を言ってはいかなかったろうね」

彼は肩をすくめた。「出かけるところさえ見なかった。いなくなってたことにある日気がついた」

「どうやって？」

じいさんは私の顔を覗くように見上げ、耳に水でも入ったかのように頭を振った。「どうやって、というと？」

「彼がいなくなったことを、どうやって知ったんだね」

「もういなくなってた。それだけのことだ」彼は口を休めた。「お前さん、おまわりかい？」

「その一種かな」

「てことは？」

「私立探偵だ」

じいさんは痰をゴボゴボやりながらくすくす笑った。「私立探偵はおまわりの一種じゃない。お前さんの夢の中ではそうかもしれんがね」

私は溜め息を洩らした。相手が警官ではなく私立探偵だと分かると、人は何を言ってもかまわないと考える。その通りだろうと、私も思う。じいさんは、卵を産んだばかりの牝(めん)鶏(どり)のように澄ましこみ、してやったりと私に笑いかけた。

私は通りの上手(かみて)と下手(しもて)に目をやった。〈ジョーズ・ダイナー〉〈クウィク・クリーン〉洗濯店。油まみれの職工が、ぶっ壊れたシェヴィーの内側で作業をやっている車の修理工場。私は、クレア・キャヴェンディッシュが、車体の低いスポーツカーから降り立ち、この光景を目にして鼻に小皺を寄せる様を心に思い描いた。「彼はどんな連中をここに連れて来てたのかな？」と私は訊いた。

「連中って？」

「友達だ。飲み仲間とか、映画業界の連中とか」

「映画の？」

じいさんは『リトル・サー・エコー』（歌手ビング・クロスビーの一九三九年のヒット曲）のようにおうむ返しを始めた。「女友達は？」と私は訊いた。「少しはいたんじゃないのかな？」

その質問が大笑いを招いた。あまり耳にしたい笑い方ではなかった。「少しはだと？」じいさんは大喜びで声を張りあげた。「いいかね、ミスタ、あの男には自分でも持て余すほどの女友達がいた。ほとんど毎晩のように、違う女を連れ帰って来た」

「いつも目を光らせてたってわけか、出たり入ったりにも」

「目に入っただけのことさ」守勢に回ったむっつりした口調だった。「連中の大騒ぎのおかげで、わしはしょっちゅう目を覚まさせられた。ある晩など、歩道に何かの瓶を落っことしやがった。シャンパンの瓶だったようだ。まるで爆弾が破裂したみたいな音がした。連れの女は笑いころげているだけだった」

「近所の人たちはそんな馬鹿騒ぎに文句を言わなかったのか？」

じいさんは、憐れむような目で私を見た。「近所の人だと？」彼は吐きすてるように言った。

私はうなずいた。陽光は少しも弱まっていなかった。私はハンカチを取り出し、首の後ろに押し当てた。このあたりでは真夏に、ゴリラが手際よくバナナの皮を剝くときのように陽光が攻めやすい急所をまっ先におそってくる日がある。

「まあ、とにかくありがとう」そう言って私はじいさんのわきを通り過ぎた。駐めておいた車の屋根で空気が揺れていた。ハンドルに触れたらどれほど熱いだろう。猛暑の候（ドッグ・デイズ）でも涼しいというイングランドへ引っ越すことを、ときたま私は考えることがあった。

「彼のことを訊き回ってるのはお前さんが最初じゃないよ」後ろでじいさんが言った。

私は向きを変えた。「おや、そうかい？」

「ウェットバック（メキシコからの密入国者）の二人組が先週やって来た」

「メキシコ人ってことか？」

「そう言ったろ。二人組だった。めかしこんでいたが、スーツを着て洒落たネクタイを締めていてもウェットバックはやっぱりウェットバックだ、そうだろ？」

私の背中をあぶっていた陽光は、いまは正面にいた。鼻の下が汗で濡れてくるのが感じられた。「その連中に話しかけたのか？」と私は訊いた。

「いいや。連中はわしがこれまでに見たこともない妙な車に乗ってやって来た。南の方で作られた車なんだろうな。売春宿のベッドみたいに丈が高く横幅があって、穴がいくつも開いてる幌（ほろ）がついていた」

「いつのことだ？」

「二日か三日前だ。お前さんがやったみたいに窓から覗き込んだりしながら、家のまわりをしばらくうろついていたが、また車に乗り込んで消えちまった」ここでまた空唾を飛ばした。「ウェットバックは好きじゃない」

「うそだろう」

じいさんはむっつりと私を睨んで鼻を鳴らした。

私は背を向け、熱くなった車の方に向かいかけた。じいさんがまたしゃべった。「彼は戻って来ると思うかね？」私はまた足を止めた。〝老水夫〟から逃れようとしている結婚式の客のような気分だった（サミュエル・テイラー・コールリッジの詩「老水夫行」参照）。

「そうは思えないな」と私は答えた。

じいさんはまた鼻を鳴らした。「まあ、いなくなって淋しがるものもいないだろうしな。だが、わしはあいつが好きだったよ」

彼は煙草を残り五ミリあたりまで吸って、茂みに落とした。「いけないことをしたね」そう言って、私は車に乗り込んだ。

指がハンドルに触れたとき、焦げる音はしなかった。私はむしろ驚いた。

# 3

オフィスへは戻らず、腹に注ぎこむ冷えた物を探しによろよろと角を回りこんで〈バーニーズ・ビーナリー〉へ向かった。私の好みから言うと少しばかりボヘミアン気取りが過ぎる店で——身体中にアーティストでございと書き立てている連中がごろごろ屯(たむろ)している。〝オかま(ファゴッツ)、立ち入り禁止〟という例のくたびれた注意書はあいかわらずカウンターの後ろに貼られていた。この店の連中がどういう人間かに気がついたのが、たとえばこの注意書の表記だ。スペリングが苦手なのである。バーニーはbigot(ビガット)（偏狭な人間）のようにgがひとつだけの単語と思い違いしたのだろう（faggotsをfagotsと誤記）。だがバーテンダーは、これまで何度あったか思い出したくもない数々の深夜の訪問で私がこぼした愚痴に寛大に耳を貸してくれる嗜(たしな)みのある男だった。トラヴィスと名乗っていたが、それが名前なのか姓なのか、私は知らない。毛むくじゃらの前腕をした大男で、ブルーの錨(いかり)に赤いバラがからみついた精妙な刺青(いれずみ)が左上腕に彫られている。だが、船乗りだったとは思えない。彼は、注意書の警告にもめげずに、逆にその注意書ゆえにこの店に通ってくる〝オかま〟たちに人気があった。彼はエロール・フリン（一九〇九〜一九五九年。ゲイとして知られた活劇俳優）にまつわる愉快な逸話をよく披露してくれた。竹籠に入れて持ってきたペットの蛇をカウンターに持ちこんだ晩に、何かやらかした話なのだが、肝心の決め科白を、私は忘れてしまった。

私はスツールに横滑りで座り、メキシコビールを注文した。カウンターには固茹で玉子を入れたボウルが載っていた。私は玉子をひとつ取り、たっぷりと塩を振って食べた。塩と乾いた玉子の黄味がチョークのかけらのような後味を舌に残したので、テカテのお代わりを注文した。

まだ宵の口で、客の数はまばらだった。いつもことさら親しげに振る舞うことのないトラヴィスは、私が店に入ったときもほんの微かに肯いただけだった。私の名前さえ知っているかどうか分からない。おそらく知らないのだろう。だが、私が何で生計を立てているのかは知っている、それは間違いなかった。とは言え、そのことを彼が話題にしたことは一度もない。席が空いているときは、広げた両手をカウンターに置き、大きな四角い頭を低く構え、遠い昔の失われた恋か一度だけ勝ったボクシングの試合のことを思い出しているような遠くを見つめる眼差しで、開いた戸口の先の通りにじっと目を向けていた。口数は多くなかった。愚鈍なのか、賢明なのか、私には決めかねることだった。どちらにせよ、私は彼が好きだった。

私は彼に、ピーターソンを知っているか、尋ねてみた。〈バーニーズ〉が、ピーターソンに向いた店とは思わなかったが、尋ねてみるだけの価値はあった。「ネイピア通りに住んでいる男だ」と私は言った。「住んでいたと言うべきかな」

どんな追憶の小道をさまよっていたにしろ、そこからトラヴィスはゆっくりと戻って来た。「ニコ・ピーターソン？」と彼は言った。「ああ、知ってる。ときたま、午後姿を見せ、ビールを一杯飲み、玉子をひとつ食べていった。あんたと同じように」

ピーターソンと結びつけられたのはこれが二度目だ。クレア・キャヴェンディッシュは、彼が私と同じように長身だと言った。どうということのない共通点ではあるが嬉しくなかった。

「どんなタイプの男だ？」と私は尋ねた。

トラヴィスは筋肉マン風の肩をすくめるように収縮させた。ぴっちりとした黒いスウェットシャツを着ているが、そこから消火栓みたいに猪首が突き出ている。「プレイボーイ・タイプだ」と彼は答えた。「そういう風に見せかけているのかもな。あの口髭と、油でかため、ウェーヴをつけて梳いた髪をした女たらし。滑稽な一面もある。女たちをいつもよく笑わせたり」

「ここに女たちを連れて来たのか？」

トラヴィスは私の口調に疑念がこめられているのに気がついた。〈バーニーズ〉は上品な女性を口説くにふさわしい店とはとても言えない。「ときどきの話だ」中ぐらいの皮肉な笑みを浮かべて、彼は言った。

「女たちの一人は、背が高く、金髪、黒い瞳、とりわけ記憶に残る口元をしていた？」

トラヴィスは再び用心深い笑みを見せた。「そんなのはいくらでもいる」

「上品な雰囲気を備えている。話し方は品が良く、優雅な身づくろい。たぶん、ピーターソンにとっては優雅すぎると言ってもいい」

「悪いな。それほどの美形だとしたら、あまりじろじろ見ないんでね。気が散るから」

このトラヴィスというやつは、芯からのプロフェッショナルだ。だが、女性たちに目がいかないのには何か別の理由もあるのかもしれなかった。そして彼も、カウンターの後ろに貼られた注意書が気に入らないのかも。彼自身のごく個人的な理由によって。

「彼がここに最後に来たのはいつだ？」と私は尋ねた。

「しばらく見かけてない」

「しばらくと言うと……？」

「二ヵ月ぐらいかな。なぜだ？　行方不明なのか？」

「どこかに姿を消したらしい」

トラヴィスの目に微かな、楽しげな光が射した。「近頃は、それだけで犯罪になるのかい？」

底をカウンターにつけて回しながら、私はビールを注いだグラスを見つめた。「誰かが彼を探しているんだ」と私は言った。

「とりわけ記憶に残る口元をした女性がか？」

私は肯いた。先刻も言ったように、私はトラヴィスが好きだった。身体の大きさには不似合いだが、この男には清々しく、端正なところがあった。こぎれいで、きちんとしていた。やはり、水夫だったことがあるのかもしれない。そんなことを尋ねる気は毛頭無かったが。「彼の家まで出向いたんだ」と私は言った。「手がかりは何もなかった」

カウンターの遠くの端の客が合図を寄越し、トラヴィスは注文を訊きに立ち去った。私は座って、あれこれ思いをめぐらした。たとえば、どうしてビールの最初のひと口は、どんなときでも二口目より旨いのか、といったことをだ。これは、私がついやってしまう哲学的思索の一種である。それで私は、思考型探偵として知られているのだ。クレア・キャヴェンディッシュのことも少しは考えたが、トラヴィスも言ったように悩みの種になるばかりなので、代わりにまたビールについての設問に戻った。たぶん、温度がその答えなのだろう。二口目のビールがひと口目より生温くなっているというのではなく、初めの冷んやりとした感触を覚えている口が、あらかじめ二口目の感触を予期して待ちかまえてしまうので、快楽の方則の数値の低下を伴って、驚きの要素が欠落してしまうのだ。うむ、なかなか道理に適った説明だ。しかし、それくらいで、私みたいなやかまし屋を充分に納得させられるのか？　やがてトラヴィスが戻って来たので、私は物思い用の帽子をやっと脱ぐことができた。

「今思い出したんだが」と彼は言った。「さっきのピーターソンのことを訊いたのはあんたが初めてじゃなかった」

「ほう？」

「一、二週間前、二人組のメキシコ人がここに来て、彼を知ってるかと訊いたんだ」

まぎれもなく幌に穴がいっぱいある車に乗ったあの二人組だ。「どんなメキシコ人だった？」と私は尋ねた。

トラヴィスは悲しげな笑みを見せた。「ただのメキシコ人だ」と彼は答えた。「ビジネスマンのように見えたな」

ビジネスマンか。その通り。小指に指輪をはめてニューヨークから飛んで来た私の顧客と同じだ。「なぜピーターソンを探しているか、連中は言ってたか？」

「いいや。この店の客なのか、最後に顔を見せたのはいつか、なんてことを訊いただけだった。あんたに教えたことしか教えてやれなかった。いい気分にはさせてやれなかったね」

「陰気な二人組だったのか？」

「メキシコ人と言えば分かるだろう」

「その通り。世界で一番腹の内が読みやすい連中とは言えない。長居をしていったのか？」

彼は身振りで私のグラスを示した。「一人はビールを一杯、もう一人は水を一杯。何らかの使命を帯びた連中のような印象があった」

「ほう？　使命と言うと？」

トラヴィスはつと天井を見上げて考え込んだ。「何とも言えんね」真剣な表情で目がぎらついていた。「分かるだろう」

分からなかったが、とりあえず肯いた。「彼らの使命とやらが、このミスタ・ピーターソンに重大な関わりがあると思うのか？」

「そうだ」とトラヴィスは答えた。「一人は、真珠細工の握りのついた六連発銃をいじくり回し、もう一人はナイフの先を楊枝代わりにしていた」

私はトラヴィスが皮肉で言ったとは思わなかった。「妙だな」と私は言った。「ピーターソンは、メキシコ人のビジネスマンたちと関わりを持つタイプには見えないんだが」

「いろんな金儲けの口があるさ、国境の南では」

「仰る通りだ、確かに」

トラヴィスは私の空のグラスを手に取った。「お代わりは？」

「いや、けっこう」と私は答えた。「荒れ模様にはなりたくないんでね」

代金を払ってスツールを降り、夕闇の中に出た。いくぶん涼しくなっていたが、空気は排気ガスの味がし、歯のすき間に一日のごみのかすがざらざらと積もっていた。店を出る前に、私は名刺をトラヴィスに渡し、ピーターソンのことで何か耳にしたら電話をかけてくれと頼んでおいた。電話機のそばで待ち続ける気はないが、少なくともこれでトラヴィスは私の名前を覚えてくれただろう。

私は車で家に帰った。丘の家々の明りが点り始め、実際の時間より夜が更けているように見えた。地平線の近く、濃いブルーのスモッグがたちこめる中に、鎌の形をした月が低くまぎれ込んでいた。

今もまだ私はローレル・キャニオン地区の家に住んでいた。家主の女性は、アイダホにいる夫を亡くした娘を訪ねて行って滞在を延ばし、そこに移り住むことを決めてしまった

——そこのポテトのせいかもしれない。彼女は手紙で、好きなだけこの家にいてもよいと書いてきた。道路の向かい側にユーカリの木立ちがある、丘の中腹に建てられた小さな家だったが、その手紙のおかげで私はこのユッカ・アヴェニューの家にすっかり腰を据えてしまった。そのことを自分がどう感じているのかがよく分からない。私自身の物と呼べるのは、頼りがいのあるコーヒー・ポットと色褪せた象牙のチェス・セットぐらいしかない借家暮しをこの先も本当に続けるつもりなのか。このような暮しから私をひっぱりだし、私と結婚したがっている女性がいる。クレア・キャヴェンディッシュと同じように美しい女で、裕福な点も同じだった。しかし私は、たとえそれが口で言うのとは違っていようと、いつでも気ままに好きな所へ行けて、ひとつのことに執着しない生き方を好む性向(たち)だった。確かにユッカ・アヴェニューはパリとは言えなかった。最後の電話を受けたとき、傷ついたハートを宥(なだ)めていた可哀そうな金持ちの可愛い女がいたあのパリでは。

家は私には手頃の広さだが、今夜のように、まるで〝白ウサギ〟(『不思議の国のアリス』に登場)の家みたいに感じられる夜もあった。私は濃いコーヒーを淹れ、一杯飲み、壁にぶつからないよう努めながら、しばらく居間の中を歩き回った。それから二杯目のコーヒーを飲み、濃紺の夜の闇が窓を満たすのを無視し、二本目の煙草を吸った。アレヒン(〝盤上の詩人〟と謳われたチェスの名手、アレクサンドル・アレヒン)のごく控え目な序盤の手を置いて、その先を自分でどう進められるか試してみようかと考えたが、やる気が起こらなかった。マニアとまではいかないが、私はチェスのゲーム、その凝縮された冷静さ、思考の優美さが好きなのだが。

ピーターソンの一件が心にひっかかっていた。少なくとも、クレア・キャヴェンディッシュが関わってくる部分が気になった。私への彼女のアプローチにはまぎれもなく胡散臭いところがあった。理由は定かではなかったが、私には、はめられているという明確な感覚があった。通りからふらっと入って来た美しい女が、行方不明の愛人を探し出してくれとあなたに頼み込む。物事はそんな風には運ばないものだ。では、どんな風なら起こり得るというのか。一日おきぐらいに美しい女が訪ねて来て、私みたいな哀れな間抜け野郎に今言ったような頼み事をする私立探偵のオフィスは、国中を探せばきっとほかにもあるだろう。とは言え、私は信じなかった。第一、この国はクレア・キャヴェンディッシュほどの美形をそれほど数多くとり揃えてはいない。実際の話、一人でも存在するかどうか疑わしかった。たとえ彼女の話が本当だとしても、ピーターソンごときろくでなしとどんなはずみで関わりを持ったのだろうか。そしてもし、関わりを持ってしまったとしても、彼女が人の慈悲にすがって恥ずかしげもなく私事をさらけだしたのはなぜなのか。〝私の腕の中に身を投げ出して〟と今言いかけて危うく思いとどまった。とにかく、一介の私立探偵ごときを頼って、飛び去った鳥を見つけ出させようと身を捨てて懇願したのはなぜなのか。

分かった、分かった、彼女は身を捨ててまではしなかったさ。

朝起きたら、ミセス・キャヴェンディッシュ、旧姓ラングリッシュの経歴を少しばかり調べ回ってみよう、と心に決めた。目下のところは、市警本部殺人課所属のジョー・グリーン部長刑事に電話をかけるぐらいで手を打つしかない。グリーンは、かつて私を第一級殺人の共犯者として検挙するという思いつきを、束の間考えたことがあった。そういうことは、二人の人間を結びつける絆を生じさせる。とは言え、私はジョーを友人とは呼ばない。むしろ油断ならない知人といったところだ。

ジョーが電話に出ると、私は遅くまで勤務していることに感心したと告げたが、彼は受話器に向かってただ荒い息をつき、何の用だと訊いた。私は彼に、ニコ・ピーターソンの名前、電話番号、住所を伝えた。どれにも思い当たる節はなかったようだった。「何者だ、そいつは？」と彼は苦々しく言った。「お前が扱っている離婚沙汰に巻き込まれたプレイボーイか？」

「私が離婚事件を扱わないことは知っているはずだが、サージ」軽く気易い口調を保ち続けた。ジョーはいつ破裂するか分からない癇癪玉（かんしゃくだま）の持ち主だった。「行方を突きとめようとしているただの男だ」

「住所は知ってるんだろ？　なぜドアを叩いてみない？」

「やってみたさ。誰もいなかった。ここしばらく、誰もそこにいなかったようだ」

ジョーの荒い息が続いた。煙草をそんなに吸うべきではないと諭(さと)そうと思ったが、言わないほうが良いだろうと考え直した。「何の関わりがある?」と彼は訊いた。

「その男の女友達が、彼がどこへ消えたのかを知りたがっているんだ」

彼は小馬鹿にして鼻を鳴らすのと含み笑いの中間のような音を立てた。「離婚沙汰のようにおれには聞こえるがな」

いったん決めたらそれしか思いつかないのか、ジョー・グリーン、と私は胸の中で言って、彼には、離婚事件は扱わないし、この件はそういう話ではないと繰り返した。「彼女は彼がどこにいるかを知りたがっているだけだ」と私は言った。「センチメンタルな女だと言いたければ言えばいい」

「何者なんだ、そのスケは?」

「私が明かす気のないことは分かってるはずだ、ジョー。犯罪とは関わっていない。たんなるプライベートな事件だ」

彼がマッチを擦り、煙を吸って吐く音がした。「記録を覗いてみよう」やっと彼は言った。退屈させてしまったらしい。女の話やその消えた愛人の話には飽きがきていて、いつまでもつき合ってはいられなくなるのだ。良いおまわりだ、ジョーは。だがあまりにも長い間勤めてきたので、物事への関心の幅はそれほど広くなくなっていた。いずれ連絡してくれると言うので、私は礼を言って、電話を切った。

彼は翌朝八時に電話をかけてきた。私がトーストと玉子につけるカナディアン・ベーコンを数切れ焼いていた時だった。こんなに朝早くに電話をかけてくれたことに感心すると私は言いかけたが、彼は私の話を中断させた。彼が話しているあいだずっと、私は壁の架台から外した受話器を手に持ってこんろのそばに立ち、流し台の上の窓の向こう側にあるテコマの茂みの小枝を飛び過ぎて行く茶色い小鳥を眺めていた。誰かがカメラのシャッターを押した瞬間のように、あらゆる物が静止するように思える一瞬がある。

「あんたが探していた男のことだが」とジョーが言った。「そいつの女友達に喪服が似合うといいんだがね」彼はやかましく空咳をし、「男は死んでる。日付は」書類を繰る音がした。「四月十九日。パリセイズ地区にある何とかいうクラブの近くで、轢き逃げだった。ウッドローン霊園に埋められている。そいつの女が弔問に行きたければ、区画番号を教える」

# 4

なぜそこがオーシャン・ハイッと呼ばれるのか、私は知らない。そこで高い(ハイ)のは管理費ぐらいのものだ。バッキンガム宮殿を小さな小屋と見なすのであれば、その邸宅もとりたててどうと言うほどのこともない大きさだ。ラングリッシュ・ロッジと呼ばれていたが、これほどロッジらしからぬ建物は思いつかなかった。ほとんどがピンクと白の石造りで、いくつもの小櫓(やぐら)と小塔を持ち、屋根の旗竿には誇らしげに旗が翻(ひるがえ)り、窓の数はかぞえきれない。いかにも醜悪な建造物に見えたが、私は建築コンテストの審査委員ではなかった。側面には大きな緑の木立ちの列。オークの一種だろう、と思った。短い引き込み道は、二輪戦車レースでもやれそうな、建物正面の砂利を敷きつめた長円形の車寄せに向かってまっすぐ続いていた。女性たちに芳しい香りを与えるだけでこれほどの大邸宅が手に入るのならば、私は職業の選択を誤ったことになる。

車でここまで来るあいだに、クレア・キャヴェンディッシュが音楽が好きだと言ったことについて思いをめぐらした。その言葉を私はとりたてて気にもとめず、どんな種類の音楽が彼女の好みなのかも尋ねなかったし、彼女も私に伝えようとしなかった。そのへんのやりとりには少なからず意味がある。つまり、それ以上その話に深入りしなかったところに意味があるということだ。それは、私に話せる範囲内の事柄の中でとりわけ内密な話ではなかった。靴のサイズとか、夜、ベッドに入るとき何を着るか、あるいは着ないかとかいった話も出来たのだ。だがそれでも、そこにはある重みが込められていた。何か高価な、真珠かダイヤモンドといった物の重みが、彼女の手から私の手に渡された。それをひとことのコメントもつけずに私が受け取り、私が何も言わなかったことを彼女が納得して受けとめたという事実は、それが二人のあいだで秘めやかに交わされた何か、未来への約束となる、たとえば一枚の切符であったことを意味していた。とは言え、こんなのはすべてたわごとに過ぎなかった。ひとりよがりの希望的観測というやつだ。

　砂利を敷いた車寄せにオールズモビルを駐めたとき、スポーティーないでたちの若い男が、芝生を横切って近づいて来るのに気がついた。ゴルフのクラブを一本持って、ヒナギクの頭を薙ぎ倒していた。ツートンカラーのゴルフ靴を履き、ひらひらした襟つきの白い絹のシャツを着ていた。黒い髪はふわふわしているので、額に垂れる髪の端が目にかからないように、青白いほっそりした手で絶えずはらいのけていなければならない。膝のどこかに不具合があるかのように少し蛇行しながらしなしなと歩いていた。すぐ近くまで来た時気がついてびっくりしたのは、彼がクレア・キャヴェンディッシュと同じアーモンドの形の黒い瞳をしていたことだ。この男にはもったいないくらい愛くるしい目だった。遠くから見たときの年まわりとは違っているのにも気がついて、ぎょっとした。二十代後半だろうと見当をつけていたのだが、陽の光を後ろに背負うと十九歳といっても通りそうな若さだった。彼は私の正面で足を止め、微かな冷笑を浮かべつつ、私を上から下まで検分した。「新しく雇われた運転手か？」と彼は訊いた。

「運転手に見えるかね？」

「さあね」と彼は言った。「運転手はどんな見かけだ？」

「すね当て、ピカピカの目庇がついたキャップ、労働者特有の無礼な目つき」

「ふーん、おたくはすね当てもつけてないし、キャップもかぶってないな」

私は、彼が高価な匂いを発していることに気づいた。コロンやなめし革や私の知らない何か、ファベルジェの金細工の卵を包む香りつきの薄紙の匂いかもしれない。あるいは彼は、ママの最高級の香水をつけるのが好きなのか。確かに〝気取った子〟だ。「ミセス・キャヴェンディッシュに会いに来たんだ」と私は言った。

「そうなのか」彼は忍び笑いを洩らした。「彼女の愛人（ヒモ）の一人なんだね」

「すると、彼らの見かけは……？」

「いかつくて、青い目をしているタイプさ。だが考え直すと、おたくはその手の連中とも違っている」彼は、私の身体越しにオールズモビルをちらっと見た。「彼らは緋色のクーペイに乗ってくるからね」彼はクーペをフランス語で発音した。「さもなければ、たまにはシルバー・レイス（第二次世界大戦後初めて作られたロールズ・ロイス）もある。すると、おたくは何者なんだろう？」

私は少し時間をかけて煙草に火をつけた。これがなぜか彼をおもしろがらせたらしく、またあの品のない小さな笑い声を発した。不自然な作り笑いだ。タフ・ガイに憧れているらしい。「きみはミセス・キャヴェンディッシュの弟だね」と私は言った。

彼は目を見開いて芝居じみた見つめ方をした。「そうかい？」

「とにかく家族の一員だろう。どっちだろうな、甘やかされたペットちゃんなのか、はみ出し者の黒い羊なのか」

彼は不快げに鼻を二センチほど突き上げた。「僕の名前は」と彼は言った。「エドワーズ、エヴァレット・エドワーズだ。正しくは、エヴァレット・エドワーズ三世」

「きみの前に、きみが二人いたということか？」

彼は態度を少し和らげ、子供じみた仕草で肩をすくめながら回し、にやりと笑った。

「馬鹿げた名前だと思うだろ？」唇を噛みしめて、彼は言った。

私も私なりに肩をすくめた。「名前は選べないからな」

「おたくはどうなんだ——何と呼ばれている？」

「マーロウ」

「マーロウ？　あの劇作家と同じだな」彼はいきなり上体を傾け、震わせた手を空に向けて芝居じみたポーズをとった。「見よ、見よ、蒼穹にキリストの血が流れるのを」下唇をわななかせて、彼は叫んだ。私は思わず笑みを浮かべた。

「きみの姉さんはどこにいるんだろう、教えてくれないか？」と私は言った。

彼は腕を下ろし、元のだらっとした姿勢に戻った。「ここのどこかだ」と彼は言った。「温室を当たってみたらいい」彼は指差した。「あっちへ回り込んだあたりだ」

彼はまたあのすねたような目つきに戻った。歳ばかりくってしまった、甘やかされ、退屈した坊やだ。「ありがとう、エヴァレット三世」と私は言った。

歩き出した私の背に彼が声をかけてきた。「保険の外交なら、時間の無駄だよ」また忍び笑いがこぼれた。私は彼のために願った。そんな笑い方は早く卒業したほうがいい。その頃には、たぶん五十代になって、三つ揃いのスーツを着、片眼鏡でもかけるようになっているのだろうが。

砂利を踏みしめて車寄せを横切り、建物の側面に沿って、彼が指差した方角に向かった。

左方に延びている庭園は民間の小公園ほどの広さがあるが、こっちの方が手入れはゆきとどいている。芳しいバラの香りが、刈ったばかりの芝生の匂いとすぐ近くの海の塩辛い匂いと混って風に運ばれてきた。こんな場所に住むというのはどんなものなのか、私は考えた。通り過ぎるたびに、窓の中を覗いてみた。見える限りではどの部屋も広く、天井が高く、非の打ちどころのない家具、調度品が置かれていた。山盛りのポップコーンと缶ビールを二本用意し、テレビの前にごろんと横になって野球の試合を観たくなったらどうするのか。たぶん地下一階に、ビリヤード室、子供の遊び部屋、仕事部屋といった様々な部屋が設けられているのだろう。このラングリッシュ・ロッジでは、普段の生活はきっとどこか目につかないところで営まれているのに違いない。

温室は、本邸の後部に巨大な吸着器のように接着し、二階か三階に近い高さのある、湾曲したガラスと鋼鉄のフレームで精妙に造形された建物だった。内部ではパームツリーの巨木が、外に出たいと訴えかけるように重い葉をガラスに押しつけていた。両開きのフレンチ・ドアが開け放たれ、白い紗のカーテンが、静かな風に揺られ、ものうげにうねっていた。このあたりの土地の夏は、街中みたいに過酷、苛烈ではない。ここに住む人たちは、自分たち特有の季節を享受している。私は敷居を越え、叩くようにカーテンを払いのけた。温室の中の空気は濃密で、熱い湯に長く浸っていた太った男のような臭いがした。

クレア・キャヴェンディッシュの姿はすぐには目にとまらなかった。低く垂れ下がって帯状に並んでいるパームツリーの葉に半ば隠れて、彼女は精巧な錬鉄の小さな椅子に座り、お揃いの錬鉄のテーブルを前に、革の表紙がついた日記帳かノートブックに何か書き物をしていた。使っているのは万年筆だと気がついた。半袖のコットン・シャツ、プリーツが入った白い短いスカート、足首までのソックス、真っ白いバックスキンのシューズはテニスのいでたちだった。髪の左右はヘアクリップで止められていた。彼女の耳を見るのは、これが初めてだった。とても可愛い耳だ。こういうことはめったにない。偏見で言わせてもらえば、人間の耳というのは通常、足に次いで気味の悪い形状をしているものだ。

私の足音を耳にし、つと顔を上げた時、彼女の目に浮かんだのは何とも判別し難い表情だった。驚きの色は、私が来訪を事前に伝えていなかったのだから当然として、ほかにも何かが混っていた。警戒心、不意討ちによる困惑、それともただ単に、一瞬私が何者なのか識別できなかっただけなのかもしれなかった。

「おはよう」できるだけ軽やかに、私は声をかけた。

彼女はその前に素早くノートブックを閉じていたが、今度はもっとゆっくりと万年筆にキャップをはめ、平和協定か宣戦布告書に署名したばかりの政治家のように、おもむろにそれをテーブルに置いた。「ミスタ・マーロウ」と彼女は言った。「びっくりさせるのね、あなたって人は」

「すみません。電話をすべきでした」

彼女は立ち上がり、テーブルを二人の間に置こうとでもするように一歩後ずさりした。

頬が、昨日私がファースト・ネームを尋ねた時のように微かに紅潮した。すぐに顔を赤らすぐに顔を赤らめる人間は気の毒だ。ちょっとしたはずみで本心を見透かされてしまう。このときもまた私は彼女の脚に目がいかないよう努めねばならなかった。とは言え、すらっとして、形が良く、蜂蜜色をしていることだけは確認した。テーブルには黄褐色の飲物が入っているクリスタルガラスの水差しがひとつ載っていた。彼女は指の先でその取手に触れた。「アイスティーはいかが？」と彼女は尋ねた。「グラスを持って来させましょうか？」

「いいえ、けっこうです」

「もっと、強い飲物をおすすめしたいのですが、少し時間が早いので……」エヴァレット三世がやったのと同じように、彼女はさっと目を落とし、唇を噛みしめた。「調査に何か進展がありましたか？」と彼女が訊いた。

「ミセス・キャヴェンディッシュ、お座りになられたらいかがですか？」

彼女は小さな笑みを見せ、頭を小さく振った。「わたしはべつに……」しゃべりかけ、私の肩越しに目をやった。「あら、そんなところにいたの、ダーリン」ほんのわずか大きすぎ、とってつけたような温かみがこもる口調で、彼女は言った。

私は向きを変えた。掲げた手でカーテンをわきで押えた男が、温室の戸口に立っていた。一瞬、その男がエヴァレット三世同様に、大昔の芝居からよく知られた名科白を一節引用するのではないかと思った。そうはせずに彼はカーテンを放し、何へともなく笑みを向けながら、ぶらぶらと近づいて来た。上背はないが、がっしりとした体格で、いくぶんガニ股ぎみ、広い肩と大きくて角張った手をしていた。いでたちは、クリーム色の乗馬ズボン、仔牛革のブーツ、光沢を放つほどの白いシャツ、それに黄色いシルクのスカーフ。こっちもスポーツ・タイプだ。どうやらこの屋敷の連中は遊び半分のスポーツばかりやっているらしい。

「暑いな」と彼は言った。「くそ暑い」依然として私の方角には目を向けようとしなかった。クレア・キャヴェンディッシュがアイスティーの水差しに手を伸ばしかけると、男は一足先に近づいて、グラスを手に取り、半分まで注いで、頭を後方に反らせ、一気に飲み干した。まっすぐで薄いオーク色をした細い髪の毛をしていた。スコット・フィッツジェラルドなら、彼のほろ苦いロマンス小説にこの男の出番を見つけてくれるに違いない。そう言えば、見た目がフィッツジェラルド自身に似通っているところもあった。ハンサムで、子供っぽく、致命的な弱点を内に秘めているように見えた。

クレア・キャヴェンディッシュは男を見つめていた。また唇を噛んでいた。彼女のその口元たるや、まさに美の化身だった。「こちらはミスタ・マーロウ」と彼女は言った。男はわざとらしい驚きの反応を示し、空（から）のグラスを持ったままきょろきょろあたりに目をやった。彼はやっと私に視線を定め、私が今までそこにいることに気づかなかったかのように、そしてパームの葉やまわりを取り囲む輝くガラスと見分けがつかなかったかのように、微かに眉根を寄せた。「ミスタ・マーロウ」クレア・キャヴェンディッシュが紹介を続けた。「この人はわたしの夫、リチャード・キャヴェンディッシュです」

彼は無関心さと侮蔑がいり混ったわざとらしい笑みを浮かべて私を見た。「マーロウか」極めて価値の低い小さなコインを扱うかのように口の中で名前を裏返しにしながら、彼は言った。だが笑みはいくらか明るさを増していた。「帽子を置いたらどうかね？」

帽子をまだ手に持っていることを忘れていた。私はあたりにちらっと目をやった。ミセス・キャヴェンディッシュが近寄って来て私から帽子を受け取り、ガラスの水差しのかたわらに置いた。私たち三人がつくる三角形の内側で、静電気の電流が行き交うように、空気が音も立てずに爆（は）ぜているかのようだった。にもかかわらずキャヴェンディッシュは申し分なくくつろいでいるように見えた。彼は妻の方を見た。「この方に飲物をすすめたのかね？」

彼女が答える前に、私は言った。「おすすめいただいたのですが、私がお断りしました」

「お断りしました、か？」キャヴェンディッシュはくすくす笑った。「今のを聞いたかい、スウィートハート？　この殿方はお断りあそばしたそうだ」彼はグラスにアイスティーを注ぎ足して飲み干し、顔をしかめながらグラスを置いた。彼の方が妻より数センチ背が低いことに気がついた。「どんな仕事をなさっておられるのかね、ミスタ・マーロウ？」と彼は尋ねた。

今度はクレアが一歩先んじた。「ミスタ・マーロウは物を探し出すお方です」と彼女は言った。

キャヴェンディッシュは頭をひょいと下げ、舌を片頬の裏側にぐいと突き立てながら、上目づかいにいたずらっぽい視線を妻に投げかけた。「いかなる物を探し出すのですか、ミスタ・マーロウ？」と彼は尋ねた。

「真珠よ」彼の妻が、私に口をはさませないように素早く先を越した。私はまだ返答さえ思いつかずにいた。「あなたに頂いたあのネックレスを失くしたの――どこかに置き忘れたという意味だけど」

キャヴェンディッシュは、床に目を落とし、笑みを見せてじっくりと考え込んだ。「これから何をやるのかね？」妻の方は見ずに、彼は妻に尋ねた。「寝室の床を這い回ったり、ベッドの下を覗きこんだり、ネズミの穴に指を突っ込んだりということになるのかな？」「ディック」と彼の妻が言った。哀願するような口調だった。「じつのところ、たいしたことをお頼みしたんじゃないのよ」

彼は妻を大げさな目つきで見つめた。「たいしたことじゃないだって？　もし私が、ここにいらっしゃるミスタ・マーロウのような紳士でなかったら、あの小さなアクセサリーがいかほどの値段だったかをつい口にしたくなるところだがね。もちろん」彼は私の方を向き、のろくさいしゃべり方に変えた。「もしそんなことを口にしたら、私がそれを買ったのは妻のカネだったと、彼女はきみに言うだろうが」彼はまたちらっと妻の顔色をうかがった。「そうじゃないかな、スウィーティー」

返す言葉もなかったので、彼女はただじっと夫を見つめた。頭をわずかに垂れ、上唇のやわらかく、ふっくらした先端を突き出したので、一瞬私は、幼かった頃はきっとこんな顔つきだったに違いない彼女の面影を目にした。

「奥様の足跡を追うだけですむ話です」おまわりたちとやり合って来た長い歳月から学んだたどたどしい口調を真似て、私は言った。「この数日のあいだに奥様が行かれた場所や入った店、立ち寄ったレストランなどを当たってみます」クレアの視線がこっちに向けられているのは感じられたが、私はキャヴェンディッシュから目を離さなかった。彼は開いた戸口の方に目を逸らし、ゆっくりとうなずいた。「なるほど」と彼は言った。「それがいい」彼はぼんやりと目をしばたたかせながら、もう一度さっとあたりを見回し、テーブルの上の空のグラスの縁に指先で触れ、小さく口笛を吹きながら、ぶらぶらと温室から出て行った。

彼の姿が消えた後、彼の妻と私はしばらくその場に立ったままだった。彼女の息づかいが聞こえた。私は、光る白い骨で出来た脆弱(ぜいじゃく)な檻の中で満たされては空っぽになる彼女の肺、そのやわらかなピンク色を心に思い描いた。彼女は、男にそんなことを想像させる種類の女だった。「ありがとう」ほどなく彼女は言った。やっと聞きとれるほどの囁きだった。

「お気づかいは無用です」

彼女は、めまいでもするかのように、錬鉄の椅子の背に右手を軽く載せた。私の方は見ていなかった。「分かったことを教えてください」と彼女は言った。

煙草を吸いたくなったが、天井の高いこのガラスの大建造物の中であえて火をつけようとは思わなかった。大聖堂の中での喫煙のようなものだ。その衝動が、持参した物のことを思い出させた。私は、黒檀のシガレット・ホルダーをポケットから取り出し、テーブルの上の帽子のわきに置いた。「私のオフィスにお忘れでしたよ」と私は言った。

「あら、ほんとに。格好をつけてみせるだけで、いつもはあまり使わないんです。あなたにお会いするので、神経質になっていました」

「うまくだまされましたよ」

「自分をだまさねばならなかったの」彼女はじっと私を見つめた。「分かったことを教えてください、ミスタ・マーロウ」と彼女は繰り返した。

「申しあげにくいのですが」私はテーブルの上の帽子に目を向けた。「ニコ・ピーターソンは亡くなりました」

「知っています」

「二カ月前に、轢き逃げにあって……」私は言葉を途切らせ、彼女を見つめた。「今何とおっしゃいましたか？」

「知っている、と申しあげました」彼女は小首を傾げ、あの冷笑的な笑みをのぞかせた。手袋を束ねて膝に載せ、黒檀のホルダーを斜めに持ち、気兼ねになる夫のいない私のオフィスに座っていた時に見せたのと同じ笑みだった。「あなたこそお座りになられたらどうですか、ミスタ・マーロウ」

「どういうことか分かりません」と私は言った。

「ええ、それは当然です」彼女は目を逸らし、夫が飲んでいたグラスに手を触れ、二センチほどわきにずらしてから、濡れたガラスの底がつくった輪の上にまたぴたりと合うように戻した。「謝ります。初めに申しあげるべきでした」

私は煙草をひっぱり出した――急にあたりの空気から神聖さが失せていた。「彼が死んだことをご存じだったのなら、なぜ私を訪ねて来たのですか？」

彼女はこちらを向き、何と告げようか、どうとり繕おうかを決めかねて、一瞬の沈黙の中で私をひたと見つめた。「つまり、こうなんです、ミスタ・マーロウ。つい先日、わたしは街で彼を見かけたのです。とても元気そうにしていました」

# 5

私は、概念としての野外（アウトドア）を好む。自然がそこにあると考えるのが好きなのだ。木立ちがあり、草があり、茂みには鳥がいる、そういうことのすべてが好きだった。たまにはハイウェイから車のフロント・グラス越しに眺めるのもいい。あまり好まないのは、不用心に野外に出ることだ。首の後ろに照りつける陽の光の感触には、私を不安にさせる何かがあった。ただ暑いだけではなく、そわそわした落ち着きのなさにとらわれる。葉の間やフェンスのすき間、巣穴の口などから私に照準を合わせる無数の目に見張られているような感じもした。子供の頃、私は自然にはたいして関心がなかった。少年時代にぶらついたり、幼い直観で物事の正しいあり方を知ったのは街中でだった。もし目にしても、スイセンさえ見分けられなかったろう。だから、クレア・キャヴェンディッシュに庭園の散策をもちかけられたとき、その提案にほとんど心が動かなかったことを気どられまいと努めねばならなかった。だがもちろん私は応じた。ヒマラヤへハイキングに行こうと言われたら、登山靴を履いて、彼女の後に従ったことだろう。

死んだはずのピーターソンを目撃したという手榴弾を撃針を抜いてポンと私に放り投げた後、彼女は着替えに行き、私は湾曲したガラスの壁の前に置き去りにされた。私は海からの白いひと刷けの雲が流れて来るのを眺めた。去り際に彼女は、私の手首に束の間、三本の指を添えたが、その感触がまだ残っていた。この一件のすべてに何か魚臭いものがあると前にも思ったのだが、今や百ポンド級のマカジキと取っ組み合う破目になった。

約十五分と煙草二本の後、彼女は肩の部分が角っぽい、白いリネンのジャケットとふくらはぎ丈のスカートを身に着けて姿を現わした。生まれはアイルランドだろうが、理想的な英国女性の威厳とクールな優美さを備えている。底の平らな靴を履いているので私の方が五センチほど余分に背が高くなったが、それでもやはり下から見上げている気分にさせられた。宝石類は何もつけていなかった。結婚指輪さえも。

彼女は私の背後にそっと近づいて、言った。「散歩をなさる気分ではないようね？　でもわたしは外に出る必要があるんです。野外の方が頭の働きがいいの」

思考装置をなぜ最上の状態に保っておきたいのか尋ねたかったが、やめておいた。ラングリッシュ・ロッジの地所については言っておくべきことがあった。そこは自然のままの状態からはほど遠いが、それでも一帯がすべて緑に覆われていた。夏には茶色くなっても、本来は緑の土地だということだ。我々は邸宅から直角に続く砂利道に沿って歩き始めた。砂利道はここへ来る道路から見えた木立ちの方に鉄道の線路のようにまっすぐに延び、前方遥かに、海と覚しき藍色がキラキラと光っている。「いいですよ、ミセス・キャヴェンディッシュ」と私は言った。「お話を伺わせてください」

思っていたより余計に怒った口調になっていた。彼女は横目で私に一瞥をくれた。頬の染まり具合もすっかりお馴染みになった。私は渋い顔をして空咳をした。何をやってもヘマをしてしまう初めてのデートのガキになった気分だった。

十歩ほど行ったところで、彼女が話しだした。「妙なものね」と彼女は言った。「どこであろうと、どんな場合であろうと、人って即座に識別できるでしょう。ユニオン・ステーションのラッシュアワーの人混みを歩いていて、百メートルほど離れた所にいる人の顔や、顔は見えなくとも肩の格好だとか、頭の傾け方をちらっと見かけたとたんにそれが誰であるかが分かってしまうことがあるわね。たとえ何年も会っていなかった人であってもよ。これって、どういうことかしら？」

「進化ということだと思う」と私は言った。

「進化というと？」

「たとえ深い森の中であろうと、味方と敵を見分けねばならない。我々はみんな本能に従って生きているのです、ミセス・キャヴェンディッシュ。洗練されていると思い込んでいますが、そうではない。我々は原始人なのですよ」

彼女は微かな笑い声をあげた。「そう、進化はいつかきっと人間に何かをもたらすでしょうね」

「あるいはね。しかしあなたも私もその頃にはこの世にいないでしょう」

束の間、陽光が翳(かげ)り、私たちは陰気な沈黙を保って歩き続けた。「いいな、オークは」前方の木立ちに首を振り向けながら、私は言った。

「ブナです」

「ああ。ブナですか」

「アイルランドから船で運んで来ました。信じられないかもしれませんが、二十年前の話です。ノスタルジアということになると、わたしの母は経費などおかまいなしになります。当時は若木でしたが、今はこの通りたいしたものでしょう」

「まさに、たいしたものです」私はまた一服したくなったが、あたりの佇まいが不埒(ふらち)な考えだと断を下した。「どこでニコ・ピーターソンを見かけたのですか?」と私は言った。

彼女はすぐには答えなかった。歩きながら、ヒールのない靴の先端に目を向けている。

「サンフランシスコ」と彼女は言った。「仕事で行っていました。うちの社の仕事よ。マーケット通りで、わたしはタクシーに乗っていて、歩道を歩いて行く彼を見かけたのです。いつもと同じ、大急ぎでといった風の歩き方でした」ここでまた彼女はあの小さな笑い声をあげた。「どうせまた誰かに会いに行く途中だったのでしょうね」

「いつのことですか？」

「ちょっと考えさせて」彼女は考え込んだ。「先週の金曜日よ」

「私に会いに来る前ということですね」

「もちろんです」

「確かに彼だったのですか？」

「ええ、そうよ。間違いありません」

「話しかけようとしなかったのですか？」

「どうするか心を決める前に、姿が見えなくなっていました。運転手に車の向きを変えてほしいと告げることも出来たと思いますが、道路はたいへん込み合っていました――サンフランシスコのことはご存じでしょう。それに、彼を見つけられるとは思えなかったのです。おまけにぐったりとして、身体が麻痺しているような感じでした」

「ショックのせいですか？」

「いいえ、驚いたためです。ニコがどんなことをしても、ショックをうけたことは一度もありません」

「死者の国から甦っても？」

「死者の国から甦ってもです」

遠くの芝生を横切る速駆けの騎手の姿が見えた。しばらく速度をあげたまま走り、やがて速度を落とし、木立ちの下に消えた。「あれはディックです」と彼女は言った。「お気に入りのスピットファイアに乗っていました」

「馬を何頭持っているのですか？」

「正確には知りません。かなりの数だと思います。いい暇つぶしになるのです」ちらっと目をやると、彼女は口元を引き締めていた。「あれでも最善を尽くしているのです、お分かりでしょう」くたびれきった率直さがあらわに窺える口調だった。「人はその逆を考えるようですが、おカネと結婚し続けるのは容易なことではありません」

「彼はあなたとピーターソンの一件を知っていたのですか？」と私は尋ねた。

「前にも申しあげたでしょう。その点についてはどうとも言えません。ディックはいろいろなことを自分の胸にしまっておく人です。じつのところ、彼が何を考えているのか、何に気づいているのかも、分かりません」

私たちは木立ちのそばに近づいた。そこから小道は左方に向きを変えていたが、そちらへは向かわずに、クレアは私の肘に手を添え、前方の低木林（カプス）の中へ私を導いた。「カプス」でたぶん正しいと思う。ラングリッシュ・ロッジのような場所では、ある物の正しい呼び方を知るために自分の語彙（ごい）集の中を漁り回らねばならなくなる。足元の土は乾いていて、埃っぽかった。頭上では乾いた葉がカサカサと呟いていた。この木が生まれたふるさとのことを思いながら。そこでは、空気は、よく知られているようにいつも湿っぽく、雨は思い出のように軽やかに降るのだという。

「あなたとピーターソンとのことを聞かせてください」と私は言った。

彼女は平らでない地面を見つめ、用心深く歩を進めた。

「お話出来ることはほんのわずかしかありません」と彼女は言った。「じつを言うと、彼のことはほとんど忘れかけていました。つまり、思い出さなくなっていたというか、寂しいとも思わなくなっていたというか。彼が生きていたときも、二人の間にはたいしたつながりはなかった。一緒だったときも、ということですが」

「出遭ったのはどこで？」

「申し上げたように、カウィーア・クラブでした。その数週間後に、たまたまもう一度出遭いました。アカプルコで。その時に」彼女の頬に再びあの微かな赤味が射した。「何があったかはお分かりでしょう」

分かりはしなかったが、見当はついた。「なぜアカプルコへ？」
「いけないかしら？　皆さん、よくお出かけになる場所でしょう。ニコにはぴったりの土地柄です」

「あなたにとってはそうではないと？」

彼女は肩をすくめた。「わたし向きのところはめったに見つかりません、ミスタ・マーロウ。すぐに飽きてしまうのです」

「それでも、アカプルコには行くのですね」不快げな口調を慎むよう努めたが、うまくいかなかった。

「わたしを嫌いにならないで、お願いだから」ふざけた口ぶりに聞こえるように、彼女は言った。

一瞬私は、若い頃、私に興味があると思わせるようなことを女の子に言われた時のような、いくぶんぼうっとした感じにおそわれた。南のメキシコの海辺にいる彼女の姿を頭に思い浮かべた。ワンピースの水着を着て、本を手に持ち、ビーチ・パラソルの下でデッキ・チェアに身体をゆったりと横たえている彼女のかたわらを通りかかったピーターソンが足を止め、彼女を見かけてびっくりした風に振る舞い、海辺のパームツリーの下にある小屋で飲物を売っているソンブレロをかぶった男から、丈の高いグラスに入った冷たい飲物をもらって来ようかと話しかけている光景だった。ちょうどその時、私たちは木立ちの向こう側に抜け出し、まるで私の思いが魔法で叶ったかのように、目の前に海が広がった。ものうげな長い波が巻き寄せ、イソシギが乱舞し、水平線遥かに浮かぶ煙突の後方に、羽毛のような煙霧が静止していた。クレア・キャヴェンディッシュは溜め息を洩らし、自分ではほとんど気がついていない様子で腕を私の腕にからませた。「ああ、ほんとに」とつぜん声に強い感情を込めて、彼女は言った。「わたしはここが大好きです」

私たちは木立ちを抜けて海辺に立った。砂は固く締まり、その上を歩くのは難しくなかった。黒っぽいスーツと帽子を身につけた姿がいかに場違いに見えるか、私は気がついていた。クレアは私を立ち止まらせ、靴を脱ごうと身体を傾け、片方の手で私の前腕を摑んだ。もし彼女がバランスをくずして倒れかかり、腕を曲げて支えてやらねばならなくなったら、どういうことになるだろう。こんな状況で男の頭に浮かぶのは、そのような愚かな思いなのだ。我々はまた歩き出した。彼女は再び腕をからませてきた。もう一方の手の二本の指の先に靴をぶらさげながら。このシーンにはお似合いのバックグラウンド・ミュージックが必要だ。ヴァイオリンの感傷的な見世場の一節に合わせて、海と砂と夏の風と男と女のことを低音で口ずさむ、名前の語尾が母音で終わる男（フランク・シナトラのようなイタリア系歌手）の歌声が……

「私のことを誰から耳にしたのですか？」と私は尋ねた。答えはそれほど気にしていなかったが、ニコ・ピーターソン以外のことにしばらく話を逸らしたかった。

「お友達よ」

「ええ、前にもそう言いましたね。どういう友達ですか？」

彼女はまた唇を嚙みしめた。「じつを言うと、あなたがよく知っている人です」

「ほう？」

「リンダ・ローリングよ」

バシッと平手打ちをくらった感じだった。「リンダ・ローリングをご存じなのですか？」あまり驚いた風には聞こえないよう努めながら訊き返し、それどころかどんな感情も見せないようにつけ足した。「どうやって知ったのですか？」

「まあ、あちこちでよ。わたしたちの社会はとても狭いんです、ミスタ・マーロウ」

「お金持ちの社会ということですね？」

彼女は赤くなったか？　その通り。「そうよ」と彼女は答えた。「そういう意味になるでしょうね」ひと息ついて、先を続けた。「おカネがあるって、自分でどうこう出来ることじゃないのよ、お分かりでしょう」

「どんな理由でにせよ、人を責めることは、私の仕事ではありません」私はあまりにすっと言ってしまった。

彼女は微笑み、横目でちらっと私を見た。「あなたのお仕事は、まさにそういうことだと思っていました」

私の思いはまだリンダ・ローリングから離れていなかった。ニワトリほどの大きさの蝶々が私の横隔膜のどこかで羽搏（はばた）いていた。「リンダはパリにいると思っていました」と私は言った。

「そうよ。電話で話をしたんです。ときどき電話をかけ合っているの」

「国際的な舞台で繰り広げられる最新のゴシップを確かめ合うためでしょうね」

彼女は笑みをこぼし、叱るように私の腕を自分の脇で締めつけた。「そんなところよ」

海岸が低い砂丘と出遭うあたりのやわらかい砂地の際に立つ、長年風雨にさらされてきたバス停留所の建物みたいな差し掛け小屋に近づいた。内部には荒削りの板片で作られたベンチがあった。「しばらく休みましょうか」とクレアが言った。

日陰で、海からのほどよい微風があり、心地よかった。「プライベート・ビーチなのでしょうね」と私は言った。

「そうよ。どうして分かったの？」

パブリック・ビーチであれば、こういう差し掛け小屋は不潔でごみだらけに決まっているから、中に座ろうなどとは夢にも思わないはずだ。クレア・キャヴェンディッシュは、この世の醜悪さから隔離され保護されている人種の一員なのだ。

「それであなたは、姿を消した後、とつぜんニコが甦った一件もリンダに話したんですね、そういうことでしょう？」

「あなたに話したほどは話さなかったわ」

「私にもたいした話はしなかった」

「ニコとわたしが愛人同士だったことは認めたわ」

「リンダのような女性がそんなことに気がつかないはずがないと分かっていたはずだ。どうなんですか、ミセス・キャヴェンディッシュ」

「クレアと呼んでくださらない？」

「悪いけど、それは出来ない」

「なぜかしら？」

私は取られていた腕を外し、立ち上がった。「あなたが私の依頼人だからです、ミセス・キャヴェンディッシュ。このあたりのすべてが」私は手を振って、差し掛け小屋、海辺、浅瀬の小石がまるでぶくぶくと煮立ったかのような音をあげている水際に降り立った忙しせわく動き回る小鳥の群を示した。「このあたりのすべての物が素晴しく、可愛らしく、とても友交的に見えます。ところが実際は、愛人が消息を絶ち、ろくでもない男ではあっても、彼がどこに消えたのか追跡したくなったという筋書きを携えて、あなたは私を訪ねていらっしゃった。その後、ミスタ・ピーターソンが前代未聞の一大消失トリックを演じたことが判明する。ただしそのことは、あなたの側の何らかの理由のため、私には伝えられなかった。さらにあなたは、私を夫に紹介し、彼がどれほどあなたを不幸にしているかを見せつけながら……」

「わたしは……」

「最後まで言わせてください、ミセス・キャヴェンディッシュ。あなたの言い分はその後伺います。私はあなたの素晴しい邸宅に参上し……」

「お招きはしませんでした。電話をかけて、こちらから再度オフィスに出向くよう頼むとも出来たはずです」

「その通りです、まさしく。しかし私は、悪い報らせを、私の考えではあなたにショックを与えるであろう情報を携えて参上し、私が申し上げようとしたことをあなたがすでにご承知だったのを知りました。その後あなたは、見事な庭園での散策へと私を誘い、腕をからませ、プライベート・ビーチへと導き、私の友人であるミセス・ローリングをよく知っていて、理由を教えるより前に、調査の仕事なら私がいいと推挙してくれたのだと教えてくれました」

「理由は彼女にも話しました」

「半分だけです」彼女はまた口を開きかけたが、私は彼女の顔の正面に手をかざした。彼女は両側でベンチを摑み、打ちひしがれた表情を浮かべて私を見上げた。信じていいのかどうか分からなかった。「どっちみち」私は急に疲労を覚えた。「そんなことはどうでもいい。肝心なのは、あなたが私に正確に何を望んでいるのかです。私があなたのために何が出来るとお思いなのですか。そして、それを私にやらせるために、なぜ私と恋におちかけているようなふりをしなければならないのです？　私は金で雇われる人間ですよ、ミセス・キャヴェンディッシュ。あなたは私のオフィスに来て、抱えている問題を告げ、いくばくかの金を支払い、私は外に出て行ってあなたの問題を解決する。それがお決まりの段どりです。込み入ったことは何もありません。『風と共に去りぬ』とは違います。あなたはスカーレット・オハラでもなく、私はなんとかバトラーではありません」

「レットよ」と彼女は言った。

「何がですか？」

傷ついたような表情は失せ、彼女は私から視線を逸らし、海辺の波に目を凝らした。彼女には、好まなかったり、相手にしたくない物事をパッと払いのける特有のやり方があった。そのたびに私は宙ぶらりんの立場に取り残された。たっぷりとカネに浸って来た人生だけが教えてくれる特殊な技だ。「あなたが言いかけた小説の主人公の名前はレット・バトラーでしょう」と彼女は言った。「偶然だけれど、私の弟のあだ名と同じく」

「エヴァレット三世のことですか?」

彼女は肯いた。「そう。みんな彼をレットと呼んでるわ――綴りにhは入らないけど」彼女はにんまりと笑った。「とにかくあの子ぐらいクラーク・ゲイブルに似てない人間はいないわね」彼女は考え込むように眉をひそめ、また私に視線を戻した。「どうして知ってるの、彼のことを?」と彼女は訊いた。「どうやってエヴァレットのことが分かったの?」

「何も知ってはいない。私がここに着いた時、彼が芝生のあたりをぶらついていたんです。おたがい友交的な侮辱の言葉をいくつか交わし、彼はあなたの居場所を教えてくれた」

「ああ、分かったわ」まだ眉を寄せながら、彼女はうなずき、再び海の方に目を向けた。「彼がまだ幼かった頃、よくここに連れて来てやった」と彼女は言った。「浅瀬でピチャピチャしたり、砂のお城を作ったりして、午後中遊んでいたの」

「彼は、エドワーズと名乗りました。ラングリッシュではなく」

「その通りです。わたしたちは別々の父親を持っているの。母は、アイルランドからこの地へ来て再婚しました」彼女は口の両端を下げて、歪んだ笑みを作った。「うまくいきませんでした、その結婚は。ミスタ・エドワーズは、昔の小説家がよくフォーチュン・ハンター（カネ目当てで結婚する人）と呼ぶ類の人間だったからです」

「そう呼ぶのは小説家だけではありません」と私は言った。

分かっているという風に皮肉っぽく小さく肯き、笑いかけながら、彼女は小首を傾げた。

「いずれにせよ、最後にはミスタ・エドワーズは立ち去りました。本来の自分ではない人間のふりをし続ける努力に疲れ果てたのだろうと思います」

「その本来の自分というのは何だったのですか。フォーチュン・ハンターだということは別にして」

「公正で正直な人間ではなかったということです。そうね、彼はいったいどういう人間だったのかしら。彼自身もふくめて、彼の本当の姿を知ってる人は一人もいなかったのではないかしら」

「それで、彼は去った」

「その通りよ。まだ若かったわたしを母が会社に入れたのはその時だった。とりわけわたし自身も、そしてまわりのものも驚いたことに、香水を売りさばく才能がわたしにあることが分かったの」

私は溜め息をつき、彼女のかたわらに座って、「煙草を吸ってもかまわないかな？」と尋ねた。

「どうぞ、お好きに」

私は頭文字の図案のついた銀のケースを取り出した。誰の頭文字なのかは知りようがない。質屋で買った品だった。ケースを開き、彼女にもすすめた。彼女は首を横に振った。私は火をつけた。海辺での一服は心地良いものだ。潮風が煙草に新鮮なひと味をつけ足してくれる。今日はなぜか、若い頃のことを思い出させてくれた。妙な話だ。海辺で育ったわけでもないのに。

その時また、薄気味悪いことに、彼女は私の思いを読みとったらしい。「あなたはどちらから、ミスタ・マーロウ？」と彼女は訊いた。「お生まれはどちら？」

「サンタ・ローザ。サンフランシスコの北にある、どうということもない町です。なぜそんなことを訊くのですか？」

「あら、なぜかしら。どこの出身かを知るのがいつも大事なことのように思えるんです。そうは思いませんか？」

私は差し掛け小屋の荒削りの板壁に背をもたせかけ、煙草を持った方の腕の肘を左の掌で休ませた。「ミセス・キャヴェンディッシュ」と私は言った。「あなたは人を困惑させる方ですね」

「わたしが？」おもしろがっている口ぶりだった。「どういうことかしら？」

「さっきも言ったように、私は雇われ人です。ところがあなたは私に向かって、まるで生まれて以来の知り合いか、この先ずっとつき合っていきたい人間ででもあるかのような話し方をなさいます。どういうことなのですか？」

彼女はこの問いかけをしばらく熟考し、うつむいていたが、やがてまつ毛の奥から私を見上げた。「たぶん、あなたが、わたしが思っていた方とはまったく違っていたということじゃないかしら」

「どう思っていたのです？」

「ニコと同じような、強面で、口の達者な男性よ。でも、あなたは全然違っていた」

「どうして分かるのです？　ほんとうはスカンクなのに子ネコちゃんのふりをして、芝居をしてるだけかもしれない」

彼女は、束の間目を閉じ、首を左右に振った。「そんなに男を見る目がない女じゃないわ。そうも威張れない明白な証拠もお見せしてしまったけれど」

彼女はまったく身体をずらさなかった。少なくとも私は気づかなかった。それでいて、なぜか彼女の顔は私の顔に前よりずっと近づいていた。こうなればキスをする以外に道はなかった。彼女は拒まなかった。が、応えもしなかった。ただそこに座ったままキスを受け入れ、私が身体を引くと、彼女は小さな笑みを見せ、未練ありげな表情を浮かべた。波の砕ける音、小石が軋む音、カモメの鳴き声が急に耳についた。「すまない」と私は言った。「こんなことをすべきじゃなかった」

「どうして？」ほとんど囁くように、そっと彼女は訊いた。

私は立ち上がり、吸いさしの煙草を砂の上に落として、踵でつぶした。「もう戻った方がいいと思う」と私は言った。

木立ちの下にさしかかると、彼女はまた私の腕をとった。とても平静なように見える。あのキスがほんとうにあったことなのか、と思ったほどだった。林を抜けて芝生にさしかかると、大邸宅がおぞましい偉容を見せて前方にそびえていた。「ぞっとするわ、そうでしょう」とクレアは、また私の心を見透すかのように言った。「知っての通り、母の家よ。わたしのでも、リチャードのでもない。リチャードを陰気にさせる原因のひとつなの」

「義理の母親と一緒に住まねばならないからかな？」

「男性にとっては愉しいことじゃないでしょうね、とりわけリチャードみたいな男性にとっては」

私は足を止め、彼女の歩みも止めさせた。靴には砂が、目には塩の粒が入っていた。

「ミセス・キャヴェンディッシュ、そんなことをなぜ私に教えるのですか？　我々がとりわけ親密な関係にあるかのように私に接するのはなぜですか？」

「なぜわたしがあなたにキスを許したのか、という意味かしら？」彼女の目がきらりと光った。まったく悪意はないが、私を笑っているのだ。

「分かった、それじゃあ」と私は答えた。「なぜキスを許したんです？」

「あなたとのキスがどんな具合か、試してみたかったからだと思う」

「結果はどうだったのかな？」

彼女は一瞬考え込んだ。「素敵だった。気に入ったわ。またいつか、あなたにされてみたい」

「都合はつけられると思う」

我々は腕をからませて歩き続けた。彼女はひっそりと歌を口ずさんでいた。楽しそうに見えた。昨日、私のオフィスに入って来て、ヴェールの奥から冷たく私を観察していた女性ではない、と思った。まったくの別人だった。

「映画界の誰かが建てたのよ」と彼女は言った。目の前の邸宅の話をまた始めたのだ。

「アーヴィング・サルバーグ（一八九九～一九三六年。大物プロデューサー）、ルイス・B・メイヤー（一八八四～一九五七年。MGM創設者の一人）、そういう大物の一人だったけど、覚えていない。イタリアのアペニン地方のどこかから石材を船で運んで来たの。それで何を建てたか、実際に見られなかったイタリア人は幸いだったわ」

「なぜここに住んでいるのかな？」と私は言った。「裕福な身だと言いましたね――どこか別のところへ移ればいいのに」

私はちらっと彼女に目をやった。滑らかな額に小さな影が射していた。「そうね」と彼女は言った。数歩黙したまま歩き、また口を開いた。「たぶん、夫と二人っきりになると思うだけでうんざりするからよ。一緒に暮してそんなに楽しい人ではないので」

私がとやかく言う事柄ではなかったので、コメントは控えた。

我々は温室に近づきかけていた。中に入るかと、彼女が訊いた。「何か飲みたいのでは？」

「いや、別に」と私は答えた。「私は働き者です。やるべき仕事があります。私が猟犬の鼻を利かせて追跡にとりかかる前に、ニコ・ピーターソンについて何か教えてくれることは残っていませんか？」

「何も思いつかないわ」彼女はリネンのジャケットの袖についた葉のかけらを指でつまんだ。「わたしのために、彼を追跡してください」と彼女は言った。「取り戻したいのではないの。そもそも、彼を欲しかったのかどうかも分からないんです」

「では、なぜ手に入れたんです？」

彼女は滑稽で悲しげな道化師の表情を浮かべた。自分を笑うそのやり方が気に入った。

「彼が危険の代名詞だったからじゃないかしら」と彼女は答えた。「前にもお話したけど、わたしって飽きっぽい性向なんです。あの人はわたしをいっとき、生き生きとさせてくれた。いくぶん薄汚れたやり方でだったけれど」彼女は素直な目で私を見た。「分かるかしら？」

「分かりますよ」

彼女は声をあげて笑った。「分かるけど、賛成はしてないわね」

「認めるとか認めないとかは私の領分ではありません、ミセス・キャヴェンディッシュ」

「クレアよ」またあのかすれた囁き声で彼女は言った。私は、まるで葉巻屋の店頭に立つインディアン像みたいに、ぼんやりといかつい顔をしてその場に立ちつくした。彼女は悲しげに小さく肩をすくめ、ジャケットのポケットに両手を突っ込み、両肩をすぼめた。

「ニコがどこにいるのか見つけ出してください」と彼女は言った。「何をしているのか、なぜ死んだふりをしたのか」彼女は平らに刈られた緑の芝生の先の木立ちの方に目をやった。彼女の背後には、温室のガラスの壁面に映る、我々ふたりのゴースト版があった。彼女は言った。「いまこの瞬間に彼がどこかにいて、何かしているのかと思うと奇妙な感じがするわ。死んだと信じるのに慣れてしまっていたので、うまく適応できないのです」

「出来るだけやってみます」と私は言った。「後を追うのはさほど難しくないでしょう。その道のプロフェッショナルのようには見えないし、自分の足跡をあまりうまく隠しおおせたとは思えません。表向きは死んだことになっているので、誰かが後を追っているとは予期していないでしょうからなおさらです」

「何をなさるつもりですか？　どこから手をつけるの？」

「検屍官の報告書にまず目を通します。その後、何人かの人たちの話を聞こうかと」

「どのような人たちでしょう？　警察の方ですか？」

「おまわりは、自分たちの仲間以外の人間に対してあまり協力的な態度はとりません。しかし、本署に一人、二人知っている男がいます」

「彼を探しているのがわたしだということを明らさまに知られるのは好まないのですが」

「つまり、母上には知られたくないという意味ですね？」

彼女の顔が険しくなった。あの顔でこんな表情はたやすくは作れない。「むしろビジネスのことを考えてのことです」と彼女は言った。「いかなるものであれ、スキャンダルはわたしたち、ラングリッシュ・フレグランシズにとってたいへんな痛手になります。お分かりいただけると良いのですが」

「ええ、分かりますとも。いいですよ、ミセス・キャヴェンディッシュ」

どこか近くで、薄気味悪い、耳をつんざくような細い悲鳴がした。私はクレアを見つめた。

「クジャクです」と彼女は言った。そうだろうとも。クジャクの一羽ぐらいいるだろう。

「わたしたちはリベラーチェ（派手な衣装で知られたエンターテイナー）と呼んでいます」

「しょっちゅうやるのですか？　あのような悲鳴を？」

「彼が退屈したときだけよ」

私は立ち去ろうと向きを変えかけて、足を止めた。クールな白いリネンにくるまれ、輝くガラスの壁とお菓子のピンク色をした石の壁を背景に、陽光に照らされて立つ彼女がいかに美しかったことか。私の唇には彼女の唇のやわらかな感触がまだ残っていた。「教えてください」と私は言った。「ピーターソンの死をどこからお聞きになったのですか？」

「あら」申し分のないさりげなさで、彼女は言った。「わたし、あの時、現場に居合わせたんです」

# 6

ゲートにさしかかる直前、引き込み道に沿って大きな牡(おす)の栗毛を歩かせているリチャード・キャヴェンディッシュを見かけた。私は車を止め、ウィンドウのガラスをおろした。

「やあ、きみ(スポート)」とキャヴェンディッシュは言った。「私たちともうさよならかね?」これまできつい乗馬を一時間もやっていた男には見えなかった。薄いオーク色の髪は乱れておらず、乗馬ズボンは温室に入って来た時と同じように清潔なままだった。汗さえかいていない。とにかく外見からは分からなかった。バテているのは馬の方だ。目をくるくる回し続け、頭を振って手綱を引っぱっていた。その手綱の端は、子供の縄跳びのロープみたいに馬の主人の手に軽々とおさまっていた。馬というのは興奮しやすい生物だ。

キャヴェンディッシュは、ウィンドウ際にかがみ込み、片腕を窓枠に載せ、小さくて白い二列の整った歯をのぞかせて、大きな笑みを私に向けた。これまでに私に振り向けられた笑みの中でもとびきり空虚な笑みのひとつだった。「真珠だって?」と彼は言った。

「ご婦人はそう言われました」

「彼女はそう言った、うん、私も聞いたよ」馬は主人の肩に鼻をすりつけていたが、彼は気にもとめなかった。「あの真珠は、彼女が思っているほど価値のあるものじゃない。それでも、きっとこだわりがあるのだと思う。女がどういうものか、きみも知ってるだろう」

「ことが真珠となると、あまり自信はありませんが」

彼はまだ笑みを保っていた。紛失したネックレスなどという話はいっときたりと信じなかったはずだ。そんなことはどうでもよかった。私はキャヴェンディッシュが分かっていた。私のよく知っているタイプの男。ハンサムで、ポロを楽しむプレイボーイ、裕福な女と結婚後、彼女のカネをつかうのがいかに難しいか、それがいかに自尊心を傷つけてきたかについて泣き言を洩らし続け、妻の人生をめちゃめちゃにする男だ。

「良い馬だ」と私は言った。すると馬は私の言葉を耳にとめたかのように私の方に片方の目をくるりと回した。

キャヴェンディッシュは肯いた。「スピットファイアだ」と彼は言った。「馬高は十七ハンズ（一ハンズは十センチ強）、戦車みたいに強靭だ」

私は口笛を吹くように両口をすぼめてじょうごの形を作ったが、口笛は吹かなかった。

「みごとなもんだ」と私は言った。「それに乗ってポロの競技に出るのか？」

彼は小さな笑い声をあげた。「ポロはポニーに乗ってやる競技だよ」と彼は言った。「こいつの背中に跨(またが)って、地面のボールを打つなんて想像出来るかね？」彼は顎の先を人差し指で撫でさすった。「どうやらきみはポロをやらないようだ」

「何とおっしゃる？」と私は答えた。「わが故国では、ポロのスティックをいっときたりと手から離すことはありませんがね」

彼は私をじっと見つめた。小さな笑みがしだいにきつい顔に変わった。「たいした道化者だな、マーロウ」

「私が？　はて、何かたわけたことでも？」

彼はなおもしばらく私を見つめ続けていた。目を細めると、両方の目の外縁に、扇状の細い小皺が寄った。そして彼は身体を伸ばし、窓枠に掌(てのひら)を打ちつけ、後ずさった。「真珠の件で成功を祈る」と彼は言った。「見つけ出せるといいんだが」

馬は頭を揺すり、馬特有のおかしなやり方で上下の唇をパタパタと動かした。その音は人をあざける笑い声によく似ていた。私は車のギアを入れ、クラッチをつないだ。「さあ、行くぞ」と私もかけ声をあげて走り去った。

三十分後、私はボイル・ハイツにあるロス・アンジェルス郡検屍官事務所の前に車を駐めた。これまでにここの階段をとぼとぼと何度昇ったことか。アール・ヌーヴォー様式のいやに派手な造りの建物で、公共の建造物と言うより安酒場によく似ている。だが内部はひんやりとしていて、ほっとするほど静かだった。聞こえてくるのは、頭上のどこかの階の廊下を歩く、ここからは見えない女性職員のハイヒールが刻む音だけだった。

来所者用の受付デスクには、看過しがたいほどぴっちりしたセーターを着用した元気のいい小柄なブルネット娘が、これが適当な言葉だということにすれば、陣どっていた。マジシャンが、これから隠そうとするトランプのカードを掌の上に広げるように、私は私立探偵の許可証を彼女の目の前にちらつかせた。ほとんどの場合、相手は目もくれようとせず、警察本署からの訪問者だろうと思い込む。こっちも異存はない。彼女は、ニコ・ピーターソンのファイルを用意するのに一時間かかると言った。一時間後には家でサボテンに水をやらねばならないと私は答えた。彼女は心もとない笑みをよこし、事務処理の時間を出来るだけ早めるよう努めてみると言った。

私はしばらく廊下をゆっくりと歩き、煙草を吸い、両手をポケットに入れて窓辺に立ち、ミッション通りの車の往来を見つめた。私立探偵の何とも刺激に満ちた一日だ。

セーター娘は約束通り、ファイルを携えて十五分もしないで戻って来た。私はそれを窓際のベンチに持って行って、ページを繰り始めた。どうせたいしたことは教えてくれないだろう。あてにはしていなかった。その予測は間違っていなかったが、とにかくとっかかりは必要だ。死亡した人物は、ロス・アンジェルス郡パシフィック・パリセイズのラティマー通りで、四月十九日午後十一時から十二時の間に、運転者不詳の車に轢かれた。〝頭蓋骨右側の甚大な粉砕骨折〟や顔面の複数の裂傷などをふくむ、長い名前のついた無数の傷を受けていた。死因はお定まりの鈍器による致命的外傷だった。病理学者の大好きな呼称だ。連中はこれを耳にするだけで揉(も)み手をする。事故現場で撮影された写真も一枚あった。フラッシュを浴びると、血痕は何と黒々と艶光りするのだろう。正体不詳の運転者は、ニコ・ピーターソンをむごい姿に仕上げていた。その身体はシャークスキンのスーツに詰め込まれた、ぐちゃぐちゃの牛の片身のようだった。詩人は、死よ驕(おご)るなかれと言ったが、その仕事の徹底ぶりと比類なき成功率とを誇る死神殿が達成感を持ったって少しも不思議はない。

　私は小柄な女性にファイルを返し、品よく礼を言ったが、お返しは上(うわ)の空の笑みだけだった。他のことが頭を占めていたのだろう。ランチの予定はあるのか尋ねてみようという思いつきが浮かんだが、思いつくと同時にその考えを断念した。クレア・キャヴェンディッシュのことがどうせ頭から簡単に離れはしないだろうから。

通りに出て、公衆電話ボックスから本署殺人課のジョー・グリーンに電話をかけた。ひとつめのベルで、彼は電話に出た。「ジョー」と私は訊いた。「休憩もとらせてもらえないのか?」

彼は仰々しい溜め息を洩らした。ジョーは海で泳ぐ大型の哺乳類動物を思い出させる。ネズミイルカとか、大きなおいぼれたゾウアザラシとかだ。警察に勤めて二十年、毎日のように殺人者や麻薬密売人、小児レイプ犯を相手にしているので、彼は倦怠と憂鬱、ときたま起こる発作のような憤怒が形づくる不定形のかたまりになってしまった。ビールをおごろうと、私は誘った。疑わしげな口調に変わるのが分かった。「なぜだ?」と彼は唸った。

「わけなど分からんよ、ジョー」と私は言った。ぴっちりしたパンツと真っ赤なホールタートップを着け、ベビーカーに赤ん坊を乗せた若い女が、怒った顔をしてブースの前に立ち、早く通話をすませて代わってくれと言わんばかりに私を睨んでいた。「夏だからかな」と私は言った。「ちょうど昼飯時だし、外は地獄より暑いし、おまけにあんたに話したいこともある」

「ピーターソンの遺体のことでまだほかに何かあるのか?」

「ご明察だ」

彼は一瞬口を閉じ、先を続けた。「いいとも、かまわんよ。〈ラニガンズ〉で会おう」
電話ボックスのドアを開けると、内部の空気と外の空気が音を立てずに衝突した。外に足を踏み出すと、待っていた若い母親は私に向かって悪態をつき、私を押しのけるようにして中に入り、受話器をつかんだ。「どういたしまして」と私は言った。ダイアルを回すのに気をとられて、これには悪態は返ってこなかった。

〈ラニガンズ〉は、カウンターの後ろの鏡にシャムロック（アイルランド国花）を描き、壁にはジョン・ウェインとモーリン・オハラの鮮やかなテクニカラーの写真を何枚も飾った、よくあるつくりもののアイリッシュ風酒場だった。棚に並んだ瓶の中にはタモシャンター（スコットランドの農夫がかぶる房つきのベレー帽）をかぶらされたブッシュミルズ（アイリッシュ・ウィスキー）のクォート瓶も混っていた。スコットランドだろうとアイルランドだろうと、同じようなもんだろう、というわけだ。だがバーテンダーは生粋（きっすい）のアイリッシュのように見えた。ふしくれだった身体つきで背は低く、育ちすぎたジャガイモみたいな頭とかつては赤かった髪をしている。「何にするかね、おまはんがた?」と彼は訊いた。

ジョー・グリーンは、昔はたぶん白かったこともあるらしい、しわくちゃのグレイの麻のスーツを着ていた。ストロー・ハットを脱ぐと、帽子の縁が当たっていた額に赤い溝が刻まれているのが見えた。彼は、ジャケットの胸ポケットから大きな赤いハンカチを引っ張り出して額を拭った。この額たるや、いまや頭のかなり後方まで攻め込んでいるため、さほど遠からぬうちに禿頭と認定される日が到来するであろうことは間違いなかった。

我々は両肘をカウンターに載せ、ビールを前に背を丸めて座った。

「くそっ」とジョーが言った。「この街の夏は大っ嫌いだ」

「そうだな」と私は言った。「ひどいもんだ」

「何が一番不愉快か、分かるか?」彼は声をひそめて言った。「股倉のところでボクサー・ショーツが、くそ湿布みたいに熱くなり、濡れてくしゃくしゃになることだ」

「違う種類のに変えればいいんじゃないのか」と私は言った。「ミセス・グリーンに相談してみろ。そういうことは女房どもがよく知ってる」

彼は横目でちらっと私を見た。「おや、そうかい?」彼の目は、瞼に締まりがなく、哀しげで、一見間抜け面をした猟犬の目に似ていた。

「そんな話だ、ジョー」と私は言った。「どうもそうらしい」

カウンターの奥のミラーに映る自分の目を避けつつ、我々はしばらくむっつりとビールを飲み続けた。バーテンダーのパットは『マザー・マクリー』(アイルランド民謡)を口笛で吹いていた。信じ難いが本当だ。母国の生粋の陽気なメロディーを〝天使の町〟へ運んで来るために雇われているのだろう。

「ピーターソンという男のことで何か分かったのか？」とジョーが訊いた。

「少しだけだ。検屍官の報告書を覗いてみた。ミスタ・Pはあの晩、かなりひどい轢かれ方をしている。轢き殺したのが何者か、まだ手掛りはないのか？」

ジョーは声をあげて笑った。吸引用ゴムカップを便器の穴から引き抜くときのような笑い声だ。「お察しの通りさ」と彼は言った。

「あの時刻のラティマー通りは、それほど車の往来が頻繁ではなかったはずだ」

「土曜の夜だった」とジョーが言った。「安食堂の裏手にいるネズミどものように、あのクラブには客が出入りする」

「カウィーアのことか？」

「そうだ。そんな名前だと思う。彼をぐちゃぐちゃにしたのは百台もの車の一台だったのだろう。もちろん目撃者は無し。あそこへ行ったことがあるのか？」

「カウィーア・クラブは私が出入りできるような場所じゃないんだ、ジョー」

「だろうな」彼はくすくす笑った。前より小さめの便器から引き抜かれた前より小さめのゴムカップの音だった。「お前を雇ったこの謎のご婦人だが、彼女はそこに行くのか？」

「たぶんね」私は歯を噛み合わせ、ギリギリと擦り合わせた。やるべきではないと思うことをするために気を奮いたたせようとしてつい出てしまう悪い癖だ。とは言え、相手が自分の役に立ってくれそうな時は、おまわりともうまく折り合わねばならない場合がある。もちろん、折り合いのつけ方にもよるのだが。「彼女は、彼がまだ生きていると思っている」と私は言った。

「誰のことだ、ピーターソンがか？」

「そうだ。彼は死ななかった、と思っているんだ。あの晩、ラティマー通りで潰されたのは彼ではなかったと」

それを聞いて、彼は上体を起こした。大きなピンク色の頭をくるっと回し、私をじっと見つめて、言った。「何てこった。何でそんなことを思いついたんだ、その女は？」

「彼女が言うには、つい先日、彼を見かけたそうだ」

「その女が彼を見かけただと？　どこでだ？」

「サンフランシスコで。マーケット通りをタクシーで走っていた時、彼を見かけた、ぴんぴんしていた」

「彼と話をしたのか？」

「向かっている方角が反対だった。驚きのショックが薄らいだ時には、彼とかなり離れてしまったそうだ」

「何てこった」ジョーは再び楽しげな声をあげた。おまわりは、思っていたことが逆だと分かるのが好きなのだ。退屈な仕事ばかりの一日にひとつまみのスパイスを振りかけてくれるからだ。

「どういうことか分かるか？」と私は言った。

「どういうことなのかね？」

「殺人事件というお荷物を持たされたってことかもしれない」

「そう思うか？」

ミセス・マクリーのお気に入りは、片方の耳の穴をマッチ棒でぼんやりと突っつきながら、キャッシュ・レジスターのわきに立っていた。私はビールのお代わりを求める合図を送った。

「考えてみろよ」と私はジョーに言った。「もしピーターソンが死んでいなかったとなれば、死んだのは何者だ？　あれはほんとうに事故だったのか？」

裏に隠れた灰色の部分にこだわって、ジョーはしばらくの間、私の言葉を頭の中でこねくり回していた。「ピーターソンが、姿をくらますためにすべてをお膳立てしたと考えてるのか？」

「どう考えていいのか、私は分からない」

お代わりの新しいビールがやって来た。ジョーはまだ真剣に考え込んでいる。「俺に何をしてほしい？」

「それも分からない」と私は答えた。

「俺には何か打つ手はないのか？」

「遺体を発掘させる手はある」

「掘り出させるだと？」彼は首を振った。「火葬されちまったんだ」

それは考えていなかった。もちろん考えて当然だったのだが。「ピーターソンの遺体の確認は誰がしたんだ？」と私は訊いた。

「知らん。調べてみよう」彼はグラスを手に取って、すぐにまた元に戻した。「何なんだ、マーロウ」怒るというより悲しげな口ぶりだった。「お前と話すたびに、出て来るのはもめごと（トラブル）ばかりだ」

「トラブルは私のミドル・ネームさ」

「ほう、ほう」

私は、ビールを注いだグラスをわきに二センチほどずらし、こぼれた泡がつくった輪の上に再び戻した。二時間ほど前に同じ動作をしたクレア・キャヴェンディッシュのことを思い出した。ある女が頭にこびりつくと、どんなことでも彼女を思い出すきっかけになる。

「なあ、ジョー。すまないな」と私は言った。「何もかも本当じゃないかもしれないんだ。光線の見かけたのがピーターソンだったと、私の依頼人は想像しただけなのかもしれない。光線のトリックか、マティーニを一杯多く飲み過ぎたのかも」

「その女の素姓を明かそうってのか？」

「それはしない。分かってるだろう」

「彼女の言葉が正しくて、その男が死んでいないことが明らかになったら、女の名前を教えてもらうことになるぞ」

「そうなるだろうな。だが今のところはまだ事件とは言えないし、あんたに何かしゃべらなければならないってことにもならない」

ジョーはスツールの上で身を引いて、しばらく私を見つめていた。「いいか、マーロウ。お前が俺を呼び出したんだぞ、憶えてるな？　三日間行方が分からない女学生が一人、給油所強盗が一件、ベイ・シティーの二重殺人、それっくらいしか俺のデスクには未決のファイルが載っていない、この上もなく平穏な午前中だったんだ。平穏な一日になりそうな雲行きだった。ところが今は、とんずらするためにこのピーターソンという野郎が間抜けな身代わりを轢き殺させるお膳立てを仕組んだのかどうかをあれこれ思い悩むことになっちまった」

「私が言ったことをぜんぶ忘れてくれてもいいんだ。さっきも言ったが、きな臭いことは何も起こっていないのかもしれない」

「そうとも。その女学生はポウキプシー（ニューヨーク州南東部の町）にいる祖母を訪ねて行っただけかもしれないし、ベイ・シティーで頭に一発ずつ食らった二人のイタ公の件も、たんなる事故に過ぎなかったのかもしれない。そうとも。見かけだけは一大事のように見えることが、世の中にはごまんとあるんだ」

彼はスツールから滑りおり、カウンターに置いてあったストロー・ハットを手に取った。不快な気分の時、ジョーの顔はレバーの色になる。「ピーターソンの、と言うか、死んだのが誰であったにせよ、あの死体についてはもう少し洗ってみてから、お前に連絡する。そのあいだ、お前は依頼人の女の手をしっかり握って、彼女の愛人ラザロのことは何も心配するな、もし生きてるのなら必ず行方を突きとめてみせる、それができなければドッグハウス・ライリー（マーロウの偽名）の名がすたると言ってやるんだ」

彼は向きを変え、腿（もも）を帽子ではたきながら大股で出て行った。うまくいったな、マーロウ、と私は自分に声をかけた。うまくことを運んだものだ。バーテンダーが近づいて来て、注文はないかと優しげに声をかけてくれた。ああ、大丈夫だよ、と私は答えた。

車でオフィスへ戻り、ヴァイン通りとの角の屋台でホットドッグを買い、デスクに向かって座ると、ソーダ水を飲みながら食べた。その後長いあいだ、両足をデスクに、帽子を頭の後ろに載せたまま煙草を吸って座り続けた。中を覗き込んで私の格好を見た人間は、私が考えごとに耽っていたと報告するだろうが、そうではなかった。じつのところ私は、何も考えまいと努めていた。ジョー・グリーンに電話をかけることによってどれほど事態をややこしくしてしまったか、よく分からないし、そもそも考えたくもなかった。死んだはずのピーターソンを彼女が見かけたという話をジョーにしたことで、クレア・キャヴェンディッシュの私への信頼を裏切ったことになるのだろうか？　そうではないとは考え難い。だが、打つ手に窮した時はスズメバチの巣をひと叩きせねばならないこともあった。しかし、ジョーを巻き込む前に、もう少し待って、ピーターソンの行方を追ってみるべきではなかったのか？

私は額に手を当て、小さなうめき声をあげた。そして、書類のファイルを入れておくはずのデスクの抽斗を開け、オフィス用の瓶を取り出し、紙コップになみなみと注いだ。へまをやったと悟ったら、数百万個の脳細胞を猛爆してやっつけるしか手はない。

二杯目をどうするか考え込んでいた時、電話が鳴った。長年使っているのに、なぜこの忌々しい機械が今も私をぎくっとさせるのか分からない。たぶんジョーだろう。予測は当たった。「あの死体はポケットにピーターソンの財布を入れていた」と彼は言った。「それと、あそこのマネージャーが現場で身元確認をした。何というクラブだったかな、あそこは？」

「ザ・カウィーアだ」

「いつまでたっても覚えられないのは何でだろう？　マネージャーはフロイド・ハンソンだ」

「そいつのことで何か知ってるか？」

「後ろ暗いところをつかんでいるかという意味なら、何もない。カウィーアは気取ったお上品なクラブで、前科のある人間を要職には雇わない。知っての通り、郡保安官も会員だし、判事が二人とこの街のビジネスの世界の大物の半分もあそこに入っている。下手に指を突っ込むと、先っちょを嚙み切られるぞ」

「ピーターソンか誰かが轢き逃げに遭った晩、あそこでひと騒動あったという報告はなかったか？」

「ないな。どうしてだ？」ジョーの口ぶりにまたしても疑念が混るのが分かった。

「あの晩、ピーターソンが大酒をくらって、バーで騒ぎを起こしたと聞いている」と私は言った。「それがあまりにもひどかったので、彼は追い出され、その後、肉屋に吊るされた羊の半身みたいになって道路わきに転がっていたのを誰かが見つけたそうだ」

「その誰かというのは、ボーイフレンドと一緒に帰宅する途中だったクロークの女の子だ。勤務時間明けに、彼が拾った」

「何かきな臭い点は？」と私は訊いた。

「何もない。二人ともガキだ。二人はクラブに戻り、マネージャーのハンソンに連絡し、彼が警察に通報した」

私はこの話をしばらく頭の中で検討した。

「おい、まだそこにいるのか？」とジョーが言った。

「いるとも。考え事をしているんだ」

「時間を無駄にしてると考えてるのか。そうだろ？」

「これから依頼人に連絡する」

「それがいい」電話を切る時、彼はくすくす笑った。

忠実なる瓶から少な目の一杯を注いで飲んだが、旨いとは感じられなかった。バーボンを飲むには暑すぎた。私は帽子をつかんでオフィスを出、エレベーターで下までおりて通りに足を向けた。頭をすっきりさせるためだったが、溶鉱炉の内側みたいに熱く、鉄のやすりのような味がする外気の中でいったいどうすれば良いのか？　日陰を選んで歩道をしばらく歩き、同じ道を引き返した。ウィスキーのせいで、頭の中にパテがいっぱい詰まっているような感じがした。再びオフィスに戻り、煙草に火をつけ、椅子に座って電話機とにらめっこを続けた。そしてもう一度ジョー・グリーンに電話をかけ、依頼人と話をし、ピーターソンを見かけたというのは思い違いだと納得させた、と告げた。

ジョーは笑い声をあげた。「それが女ってもんだ」と彼は言った。「可愛いちっちゃな頭の中で何かひらめくと、しばらくの間、男を無駄にぐるぐる駆け回らせたあげくに、あら、ほんとに、ほんとにごめんなちゃい、ミスタ・マーウォー、きっとあたちがまちがってたのね、ってことになるのさ」

「ああ、そんなところだろう」と私は答えた。

私の言葉をひとことも信じていないジョーの気配が感じられた。が、彼はどうでもいいと考えているのだ。彼の願いは、ニコ・ピーターソンに関するファイルを閉じ、取り出して来た元の埃だらけの棚に戻すことだけだ。

「その女にカネは払ってもらったんだろうな」と彼は訊いた。

「もちろんだとも」と私は嘘をついた。

「これで、みんな、めでたし、めでたしだ」

「かどうかは分からんがね、ジョー」

彼はまた声を出して笑った。「おかしなことに首を突っ込むなよ、マーロウ」そう言って彼は電話を切った。悪くはない奴だ、ジョーは。気が短いことを除けば。

## 7

あの時点で、私はこの一件から手を引くことも出来た。こういう風に処理したとジョーに告げたことを実行し、クレア・キャヴェンディッシュに電話をかけて、きっと見間違えだ、あの日サンフランシスコであなたが見かけたのはニコ・ピーターソンのはずがないと言うことも出来た。だが、そう告げたところで納得させられただろうか。彼女に示す新しい情報はひとつもなかった。ラティマー通りで死んだ男がピーターソンの服を着、胸ポケットにピーターソンの財布を入れていたことを、彼女はすでに知っていた。ラングリッシュ・ロッジの茂った木立ちの下で別れる前に、フロイド・ハンソンという男が遺体の身元確認をしたという話もしてくれた。彼女はあの晩、カウィーアにいて、酔ってわめき声をあげ、ハンソン配下の二人の用心棒にはさみ込まれて退去させられたピーターソンの姿を見かけていたという。一時間後に、クローク係の娘とボーイフレンドが、道路際でピーターソンが死んでいるとみんなに教えに戻って来た時もまだクラブにいて、死体運搬車に遺体が乗せられるところも、外に出て目にしたというのだ。そういうことがすべて揃っていながら、死んだと思われた時から二カ月後に、マーケット通りで見かけた男はピーターソンに間違いない、と彼女は確信していた。彼女の考えを変えさせるようなことで、何が言えるだろう。

この一件には何か胡散臭いところがあるという感じは今もしていた。教えられていないことも何かあるようだ。癖になることはいろいろとあるが、すべてが疑わしく思えるようになるというのもそのひとつだ。

その日の残りはあらかたぼんやりと過ごしたが、ピーターソンの一件は頭から追い出せなかった。翌朝、オフィスへ行き、ラングリッシュ家とキャヴェンディッシュ家について調べる電話を何本かかけた。たいした収穫はなかった。彼らについて判明した最も興味深い事柄は、あれだけの富にもかかわらず、醜聞めいたものがいっさい見つからないことだった。少なくとも、人に知られたものはひとつもない。だが、問題は何もなし、はいそれまでですむものだろうか。

エレベーターで下へ降り、通りを渡って、オールズを駐めておいた場所へ行った。日陰に駐めたのに、太陽は私をだまし、パーマネント保険会社のビルの角を回り込んで、フロント・グラスともちろんハンドルとをもろに照らしつけていた。ウィンドウを四つとも開け、風が抜けるように速度を上げて走ってみたが、役に立たなかった。何かの都合で、スペイン人たちではなく英国からの清教徒の入植者たちが西海岸に先に上陸していたらどうなっていただろうか。きっと彼らは、雨と低い気温を願って祈りを捧げ、神様はその願いを聞き届けてくれたのではないか。

海に近いので、パリセイズは少し涼しかった。私は二、三度道を尋ねたあげく、カウィーア・クラブを見つけた。入口は、葉の茂った道を昇り、ブーゲンヴィリアが咲きこぼれている長く続く高い塀の終点にあった。ゲートは、私が予期していた電動式ではなかった。丈が高く、装飾が施された金メッキのゲートで、両側に開いていたが、すぐ内側には、しましまの棒の遮断機があった。門番が小さな小屋から出て来て、品のない目つきで私を見た。きちんとしたベージュ色の制服を着、目庇に組み紐のついたキャップをかぶっていた。異常に小さな頭が長い首の上に載り、ごくりとやるたびに喉仏（のどぼとけ）がピンポン玉みたいにひょこひょこ上下した。

マネージャーに会いたいのだが、と私は告げた。

「アポイントメントはおありですか？」私がノーと答えると、彼は奇妙な形に口を歪め、私の名前を訊いた。私は名刺を見せた。そこに記されている情報が象形文字で書かれていてもしているかのように、彼は長いあいだ、顔をしかめて睨めっこをしていた。もう一度、さっきと同じように口元を歪めた。喉に何か詰まっているように見えた。彼は中に入って、私の名刺の文字を読みながら、手短かに電話をかけ、戻って来てボタンを押すと、遮断機の棒が上がった。「左へ進むと、〝受付〟の札があります」と彼は言った。「ミスタ・ハンソンがそこでお迎えいたします」

引き込み道は、ブーゲンヴィリアがたわわに垂れさがる長く高い塀に沿って曲りながら続いていた。ピンク、深紅色、微妙な色合いの藤色など色どりもさまざまだった。この花をよほど気に入っている人物がいるのだろう。ほかにも、クチナシ、スイカズラ、たまにジャカランダの花も咲き乱れ、オレンジの木が甘く鮮烈な香りをあたり一帯に漂わせていた。

受付エリアは斜めの小窓がたくさんついたログ・キャビン風で、ドアに通じる赤いカーペットが敷かれていた。私は中に入った。マツの匂いがツンと鼻をつき、天井に隠されたスピーカーからフルートの調べが静かに流れてくる。デスクに人はいなかった。大きな、威厳のあるデスクで、真鍮の取手のついた抽斗が並び、いかにもインディアンの酋長が部族の土地を放棄する条約に署名した時に使ったような長方形の緑色の革が天板にはめ込まれている。アメリカ史を飾る様々な品物があたりに立ち並んでいた。特別展示台にはインディアンの大きな頭飾り、別の台には年代物の銀製の痰壺や装飾つきの鞍が飾られている。壁面には、組み立てられた様々な形や大きさの弓矢、象牙の握りがついた一対のピストル、そしてエドワード・カーティス（一八六八〜一九五二年。西部を撮影し続けた写真家）が撮影した、気高い風貌のインディアン戦士や夢見るような眼差しのインディアン女の額入りの写真などが掛けてあった。私が一枚の写真に目を凝らしていた時——ティーピーやキャンプ・ファイアを囲んでインディアンの女たちが赤ん坊と一緒に車座になった写真——背後でひっそりとした足音がした。

「ミスタ・マーロウですか？」

フロイド・ハンソンはすらっと背が高く、細長い顔、左右のこめかみのあたりがきれいな灰色を帯びた、後ろにまっすぐ梳かれている艶出し油のついた黒い髪をしていた。指が切れそうなぴしっとした折り目のついたハイウエストの白いスラックスに飾り房のついたローファーを履き、くつろいだ白い開襟シャツ、大きな灰色のダイヤモンドの形をあしらったニットのヴェストを身に着けていた。左手をスラックスのポケットに入れて立ち、礼儀正しすぎるので笑い声はあげられないが、私のどこかに少しばかり滑稽なところがみうけられると言わんばかりの疑念を秘めた目つきでじっとこちらを見つめていた。その目つきはことさら私に向けられたものではなく、あらゆる物を注意深く凝視するたびに、そんな風になるのかもしれない。

「そうです」と私は言った。「フィリップ・マーロウです」

「どのようなご用件でしょうか、ミスタ・マーロウ？　門番のマーヴィンが、あなたは私立探偵であると申しておりますが、その通りでしょうか？」

「そうです」と私は答えた。「だいぶ前のことだが、地方検事局で働いていました。現在はフリーランスだが」

「さようですか。分かりました」

彼は一瞬間合いをとって静かに私を見やり、握手のために右手を伸ばしてきた。束の間、艶のある、冷んやりとした動物を持たされた感じだった。とりわけ驚かされたのは、この人物の不動の姿勢の質の高さだった。動いたり話したりしていない時は、身体の内部の何かが、エネルギーの消耗を避けるために自動的にスイッチを切ってしまうように見えた。世の中で何が起ころうと、彼を驚かせたり、気を惹いたりは出来ないのだ。私を見つめて立っている彼の前では、身動(みじろ)ぎをこらえるのも難かしかった。「この近くで二カ月ほど前に起きた事故の件です」と私は言った。「死亡事故でした」

「ほう？」と彼は私に先をうながした。

「ピーターソンという男が轢き逃げに遭って亡くなった」

彼はうなずいた。「その通りです。ニコ・ピーターソンでした」

「彼はここの会員でしたか？」

この質問は冷ややかな笑みで迎えられた。「いいえ、ミスタ・ピーターソンは会員ではありませんでした」

「しかし、彼のことはご存じだった。つまり、識別出来る程度には」

「ここにはしばしばお見えになりました、友人の方々と。ミスタ・ピーターソンは社交好きな方でしたから」

「路上に無惨な姿で転がっていた彼を見て、さぞショックだったのではありませんか？」

「ええ、その通りでした」私を凝視する視線が顔中をさまよい歩いているようだった。顔の造作を確かめ、心に刻みつけようとする盲人の指先のように、実際に触知出来そうなほどだ。私は何か言いかけたが、彼にさえぎられた。「歩きませんか、ミスタ・マーロウ」と彼は言った。「気持ちの良い朝なので」

彼はドアに近づき、片側に寄って立つと、上に向けた掌で私をドアの外に案内した。そばを通り過ぎた時、楽しんでいるような、人を小馬鹿にした微かな笑みがまたこちらに向けられたのが見えた。

天候について彼が言ったことは正しかった。空は天頂で紫色を帯びる澄んだ青天井さなからだった。空気には、木と茂みと花の混り合った香りが濃くたちこめていた。どこかで一羽のモッキングバードが得意の一節を歌い、植込みに沿って作動中のスプリンクラーが押し殺したやわらかな水音を立てていた。裕福で、そんな光景にお目にかかれる場所にいられる身分でさえあれば、ロス・アンジェルスにも素晴しいひとときはある。

クラブハウスを離れ、我々はさらに豊かに咲き誇るブーゲンヴィリアの茂みに沿って滑らかに湾曲する小道を進んだ。目もくらむような豊かな色合いだった。それほど香りは濃くないのに、空気には花の湿気が充満していた。「この花は」と私は言った。「ここの代名詞みたいなものですね」

ハンソンは私の言葉をどう受け止めるかを決めるのに一、二秒要した。「そうですね、そう言っても良いでしょう。ご存じでしょうが、よく見かける花です。サン・クレメンテやラグーナ・ニゲルでは、実際に市の花として公認されています」

「おや、そうなんですか」

私のおふざけの口調を、彼が無視しようと決めるのが見てとれた。「ブーゲンヴィリアには興味深い歴史があります」と彼は言った。「それもご存じですか？」

「習ったとしても、覚えていませんね」

「この花は南米原産なのです。世界一周の探検航海でフランスのルイ・アントワーヌ・ド

・ブーガンヴィル提督に同行した植物学者、フィリベール・コメルソンによって初めて記録されました。しかし、この花を最初に目にしたヨーロッパ人はコメルソンの愛人、ジャンヌ・バレだったと見なされています。男の格好をさせて秘かに乗船させていたのです」
「そういう話は冒険活劇小説の中でしか起こらないものだと思っていました」

「いいえ、水夫や乗船客が何年にもわたって故国を離れることになるので、当時は極めてありきたりのことでした」

「それでこのジャンヌは――ラスト・ネームは何でしたか?」

「バレ。綴りの語尾にtがつきます」

「そうそう」相手のフランス語の発音には太刀打ち出来そうもなかったので、口にするのはやめにした。「その娘が花を見つけ、彼女のボーイフレンドが記録にとどめたにもかかわらず、提督にちなんで命名されたわけですか。あまりフェアではありませんね」

「あなたのおっしゃる通りでしょう。世の中のことはおおむね、フェアではない方に傾くものです。そう思いませんか?」

それには何も答えなかった。彼のきざな英国人気取りの発音が何とも気に障り始めた。

我々は、ユーカリの木立ちに覆われた空地にさしかかった。たまたまだが、ユーカリに関しては少しばかり知識があった。オーストラリア原産、フトモモ科、分類未確定被子植物。しかし、この冷静な手強い男の前で自分の知識をひけらかしても始まらない。またひねくれた、そっけない小さな笑みを見せられるのがおちだろう。彼は木立ちの先を指差した。「ポロ競技場はあの先にあります。ここからは見えませんが」私は精いっぱい感銘を受けたような表情をつくった。

「ピーターソンの話に戻りますが」と私は言った。「あの晩のことを伺えませんか？」

彼は何も言わず、今の質問が聞こえた気配も示さずに、前方の地面を見つめたまま、私のかたわらを歩き続けた。ラングリッシュ・ロッジの芝生を横切って散歩をした時にクレア・キャヴェンディッシュが見せたのと同じ態度だった。彼の沈黙を前に、私は同じ質問を繰り返して、恥ずかしい目にあうのではないかと悩まされた。そういうことが出来る人間、沈黙を続けるだけで相手を追いつめられる人間がいるのだ。

やっと彼が口を開いた。「私に何を話せと望んでおられるのか、よく分かりません、ミスタ・マーロウ」彼は足を止め、私を見た。「じつを申せば、この不運な出来事について、あなたは正確にどのような関心を持っておられるのでしょうか」

私も足を止め、靴の先端で小道の泥を小突いた。ハンソンと私は顔をつき合わせていたが、対決するという感じではなかった。概してこの男は、人と対決するタイプではない。そういうことなら、私も決してそのタイプではない。人に小突かれさえしなければ。

「私に調べてほしいと依頼して来た関係者がいる、と申しあげておきましょうか」と私は言った。

「その件なら、警察がすでに充分調査をすませているでしょう」

「ええ、知っています。しかし問題は、ミスタ・ハンソン、人々が警察について間違った考えを抱きがちなことです。映画を観に行けば、つばの垂れたソフト帽をかぶり、両手に拳銃を構え、悪人どもを容赦なく追いつめるおまわりたちの姿を目にする。ところが実際は、警察も我々と同じように平穏な生活を望んでいます。彼らの目的は、物事を明白、明確にし、きちんとした報告書をまとめあげ、その他もろもろの同様な報告書の山また山と一緒にファイルにして、きれいさっぱり忘れてしまうことなのです。悪人どももそれを心得ていて、それに合わせて動いている」

ハンソンは頭の中の思考リズムに合わせるかのように軽くうなずきながら、私を見つめた。「ではこの件では、誰が悪人ということになるのでしょうか？」

「そうだな、まずは轢き逃げをした車の運転者でしょう」

「まずは、ということですか？」

「どうかな。ニコ・ピーターソンの死に関しては、いくつかの疑問があるという見方もある」

「どんな疑問でしょうか？」

私は向きを変え、歩き出した。数歩進み、彼がついて来ないことに気づき、足を止めて振り向いた。彼はスラックスのポケットに両手を差し込み、目を細めてユーカリの木立ちを凝視しながら、小道に立っていた。しょっちゅう何かを考えている男だということが分かってきた。私は彼のそばに戻った。「あなたが遺体の身元を確認なさったのでしょう」と私は言った。

「正確に言えば、そうではありません。とにかく、正式にではなかった。正式には彼の妹が、翌日、死体置場(モルグ)で身元を確認したのだと思います」

「しかし、現場にはいらっしゃった。警察にも通報なさった」

「ええ、その通りです。遺体も見ました。楽しい見世物ではなかった」

その時我々は一緒に歩を進めていた。太陽はすでに残っていた朝霧をすべて焼き尽し、陽光は鋭く、空気は清明で、遠方の音も投げ槍のように滑らかに伝わって来た。どこか近くで、乾いた粘土のように聞こえるものを庭師の鋤(すき)が掘っている、ザクザク、ズルズルという音が耳に届いた。木立ちや花いっぱいの植物や水を浴びる草などに囲まれ、赤子の目のように青く、清く明るい空の下、このような環境の中で毎日を過ごす職業に就いているハンソンは何と幸運な男だろう。そんなことを思った。そうなのだ、一方にはたっぷりと幸運に恵まれた人間がいて、他方にはその他大勢がいる。しかし、ここで働きたいというわけではない。あまりにもむきだしの自然がいたるところにあふれすぎている。

「ほかの誰かが最初に遺体を発見した」と私は言った。「そうですね？」

「そうです。メアリー・ストーヴァーという若い女性です。このクラブのクローク係でした。勤務時間明けに彼女のボーイフレンドが拾いに来て、彼が家まで車で送りました。ところが、ラティマー通りに曲るとすぐ、ミスタ・ピーターソンの死体を見かけ、クラブへ逆戻りして、彼らが発見した惨殺死体を私に報告したのです」

ハンソンほどの洗練された人種でさえも、三文小説（ダイム・ノベル）の決まり文句をあっさりと口にしてしまうというのがおかしい。彼らが発見した惨殺死体か、なるほど。

「ミス・ストーヴァーと話が出来るでしょうか？」と私は訊いた。

彼は顔をしかめた。「何とも申せません。彼女はその若い男性とほどなく結婚し、一緒に東海岸の方へ移りました。ニューヨークではありません。たぶん、ボストンでしょうか。はっきりとは覚えていませんが」

「結婚後の姓は？」

「ああ、困りましたね。その若い男性とは、事故の時一度顔を合わせただけなのです。場合が場合だったので、おざなりに紹介を受けただけでした」

今度はこっちが沈思黙考に耽ける番だった。彼は楽しげに目を輝かせて私を見つめていた。私との出遭いで軽いお楽しみをたっぷりと得たようだ。「そうですか」と私は言った。「彼女の後を追跡するのはさほど難しくはなさそうです」これが口先だけだと彼が見抜いているのは分かっていた。そして、彼が見抜いていることを私が分かっていることも、彼は知っていた。

我々はまた歩き出した。小道が大きく向きを変える地点で、バラの花壇の土をすき返している年配の黒人のそばに近づいた。一分ほど前に耳にしたのは、彼の鋤が立てる音だった。色の褪せたデニムのつなぎを着、灰色の縮れっ毛の髪はぴっちりした帽子のようだ。彼は白目を大きくのぞかせ、我々にこっそりと素早い一瞥をくれた。とたんに私は、車のウィンドウ越しにリチャード・キャヴェンディッシュの興奮した牡馬が私を見おろしたのを思い出した。

「おはよう、ジェイコブ」とハンソンが声をかけた。老人は答えず、また同じ不安げな眼差しを返しただけで、仕事に戻った。通り過ぎたところで、ハンソンが静かに話した。「ジェイコブはあまり話しません。ある日、腹を空かせ、おびえた様子でゲートのそばにやって来ました。どこから来たのか、何があったのか、結局聞き出すことは出来ませんでした。ミスタ・キャニングは、当然のことですが、彼を中に入れてやり、寝場所と仕事を与えてやるよう命じました」

「ミスタ・キャニングというのは？」と私は訊いた。「どなたですか？」

「ああ、ご存じないのですか？　調査員であれば、そのようなことはあらかた調べがついているものと思っていました。ウイルバー・キャニングは当クラブの創設者です。綴りにeが入ったウイルバーで、正しくはウイルバーフォース——彼の両親は、英国の偉大な下院議員であり奴隷制度廃止論者であったウィリアム・ウイルバーフォースにちなんで命名したのです」

「ええ」出来るかぎりドライの口調で答えた。「確かに聞いたことがある名前だ」

「そうでしょうとも」

「ウィリアム・ウイルバーフォースの方のことだがね、私が言ってるのは」

「ミスタ・キャニングは、ご両親同様たいへん熱心な博愛主義者です。このクラブの創設を計画なさったのは彼の父親でした。我々の目標は、この社会のより不幸な一員を出来得るかぎり援助することにあります。先代の方針は、現在もそれは生かされているのですが、一定の数の雇用の口は、支援と保護が必要な人たちのために確保しておかねばならないと定めています。ジェイコブと門番のマーヴィンにはお会いになられましたね。あとしばらくここにいらっしゃれば、ここを避難所としている、援助にふさわしい人たちをもっとたくさん見かけることになるでしょう。カウィーア・クラブは、移民たちの間で抜きん出た名声を保っているのです」

「感銘を受けました、ミスタ・ハンソン」と私は言った。「ここが保養所と社会復帰施設を足して二で割ったような施設であるということですね。私が受けた印象とは少し違っていました。しかし、ニコ・ピーターソンのような人種は間違いなくここの博愛精神を感謝することでしょう」

ハンソンは大目に見てやろうというような笑みを浮かべた。「ミスタ・キャニングの慈悲深い方針に対して、もちろんすべての人が賛同しているわけではありません。それに、先ほど申しあげましたように、ミスタ・ピーターソンは会員ではありませんでした」

気づかぬうちにひと回りして、いつの間にかクラブハウスに戻っていた。だがそこは先刻私が入った正面の入口ではなく、建物の側面のどこかだった。ハンソンは板ガラスのドアを開け、我々は間口は広いが天井の低い部屋に入った。チンツ（光沢のある更紗木綿）のアームチェアと屋根を葺くこけら板のように雑誌が整然と並べられた小テーブルが置かれ、私のユッカ・アヴェニューの家の居間がすっぽり入るほどの石造りの暖炉が奥にあった。パシフィック・パリセイズではこんな大きな暖炉がさぞや役に立つのだろう。微かな葉巻きと上物の古いブランディーの残り香がした。ウイルバーフォース・キャニングと仲間の貴族たちが夕食後ここに集まり、公共の道徳心の嘆くべき低下について議論を交わし、より良き慈善行為を計画しながら夕べの一時を過ごす光景が目に浮かんだ。私の想像の中では、彼らはフロックコートを着、儀式用の半ズボンを穿いて、頭には髪粉をつけたかつらを載せていた。私はときおり奇抜な空想にとりつかれることがある。これだけはどうしようもない。

「お座りください、ミスタ・マーロウ」とハンソンが言った。「お茶はいかがですか？

私はいつも午前中、この時刻にお茶をいただきます」

「けっこうですね」と私は答えた。「お茶をいただきましょう」

「インド茶、それとも中国茶？」

「インド茶にしますか」

「ダージリンでよろしいでしょうか？」

その時、白いショートパンツとブレザーを身に着けたおかまっぽい男が跳び上がりながらドアから入って来て、テニスをやるものがいないか、舌がもつれたしゃべり方で問いかけたとしても、私は驚かなかったろう。「ダージリンでけっこう」と私は答えた。

彼は暖炉のわきの呼鈴を押した。まさに舞台と同じように。私はアームチェアのひとつに身体を沈めた。あまりにも深々としていたので、膝頭でアッパーカットをくらうところだった。ハンソンは銀のライターで煙草に火をつけ、炉棚に片肘を載せ、足首を組んで、高みから私を見おろす姿勢をとった。どこか苦渋に満ちながら辛抱強く耐えているといった風の彼の表情は、無軌道な息子に説教を垂れねばならない律義な父親さながらだった。

「ミスタ・マーロウ。ここを訪ねるように誰かに依頼されたのですか？」と彼は訊いた。

「誰かと言うと、たとえば？」

彼は顔をしかめたようだった。私の文法のせいだろう。彼が答える前にドアが開き、縞柄のヴェストを着た老人がそっと部屋に入って来た。生きているのが信じられないくらい血の気の失せた顔をしていた。ずんぐりとして背が低く、灰色の頬と灰色の唇、ハゲた灰色の頭には油じみた灰色の髪の毛の長い束がいく筋か入念に撫でつけられていた。「お呼びになられましたか、サー？」震え声で彼は訊いた。こっちの英国訛りはほんものだった。カウィーア・クラブは、〝懐かしき古き英国〟の香りをひと振りされたインディアン美術館だと分かってきた。

「お茶のポットを頼むよ、バートレット」ハンソンは声を張り上げた。老人は明らかに耳が遠いようだ。「いつものだ」彼は私の方を見た。「クリーム？　シュガー？　それともレモンですか？」

「お茶だけでけっこう」と私は答えた。

バートレットはうなずき、ごくりと喉を動かし、私にしょぼついた視線を投げかけ、足をひきずるようにして出て行った。

「話の途中でしたね？」とハンソンが尋ねた。

「ここへ来てあなたと話すように、私が誰かに依頼されたのかと、お尋ねになられたので、そんなことを依頼するのは誰だと思いますかと訊き返したところでした」

「そう。その通りです」そう言って彼は、炉棚に載せた肘のわきに置かれているガラスの灰皿の縁を煙草の先端で軽く叩いた。「ミスタ・ピーターソンと彼の不幸な最期に関する件に、再調査のためにわざわざ私立探偵を雇うほどの関心を抱く人物は思いつかない、と申し上げたかったのです。繰り返しますが、とりわけ警察が、髪を櫛で梳くようにすべてを調べた後でしたから」

私はくすくすと笑った。その気になれば、私にもその真似は出来る。「警察が使う櫛は歯ぬけのことがよくあります。あまりくわしく調べたくないものがすき間に詰まっている場合が多いのです」

「それでもやはり私は、あなたがここへいらっしゃった理由を伺いたい」

「まあ、それはですね、ミスタ・ハンソン」もう少し威厳を保てるような姿勢を作ろうと、私は深い椅子の中で身体をずらしながら答えた。「暴力がもたらした死にはいつも結び目にほつれがあるものです。こういう仕事をしていて分かったのですが」

彼はまたあのトカゲのような不動の姿勢で私をじっと見つめた。「どんなほつれでしょう？」

「ピーターソンの件でということかな？　繰り返しますが、彼の死にはある種の疑問を生じさせる一面がある」

「で、お尋ねしたと思いますが、いかなる種類の疑問なのでしょうか？」

しつこくいさがるのが一番だ。わめき立てても事はうまく運ばないものだ。

「それはたとえば、ミスタ・ピーターソンの遺体確認上の疑問点です」

「遺体確認か」それは質問ではなかった。彼の声は血まみれの激戦が交わされた後の戦場を渡るそよ風のようなやわらかいしゃべり方だった。「遺体の身元確認に関して、どのような疑問があり得るとおっしゃるのですか？　私はあの晩、あの路上で彼を確認しました。誰であるかに関して誤認はあり得ません。おまけに彼の妹が翌日遺体を見せられて、いかなる疑念も表明しなかった」

「分かっています。しかし、要点は、ここでやっと問題の核心に触れることになるのですが、ごく最近、街で彼を見かけた人がいるのです。ぴんぴんしていたそうです」

沈黙もいろいろだ。読みとれるのもあるし、読みとれないのもある。私が言ったことを聞いてハンソンが驚いたのか、びっくり仰天したのか、時間稼ぎのために何も言わなかっただけなのか、私には分からなかった。私は彼をじっと見つめた。鷹の目もこれほど鋭くはなかっただろう。だがやはり答えは得られなかった。

「これだけははっきりさせておきたい」と彼は切り出したが、ちょうどその時、ドアが再び開き、執事のバートレットが両腕を伸ばし、サルのような前かがみの姿勢で、後ろ向きに入って来た。カップやソーサーや銀のティーポットや小さな銀の茶濾しや白いリネンのナプキンやその他もろもろを幅の広いトレイに載せて運んでいた。彼は向きを変え、小テーブルのひとつにトレイを置き、鼻をすすり、そっと出て行った。ハンソンはかがみこみ、もちろん、銀の濾し器を用いて二つのカップにお茶を注ぎ、一方を私に手渡した。私はカップを椅子の肘にバランスをとって置いた。誤ってカップに肘をぶつけ、火傷をするくらい熱いお茶を膝にぶちまける場面が頭に浮かんだ。幼い頃、綾織りの服を着、柄のついたオペラグラスを持ち、口に髭を生やしたよくいる厳しい伯母が私にもいればよかった。彼女なら、人前での失態にどう対応すべきかを教えてくれたに違いない。

ハンソンが、あのわざとらしい、飽き飽きするようなやり方で、話はどこまでいっていましたっけ、と言いかけるのが見てとれた。「何かをはっきりさせておきたかったのでしょう？」と私は助け船を出してやった。彼は暖炉のわきに再度陣どり、銀のスプーンでゆっくりとお茶をかきまぜた。ぐるぐる、ぐるぐると。

「そうです」彼はひとこと言って、また口を閉ざし、考え込んでいた。「最近、街でピーターソンを見かけたと言っている人がいる、とおっしゃいましたね」

「その通り」

「間違いなく見たということですか」

「その人物は確信しています」

「その人物というのは……？」

「ミスタ・ピーターソンを知っていた人物です。たいへんよく知っていました」

このくだりで彼はイタチのような鋭い目つきをした。少ししゃべりすぎたかもしれない。

「彼をたいへんよく知っていたどなたかですね」と彼は繰り返した。「女性なのでしょうか？」

「なぜそのようなことを？」

「そのようなことは、男性より女性のほうにありがちなものです」

「そのような、と言うのは？」

「死者が街を歩いているのを見る、といったことです。女性の妄想でしょう」

「その人物は、ミスタ・ピーターソンの知人ということにしておきましょう」と私は言った。「それ以上言及はせずに」

「そして、その人物が、ここを訪れて調査するよう、あなたを雇ったのですね」

「そうは言わなかった。今も同じです」

「では、受け売りの証言をもとに調査を進めていらっしゃるということですか？　たんなる噂をもとに？」

「そう言われたのを、私はこの耳で聞きました」

「そして、それを信じた？」

「信じるか否かは、私の仕事の範疇（はんちゅう）ではない。特定の立場もとらない。私はただ訊いて回るだけです」

「なるほど」吐息のように言葉を口にし、笑みをのぞかせた。「お茶を召しあがっておられませんよ、ミスタ・マーロウ」

　せっかくのおすすめを品良く受け入れ、一口すすった。ほとんど冷めかけていた。最後にお茶（ティー）を飲んだのがいつだったか、思い出せなかった。

　我々が入って来たドアのガラスに影がひとつ浮かび、見上げると、少年と思える人影が見えた。光った細い顔がこっちを覗いていた。私に見られたことに気がつくと、彼はきゅうに身体を移動させ、姿を隠した。私はハンソンの方を向いた。彼は戸口の人影に気づかなかったらしい。

「あの晩、どこに通報したのですか？」と私は訊いた。「死体を見た後で」

「警察です」

「ごもっともですが、どの警察でしたか？　本署だったのか保安官事務所だったのか？」

彼は耳を掻いた。「さあ、確かなことは分かりません」と彼は答えた。「交換台を呼び出し、ただ警察につなぐよう命じました。警察車とオートバイの警官がやって来ました。ベイ・シティーからだったと思います」

「警官の名前を覚えていますか？」

「あいにく覚えていません。私服が二名と制服のオートバイの警官が一人でした。たぶん名前を名乗ったはずですが、名乗ったとしても忘れてしまいました。そんなことを明瞭に記憶にとどめられるような心理状態ではなかった。かつてフランスにいた時以来、死者を目にしたことはなかったもので」

「従軍していたのですか？」

彼はうなずいた。「アルデンヌ（フランス北東部。第二次大戦の激戦地）でした。〝バルジ大作戦〟ですよ」

これで、沈黙が訪れた。部屋の中を一陣の山の冷風が吹き過ぎていったような感じだった。私は椅子の中で身を乗り出し、空咳をした。「これ以上あなたのお時間をいただくのは申し訳なく思います、ミスタ・ハンソン」と私は言った。「しかし、間違いはないか、絶対に間違いはないのか、再度伺わせてください。あの晩、あなたがご覧になった路上に横たわっていた死者は、まぎれもなくニコ・ピーターソンだったのですか？」

「ほかの誰だというのですか？」

「さて、分かりませんが。とにかくあなたは間違いないとおっしゃるのですね」

彼は、例の冷ややかな黒い目でひたと私を見つめた。「まさに、ミスタ・マーロウ、間違いはない。その後、あなたの依頼人が街で見かけたのが何者であったかは知りませんが、ニコ・ピーターソンでないことは確かです」

私は、カップとソーサーを椅子の肘から慎重に取り上げてトレイに戻し、立ち上がった。膝が軋んで音をあげた。この椅子に座るのは、狭くて非常に深い浴槽にしゃがみこむようなものだった。「お会いくださってありがとうございました」と私は言った。

「これからどうなさるのですか？」と彼が尋ねた。ほんとうに関心があるような口ぶりだった。

「分かりません」と私は言った。「あのクローク係の娘を追ってみようかと思っています。ストーヴァー、でしたね？」

「メアリー・ストーヴァー、です。正直申し上げて、時間の浪費だと思いますが」

「たぶんおっしゃる通りでしょうね」

彼もティーカップをトレイに戻し、我々はそろって、執事が出て行ったドアの方に向かった。ここでもまたハンソンは道を譲り、私を先に送り出した。鉄製のブラケットに入った明りが並ぶ廊下を進んだ。薄い灰色のカーペットがあまりにふっくらとしているので、毛脚に足首をくすぐられるような気さえした。壁にインディアンの工芸品が並びカーティスの別の写真も飾られている喫煙室の前を通り過ぎた。そしてまた別の廊下に出たが、そこの空気は生暖かくたちこめ、塗り薬の匂いがした。「プールはあの先です」飾り気のない白いドアを指差してハンソンが言った。「ジムもあります」

前を通り過ぎた時、そのドアが開き、白いテリ織りのローブをまとった女性が出て来た。ゴムのビーチ・シューズを履き、大きな白いタオルをターバンのように頭に巻きつけていた。大きめの顔と緑色の目をしていた。かたわらのハンソンが一瞬躊躇する気配を感じたが、彼は片手を私の肘に添え、うながすようにして歩調を速めた。

受付のデスクの後ろには、青いフレームの眼鏡をかけた若い女性が座っていた。彼女は作り笑いで上司を迎えた。私は無視された。「電話がいくつかありました、ミスタ・ハンソン」と彼女は言った。「今もひとつかかっています。ヘンリー・ジェフリーズ様からです」

「折り返しかけると伝えてくれないか、フィリス」こわばった笑みのひとつを分け与えつつ、ハンソンは言った。彼はまた手を差し伸べながら、私の方を向いた。「さようなら、ミスタ・マーロウ。おもしろいお話をありがとうございました」

「お手間をとらせました。こちらこそありがとうございました」

我々はドアに近づき、外に出て、四角い赤いカーペットの上に足を踏み出した。「調査がうまく運ぶことを祈ります」と彼は言った。「この先、どこにもたどりつけないのではないかと案じておりますが」

「どうやらそのようです」私は、木立ちや光り輝く芝生や様々な色合いを見せて咲き誇る花の群に目をやった。「働くには申し分のない場所ですね」と私は言った。

「まさに、その通りです」

「そのうち、夜にでも立ち寄るかもしれません。玉を突いたり――ここではスヌーカーと呼ぶのでしょうか――ハウス・ブランデーを味見したり」

彼は小馬鹿にした笑みをおさえ切れなかったようだ。「誰方か会員の方をご存じなので？」

「じつを言うと、まあ、知ってはいるんだが」

「ご一緒においでください。大歓迎ですよ」

うそをつけ、と思ったが、私は充分に品の良い笑みを返し、帽子の縁を指先でひょいと突いて立ち去った。

頭が混乱していた。正確に言って、この一時間に何があったのか？　ガイドつきクラブ案内、ブーゲンヴィリア史、博愛主義講義、お茶会。あれらはいったい何だったのか。ハンソンは、近くの路上で起きたそれほど重要ではない死亡事件についてうるさく質問をする一介の探偵屋（ガムシュー）ごときになぜ長時間にわたって耳を傾けたのか。彼は、カウィーア・クラブの金メッキのゲートの先に広がるおぞましき世界の代表者をもてなすことによって、ひまな午前中の一部をのんびり過ごすぐらいしかやることがない男なのか。なぜか分からないが、それが正解だとは納得できなかった。正解ではないとしたら、私には告げまいと決めたどんなことを知っているのか。

私はオールズを木陰に駐めておいたが、いうまでもなく太陽は方針を律義に守って位置を変えていたので、車の前半分はじりじりと焼けていた。私はドアをすべて開け、木陰に移動し、車内の空気が少しでも冷えるのを待って、煙草を吸った。

車外で立っていた時、監視されているような気がした。暖かい砂浜にうつ伏せになって、むきだしの肩甲骨を涼風にさらしているときの感じに似ていた。あたりを見回したが、人影はなかった。その時、背後で素早い足音がした。驚いて飛び上がったのはその動きの素早さのためだった。振り向くと、少し前にガラスのドア越しにハンソンと私を覗き込んでいた小柄な男が立っていた。子供ではなかったことが見てとれた。実際は、おそらく五十代だろう。カーキ色のズボンと半袖のカーキ色のシャツの制服を着用している。小さなしわしわの顔、鉤爪のような手、目の色はとても薄く、無色と言ってもよかった。男は顔を半分向こうにやり、横目で私を見た。好奇心に駆られて接近しながら、私が小さな動きでも見せようものなら一目散に逃げる構えをしている野生のキツネか野ウサギみたいにおずおずと、身をこわばらせていた。

「おはよう、巡礼（ピルグリム）さん」私は親しげに声をかけた。

男はずる賢そうな小さな笑みを浮かべて肯いた。彼をうまくだまし、いい気分にさせようと宥（なだ）めすかす方便として、私が口にするに違いないと彼が予期していた言葉をまさにその通りに私が言ったかのように。「あんたが誰か知ってるよ」ささやき声に近い、怒っているような口ぶりだった。

「そうかい？」

「そうとも。フックと一緒だったろう」

「思い違いだ」と私は言った。「フックなんていう男は知らない」

彼は口をとがらせ、再び笑みをのぞかせた。「いや、知ってるとも」

ミスタ・キャニングに保護された流れ者か宿無しの一人だろうと考えて、私は首を左右に振った。煙草を足下の乾いた落葉の上に落とし、足で踏み、車のドアを三つ閉め、四つめのドアから乗り込み、熱々のハンドルの後ろに座った。私はウィンドウを巻きおろした。

「行かなきゃならない」と私は言った。「話が出来て良かったよ」

あいかわらず半ば顔をそむけたまま、男は車ににじり寄って来た。「あのフックには用心した方がいい」と彼は言った。「強制徴用されて軍隊に入れられないように注意しろ」

私はキーをイグニションに差し込み、スターターを押した。アイドリングを始めた大きなV-8エンジンが立てる轟音には何かしら荘重で刺激的な響きがある。その音を聞いていつも連想するのは、腰当てをつけ、帽子をかぶり、やわらかく白い喉元が目立つ、世紀末のニューヨークの威厳のある優美な上流社会の貴婦人だった。エンジンを勢いよくふかすと、そいつは蛮声と空威張りのテディー・ルーズヴェルト（勇猛さで名高い第二十六代米大統領）に変身した。

「アスタ・ラ・ビスタ、ムチャーチョ（少年よ、さらば）」小柄な男にさっと手を振って、私は声をかけた。だが彼は、窓枠に片手を置いて、私を行かせまいとした。

「やつは、フック船長（『ピーター・パン』の登場人物）」と彼は言った。「俺たちはロスト・ボーイズだ」

彼の顔をじっと見つめた。私の顔から十五センチと離れていなかった。いきなり彼は声をあげて笑った。甲高いいななきのような、破れかぶれで気が狂っているみたいな、これまでに耳にしたことのない奇妙な笑い声だった。「そうだとも」と彼は言った。「そうじゃないか？　やつはフック、俺たちはボーイズ。ヒーッ、ヒーッ、ヒーッ！」

横向きに移動し、勝手にくすくす笑い、首を振りながら、彼はすり足で立ち去った。一瞬、じっと彼の後ろ姿を見つめた後、私はアクセルを踏み、ゲートへ向かった。マーヴィンは敬礼をし、あの喉がつまっているような仕草で顔を片方にねじまげながら、道路を遮断していた棒を上げてくれた。ゲートを通過し、車首を右方向に向け、精神病院から脱走する正気の人間のように解放された気分で速度を上げた。

# 8

カーウェンガー・ビルディングにあるオフィスに戻ると、電話受信サービスからのメッセージがひとつ入っていた。伝えてくれたのは、鼻にかかる甲高い声の交換手だった。彼女の声を聞くと、いつもスズメバチが私の耳の中に閉じ込められているのではないかという気にさせられる。「ミセス・アングウィッシュから電話がありました」と彼女は言った。

「ミセス何だって？　アングウィッシュ？」

「そうおっしゃいました。メモしてあります。正午に、〈リッツ・ベヴァリー〉で会えないかという伝言です」

「アングウィッシュなどという人は知らないな。おかしな名前だ」

「メモしました。メモ帳にちゃんと書いてあります。ミセス・ドロシア・アングウィッシュ、リッツ・ベヴァリー・ホテル、十二時」

明りが点いた。もっと早く点くべきだった。私の心はまだカウィーア・クラブにあったのだ。「ラングリッシュ」と私は言った。「ドロシア・ラングリッシュ」

「そう申しあげたでしょう」

「そうだね」溜め息をついて、受話器を置いた。「ありがとう、ヒルダ」と、うなり声を洩らした。それは交換手の名前ではなかったが、電話を切った後、私は彼女をそう呼ぶことにしていた。いかにもヒルダという声だ、理由など訊かないでほしい。

〈リッツ・ベヴァリー〉は瀟洒なホテルで、そのことをうぬぼれてもいた。ドアマンは燕尾服に英国風の山高帽。十ドル以下のチップには鼻もひっかけないといわんばかりの面(つら)をしていた。黒い大理石を敷きつめたロビーはフットボール・スタジアムの半分ほどの広さがあり、中央の大きな丸テーブルには巨大なオランダカイウを活けたカットグラスの花瓶が飾られていた。花の濃い香りが鼻腔をくすぐり、くしゃみをしそうになった。

ラングリッシュ夫人には、エジプト・ルームで会いたいと言われていた。そこは竹の家具、松明(たいまつ)を高く掲げ持つネフェルティティ（エジプト王妃）もどきのいくつかの像、パピルスに見せかけているが明らかにありきたりの紙で作られたシェードをかぶらされているテーブル・ランプなどを配置したバーだった。一方の壁いっぱいにナイルの絵地図が架けられていた。川面にはアラブの船、川の中にはクロコダイル、川の上には白い鳥の群が飛んでいた。たぶんアイビスと呼ばれている鳥だろう。一方、川岸には、もちろんいくつものピラミッドと眠たげな顔のスフィンクスが描かれていた。かなりやりすぎのきらいはあるが、なかなかのものだ。とは言ってもバーであることに変わりはなかった。

私の胸の中にはクレア・キャヴェンディッシュの面影があり、母親には娘の原型が見出せるだろうとあてにしていた。それは大間違いだった。見るより先に声が聞こえた。アイルランド人沖仲仕そこのけの、耳障りな、騒がしい、しゃがれ声だった。彼女は、鉢植えの大きなパームツリーの下に置かれた小さな金箔のテーブルに向かって座り、白いジャケットを着たウェイターに、お茶の淹れ方を講義していた。「まず何よりも大事なのは水を充分に沸騰させることよ、それくらい分かるわね。そしてティーポットを温めるの。しっかり温めなきゃダメよ。それからカップひとつに茶葉をスプーン一杯ずつ、それにポットのためにもう一杯。そして、三分たったらカップに注ぐ。半熟玉子の要領よ。きっかり三分間、それ以上でも以下でもダメ。注ぐのは三分後。さ、分かったわね？　これは」と彼女はティーポットを指差した。「乙女の水（薄いビール。英俗語）と同じくらい薄くて、ほとんど同じような味だからよ」

艶やかな褐色の肌をした、こぎれいなラテン系のウェイターの顔が青ざめた。「はい、マダム」と彼はおびえた声音で答え、突っ返されたティーポットをまっすぐ伸ばした手で捧げ持ち、大急ぎで退出した。もし彼がこれほどのプロでなければ、額の汗を拭っていたところだ。

「ミセス・ラングリッシュ？」と私は声をかけた。

とても小柄でとても太った女性だった。衣服の下で手足が飛び出すように穴が穿(うが)たれた樽の中に座っているようだ。顔はまん丸でピンク色、短くて弾力性のあるウェーヴのかかったヘンナ染めの赤茶色のかつらをかぶっていた。私が気がついたクレアとの唯一の類似点は目だった。艶のある黒い虹彩(アイリス)は家族の遺伝子の賜(たまもの)だ。ピンク色のサテンのツーピースに身体を押し込み、白のどた靴と、初めて会った時にクレアがかぶっていた小さな黒い帽子を作った職人が、気が乗らない日に作りあげたらしい帽子を頭に載せていた。彼女は目を上げ、描き眉の一方を弓なりにした。「マーロウかい？」

「そうです」と私は答えた。

彼女はかたわらの椅子を示した。「ここにお座り。顔をよく見たいの」

私は座った。彼女はしげしげと私の顔を検分した。これだけは褒めてもいいが、思った通り、彼女はいい香りがした。身体を動かすたびに、タフタ織りと呼ばれているはずの布地で作られたスーツがかさこそと小さな音を立て、布地のひだから香水の匂いが仄(ほの)かに漂ってきた。「わたしの娘のために働いている、そうでしょ？」と彼女は言った。

私はケースとマッチを取り出し、煙草に火をつけた。もちろん、彼女にすすめるのを忘れはしなかった。手を振って断られはしたが。「ミセス・ラングリッシュ」と私は言った。「どうやって私のことをお知りになられたのですか?」

彼女はくすくす笑った。「どうやって突き止めたのかを知りたいのかい? は、は、それを教えたらいろいろ分かってしまうわね」ウェイターがティーポットを携えて戻り、おっかなびっくりでカップに注いだ。「ほらご覧、それよ」と彼女はウェイターに言った。「そうでなきゃいけないわ。ネズミを踊らせるほど濃くなくっちゃ」

彼はほっとした笑みを浮かべた。「ありがとうございます、マダム」そう言って、彼はちらっと私に視線を投げ、立ち去った。

ミセス・ラングリッシュはミルクをティーにバシャバシャ注ぎ、角砂糖を四粒加えた。「家ではこんなことはさせてくれないのよ」砂糖ばさみを置きながら、夫人はむっつりと言って、顔をしかめた。「医者なんて何よ!」

私は何も言わなかった。何であるにせよ、このご婦人がやりたがっていることを止め立て出来る人間がいるとは考えられなかった。

「あなたも一杯どう?」と彼女は訊いた。私は丁重に断った。一日にティーを二杯というのは願い下げだ。彼女は顎の下でソーサーを持ち、カップに口をつけている。唇でピチャピチャ音を立てているような感じがした。「失くなったネックレスという話があるようだけど」と彼女は言った。「そうなの？」

「クレアが――ミセス・キャヴェンディッシュがあなたに話したのですか？」

「いいえ」

とすると、告げ口をしたのは亭主に違いない。私は椅子に背をもたせかけ、いかにもリラックスしている風を装って、煙草を吸った。人は私立探偵を阿呆者だと思いがちだ。我々のことを、警察に入って本物の刑事になるには間抜けすぎると考えているのだろう。ある場合には、間違いではなかった。しかも、阿呆のふりをするのが役に立つこともあった。相手は気を抜き、用心深さが失せる。そうは言っても、ミセス・ドロシア・ラングリッシュの場合は、そんな具合には事は運びそうになかった。〝アイルランドの洗濯女〟のように明るくてたくましく、工夫みたいな声をしているが、帽子に刺されているピンのようにシャープな女性だ。

彼女はカップとソーサーを下に置き、非難の目でちらりと部屋を見回した。「この部屋をご覧よ」と彼女は言った。「見かけはカイロの淫売宿じゃないの。わたしがカイロへ行ったことがあるというんじゃないのよ」と楽しそうにつけ足した。彼女はメニューを手に取った。余白にまがいものの象形文字が刷り込まれた、古代の巻き物めかしたメニューを鼻に近づけ、目を細めた。「あれまあ」と彼女は声を上げた。「読めないわ、眼鏡を忘れたの。はい、これ」彼女はメニューを私の手に突きつけた。「どう、ケーキはあるの？」

「あらゆる種類のケーキがあります」と私は言った。「どれにしますか？」

「チョコレート・ケーキは？　チョコレートが好きなの」彼女が小さなふっくらした手を上げて振ると、ウェイターがやって来た。「注文して」と彼女は私に言った。

私はウェイターに告げた。「こちらのご婦人が、トリプル・ココア・フォンダン・ディライトをご所望だ」

「かしこまりました、サー」彼はまた去って行った。私には何も注文を訊かなかった。彼と同じように私を使用人だと見なしたのに違いなかった。

「クレアがあなたを雇ったのは、真珠のためなどではなかったんでしょ、どうなの？」とミセス・ラングリッシュが言った。彼女はハンドバッグの中を掻き回し、骨の柄がついた小型の虫眼鏡をやっと探り当てた。「わたしの娘は物を失くすような女じゃないわ。ことに、真珠のネックレスなどを」

私は奴隷女の像のひとつに目を向けた。黒く縁取られている彼女の目は涙の形をしていて不自然に細長く、黄金色の髪を垂らした彼女の横顔の半分にあと少しで届きそうだった。彫刻家は彼女にみごとな乳房ともっとみごとな尻を与えていた。彫刻家というのはそんなものだ。人を楽しませるのを目的としている。まあ、この部屋にいる男たちをという意味だが。「もう一度尋ねさせてください、ミセス・ラングリッシュ」と私は言った。「私のことをどうやってお知りになられたのですか？」

「ああ、そんなことで悩むのはよしなさい」と彼女は答えた。「あなたを見つけるのは難しくなかったわ」彼女は私をじらすように見た。「調査の仕事がやれるのは、あなただけじゃないのよ、ね？」

私は話を逸らさせる気はなかった。「ミスタ・キャヴェンディッシュが、私がお宅に出向いたと言ったのですか？」

トリプル・ココア・フォンダン・ディライトの一切れが届いた。ミセス・ラングリッシュは、小さな目を貪欲に細め、まるでシャーロック・ホームズのように真剣にそのケーキを虫眼鏡で点検した。「リチャードは悪い男じゃないわ」私が、彼女の義理の息子を批判したかのように、彼女は言った。「もちろん、生まれついてのぐうたら者ではあるけれど」彼女はフォークで切ったケーキのひと口を食べた。「あら、まあ、おいしい」と彼女は言った。「うーん」

この有害なお楽しみ（ディライト）にかぶりつく彼女の姿を見たら、かかりつけの医者たちは何と言うだろう。「それはともかく」と私は言った。「私をここに呼びつけたわけはお話いただけるのでしょうね？」

「さっきも言ったわ。あなたの顔をよく見たかったの」

「失礼ですが、ミセス・ラングリッシュ。もう顔は充分にご覧になられたと思います。私は……」

「いいから、おやめ」彼女は物静かに言った。「偉そうにするのはやめなさい。わたしの娘は間違いなくたっぷりと、あなたにお金を払ってるはずよ」実際には彼女の娘がまだ十セント玉一枚も私に支払っていないことを教えるべきだったろうか。「であれば、彼女の哀れな、おいぼれた母親に何分間か時間をくれても罰は当たらないでしょうに」

辛抱するんだ、マーロウ。私は自分に言い聞かせた。「あなたの娘さんのことについて、あなたとお話は出来ません」と私は言った。「それは、彼女と私だけの問題です。

「その通りよ。そうじゃないと言ったかしら？」彼女の顎にクリームが少しついていた。

「でも、あの子はわたしの娘です。なぜ私立探偵などを雇わねばならないのか、気になって当たり前でしょう」

「彼女から聞いたのでは……」

「ええ、ええ、失くした高価な真珠のネックレスの話をね」彼女は私の方を見た。私は顎にくっついている白いかけらを見ないように努めた。「わたしをどんな間抜けだと思っているの、ミスタ・マーロウ？」笑みのようなものを浮かべ、やさしげでさえある口ぶりで、彼女は訊いた。「真珠とは無関係なことね。何かのトラブルに巻き込まれているんでしょ。強請（ゆすり）にでも遭ってるの？」

「同じことを言うしかありません」私はうんざりとした口調で繰り返した。「私は、あなたの娘さんの問題を、あなたと話し合う立場にはありません」

彼女はまだ私を見つめていたが、今度は肯いた。「分かってるわ」と彼女は言った。「さっきもそう言ってたわね」

彼女はフォークを置き、満足げな溜め息を洩らし、ナプキンで口を拭った。ビターと緑色の葉が入った飲物を注文しようという思いが浮かんだが、やめることにした。ミセス・ラングリッシュがグラスを見つめる冷笑的な目つきが想像できた。

「香水のことを少しばかりはご存じかしら、ミスタ・マーロウ？」と彼女は訊いた。

「匂いを嗅げば香水だということが分かりますよ」

「それはそうでしょうね。だけど、香水の製造のことを何か知ってるの？　やっぱり知らないのね？　そうだと思ってたわ」彼女は椅子に深く座り直し、ピンクのスーツの内側でシミー（上半身を揺するジャズ・ダンス）を踊るような仕草をした。一席ぶたれることになりそうだ。おとなしく傾聴していますというように振る舞うしかない。ああ、ここで私は何をやっているのだろう。ここまでやるのは自分のためにならないかもしれない。

「香水業界の大半の人たちは」とミセス・ラングリッシュは言った。「バラ油をベースにして香水を作っているけど、わたしの製法の秘密は、バラの精油と呼ばれているものしか使わない点にあるのよ。それは、蒸留ではなく溶媒法で得られるもので、一般のものとはかけ離れた高級品なの。原産地を知っている？」

私は首を横に振った。今私に求められているのはこの動作だけだった。話を聞き、肯き、首を振り、じっと耳を傾けることだ。

「ブルガリアよ！」ポーカーのプレイヤーがストレート・フラッシュをテーブルに叩きつける時に使うような口調で、彼女は得意げに言った。「そう、ブルガリア。陽が昇る前、花が一日で最も香り立つ早朝に収穫されるのよ。バラの精油一オンスを作るのに要する花びらは二百五十ポンド（約百十四キログラム）、どれくらいのコストか想像してみなさい。一オンスに二百五十ポンドよ、たいへんなものでしょ！」彼女は夢見るような眼差しになった。「わたしは花で財をなした。そんなこと、信じられる？　ダマスクローズ、ロサ・ダマスケナ。とても美しい花よ、ミスタ・マーロウ。神様が無償で授けてくれた贈り物のひとつ、神の偉大な恵み深さの賜なの」彼女はまた満足げに溜め息をついた。彼女はお金持ちだ、とても幸せだ、トリプル・ココア・フォンダン・ディライトもたっぷり食した後だった。少しだけ妬ましかった。その後、彼女の顔が曇った。「私の娘があなたを雇った理由を話してください、ミスタ・マーロウ。どうなの？　話してくれるの？」

「いいえ、ミセス・ラングリッシュ。話せません。その気もありません」

「たぶん、おカネも受けとらないわね。わたしはとても裕福なのよ、知っての通り」

「知っています。あなたの娘さんから伺いました」

「どんな値段をつけてもいいのよ」私は黙って彼女を見返した。「何よ、ミスタ・マーロウ。ほんとに依怙地な男ね」

「そうではありません」と私は言った。「小金を稼ぎ、正直でいようと努めている、よくいるありきたりの男に過ぎません。こんな男が何千人もいるのです、ミセス・ラングリッシュ、何百万人も。退屈な仕事をこなし、夜になるとくたびれ切って家へ帰ります。バラの匂いもしません」

彼女はしばらく何も言わず、じっと座り、半ば笑みを浮かべて私を見つめていた。顎のクリームを拭いていてくれてよかった。このクリームのひとかけらで醜い女がいっそう醜く見えていた。「アイルランドの内戦のことを耳にしたことがあるかしら？」と彼女は訊いた。

一瞬、私は不意討ちをくらった。「アイルランドでの何かの戦争で戦った男を一人、昔知っていました」と私は答えた。「独立戦争だったと思います」

「それがきっかけだった。内戦の前に、たいてい独立戦争があるのよ。そういうものらしいわね。あなたの友達の名前は？」

「ラスティ・リーガン。実際は友達ではなかった、会ったこともなかったのです。彼は、ある娘に殺されました。話せば長くなるし、それほどためになる話ではありません」

彼女は何も聞いていなかった。遠い過去のどこかへ行こうとしているような顔をしていた。「わたしの夫は、その戦争で殺されたの」と彼女は言った。「マイクル・コリンズの部下たちと行動を共にしていました。どういう人か知っていますか、マイクル・コリンズが」

「ゲリラ戦士かな？　アイルランド共和国軍の？」

「その人よ。彼も殺されたわ」

彼女は空のティーカップを手に取り、中を覗き込んで、また元に戻した。

「ご主人に何があったのですか？」と私は尋ねた。

「連中は真夜中にやって来ました。どこへ連れて行ったのか、わたしは知らなかった。見つかったのは翌日でした。ファノアの砂浜へ連れて行かれたのです。当時は寂しい場所でした。連中は夫を岸から遠い砂の中に首だけを出して埋めました。海に面して、潮が迫って来るのを見させるように埋めて放置したのです。ファノアでは、満潮になるまでに長い時間がかかります。夫が発見されたのは、次に潮が干いた時でした。遺体は見せてもらえなかった。おそらくすでに魚が食い散らかしていたのだと思います。オーブリー、と夫は呼ばれていました。オーブリー・ラングリッシュ。アイリッシュにしてはとてもおかしな名前でしょ？ 内戦で戦ったプロテスタントはたくさんはいなかったわ。そう、たくさんはいなかった」

一拍間合いを置いて、私は言った。「それはご愁傷さま、ミセス・ラングリッシュ」

彼女は私を見た。「えっ、何？」彼女は私がいることを忘れていたのだろう。

「この世は残酷です」と私は言った。

自分や愛するものの身にふりかかった恐しい出来事を、人はよく私にしてくれる。私は、目の前の悲しげな老女に憐（あわれ）みを覚えたが、しょっちゅう人に同情していると、男はくたびれてくるものだ。

「夫が亡くなった時、わたしは妊娠七カ月だった」哀しげに彼女は告げた。「だからクレアは父親を知らなかった。でも、その影響を受けたに違いない。そんなことはなかったと言っているけど、わたしには分かる」彼女は手を伸ばし、私の手に重ねた。そんな風に触れられたのはショックだったが、その素振りは見せないように努めた。彼女の掌の皮膚は温かく、かさかさしていた。そう、パピルスのような感じだった。そうは言っても想像に過ぎないのだが。「気をつけなさい、ミスタ・マーロウ」と彼女は言った。「誰を相手にしているのか、あなたが分かっているとは思えないの」

彼女自身か、彼女の娘か、あるいは別の何者かのことなのか、誰を指して言ったのか、私には分からなかった。「気をつけます」と私は答えた。

それには取り合わずに、「思わぬ怪我をすることがある」と彼女は差し迫った口ぶりで言った。「大怪我をね」彼女は私の手を離した。「わたしが言ったことの意味が通じたかしら？」

「あなたの娘さんに危害が及ぶことはありませんよ、ミセス・ラングリッシュ」と私は答えた。

彼女は、私には読みとれない妙な目つきでじっと私の目を覗き込んだ。いくぶん私を笑っているような感じもあったが、同時に、自分が発した警告の意味が私に通じたのかを知りたがっているようでもあった。タフなばあさんだ。おそらく冷酷非情で、使用人の給料を値切り、その気になれば人に私を殺させることもできるだろう。とは言いながら、彼女にはつい好意を抱かざるを得ない何かが備っていた。不屈の精神だ。これはひんぱんに使う言葉ではないが、ここではぴったりだった。

彼女は立ち上がり、スーツ・ジャケットの内側に手を伸ばして、外れていた肩紐を引っぱり上げた。私も席を立ち、財布を取り出した。「いいのよ」と彼女は言った。「ここはツケがきくの。どっちみち、あなたは何も注文しなかったでしょ。一杯やりたかったんじゃないの、ほんとは」彼女は甲高い笑い声をあげた。「わたしがすすめるのを心待ちにしていたのでなければいいんだけど。わたしのそばで、おしとやかに振る舞っても始まらないわよ、ミスタ・マーロウ。すべて他人まかせにしてはだめね」

私は彼女に笑みを送った。「さようなら、ミセス・ラングリッシュ」

「ああ、そうそう、ここにいるあいだに聞いてほしいの。専属の運転手を探しているんです。これまでの男はとんでもないくわせ者だったので追い出してやったわ。わたしの望みにぴったりの人を誰か知らないかしら？」

「すぐには無理です。もし誰か思いついたら、連絡を差し上げましょう」

彼女は品定めをする目つきで私を見つめた。制服を着け、目庇のついたキャップをかぶっている私の姿を想像でもしているかのように。

「それは残念ね」と彼女は言い、ウルワースででも買える白い綿の手袋をはめた。「知っているかしら、わたしの本名は、今はエドワーズなの」と彼女は言った。「アメリカへ来て、再婚したのよ。その後、ミスタ・エドワーズはわたしのもとを去った。わたしは元のラングリッシュの方が好きなの。響きがいいと思わない？」

「そうですね」と私は言った。「ええ、その通りです」

「それに、ほんとうはドロシアでもないのよ。洗礼名はドロシーで、いつもドッティーと呼ばれていた。でもそれでは香水の瓶にはあまり向いてないでしょ、違うかしら？ ドッティー・エドワーズだなんて」

思わず声をあげて笑ってしまった。「おっしゃる通りでしょうね」と私は答えた。

彼女はにやりと笑って私を見上げ、人差し指を曲げ、ネクタイ越しに私の胸骨に一撃をくれた。「わたしの言うことをよく覚えておきなさい、マーロウ」と彼女は言った。「鋭くあたりに目を配っていないと、怪我をするわよ」彼女は私に背を向け、よちよちと歩き去った。

# 9

食べ物を腹におさめようと、車で〈ブル・アンド・ベア〉に向かった。ママ・ラングリッシュがつがつと食べていたチョコレート・ケーキのかけらを眺めているうちに腹が減ってきたこともあるが、いずれにせよ昼飯時だった。指一本でハンドルを切りながら、ザ・ストリップ（サンセット・ストリップ）をのんびり走っているあいだ、私はクレア・キャヴェンディッシュに電話をかけ、この一件から手を引きたいと伝えようかと、また考えていた。彼女は、署名をした契約書をまだ送り返してこないし、賤しいカネの受け渡しもすんでいないのだから、別れを告げるのはこっちの自由だ。そうは言っても、無理にそうしろと命じられでもしなければ、あれほどの女と縁を切るのはそうたやすいことではなかった。たとえ命じられたとしても、同じことだ。ヴェールのついた帽子をかぶって私のオフィスの椅子に座り、黒檀のホルダーでソブラニー・ブラック・ラシアンを吸っていた彼女のことを思い起こした。出来ないことは分かっていた。彼女との仲を絶つことは私には出来ない。まだ今のところは。

プラスチックのシャムロックと棍棒（シレイリー）を置いたまがいもののアイリッシュ酒場と、〈ブル〉のようなロンドンっ子風の店のいずれが低俗か、私は決めかねている。〈ブル〉がどんな店かを説明することは出来るが、その気はない。ダーツボードとビールポンプの木製の取手、額入りの若い、つまり現在のエリザベス女王の薄ピンクに彩色された馬上の写真を思い浮かべていただこう。私は隅のテーブルにつき、ローストビーフ・サンドイッチと英国ビールの大ジョッキを注文した。ビールは、ロンドンのランベス地区風に生温かった。サンドイッチは、英国人の舌ほど強靭な、焼きすぎのビーフ板といったところだ。こういうのをもぐもぐやっていると、今ある現状を直視するしかなくなる。ここから、ニコ・ピーターソンを追跡するに当たってどこに向かえばいいのか？　もし本当に彼が生きているのなら、彼が今どこで、何をしているのかを知っている人間が必ずいるはずだ。それは誰だろう？　その時、クレア・キャヴェンディッシュが、ピーターソンが一緒に、と言うか、その相手のために働いていた映画女優のことを話していたのを思い出した。名前は？　マンディー何とか。そう、ジーン・ハーロウの庶民版、マンディー・ロジャースだ。話してみるだけの価値はあるだろう。私はビールを一口すすった。靴墨のような色をしていて、石けん水みたいな味がした。これが水夫に与えられた飲物だとしたら、いったい大英帝国(ブリタニア)さんは如何にして大海原を制覇したのだろうか。

立ち上がって電話ブースに行き、昔馴染みのハル・ワイズマンに電話をかけた。彼は私と同業だが、〈イクセルシア撮影所〉から食扶持(くいぶち)を得ていた。ご大層な肩書きがつけられていて、保安警護主任だったか、のんびりと暮している。そう出来るのならいうことなしだ。女優の卵の面倒をみたり、若手男優が品行方正に歩むよう目を配ったり、あまり不品行にならず道を踏み外さぬよう目を光らせるのが毎日の仕事だった。と言うか、保安官事務所とのコネを使って、〈イクセルシア撮影所〉の専属スターを麻薬不法所持容疑から救い出したり、飲酒運転や家庭内暴力の嫌疑から映画会社の重役どもを逃れさせてやったりもしているようだ。悪い暮しではない、と彼は言っていた。彼が電話に出るのを待ちながら、私は舌の先で上の大臼歯にはさまった小さな筋を取り除くのに手間取っていた。老大英帝国のローストビーフは何とも手強い相手だ。

やっと彼が電話に出た。

「やあ、ハル」

彼は私の声をすぐに聞き分けた。「よお、フィル。具合はどうだ？」

「まああだな」

「カクテル・パーティーか何かに出てるのか？　ばか騒ぎが後ろから聞こえるぞ」

「〈ブル・アンド・ベア〉で昼飯を食っている。ばか騒ぎじゃない、いつもの客だ。なあ、ハル。マンディー・ロジャースを知ってるか？」

「マンディー？　ああ、マンディーなら知ってるさ」きゅうに用心深い口調に変わった。

ハルは絵にもならない醜男だ。ウォレス・ビアリー（一八八五〜一九四九年。喜劇俳優）とエドワード・G・ロビンソン（一八九三〜一九七三年。性格俳優）を足して二で割ったようなご面相をしている。それでいてなぜか女にもてるのが合点がいかない。女でなければ分からない理由があるのだろう。話し上手なのかもしれない。「どうしてだ？」

「彼女と一緒に働いていた男がいるんだ」と私は言った。「エージェントの仕事をしている。名前はニコ・ピーターソン」

「聞いたことがないな」

「ほんとか？」

「本当だとも。どういう話なんだ、フィル？」

「ミス・ロジャースと会う段どりをつけてもらえるか？」

「何のために会う？」

「ピーターソンのことで話が聞きたい。この男は二カ月ほど前のある晩、パシフィック・

パリセイズで殺された」

「ああ、それで？」彼の口が、大きなハマグリがやるようにゆっくりと閉じられるのが分かった。「殺されたってのは、どんな風にだ？」

「轢き逃げだ」

「それで？」

「ピーターソンの死を調べるのに金を払ってくれる依頼人がいる」

「何か不審なことでもあるのか？」

「かもしれない」

沈黙が続いた。彼の息づかいが聞こえた。長く、ゆるやかに刻まれる、物を考えている音なのだろう。「マンディー・ロジャースとどんなつながりがあるんだ？」

「何もない。ピーターソンの背後関係を少し知りたいだけだ。少しばかり謎（エニグマ）めいている男なんでね」

「何めいてるだって？」

「彼には、どこかきな臭いところがあると言い替えてもいい」

さらに新たな息づかいと、黙想が続いた後、彼が言った。「マンディーは話をしてくれると思う」彼は尊大な笑い声をあげた。「このところ彼女は、それほど忙しい毎日ってわけでもない。おれに任せろ。前と同じオフィスなのか、カーウェンガー通りの、あのハエ取り器みたいなところだったな？　こっちから連絡する」

私はテーブルに戻ったが、食べかけのサンドイッチと半分残っている生温いビールを目にしたとたんに食欲が失せ、腰をおろす代わりに、皿のわきに代金を置いて店を出た。どこからか大きな紫色の雲が立ち上がり、太陽を隠し、街の明るみが荒れ模様に変わって、鉛色の空に覆われた。雨が来そうだった。夏、このあたりではめったにお目にかかれないうれしい贈物だ。

約束を守るハルは、その日の午後に電話をくれた。マンディー・ロジャースが撮影所で私と会ってくれることになったから、今すぐ来いと言われた。私は帽子をかぶり、オフィスに鍵をかけ、通りに出た。さきほどの雲はまだ街の真上にいた。あるいは、よく似た別の雲なのかもしれないが、銀貨ほどの大粒の雨が舗道で弾(はじ)けていた。私は大急ぎで通りを横切り、雨がどしゃ降りに変わる寸前に車に乗り込んだ。ここでは雨はめったに降らないが、降る時はすごく降る。オールズのワイパーは交換が必要だった。私は道路の前方を見るために、フロント・グラスに鼻をくっつけるほどハンドルの上にかがみこんで運転せねばならなかった。

ハルは、撮影所のゲート小屋で雨を避けながら私を待っていてくれた。彼はジャケットで頭を覆い、小屋から飛び出して来た。「くそっ」車に乗り込むと彼は言った。「三歩でぐしょ濡れだ。見てみろ！」ハルが小粋な着こなしの男だと言っただろうか？　その時は、薄い色のリネンのダブル、緑色のシャツと緑色の絹のネクタイに、茶色と白色のツートンカラーのウィングティップス（先端が翼型の靴）を履いていた。おまけに金のブレスレットと指輪を二つか三つ、腕時計はロレックス。けっこうな羽振りだ。私も、映画業界で仕事の口を探すべきなのかもしれない。

「ありがとう、ハル。手間をかけさせたな」と私は言った。「恩に着るよ」

「いや、まあ」ジャケットのパッドの入った肩の雨の滴を払いながら、彼は顔をしかめた。

映画の撮影所は奇妙な場所だ。オフィスや作業場に向かう人たちと同じように歩き回っているカウボーイやショーガール、猿男やローマ戦士たちに出遭うと、目を醒まして夢を見ているような感じがする。とりわけ今日は、いつもより奇妙に見えた。ほとんどの連中が傘をさしているからだ。傘には、深紅色の湖から昇る明るく黄色い太陽と、〈イクセルシア撮影所〉という文字が豪華な金箔の渦巻模様で飾られた撮影所のロゴがついていた。

「今すれちがったのはジェイムズ・キャグニー（一八九九〜一九八六年。小柄なタフ・ガイ俳優）か？」と私は訊いた。

「そうだ。ワーナー・ブラザーズから借り出されて、今ここでボクシング映画を撮っている。くだらん映画だが、キャグニーならもたせてくれるだろう。だからこそスターなのさ。そこを左に曲れ」

「〝ブラゼ〟という言葉を知ってるか、ハル？　フランス語だ」

「知らない。どういう意味だ？」

「すべて見てしまったので、何にも感動しなくなる、という意味さ」

「なるほど」スーツの襟についた湿ったしみのことをまだブッブッ言いながら、苦々しげに彼は言った。「銀幕のスターをトラ箱から引っ張り出してベル・エアのマンションにぶち込んだ後、朝の四時に、自分の車のバックシートからゲロを拭きとったりしていれば、どんな気持ちになるか分かるだろう。おまけに、女たちだ。もっと手に負えない。タルーラ・バンクヘッド（一九〇二～一九六八年。英国で人気があった）に会ったことがあるか？」

「なさそうだな」

「それは運がいい。よし、そこで止めろ」

撮影所の食堂の前で車を止めた。ジッパーを上まであげたウィンドブレーカーを着たブロンドの髪の若者が、イクセルシアの傘を持って戸口から飛び出て来ると、ハルを中へ送った。残された私は出来るだけ濡れないように身をかがめた。「このジョーイに車のキーを預けろ」とハルが言った。「車の面倒をみてくれる」ジョーイは私に大きな笑みを見せた。歯の矯正はすませていた。ピオリアかどこかに住む彼の年老いたママさんが虎の子のへそくりをそっくり注ぎこんだのだろう。ハリウッドにさえいれば、誰もが前途有望なのだ。

昼下がりで、食堂にはほとんど人がいなかった。食べ物が供される長いカウンターの向かい側に、パームツリーとお飾りで作られた小さな湖のある草の斜面を見渡せる大きなピクチュア・ウィンドウがあった。雨が降り注ぐ湖面は剣山(けんざん)のように見えた。マンディー・ロジャースは、片手を顎にやり、寂しい灰色の外をじっと見つめ、深い物思いにでも耽っているかのように、窓際のテーブルに向かって座っていた。「やあ、マンディー」彼女の一方の肩甲骨に片手を置いて、ハルが言った。「こいつが例の、きみに話した男だ。フィリップ・マーロウを紹介しよう」

彼女は瞑想から無理に自分を切り離すようなお芝居をして、皿のような目で私を見上げ、にっこり笑った。これだけは言わざるを得ないが、たとえ三流どころでも、映画人種には何か独特なものが備っている。この連中は毎日カメラや鏡や自分を見るファンの目などをじっと見つめて過ごしているので、何か特殊な種類の蜂蜜を塗りたくられたかのように、身体全体が滑らかに艶光りしている。しかも女性の場合は、至近距離に身を置くと、息を詰まらせるような効果を発揮するのだ。

「ミスタ・マーロウ」握手をしようと小さな白い手を伸ばしながら、マンディー・ロジャースが言った。「お目にかかれて、とてもうれしいわ」その声で、漂っていた魔法が少し解けてしまった。あまりにも甲高く、窓に名前をエッチングで刻めるほどの突き刺すような声だった。

「会っていただけて感謝します、ミス・ロジャース」と私は言った。

「あら、マンディーと呼んで、お願いよ」

私はまだ彼女の手を握ったままだった。彼女も引っこめる気配はなかった。

「座れよ、フィル」そっけなくハルが言った。「今にも気絶しそうだぞ」

それほど魅了されていたのだろうか？　マンディー・ロジャースはリタ・ヘイワースではなかった。背も平均より低く、決してスリムとは言えない。蝶のような小さな口とふっくらした小さな顎をしたぽっちゃり型のブロンドだ。だが、目は素敵だった。大きくて丸くて赤ん坊のようなブルーの瞳をしていた。ぴったりして、襟ぐりが低く、スカートがふんわりとした緋色のドレスを着ていた。昼下りに若い女がこのようなドレスを着ていられるのも映画撮影所だからこその話だ。

彼女がとうとう手を引っ込めたので、私は金属製の椅子に尻を載せた。パームツリーからすいすいと飛んで来て濡れた草地に舞い降りた一羽のブルーバードが窓越しに目の隅に映った。

「オーケー」とハルが言った。「二人っきりにしてやろう。マンディー、この男から目を放すなよ。見かけほど無害な奴じゃないからな」そう言って彼は、私の肩にそっとパンチをくれ、歩き去った。

「とてもいい人なの」マンディーが溜め息をついた。「この世界では、誰でもそう呼べるわけじゃない、ご存じでしょ」

「その通りだと思います、ミス・ロジャース」

「マンディーよ」首を横に振り、笑みを見せて彼女は言った。

「分かった、マンディー」

彼女の前のテーブルにはストローを差したコークの瓶が立っていた。「ハルが言ってるのは本当なの？」と彼女は訊いた。「あなたって、そんなに危険な男なのかしら？」

「違うよ」と私は答えた。「見ての通りのお人好しさ、すぐに分かる」

「私立探偵だそうね。それって、とても刺激的なお仕事でしょ」

「そうとも、とてもやっていけないくらい刺激的な仕事さ」

彼女はさっきと同じぼんやりした笑みをのぞかせ、瓶を取り上げ、コークの残りをストローですすった。その一瞬、彼女はソーダ・ファウンテンに座ってソーダ水を飲みながら、いつの日か大スターになることを夢見ているどこにでもいる若い娘に戻っていた。かがみ込んでストローを吸い、下に目をやった時、上側のまつ毛が頰の柔らかなカーブに触れそうになる様子が何とも言えず好ましかった。これまでに彼女はこの街のどれだけの数の男たちにどれほどの恩義を借りてしまったのだろう、と私は考えた。

「ニコ・ピーターソンはあなたのエージェントだった」と私は言った。「そうですね？」

彼女はコークの瓶を置いた。「そうね、そうなりたがってたわ。いくつか仕事もとってくれた。わたし、『赤い夜明けの騎手たち』に出たのよ。あの映画、観た？」

「まだ観てないな」

「あら、もうやってないわよ。ジョエル・マクリー（一九〇五〜一九九〇年。西部劇スター）が出るはずだったんだけど、何かがあって出られなくなったの。わたしは、牧場主の娘の役だった」

「再上映の時、見逃さないようにしよう」

彼女は笑みを浮かべ、首を傾げた。「やさしいのね」と彼女は言った。「私立探偵って、みんなあなたみたいな人なのかしら？」

「みんなとは言えないな」私は銀のケースから煙草を一本すすめたが、彼女は唇を上品にきつく結んで首を横に振った。牧場主の娘に扮した姿が目に浮かぶようだ。今お上品に見えたかと思うと、次の瞬間にはお転婆娘に早変わり。ギンガムのスカートにボタンのついたブーツを履き、髪に大きな蝶結びのリボンを結んだ女に変身だ。「ミスタ・ピーターソンのことを教えてくれないか？」と私は訊いた。

「何を知りたいの？」彼女は唇を噛み、ブロンドのバブル・ヘアをひと振りさせた。五分かそれくらい前に、私が初めて目にしてから、彼女はボビー・ソクサーから瞳の大きな妖婦まで半ダースほどの役柄をこなしてきた。だがやはり幼い娘に過ぎなかった。

「最後に彼に会ったのはいつかな？」

彼女は人差し指を口の片側に押しつけ、そこにえくぼをつくり、両目を天井に向けた。台本の指示が読みとれた。彼女は間合いをとって考えこむ。「亡くなる一週間ほど前だったと思うわ」と彼女は答えた。「新しいドリス・デイ（一九二二〜二〇一九年。女優、歌手）映画に出られるように動いてくれていたの。ミス・デイの本名はキャッペルホフっていうの、知ってる？ロック・ハドソン（一九二五〜一九八五年。二枚目俳優）もその映画に出るって話よ」彼女の若々しい小さな顔に束の間影が射した。「どうやらこれでわたしの出番は失くなったようだけど。ま、しょうがないわね」

若い男がテーブルのそばにやって来た。短い白いエプロンを着け、トレイを運んでいた。雨の中で車からおりた時、ハルに傘をさしかけた男の弟と言ってもいいくらいそっくりだった。映画の世界とは、出世欲に駆られた若者を貪(むさぼ)り食うマシーンではないか、と思いをめぐらすことも出来たのだが、私は彼にコーヒーを一杯注文した。「かしこまりました、サー！」若い男はそう答え、マンディーにちらっと笑みを送って立ち去った。

「ニコのことだけど、彼は腕のいいエージェントでしたか？」と私は尋ねた。「つまり、成功していたかという意味だが」

マンディーはこの時もしばらく考え込んでいた。「大物の一人ではなかったわね」と彼女は答えた。「わたしと同じで、まだ駆け出しだったのよ。もちろん、わたしよりずっと年上だったけど。エージェントになる前に何をやっていたかはよく知らないわ」

「仕事以外でもつき合いはあったのかな？」

彼女は鼻に皺をつくった。可愛い、すっきりした顔なので、それがしかめっ面の限界だった。「それって、彼が、わたしに手を？　まあ、とんでもない。そんな関係じゃなかったわ」

「そういうことではなくて、どこかへ連れて行ってくれたかを尋ねたんだ。いろんな人たちに会えるところに」

「どういう人たちのことかしら？」

「うーん、プロデューサーとか監督とか撮影所のお偉方とか」

「いいえ、彼はいつも忙しくて、そんな暇はなかった。いつも誰かに会うところだったわ」

「うん、私もそう聞いている」

「あなたも？」きゅうに鋭い口調に変わった。「誰から？」

「とくに誰ということではない」と私は言った。「この街では、すべて筒抜けだから」

「ほんとにそうよね」

彼女は窓から外を見やった。目を細めていた。マンディー・ロジャース自身のことは、これまでに知った以上のことを私は知りたくはなかった。浮き沈みとか、たぶんこれまでのところは、沈む方が多かった人生のことなどは。なのに私はこんなことを口にしていた。

「生まれはどこ、マンディー？」

「わたしの？」私の質問に掛け値なしに驚いたようだった。とつぜん彼女は、一瞬、彼女はとまどうと、演技を忘れてしまうらしかった。とまどった。ためらいがちで自信のない、おびえてさえいるような態度を見せた。「アイオワ州ホープ・スプリングズで生まれたの。もちろん行ったことなどないでしょうね。行ったことがある人なんていないわ。ホープ・スプリングズは行くところじゃなくて去るところだから」

若いウェイターが私のコーヒーを運んで来た。またマンディーに色目をつかったが、彼女は気のない笑みを返しただけだった。まだホープ・スプリングズについて考えているようだった。彼女がそこに残してきたすべてのこと、というかすべての無について。

「ニコの死をどうやって知ったのかな？」と私は訊いた。

考えてから、彼女は首を横に振った。「それが、思い出せないの。変よね。ここでも噂になったはずなんだけど。誰かに教えられたんだわ、きっと」

私は窓を見た。ブルーバードは再びパームツリーの馴染みの場所に向かって飛び立った。そこにとまると、葉の陰になって見えなくなってしまった。幸せなんてそんなものだ。今そこにあったかと思うと、すっと消えてしまう。だが雨だけは小止みになった。

マンディーはまたコークをすすった。ほとんど空の瓶がゴボゴボと大きな音を立て、彼女はあわててちらっと私を見た。笑い声をあげるのではないかと恐れたのだろう。

「ニコの友だちに会ったことは？」と私は訊いた。「ガールフレンドとか？」

彼女は小さな鈴の音のような笑い声を発した。「ガールフレンドならいっぱいいたわ」

「そのうちの誰かに会ったことは？」

「女の人と一緒の彼を二度見かけたけど、その人はガールフレンドじゃなかったみたい」

「どんな人だった？」

「よくは見なかったわ。一度はパーティーの席で、彼はその人と帰るところだった。もう一度はバーで見かけたんだけど、その晩は今度はわたしが店を出るところだったの。背が高く、黒い髪、感じのいい顔立ちをした、大きくって、角っぽいけど、素敵な人だった」

「その女がなぜガールフレンドではないと思ったのかな？」

「そんな雰囲気じゃなかった。デキてるって感じがしなかったのよ、分かるかしら？ それに顔立ちもいくぶん似ていたわ。身内の人かもね、よく分からないけど」彼女はコークの空の瓶に差したストローをいじっていた。「あなたは彼のガールフレンドに雇われてるの？」

ハルは私のことや、生きていようと死んでいようと私がニコ・ピーターソンを調べている件について、マンディーにいったい何を話したのだろう？ 私は、ハルにたいしたことは明かさなかった。話すこともあまりなかった。となると、きっと彼は少し尾鰭をつけて話をしたのだろう。ハルはそういう奴だ。がさつな男だが想像力はたくましく、退屈で新鮮味のない現実を派手に飾り立てるのが好きなのだ。おそらくマンディー・ロジャースは、私がニコが死ぬ前に捨てた女の代理をしていると想像していたのだろう。考えてみれば、その通りかもしれなかった。

「ニコはどんな男だったのかな？」と私は訊いた。

「どんな男？」マンディーはまた顔をしかめた。昨日までのピーターソンは、たとえ『赤い夜明けの騎手たち』に出させてくれたにせよ、マンディーがそれほど気にかけていた相手ではなかったのだろう。「そう言われるとよくは知らなかったわ。何とかのしあがろうとしていた、よくいるタイプよ。好きだったわ、たぶんね。でも、そういう意味じゃないわよ。つまり、友だちでさえなかったってこと。たんなる仕事上の仲間に過ぎなかった」ひと息ついて、彼女はつけ加えた。「メキシコに行かないかって、一度誘われたことがあったけど」彼女は目をそらした。頰まで少し赤くなっていた。

「彼に?」さほど関心もなさげに、私は訊き返した。「メキシコのどこへ?」

彼女はまたしても唇を嚙む仕草をしてみせた。今度は誰になろうとしているのだろう?鹿革服に身をくるんだドリス・キャッペルホフの役かもしれない。

「アカプルコよ。そこへよく行ってたわ。彼から聞いた話ではね。いろんな人を知ってるって。お金持ちたちという意味で言ったのは見え見えだったけど」

「でも、きみは行かなかった」

彼女は目を見開き、口をOの字にした。「もちろん行かなかったわ! どこへでも、誰とでもおかまいなしに行く、よくいるハリウッドの尻軽女だと思ってるのね」

「いや、いや」宥めるように私は言った。「そんなことはこれっぽかしも思っていない。彼はきみよりずっと年上だし、いろいろあって、ただの友人として、彼との楽しい旅に誘ったのだろうと思ったんだ」

彼女は笑みをのぞかせた。いかめしい、こわばった小さな笑みだった。「ニコにはガールフレンドがたくさんいた」と彼女は言った。「でも、友だちと呼べる女たちはいなかった。わたしの言ってる意味、分かるでしょ？」

ゲイリー・クーパーにそっくりの男が入って来た。あまりにも似ているということは、本人ではないということだ。乗馬ズボン、革のすね当て、陽に焼けた首に結ばれている赤いバンダナ、おまけに六連発拳銃をおさめたホルスターが腰にとめられていた。彼はトレイを持ち、食べ物を盛った皿に目をやりながらカウンター沿いに歩んだ。

「いろいろと参考になりましたよ、ミス・ロジャース」嘘つき男の笑みを投げかけて、私は言った。

「ほんとに？」彼女は驚いたようだった。「何が役に立ったのかしら」

「私の仕事では」企業秘密を秘かに洩らすかのように声をひそめて、私は言った。「重要でないもの、一枚の絵（ピクチュア）を完成させるのに役立たないものなどひとつもない」

彼女は唇を半開きにし、眉間に縦皺を作って私を見上げた。「どんな映画（ピクチュア）なの？」私と同じつぶやき声で、彼女は訊いた。

私は冷えたコーヒーの入ったカップを前方に押しやり、帽子を手に取った。雨はすでにやんでいた。太陽も顔を出そうかどうか考えているところらしい。「こういうことにしようか、マンディー」ゆっくりとウィンクをしながら、私は言った。「ここに来たときより、知っていることが増えたよ」

彼女は肯いた。目を見開いてじっと私を見つめていた。それなりに素敵な娘だ。自分で選んだ道とはいえ、彼女の将来を心配せずにいられなかった。「また話に来てもいいかな？」と私は言った。「きみが答えられるかもしれない質問が頭に浮かんだら」

「いいわよ」と彼女は答えた。そして、今の自分の役を思い出したかのように、舌の先で上下の唇に湿りをくれ、雪のように白い喉首をさらしながら、ものうげに頭をのけぞらせた。『深夜の告白』（チャンドラー脚本の映画。原作はケイン『倍額保険』）のバーバラ・スタンウィックのつもりなのだろうか。この映画なら観た覚えがあった。「いつでもどうぞ」と彼女は言った。「ハルが教えてくれるわ、わたしがどこにいるか」

出がけに、赤いバンダナのひょろっと背の高い男がテーブルにかがみ込んでチリコンカルネを貪るように食べているわきを通り過ぎた。誰かが後ろから忍び寄り、肩越しに手を伸ばして、皿を奪うのではないかと恐れているような食べ方だ。見れば見るほどクープ（ゲイリー・クーパー）に瓜二つだった。

# 10

到着するまで、どこに向かって車を走らせているのか、自分でもはっきりしなかった。雨上がりの空気は新鮮で、物悲しい香りがたちこめていた。私はウィンドウを下ろし、顔に当たる涼風を楽しんだ。考えていたのはマンディー・ロジャースと、彼女と同じような年端もゆかぬ若い連中のことだった。感傷的な歌、ミンクのコート、白い電話機がただ愚かしく混じり合った映画の中で、ドリスとロックを相手にいつの日か役がつくことをあてにして、この西海岸へ引き寄せられて来た若者たちのことだ。故郷のホープ・スプリングズには、今もマンディーを恋い慕っている青年が必ずいるはずだ。ハリウッド・ヒルズを照らす澄んだ陽光と同じほど明瞭に、その若い男の姿が思い浮かんだ。シャベルみたいな手と突き出た耳をした無骨者だ。トウモロコシ畑で、彼女を思い出しながら打ちひしがれているその若者のことを、思い出したことがあるのだろうか？　たとえ彼女がそう感じていなくても、私は彼を可哀そうに思った。そんな気分だった。雨上がりには、そんな気分になるひとときがある。

私は車をネイピア通りの入口に駐め、歩いてピーターソンの家に近づいた。筋向かいの例のじいさんと出くわすのはご免だった。車で乗りつければ、私のオールズモビルを思い出すに決まっている。運転者よりも車種を覚えるタイプの人間がいるのだ。じいさまの家は閉め切りで、どこにも彼の姿は見当たらなかった。今回は表のドアには向かわずに、濡れた草をきゅっきゅっと踏みしだきながら裏手に回りこんだ。

裏庭は草木が伸び放題になっていて、盛りを過ぎたアカシアの茂みや、届くかぎりの物すべてに巻きついて絞め殺しにかかっている、いやらしい黄色い花をつけたツタの一種がはびこっていた。こっち側にも表と同じように、ポーチに続く数段の木の踏段があった。窓には埃がたまっていた。ドアのわきで眠っていたぶちネコが片目を開けて私を見つめ、ゆっくりと起き上がり、尻尾をものうげに揺らしながらそっと歩き去った。ネコはなぜこんな風に我々を毛嫌いするのだろう。我々の何を知ってのことなのか。

ドアを試してみたが、鍵がかかっていた。別に驚きはしなかった。たまたま運良く私の鍵束には、地方検事局の仕事をしていた頃にもらった便利な物がついていた。そこで働くのを辞めた後も手放さずに持っていたおかげでずいぶん役に立った小道具だ。音叉(おんさ)を作るのに用いるのと同じ藍色の金属で鋳造され、フォート・ノックスの大金庫を除けば、望み次第の錠前を開けられるすぐれ物だ。最初は左の肩越しに、次いで右の肩越しにちらっと背後に目をやってから、ドアの取手の下にある小さな鍵穴に道具を差し込み、歯をくいしばり、片目を閉じ、ほんの少しいじり回していると回転金具がカチッと音を立て、握った取手が瞬時に回った。現職の地方検事は、野望を抱く政治屋タイプのスプリンガーという男だ。検事局での経験が、一匹狼の犯罪ファイターとしての私の仕事で今も役立っていることを、出来れば彼に教えてやりたかった。

私はドアを閉め、背中をドアにもたせかけ、足を止めて耳を澄ました。無人の家独特の静けさだ。静止した空気の中に乾燥腐朽した木材の微かな甘い匂いがたちこめていた。立ち上がるどころか、吠えることも出来ないほど打ちしおれた番犬の群のように、室内の家具がただじっと私を見つめているような気がした。自分が何を探しているのかも分からなかった。部屋に充満するカビと埃の匂い、情けなく窓から垂れ下がっている、灰色にくすんだレースのカーテンは、鍵のかかったどこかの部屋に死体がひとつ転がっていることをほのめかしているように思えた。驚きの色を残したままの目で、薄暗い天井を凝視しているベッドの上の死体がひとつ、人間の形をしたくぼみに横たわっているのか。

だがこの家には死体はなかった。それは分かっていた。死体はいっとき、パシフィック・パリセイズのあの道路際に無惨な姿で放置された後、何もかもかき集めてさっさと死体置場へ運ばれ、火葬に付され、今は空気中をあてもなく漂う微塵と化してしまった。クレア・キャヴェンディッシュが私のオフィスを訪れた後の数日の間に、ピーターソンは、正視しようとするたびに動いてしまう、目の中をちらちらと漂う埃みたいにとらえどころのないゴーストもどきの存在になっていた。ただ、本音を言えば、ピーターソンなどどうでもよかった。私が本当に気になっているのは、彼のことではなかった。

小さな家を、ピーターソンはきちんと整頓していたようだ。きちんとしすぎていて、人が住んでいなかったかのようにさえ見えた。私は居間をぐるっと見回し、寝室を覗いた。ベッドは、病院の看護婦が準備したみたいにカヴァーの四隅がきちんと四角く折られ、枕は大理石板のように滑らかだった。

簞笥の抽斗を二つ三つ調べ、クロゼットを二つ三つ開け閉めしおえたとき、表のドアにキーが差し込まれる音がした。私の身体はお定まりの反応を示した。うなじの毛が逆立ち、心臓が高鳴り、掌が急に汗ばんだ。小枝がブーツの踵に踏まれて折れる音を聞いて見上げると、森の明るみを背にして立つ狩人のシルエットが目に飛び込んできたときに、けものが何を感じるのかを知るのはそんな瞬間だ。額入りの写真の中の老婦人、おそらくピーターソンの母親が鼻の端っこにワイヤー・フレームの眼鏡をかけ、写真は撮るなとカメラを睨みつけていた。それを手に持ったまま小簞笥に寄りかかり、ドアに目をやると、汚れた板ガラスに女の頭部の輪郭が映った。そしてドアがぱっと開いた。私は写真をゆっくりと慎重に小簞笥の上に戻した。

「何なの?」女は驚いてびくっと後ずさりをし、木の敷居を片方の踵で強く踏みつけると、言った。「あんた、誰?」

その女のことでまっ先に分かったのは二つ。ひとつは、この女が、マンディー・ロジャースがピーターソンと一緒にいたと言っていた女だということ。どうして分かったのかは説明できない。こういうことは自然に向こうからやってくるものなのだ。二つめは、この女は私が前にどこかで見かけたことがある女だということ。たっぷり横幅のある腰と重たそうな胸、角張った顎をしたぶかっこうなブルネットだ。ぴっちりした白いブラウス、もっとぴっちりした赤いスカートを着け、四角くて高いヒールのついたつっかけ靴を履いていた。ハンドバッグに安物の小さな拳銃を入れているタイプの女でもあった。

「安心しろ」心配ないという仕草で片手を上げて、言った。「私はニコの友だちだ」

「どうやって中に入ったの?」

「裏のドアには鍵がかかっていなかった」

彼女は、ここに残るか、大急ぎで外に出るかを決めようとしていた。「あんたの名前は？」タフぶって、彼女は訊いた。「何者なの？」

「フィリップ・マーロウ」と私は言った。「保安・警備関係の者だ」

「どんな種類の？」

私は〝ああ、ただのつまらない男ですよ〟と言わんばかりの、歪んだ笑みを送った。

「さあ、中に入ってドアを閉めたらいい。危害を加える気は毛頭ない」

笑みの効果があったらしい。彼女は中に入り、ドアを閉めた。だが、一瞬たりとも私から目を放さなかった。

「きみはニコの妹だね？」と私は言った。

当てずっぽうだった。ピーターソンの妹が死体置場で彼の死体を確認したとフロイド・ハンソンが言っていたのを思い出したのだ。この女がその妹に違いない。もちろんこれまでに聞かされてきた数多いガールフレンドの一人という可能性もあったが、なぜかそうは思わなかった。そのときふいに、彼女を見かけた場所も思い出した。カウィーア・クラブのプールのドアから出て来たときは、タオルを頭に巻きつけ、テリ織りのローブを身にまとっていた。角張った顔と緑色の目も同じだった。彼女が姿を見せたとき、ハンソンが一瞬狼狽（ろうばい）したのはそのためだ。彼女はピーターソンの妹で、彼女が私と話すのを彼は望まなかった。

彼女は、あい変わらず私から目を放さずに、ネコのように用心深く横向きに二歩進み、アームチェアのそばで止まって、その背に片手を置いた。窓際にいるので、じっくりと眺められた。黒といってもいい色合いの髪だが、赤銅色がわずかに混っていた。神様か誰かの最後の仕上げに邪魔が入り、そのまま放っておかれた、いい加減できまりがついていない感じが彼女にはあった。姉か妹は美人なのに、本人は美人になりそこねてしまった、といったタイプの女だ。「マーロウ」と彼女は言った。「それが名前だと言ったわね？」

「その通り」

「それで、あんたはここで何をしてるの？」

私はよく考えて答えた。「ニコの持ち物を見ていた」弱々しげな口調になっていた。

「あら、そう？　でも、何でなの？　あんたにお金を借りていたのかしら？」

「そうじゃない。私の物を持っていただけだ」

彼女は唇を歪めた。「それって、何？　切手のコレクション？」

「違う。返してもらいたい物があるだけだ」自信のない口ぶりに聞こえたに違いなかった。こんな風に即興劇を続けるのも楽ではない。私は小簞笥から離れた。「煙草を吸ってもいいかな？　きみのせいで落ち着かない」

「どうぞ、止めはしないわ」

あいにくパイプは持っていなかった。もしあれば、葉を詰めるあいだ時間稼ぎが出来たのだが。シガレット・ケースとマッチ箱を取り出すのにもたもたし、両切り煙草をひっぱり出して火をつけるのに、出来るかぎり時間をかけた。彼女はさっきと同じようにアームチェアのかたわらに立ち、背に片手を置き、じっと私を見守っていた。

「きみはニコの妹だね、違うかい？」と私は言った。

「わたしはリン・ピーターソン。あんたが口にしてきたたわごとはどれひとつとして信用してないわ。本当は何者なのか、正直にしゃべってしまったらどうなの？」

お手上げだ、この女は腹が据わっていた。何と言おうと私は侵入者なのだ。彼女は兄の家の中を嗅ぎ回っている私にたまたまぶつかってしまった。物盗りかもしれないし、精神病院から脱走した狂人かもしれない。何者であってもおかしくはないし、武器を携行している可能性もあった。なのにこの女は、逃げ出しもせず、私のでまかせの言葉に耳を貸そうともしなかった。こんな場合でなければ、一緒に涼しいバーにでも出かけないかと誘いのひとつもかけていたところだろう。その後に何が起こるかは先のお楽しみだ。「分かった」と私は言った。「名前はマーロウ。そこまでは本当だ。私立探偵をやっている」

「なるほどね、じゃ、わたしは赤頭巾ちゃんかしら」

「ほら」そう言って私は、財布から名刺を一枚取り出して、彼女に渡した。彼女は眉を寄せながら名刺を読んでいた。「きみの兄さんの死について調査を依頼されている」

彼女はしっかりと聞いていなかったが、急に頭をこくりとさせた。「あんたを見た覚えがある」と彼女は言った。「フロイドと一緒だったわね、クラブで」

「その通り」と私は答えた。「あそこで彼と一緒にいた」

「フロイドも、あんたの物を何か持っていたの？　あなたが返してもらいたがっていた物を？」

「彼とはニコのことを話していた」

「ニコのことでどんな話を？」

「きみの兄さんが亡くなった夜のことだ。きみもあの晩、あそこにいたんだろう、あのクラブに？」彼女は何も言わなかった。「きみは兄さんの遺体を見たのか？」

「フロイドが見させてくれなかった」

「でも、翌日、死体置場で身元を確認した。そうだろ？　きみの兄さんだということをはっきりと確認した。さぞつらかったろうね」

「楽しくはなかったわ」

どちらもそのあと沈黙が続くままにしていた。セットの合い間に休憩をとるテニスの対戦者同士のように。やがて彼女が前へ進み、小簞笥に近づいて、ワイヤー・フレームの眼鏡をかけた、気むずかしい老婦人の額入りの写真を手にとった。「これを探してたんじゃなさそうね」と彼女は言って私の方に向きを変え、冷たい笑みを見せた。「叔母のマージーよ。わたしたち兄妹を育ててくれたの。ニコは彼女が大嫌いだった。なんで写真なんか飾ってたのか、わけが分からない」彼女は写真を元に戻した。「何か飲むわ」そう言うと、彼女は私のそばを通って、キッチンへ行った。

私は後に従った。彼女は壁のキャビネットからデュワーズの瓶を取り出し、フリーザーを開けて角氷を探した。「あんたはどうする？」肩越しに声がかかった。「一口やりたい？」

私は棚からトール・グラスを二つ取り出し、ガス・レンジのわきのカウンターに並べた。彼女は製氷皿を流しに運び、裏側に水を流して集めとった一山の角氷をグラスに入れた。「その下にミキサーがあるか探してみて」と彼女は言った。私は彼女が指差した戸棚を開き、カナダ・ドライのミニチュア瓶を二本見つけた。私は氷の上でソーダが滑るゴボゴボいう音が好きだ。その音を耳にするといつも心が弾む。リン・ピーターソンの香水の匂いがした。ネコの匂いのように鼻につく香りだった。それにさえ元気づけられた。偶然の出遭いだったが、それほど悪い展開ではなくなってきた。

「あんたの目に入った泥（乾杯の決まり文句）に乾杯よ、おじさん」リンはそう言って、彼女のグラスの縁を私のグラスにチャリンと触れ合わせた。そして尻を流しに押しつけて寄りかかり、あらためて私を眺めた。「探偵屋（シェイマス）には見えないわ」と彼女は言った。「自営だろうとなかろうとね」

「じゃ、何に見える？」

「難しい質問ね。博奕打ち（ばくち）ってとこかな」

「賭場をのぞいたことはよくある」

「勝ったの？」

「もっと勝ってたらよかったんだがね」

夏の山腹を照らしながら流れてゆく陽の光のようにゆっくりと、酒のぬくもりが体内に広がっていった。「クレア・キャヴェンディッシュを知ってるだろう？」訊くべきではなかったかもしれないことを訊いてしまった。「ニコのガールフレンドだ」

いきなり笑いだした彼女は、飲物でむせた。「氷女のことね？」信じられないという風な笑みを浮かべて私を見つめながら、彼女はしゃがれ声で言った。「彼のガールフレンドですって？」

「そう教えられたけどな」

「そうなの、じゃ、ほんとなんでしょうね」彼女は首を振りながらまた声をあげて笑った。

「あの晩「あの晩、彼女もあのクラブにいたんだ。ニコが死んだ晩に」

「そうだったの？　覚えてないけど」そう言って、彼女は眉を寄せた。「あの晩起こった

起こったことに鼻を突っ込ませたのはあの女なのね？」

私はミスタ・デュワーズの極上品のお代わりをした。一分刻みで、体内の陽光のぬくもりが暖かみを増していた。「死体置場で起こったことを話してくれないか」と私は言った。

彼女は、最初の時と同じ目つきでまた私を見た。「起こったことって、どういう意味？　わたしは白い部屋に通され、彼らがシーツを持ち上げると、そこにニコがいたわ。感謝祭の日の七面鳥のようにくたばっていた。わたしは涙をこぼし、おまわりがわたしの肩をぽんぽんと叩き、わたしを外に連れ出した。それでぜんぶよ」

「そのおまわりというのは？」と私は訊いた。

彼女は持ち上げた両肩をすとんと落とした。「どんなおまわりかなんて分からないわ。その場にいて、この遺体はわたしの兄かどうかを尋ね、そうだと答えると、彼はうなずき、わたしはそこを出た。おまわりはおまわり。あたしにとってはみんな同じ」

車が一台、家の前の通りで止まる微かな音が私の耳にぼんやりと聞こえた。聞いていたのに、何もしなかった。

「名前はいわなかったのか？」

「名乗っても、忘れてしまったわ。ね、マーロウ、それが何なのよ?」

私は彼女から目を逸らした。クレア・キャヴェンディッシュが私に告げたこと、あの日サンフランシスコのマーケット通りの人込みを急ぎ足で歩いているニコを彼女が目撃したことを教えるべきか否か、私は迷った。一か八かやってみるか。どう切り出すかも決めずに口を開きかけたとき、彼女が妙な表情を浮かべて、私の肩越しに視線を走らせたのに気づいた。私は後ろに向きを変えた。ちょうどそのとき、裏のドアが開き、片手に拳銃を持った男が部屋に入って来た。メキシコ人だ。その後ろには二人めのメキシコ人がいた。彼は拳銃を持っていなかった。銃など必要がない面構えをしていた。

# 11

二人の男の名前はとうとう分からずじまいだった。それでは都合が悪いので、私は二人を勝手にゴメスとロペスと呼ぶことにした。私の都合だろうと誰のだろうと、他人の都合などおかまいなしの連中だ。それだけはすぐに分かった。ゴメスの担当は、どうせたかが知れているだろうが脳ミソ役で、ロペスの担当は腕っぷしだ。ゴメスは角張った体型で背が低く、メキシコ人としては目方のある方だが、ロペスはガラガラヘビみたいにほっそりしていた。向かいの例のじいさんは、こいつらがおしゃれな格好をしていると言っていたが、私が見るところ、服飾に関するじいさんの判断力はあてにならないことが分かった。ゴメスは、肩のあたりが角張った淡青色のダブルのスーツに身をくるみ、プロの手になるものとは思えない半裸の水着美人の絵をあしらったネクタイを結んでいた。一方、ロペスのハワイアン・シャツはこれまで見たこともないほど派手な柄だった。穿いている白のデッキパンツは、大昔に買った時はたぶんきれいだったのだろう。前が開いているサンダルをつっかけていたが、外に出ている指の先は不潔そのものだった。

まあ、勘違いはしないでほしい、私はメキシコ人に対して含むところは何もない。穏和で心やさしい人たちだ、大半のメキシコ人は。メキシコの食べ物やビールや建造物も好きだ。私はかつて、オアハカの街でとても快適な週末を楽しんだことがあった。知り合いの仲の良い女性と一緒に素晴しいホテルに滞在した。昼間は暖かく、夜は涼しかった。薄暮の中、広場に席をとり、塩を効かせたマルガリータを飲みながらマリアッチの演奏に耳を傾けた。それが、私のメキシコだ。ゴメスとロペスは、そことは違う所からやって来たのだ。国境を越えたすぐ南側にある騒々しい町の一画がお似合いだった。二人の男を見たとき、リン・ピーターソンがはっと息を呑むのが聞こえた。おそらく私も同じことをしたのだろう。とにかくこの二人組はたいした見物(みもの)だった。

彼らは大急ぎで中に入って来た。すぐに知ることになるのだが、二人とも概して辛抱が出来ない性向(たち)の男だった。ゴメスの拳銃は小型榴弾砲ほどの威力がありそうな、銀メッキを施した重いオートマチックだ。そんな拳銃を手に握った男とは、つまらぬ議論などするものではない。無頓着な持ち方から見て、この男と拳銃はずっと昔からの相棒だったに違いなかった。ロペスの方はナイフ使いのようだ。狂気を漂わせた冷酷な形相をしていた。〈バーニーズ〉のバーテンダー、トラヴィスが拳銃とナイフをオモチャにしていたと冗談のタネにしていた二人組とはこいつらに決まっている。たいした冗談だった。それがどれほど当たっていたか、彼は知らなかったのだが。

初めのうちゴメスは、リン・ピーターソンと私を見ようとさえしなかった。キッチンを抜けてまっすぐ居間に向かい、たぶんあたりを見回すために数瞬黙ったまま中にいただけで、また戻って来た。相棒同様落ち着きがなく、ゆったりめのスーツの中で絶えずもぞもぞと身体を動かしていた。一方のロペスは、開いた戸口に立って、リン・ピーターソンに目を向けていた。ゴメスも彼女に注意を向けたが、話しかけた相手は私だった。「お前は誰だ？」

飽きが来始めていた質問だった。「名前はマーロウ」と答えて、私は先を続けた。「何かの間違いじゃないのか」

「どんな間違いだ？」

「我々は、あんたらが思っているようなものじゃない。ミス・キャヴェンディッシュと私は」リン・ピーターソンが驚いて私を見つめているのが感じとれた。その場で思いついて口に出た唯一の名前がそれだったのだ。「ミス・キャヴェンディッシュは不動産屋のエージェントで、私にこの家の案内をしてくれている」

「なぜだ？」とゴメスが訊いた。もっと的を射た鋭い質問を思いつくまでのお座なりの質問のような気がした。

「つまり」と私は言った。「賃貸を検討しているところだ」この返事がロペスを楽しませたのか、彼は笑い声をあげた。縫合がうまくいかなかった兎唇が目にとまった。「あんたらは刑事なのか？」と私は訊いた。これでロペスがまたひと笑いした。上唇のすきまから黄色い歯が光って見えた。

「そうとも」笑みも見せずに、ゴメスが言った。「おれたちは刑事だ」彼は、私のかたわらの女に目を向けた。「キャヴェンディッシュ？」と彼は言った。「それはあんたの名前じゃない。そうだろ？」彼女は言い返そうとしたが、ゴメスは彼女の顔のまん前でものうげに拳銃の銃身を振った。まるで人を叱りつける太い人差し指のように。「ノー、ノー、セニョリータ。おれには嘘はつくな。嘘をつけば、お仕置きされるだけだ。本当の名前は何だ？」彼女は答えなかった。彼は肩をすくめた。パッドの入ったジャケットの肩が左側に傾いた。「どうでもいい。分かっているんだ」

ゴメスはその場を離れ、代わりにロペスが前に出て、正面に立ちはだかり、笑顔で彼女の目を覗きこんだ。彼女はたじろいで身を引いた。相手の息の匂いが好ましいものではなかったのだろう。ゴメスが、私が聞きとれなかったスペイン語で何かを口にすると、ロペスがいやな顔をした。「あんたのお名前は、ベイビー？」やさしい甘い声で彼は尋ねた。

「いい名前を持ってるんじゃないのかな」

彼は片方の手を彼女の右の乳房の下にあてがい、重さを測るかのように持ち上げた。彼女は相手の手から逃れようと後ろにぐいっと身をかわしたが、彼は手を突き出したまま後を追った。こうなれば、あれこれ選ぶ余地はなかった。私は片方の手で彼の手首をつかみ、もう一方の手で肘を押さえると、両方の関節を逆の方向に力いっぱい引っ張った。苦痛のあまり叫び声をあげて、彼は私につかまえられていた腕を振りほどいた。予想通り、左手にはナイフが握られていた。刃の短い小さなナイフだが、私はこの男がそれでやれる芸当を知らないほどの間抜けではなかった。

「なあ、無茶はやめるんだ」私は声を上ずらせ、もめごとにはかかわらずに家を手頃な値段で借りることにしか関心のない客のふりをし続けた。「とにかく、その女性には手を出さないでくれ」

リン・ピーターソンの恐怖心がじかに感じとれた。キツネの臭いのように空中に漂っていた。私はたまたま、ベルトに吊ったバネ仕掛けのホルスターに三八口径スペシャルをおさめていた。撃たれも切り刻まれもせずにそれを取り出す方法を思いつくまで、二人組のメキシコ人に私の拳銃のことを気づかれずにすめばよいのだが。映画によく登場する早撃ちの名人の拳銃は人差し指でぐるぐる回転させられながら、瞬時に姿を現わす。残念ながら、現実ではそううまくはいかない。

ロペスが再び迫って来た。今度はリンではなく私に向かって、小さなナイフをいつでも使えるように構えていた。だが相棒が、私には聞きとれなかったスペイン語で何か言って拳銃を振ったので、ロペスは足を止めた。

「お前の財布をよこせ」とゴメスが私に言った。彼の英語はまともだが、少しスペイン語風に発音がもつれていた。私は両手を上げた。

「いいか」と私は言った。「さっきから言っているように、あんたらは……」

そこまでしゃべるのが限界だった。相手の拳銃の動きが目にとまるより前に、鈍い一撃が右の頬骨に着地し、そちら側の歯が根元から揺らいだ。かたわらに立っていたリン・ピーターソンが小さな悲鳴をあげ、片方の手で口元をおおった。私はくずれ落ちかけたが最後の瞬間に必死に踏みとどまった。頬の皮膚が切れ、生温かい血が流れ落ち、顎の縁(へり)に沿って滴になっていた。触れた手は深紅色にまみれていた。

しゃべりかけると、またゴメスにさえぎられた。「黙るんだ、くそったれ!」むきだしにした前歯を噛みしめたまま、彼は言った。黒ずんだ肌とは対照的に歯の白さが目立った。インディアンの血が混っているのだろう。拳銃で殴られたりすると、こういうどうでもいいことが頭をよぎるものだ。やるとしたら、今しかない、と私は決めた。ポケットのハンカチを取り出すふりをして手をベルトに伸ばし、ホルスターのふたを開け、バネ仕掛けに指をかけた。それが、はっきり覚えている最後の動作だった。

# 12

私をノックアウトしたのはロペスだったに違いない。何を用いて殴ったのかは知らない。たぶんブラックジャックを使ったのだろう。首のつけ根に都合よくさらされている骨の右側をやられた。殴り倒された牡牛のようにぶっ倒れたはずだ。私が経験した昏睡状態は、眠りに就く時のものとは大違いだった。まず、夢は見ない。そして、時間の経過が分からなくなる。始まりと終わりが同時だったような感覚があった。死に向かう予行演習のような感じだ。死ぬというのがそんな具合なのなら、そう悪くもなさそうだ。痛みは覚醒と同時にやってきた。私はうつ伏せに横たわり、口の片側が自分の血とよだれで汚れたリノリウムの床に貼りついていた。頬骨の痛みをどう形容しても始まらない。痛みは痛みだ。こいつはその中でも最悪だった。

両目を開け、部屋が回転木馬のようにぐるぐる回るのをやめてくれることを願いながら、私はしばらくそこに横になっていた。あたりは薄暗かった。たぶん夕暮れなのだろう。だが雨音が聞こえた。腕時計の針は止まっていた。倒れた時に何かにぶつけたのに違いない。どれくらいのあいだ、気を失っていたのか考えてみた。三十分ほどだろう。私は両手を床に押しつけ、身体を持ち上げた。首のつけ根の骨をキッツキがスロー・モーションで力強く突ついていた。殴られたあたりを指でそろそろ触ってみた。固く、熱を帯びて、茹で玉子のように大きく腫れあがっていた。冷湿布とアスピリンの連続服用の世話になりそうだ。痛みを感じつつ、同時にうんざりするというのも可能なのだ。

財布は残っていたが、腰のホルスターは空だった。

その時、リン・ピーターソンのことを思い出した。キッチンを見回し、居間も調べてみたが、彼女の姿はなかった。ロペスが彼女を見つめていた目つきを考えれば、彼女がまだここにいるとはあてにもしていなかった。私は足を止めて深呼吸をし、寝室に足を踏み入れた。が、そこにもやはり彼女はいなかった。二人組のメキシコ人は家中をひっくり返していた。まるで竜巻きが通り抜けていったみたいだ。すべての箪笥を空にし、すべてのクロゼットを荒らしていた。ソファは切り裂かれ、詰物が引っ張り出されていた。寝室のマットレスも同様だった。探し物が何であれ、懸命に探し続けたのがよく分かった。しかし、私の勘では、探し物は結局見つからなかったようだ。

このピーターソンという男は何者なのか？　どこかにいるのだろうが、いったいそれはどこだろう？

ピーターソンのことや彼の居場所をあれこれ考えたのは、彼の妹とその居場所のことを考えたくなかったからだった。メキシコ人が彼女を拉致したのは間違いなかった。彼女が何者かを知っていて、私がやった下手な芝居などにだまされはしなかった。しかし、どこへ連れ去ったのか、皆目見当がつかない。とっくに国境にさしかかっている可能性もあった。

私はきゅうにぐったりし、詰物を抜かれたソファに座り込んで、凝固した血が付着している腫れた頰をあやしながら、次に打つ手を考えた。メキシコ人を追う手がかりは、まったくない。彼らの車さえ見ていなかった。向かいのでしゃばりじいさんが教えてくれたところによれば、幌に穴がいっぱい開いている車だ。警察に通報しなければならない。他にやることもなかった。ソファのわきの低いテーブルに載っていた電話機を手に取ったが、回線は切られていた。何週間も前に止められていたのだろう。私はハンカチを取り出し、受話器を拭きかけたが、やめることにした。そんなことをして何になるというのだ。私の指紋はこの家のいたるところについている。裏口のドアの取手、キッチン、そしてこの居間と寝室。もしあるとしての話だが、屋根裏部屋だけは除いてもいいが。いずれにせよ、隠し立てする理由もなかった。ピーターソンのことはすでにジョー・グリーンに話してあった。そして、彼の妹のことはこれから彼に話すつもりだ。ソファから力をふりしぼって何とか腰を上げ、オフィスへ戻れたらすぐにでも電話をしよう、と決めた。

外へ出て、家の横手に回り込んだ。なぜまた雨になったのだろうか。六月には雨は降らないはずなのに。家の前に私の車がなかったので、てっきりメキシコ人に盗まれたのかと思ったが、通りの先に駐めたことを思い出した。車にたどりつくと、びしょ濡れで羊のような匂いを発していた。とは言っても、羊がどんな匂いがするか分かるほど近づいたことがあるわけではないが。私は車をUターンさせて大通りに出た。雨足は磨いたスチール製の竿のように激しかった。しかし、西の空はギラギラと輝く黄金が煮えたぎる大釜さながらだった。ダッシュボードの時計は六時十五分を示しているが、この時計が正しく時を刻んだことは一度もない。正確に何時であるにせよ、日が暮れかけているのは確かだ。もしそうでなければ、私の目がおかしくなってきたことになる。

オフィスへ戻るのはやめにして、ローレル・キャニオンをめざした。着いた頃にはまさに暗闇が迫っていた。家の表のドアに続くレッドウッドの階段の数がこれほど多く、しかも急勾配だと感じられたのは初めてだった。家に入り、シャツとジャケットを脱ぎ、洗面所で顔を点検した。頬骨に赤黒い裂け目があり、そのまわりの皮膚は虹よりも色どりが豊富だった。濡れたフェース・タオルでそっと拭った。水の冷たさが心地よかった。この腫れが引くまでには相当時間がかかりそうだ。縫わねばならないほど傷口が深くなかったのがせめてもの慰めだった。

キッチンに行って、ブランディーにライムの皮をひと切れ効かせ、オールド・ファッションドを作った。動くのが難儀だったが、それがかえって役に立ち、頭の回転もいくらかましになってきた。朝食用のスペース――そう、このボロ家にはそんな気のきいた場所もしつらえられていた――に置かれた背もたれが垂直な椅子に座り、飲物をすすりながら、煙草を二本吸った。頬骨の痛みと後頭部の痛みが競り合っていた。判定を下せる状態ではなかったが、いい勝負のようだ。

壁に架かっている電話の受話器を取って、市警本部殺人課のダイアルを回した。律義者のジョーは席にいた。私は、ネイピア通りの家で起こったこと、と言うか、その一部を彼に伝えた。彼は疑わしげに言った。

「二人のメキシコ野郎がひょっこり現われて、女をさらっていったと言うのか？　そういう話なのか？」

「ああ、ジョー。そう言ってるだろう」

「やつらはなぜ女を連れていったんだ？」

「私には分からない」

彼はしばらく口を閉ざしていた。彼が煙草に火をつける音、最初の煙を吐く音が伝わってきた。「また、あのピーターソンか」不快げに彼は言った。「勘弁してくれ、フィル。あの件ならカタがついたはずだぞ」

「私もそう思っていたんだ、ジョー。そうなんだ」

「じゃ、やつの家で何をやってた？」

返事を見つけるのに一呼吸おき、お定まりの返事をひとつつくろった。「私の依頼人が取り戻したがっている手紙が何通かある」はっとしてそこで止めた。すでに関わっている以上のめんどうなトラブルに巻き込まれかねない嘘をついてしまったのだ。

「見つけたのか？」

「いや」

私は飲物を一口ぐいっとやった。砂糖がエネルギーをくれるだろうが、アルコールのせいでぼんやりしてしまうので、めんどうなことをする気にもならないだろう。

「今頃になってピーターソンの妹が巻き添えになったわけは何だ？」とジョーが訊いた。

「分からない。彼女は私が着いた直後にやって来たんだ」

「彼女のことを前から知っていたのか？」

「いや。知らなかった」

ジョーはしばらく思案していた。「俺に隠してることが山ほどあるようだな、フィル。そうだろ?」

「知っていることはぜんぶ話した」と私は言ったが、それも嘘だということは彼も知っていた。「はっきりしているのは、ジョー、ピーターソンの妹の一件と、私の仕事とは無関係だということだ。別の話なんだ、それは間違いない」

「どうしてそう言える?」

「とにかくそうなんだ。メキシコ人たちは前にもピーターソンの家に行っている。家の周りを見て回ったり、窓から中を覗きこんだり、そんなことをやっていた。たぶんピーターソンは金を借りているんだろう。メキシコ人たちは、金を貸しているように見えた、大金をな」

再び沈黙が続いた。そして、彼は言った。「ピーターソンの妹のことだが、メキシコ野郎どもがなぜ彼女の兄貴を探しているのか、ヒントになりそうなことを言わなかったか?」

「時間がなかった。彼女が飲物をつくっていたときに、連中は拳銃を振り回しながら物凄い形相で裏のドアから入って来た」

「おやまあ」ジョーは囁き声で言った。「つまり、お前と女は仲良くやってたってわけか。初対面だったというのに、仲睦まじくな」

「殴られたんだ、こっちは、ジョー。初めは銃身で顔を、次はブラックジャックか何かで後頭部を。目玉はまだぐるぐる回っている。やつらは本当にいたんだ」

「オーケー、オーケー、分かった。だがよく聞くんだ、フィル。これは俺の管轄じゃない。保安官事務所に連絡しなければならない。分かるか？　あそこにいるお前のお友だちのバーニー・オールズと内輪話でもするんだな」

「正確には彼は友だちとは言えない、ジョー」

「正確にはそうでないにしろ、友だちと名のつくやつなら誰でも必要になりそうな雲行きに思えるがね」

「できればあんたから連絡してくれないか」と私は言った。「恩に着るよ。今は最高の状態ではないし、たとえ最高でもバーニーと話すといらいらさせられる。さもなければ、私が彼を苛立たせることになる。その時の空模様や時間しだいで」

ジョーが送話口で溜め息をついた。耳元を貨物列車が通過して行くような音だった。

「分かった、フィル。俺から電話しておこう。彼が訪ねて来たら、隠し立てせずに話すんだぞ。バーニー・オールズはジョー・グリーンじゃないんだからな」

おっしゃる通りだ、ジョー、と言ってやりたかった。正にその通りだ。だが、私が言ったのは、「ありがとよ。これでひとつ借りが出来た」だった。

「ひとつじゃないだろう、このくそったれが」笑い声と咳が同時に聞こえた。彼は先に電話を切った。私は新しい煙草に火をつけた。くそったれと呼ばれたのは、その日二度めだった。前のはスペイン語だったが、ひどい悪態であったことに変わりはなかった。

# 13

ベッドのカヴァーの上に横になり、寝たり醒めたりしていると、バーニーが表のドアにやって来た。頭をもたげるのは、数時間前にニコ・ピーターソンの家のキッチンでやった時と同じほど難儀だったが、頭の中で鳴り響いたベルの音はさっきほどひどくはなかった。バーニーが最初に押した時は、玄関のベルが頭の中の音だと思ったほどだ。彼は間をおかずにまた鳴らし、居間の明りがつくのを目にするまで押しボタンから指を離さなかった。

彼は戸口で迎えた私を押しのけるようにして中に入りかけ、「いったい何事だ、マーロウ？」と訊いた。

「やあ、あいさつが遅れてしまった。こちらこそ今晩は、バーニー」

彼は赤黒い大きな顔を振り向け、私を睨んだ。「あい変わらずの減らず口か、マーロウ？」

「口にボタンをかけておこうと努めてはいるんだが、唇が言うことを聞かないもんでね」

赤黒さはまだ薄れなかった。下手をすると怒りを爆発させかねない。「ジョークを言うために呼んだのか?」と彼は不気味なほど物静かな口ぶりで言った。

「そうとんがらないでくれ、バーニー」私は用心しながら後頭部に手を触れた。腫れはまったく引いていないが、茹で玉子の熱はだいぶ醒めていた。「座って、一杯やってくれ」

「その顔はどうした?」

「拳銃の銃身と出くわしたのさ。さいわい弾は飛び出さなかったが」

「かなりのあざになりそうだな」

バーニーの頭のサイズにはいつも感嘆させられる。ジョー・グリーンの頭もかなりのものだが、この男に比べればどれほどのものでもない。とにかく目から上が巨大なのだ。普通のパン二枚を重ね合わせた田舎パンと呼ばれる英国パンをご存じだろうか。それがまさにバーニーの頭部の形状だった。しかもパン生地ではなく木槌で叩かれて形づくられ、軽く茹でられたビーフで出来ているように見えた。

彼は濃紺のフラノの正規のスーツを身につけ、帽子はかぶらず、ボートほどの幅があり、底にぐるっと幅一センチ以上の縁(へり)がついた、おまわり専用の黒靴を履いていた。

このバーニーという男は何かと言うと大騒ぎする男で、私のことなど洟(はな)もひっかけないが、同時に至極まっとうな男であり、ひと悶着あったときそばにいてくれればありがたいと思える男でもあった。良いおまわりでもある。保安官が彼の首を踵で踏みつけにして昇進を阻まなかったら、とうの昔に課長になっていたはずだ。私はバーニーが好きだった。そんなことを彼に告げるような危険を冒すつもりはなかったが。

「さっきまでオールド・ファッションドを飲んでいたんだ」と私は言った。「あんたもやるか？」

「いや、ソーダでけっこう」

私が彼の飲物を作っているあいだ、彼は乳鉢と乳棒を使う昔の調剤師のように左の掌の中で右の拳をぐりぐり回しながら部屋中を歩き回った。「何があったのか教えてくれ」と彼は言った。

私は、ジョー・グリーンに告げたのと同じ話を長々と話して聞かせ、話し終えた後、つけ足した。「バーニー、お願いだから座ってくれ。そんな風に歩き回るのを見てると頭痛がひどくなる」

彼はソーダと氷を入れたグラスを手に取り、朝食用スペースのテーブルをはさんで向かい合って座った。私はブランディーと砂糖をミックスした飲物のお代わりを手にしていた。これなら役に立つに決まっている。

「リン・ピーターソンを見つけるために全車警戒態勢を敷いた」と彼は言った。「ジョーの話だと、メキシコ人は南でつくられた、幌つきのデカくて四角いボロ車のようなのに乗っている、とお前は言ったそうだな」

「そう教えられたんだ。私がこの目で見たわけじゃない」

バーニーは片方の目を半分閉じて私を見ていた。「誰に教えられたんだ？」

「通りの向かい側に住んでるじいさんにだ。近所に目を配って、何ひとつ見逃さない」

「きょう話したのか？」

「いや。少し前、初めてあそこへ行った日のことだ」

「お前に金を払っている名無しの権兵衛のために嗅ぎ回っていた、そうだな？」

「そういう言い方をするのなら、そういうことにしておこう」

私の依頼人が男だと彼が思い込んでいるのがおかしかった。ジョー・グリーンは細かなことまでくわしく話す手間を省いたのだろう。そのほうがいい。バーニーがくわしいことを知らなければ知らないほど好都合だった。

「その男が何者なのか、これから教えてくれるんだろうな。なぜそいつがお前にピーターソンを探させたがっているのかも？」私はゆっくりと首を横に振った。間違っても素早く振るわけにはいかなかった。後頭部の腫れがズキズキするというのに。「早かれ遅かれ、いずれしゃべることになるのは分かっているな」と彼は唸るように言った。

「もしそうだとしても、まだ先の話だ。おそらくあんたが自分でつきとめた後になるな。私はたれこみ屋じゃないんだ、バーニー。踏み外せない規範に反するんでね」

彼は笑い声をあげた。「みんな、今のを聞いたか！」と彼はあざけった。「踏み外せない規範だそうだ！　自分を何様だと思ってる？　信者の告解を聴いて秘密を守ってやる司祭にでもなったつもりか？」

「あんたも承知だろう」と私は言った。「あんたと同じで、私もプロなんだ」頰が腫れあがって、うつむくとあざになった皮膚が見えるほどだ。バーニーがあざについて言ったことは正しかった。私の美貌はしばらく台無しになってしまったようだ。「いずれにしろ」と私は先を続けた。「リン・ピーターソンと二人組のメキシコ人は、私が関わっている仕事とは別問題だ。おたがいに何のつながりもない」

「どうして分かる？」

「ただ分かるのさ、バーニー」私はうんざりと答えた。「それだけだ」

それが再び彼の怒りに火をつけた。こんな具合に予測のつかない男なのだ。どんなことでもきっかけになり得る。肉厚の顔の色が薄い紫色に変わった。「くたばれ、マーロウ」と彼は言った。「今すぐ検事局に連行して、ぶち込んでやろうか」

それが長年のキャリアで培われてきたバーニーの信条だ。疑わしきは、即座にぶち込め。

「勘弁してくれ、バーニー」軽い調子で私は言った。「私にうらみはないはずだ、自分でも分かってるだろう」

「もし俺が、メキシコの山賊だの何だの、お前がジョー・グリーンと俺に吹き込んだたわごとをぜんぶ信じないと決めたらどうなる？」

「そんなことを私がなぜでっち上げるんだ？　姿を消してもいないのに、ある女の行方が分からないなんてことを、わざわざ報告してどうなる？」

ソーダを入れたグラスを彼がテーブルに叩き降ろしたので、角氷がひとつ飛び出して床を滑って行った。「お前が何かをなぜやるのかなんて、俺が知るもんか。お前は、俺の知るかぎり最悪のずる賢いくそったれ（サノバビッチ）だ。とびきりの、極めつきのな」

私は溜め息をついた。またしても私は、牝犬の子孫呼ばわりをされた。私の知らない私の過去をみんなは知っているらしい。頬骨と後頭部が今や共鳴してうずきだした。密林の太鼓叩きたちが、私の頭の中で猛練習を開始したみたいだ。そろそろバーニーをここから追い出す頃合いだ。私は席を立った。「何か耳にしたら電話をくれないか、いいだろう、バーニー？」

彼は座ったまま考え込み、私を見上げた。「お前とこのピーターソンの妹のことだが」と彼は言った。「ほんとに今日初めて会ったのか？」

「その通り」まあ、これは本当だ。カウィーア・クラブでの短い出遭いは、会ったことにはならないだろうし、どっちみちバーニーとは何の関わりもないことだった。

「お前らしくないな、マーロウ。絶好のチャンスを見逃すとは。いい女、寝室があって他に誰もいない家、そんなチャンスだったというのに」バーニーのいやらしい目つきはしかめっ面よりも不快だった。「せっかくの据え膳を食わなかったと言うのか、お前は？」

「据え膳などどこにもなかった」それだけではない。私らしくないとは何たる言い草だ。私のそちらの方のことを、いったいバーニーはどれだけ知っていると言うんだ？　何も知ってはいない。私は彼から見えない身体のわきで拳を握り固めた。腹を立てることが出来るのはこいつだけではないのだ。「くたびれてるんだ、バーニー」と私は言った。「きつい一日だった。早く眠りたい」

彼は立ち上がり、ズボンのウエストバンドをぐいっと引っ張った。脂肪がつき始め、これまで気づかなかった下腹のでっぱりが目立つようになっていた。まあ、こちらも若くなっているわけではないのだが。

「パトロールカーから何か通報があったら電話をかけてくれ、いいだろう？」と私は言った。

「何でだ？　お前が関わっている仕事とこのメキシコ人たちと消えた女の話には何のつな

がりもないと言ったくせに」

「とにかく、知りたいんだ」

彼は頭を片方に傾け、肩をすくめる仕草をした。「気が向いたらかけてやる。かけないかもしれないがな」と彼は言った。

「それは何によって決まるんだ?」

「俺の気分しだいさ」彼は人差し指で私の胸を突いた。「お前は厄介事の種なんだ、マーロウ。分かってるのか? 例のテリー・レノックスの一件の時、お前にカタをつけさせるべきだった。せっかくのチャンスだったのだから」

テリー・レノックスというのは、殺人容疑をかけられて逃亡した私の友人だ。殺されたのは彼の細君だった。その後彼はメキシコのホテルの一室で拳銃自殺をした。と言うか、バーニー・オールズのような連中はそう信じさせられた。その件で私を有罪に出来る証拠は何ひとつ存在しないし、バーニーもそれは心得ていた。私を怒らせようとしてわざと言いがかりをつけたのだ。その手には乗らない。「おやすみ、バーニー」と私は言った。

私は片手を伸ばした。彼はその手を見、私を見、握手をした。「俺が我慢強い男で運が良かったな」と彼は言った。

「分かっているとも、バーニー」おとなしく答えた。ここでまた腹を立てさせても始まらない。

バーニーが車に乗り込み、通りの突き当たりにある転回地点まで行ったとき、反対の方角から接近してくる別の車のヘッドライトが見えた。その車とすれ違ったバーニーは一瞬スピードを落とし、対向車の運転者を確認しようとしたが、そのまま走り去った。私が表のドアを閉めかけると、近づいて来た車が私の家に通じる階段の上り口の前で止まった。私はホルスターに手をやったが、拳銃を持っていないことを思い出した。だが、私を訪ねて来たのは例のメキシコ人たちではなかった。赤いスポーツカーで、外国製、銘柄はアルファ・ロメオ、車には一人しか乗っていなかった。彼女がドアを開けて外に出るより前に、何者であるか私には分かっていた。

女性が階段をどんな風に昇るのかを気にかけたことがおありだろうか。クレア・キャヴェンディッシュの昇り方も女性一般の昇り方と同じだった。うつむいて、視線を自分の足に据え、一段ごとにきちんと先の足の前に後の足を運んでゆく昇り方だ。アイス・スケーターが一連の小さな8字型をつくって滑るのを見ているようだった。

「やあ、これはこれは」と私は言った。私が立っているところまで昇って来た彼女は、頭を上げた。笑みが浮かんだ。薄手のコート、頭にはスカーフ、外は暗いのに、黒い眼鏡をかけていた。「変装でもしてるつもりなのかな」

彼女の笑みがおずおずと引っこみかけた。「よく分からなかったもので」とまどいがちな口ぶりだった。「その、あなたが家にいらっしゃるかどうかも分からなかったんです」

「ええ、いますよ、ご覧の通り」

彼女は眼鏡を外し、私の顔をしげしげと見つめた。「何があったの？」切迫したあえぎ声で彼女は訊いた。

「ああ、これ？」頬に指を触れて、私は答えた。「クロゼットのドアにぶつかっただけですよ。お入りください」

私は身を引き、彼女は、私の目の下の紫色と黄色のあざを心配げに見ながら、前を通り過ぎた。私はドアを閉めた。彼女は頭からスカーフを取り、私はコートを脱ぐのに手を貸した。香水の匂いがした。銘柄を尋ねると、ラングリッシュ・レースだと教えてくれた。これで、どこで嗅いでもこの香りを識別できる。「何か飲みますか？」と私は訊いた。

彼女は私と向き合った。頬を染めていた。「お邪魔でなければよいのですが」と彼女は言った。「あなたからの連絡があるとあてにしていたのに、何にもなかったので……」

連絡がなかったので、小さな赤いスポーツカーに乗り込み、たまたま、まだ実際には支払っていないが、支払う金に見合うだけの何をマーロウがやっているかを確かめに来たのだろう。「すまない」と私は言った。「お伝えするだけの価値があることは何もなかったんです。念のため、明朝電話をしようと思っていました」

「ここから帰したいのですか？」きゅうにみじめっぽい口調に変わった。

「いいえ」と私は答えた。「なぜそんなことを？」

彼女はいくぶん身体を楽にし、笑みをのぞかせ、唇を噛んだ。「わたしはめったに当惑することはありません。ところがあなたはそんな力をわたしに及ぼすのです」

「それは良いことですか、悪いことですか？」

「分かりません。とにかくそれに馴れようと努めています。そうすれば判断もできるでしょうから」

そのとき、私は彼女にキスをした。あるいは彼女が私にキスをしたのか、まったく同時に同じことを二人が思いついたのか。彼女は私の胸に両手をあてがった。押し戻そうとしたのではない。私は伸ばした手を彼女の背中に回し、肩甲骨に触れた。それはきちんと折りたたまれた、温かい一対の翼のようだった。

「飲むかい」と私は言った。声が震えているのに気がついた。

「ウィスキーを少しだけ」と彼女は言った。「水割りで。氷はなし」

「英国風にだね」と私は言った。

「アイルランド風に、ということね」彼女はにこりと笑った。「でも、ほんの一滴よ」

彼女は私の肩に頬を寄せた。彼女の母親と話したことを知っているのだろうか。ここに来たのはそれが理由なのかもしれない。ばあさんが何をしゃべったのかを確かめに来たのかも。

そんなことを思いながら、私は彼女から離れて、飲物を作りに行った。自分のにもウィスキーを注いだ、たっぷりと。さっきまで飲んでいたブランディーとどんな風に馴染むのかは分からなかったが、今はきつい一杯が必要だった。そばに戻ると、彼女はあたりを見回して、端から端まで目にとめていた。くたびれたカーペット、冴えない家具、安物の額におさめられた名もない絵、一人ゲーム用に用意されたチェス盤。誰か他人が入って来るまでは、どれほど狭いスペースで暮しているのかになかなか気がつかないものだ。

「なるほど」と彼女が言った。「ここがあなたの家なのね」

「借りているんだ」と答えたが、いかにも守勢にまわったような口調に聞こえた。「ミセス・パルーサから借りている。彼女はアイダホへ移ってしまった。ここにあるのは大半が彼女の品物だ。と言うか、亡くなったご亭主の」口を閉じろ、マーロウ、何をぺちゃくちゃやっているんだ。

「ピアノもあるのね」と彼女は言った。

部屋の隅に置かれた、古びた竪型のスタインウェイだった。そこにあることに馴れてしまって、目にとまらなくなっていた。彼女は部屋を横切って近づき、蓋を開けた。

「弾くのかい？」と私は尋ねた。

「少しだけよ」彼女はまた頰を染めた。ほんの微かに。

「私のために何か弾いてくれないか」

彼女は私の方を向いて、驚いたように私を見た。「あら、それは出来ないわ」

「なぜだ？」

「つまり、それって、無作法なことだからよ。それに、自分で楽しむぐらいで、他人様のために弾けるほどの腕前ではないの」彼女はピアノの蓋を閉めた。「どうせ音調も狂ってるでしょうし」

私はウィスキーを口にした。「座らないか？」と私は言った。「そのカウチは見かけほど悪くないよ」

我々は座った。彼女は足を組み、タンブラーを持った手を膝に置いた。ウィスキーにはほとんど口をつけていなかった。遠くの方で、警察のサイレンが鳴った。私は煙草に火をつけた。断崖の端に追いやられ、そこに放置されたような感じになる時があるものだ。私は咳払いをした。そしてまた繰り返すことになった。そうせざるを得なかったのだ。彼女はどうやって私の家の住所を手に入れたのだろう。こちらから教えた覚えはなかった。だいたい、教える筋合いもなかったはずだ。何となく不安な感じがした。断崖の先に大きく口を開いて眼下に広がる空間のせいだろう。

「母があなたと話したことは知っています」とクレアは言った。また頬が赤くなっている。「ご迷惑をおかけしなかったかしら。個性が強すぎる人なので」

「好きだよ、ああいう人は」と私は言った。「私のことをどうやって知ったのかは分からないけど」

「あら、リチャードが教えたのよ、決まってるでしょう。あの人は母に何でもしゃべってしまうの。ときどき、彼がわたしとではなく母と結婚しているのではないかと思うことがあるわ。母は、あなたに何を話したの？　こんなこと、聞いてよかったかしら？」

「かまわないとも。彼女は、あなたがなぜ私を雇ったのかを知りたがっていた」

「まさか教えなかったでしょうね？」彼女はぎょっとしたように言った。私は硬い視線を返し、黙した。彼女は目を落とした。「ごめんなさい」と彼女は言った。「愚かなことを訊いてしまいました」

私は立ち上がって酒棚に近づき、またたっぷりとウィスキーを注いだ。だが、座りはしなかった。「いいですか、ミセス・キャヴェンディッシュ」と私は言った。「私はいま途方に暮れている。そんなことを正直に言うべきではないのでしょうが、本当なのです」

「どうしてもわたしをクレアと呼んでくださらないの?」あのみごとな目を上げてじっと私を見つめつつ、彼女は訊いた。何度でもキスをしたくなるあの唇をわずかに開いて。

「そうしようと努めてはいます」と私は答えた。

私は向きを変え、先刻バーニーがやったように、部屋の中をゆっくりと歩き始めた。クレアは私を見つめていた。「なぜ途方に暮れているの?」しばらくして、彼女が尋ねた。

「わけが分からないからです。どこから考え始めればいいのかも分からない。あなたはなぜニコ・ピーターソンの行方を突きとめたいのですか? それほど彼のことを気にかけているのですか? あの男のことをほんの少しだけ知っただけで、あなたのタイプではないことが分かります。たとえもしあなたが彼に夢中だったとしても、死んだふりまでしてあなたをだましたのですから、迷いも醒めたのではありませんか。それにしても、彼はなぜそんな手を打ったのでしょう。なぜ姿をくらまさねばならなかったのか?」

私はまた彼女の前に立って、見おろした。グラスを持つ彼女の拳の角が白くなっているのに気がついた。「少しは私を助けてくれてもよいのではありませんか、ミセス・キャヴェンディッシュ。これからも彼の後を追わせたいのなら、そしてあなたをクレアと呼ばせたいのなら」

「助けるって、どんなことで？」と彼女は訊いた。

「思いつきしだい、どんなことでも」

彼女はまた部屋中を見回し、ぼんやりとうなずいた。「ご家族は？」と彼女は訊いた。

「いない」

「ご両親は？」

「いないと言ったでしょう。とうに亡くなりました」

「兄妹は？　従兄弟とかは？」

「従兄弟はいるかも。やりとりはしていないが」

彼女は首を横に振った。「淋しいわね」

「どこが淋しいんだ？」と私は答えた。とつぜんこみ上げてきた怒りで声がかすれた。「きみには、一人だけの暮しなど想像もつかないだろう。きみの暮しは、いたるところに水夫やスチュワードや技師やモールつきのキャップをかぶったこざっぱりした制服姿の連中が群がっている豪華な大型クルーズ客船みたいなものだ。身の回りにこれだけのものが必要なんだ。そのうえ甲板には白で装ってゲームに興じるビューティフル・ピープルが打ち揃っている。だが、水平線に向かって消えかけている黒い帆のあの小さな船が見えるかな？　あれが、私だ。遥か遠くにいるのがしあわせなんだ」

彼女はグラスをカウチの肘に載せ、バランスを保っているか充分に気を配ってから立ち上がった。二人の距離は五センチと離れていなかった。彼女は片手を伸ばし、指先で私の頬のあざに触れた。「熱っぽいわ」と彼女は囁いた。「あなたのここ、とても熱っぽい」黒い瞳の虹彩の奥深くに小さな銀色の斑点が見えた。「この家のどこかにベッドがある？」そっと彼女が訊いた。「もしわたしたちが、あなたとわたしが、ベッドの中でしばらく横になったりしたら、ミセス・パルーサに叱られるかしら？」

今夜、私の喉は、何度も何度も咳払いが必要になってしまった。「彼女は気にしないと思う」喉にからむくぐもった声で私は答えた。「第一、誰も告げ口はしないだろう」

## 14

寝室には、シェードにバラが描かれたランプがベッドのわきのテーブルに置かれていた。素人が描いたみごとに粗雑な絵だった。これを始末しようと考え続けてきたが、なぜか始末できなかった。執着があるというのではない。それは、ミセス・パルーサが彼女の家をいっぱいにしてきた他の多くの品々同様、一種のがらくただった。小間物の収集家なのだ、ミセス・Pは。あるいはため込み屋と呼ぶ方がふさわしいのかもしれない。彼女はこういうがらくたをせっせとため込み、今私はそれを背負いこまされていた。いちいち気にしているわけでもない。大半の物は頭の奥の方に姿を消し、意識することもなくなってしまった。ところが、このランプは、明りを消す時に最後に目に入るので、暗闇の中でも、しばらくの間残像が目の奥に焼きつけられている。死期が迫っていたオスカー・ワイルドが部屋の壁紙について言った言葉は何だったろう？　両者のいずれかが先に逝かねばならない、だったか。

私はあお向けに寝て、枕の上で顔だけ横に向け、シェードのバラを見つめていた。バラは、乾いて光沢を失ったごてごてしたイチゴ・ジャムのかたまりのように見えた。つい先刻私は、これまでに腕に抱えることを許された女性たちの中で最も美しい一人と愛を交わしたところだった。それにもかかわらず、心は安らいでいなかった。クレア・キャヴェンディッシュは私とは属する世界が違う、それははっきり分かっていた。彼女には気品があり、燃やすほどの金があり、ポロ・プレイヤーと結婚していて、イタリア製のスポーツカーに乗っていた。そんな女がなぜベッドで私と一緒にいるのか。

私は彼女が目を醒ましていることに気がつかなかった。だが、目を醒ましていた。そしてまた私の心を読んでいたのに違いない。独特の色っぽい声でこう訊いたからだ。「あなたって、依頼人とはみんな寝るの？」

私は、枕の上で顔を彼女の方に向けた。「女であればね」と私は答えた。

彼女は微笑んだ。最高に愛らしい無上の笑みには物悲しさがひそんでいる。彼女の笑みもそうだった。「今夜、ここに来て良かったわ」と彼女は言った。「とても不安だったの。着いた時、あなたがたいそう冷たい目でわたしを見たので、逆戻りして帰るべきだと思ったくらいよ」

「私も不安だった」と私は言った。「いてくれてよかった」

「でも、そろそろ帰らなくては」

彼女は私の鼻の頭にキスをし、上体を起こした。彼女の乳房はとても小さく、あお向けに寝そべると見えなくなるほどだった。今それを眺めていると、口の中が乾いてきた。上部は平坦といってもいいのに、下方がふっくらしていて、乳房の頂きは思わずにんまりしてしまうほど素晴しい具合に突き立っていた。「今度はいつ会える？」と私は訊いた。こんな時には月並みな質問しか思いつかないものだ。

「すぐにだといいけど」

彼女はそのときベッドの端に座り、私に背を向け、体を横に向けて靴下をはいているところだった。美しい背中だ。長く、ほっそりとして、先が細くすぼまっていた。煙草を吸いたかった。だが、セックスの後ベッドで煙草を吸う習慣は私にはなかった。

「これからどうする？」と私は訊いた。

むきだしの肩越しに彼女は私を見た。「どういう意味？」

「今は夜中の二時だよ」と私は答えた。「こんな時間に帰宅する習慣があるとは思えないんだが、どうなのかな？」

「ああ、わたしがどこにいるか、リチャードが気にかけるのではないかってことね。どうせ彼もまだ外よ、きっとガールフレンドの一人と。言ったでしょう、わたしたちには諒解事項があるって」

「取り決め、という言葉をきみは使った」

彼女はまた顔をそらして、ガーターベルトの金具にとりかかった。「取り決めでも諒解事項でも、同じようなものでしょう？」

「揚げ足取りと呼ばれてもかまわないが、その二つには違いがあると思う」

彼女は立ち上がり、スカートに足を通し、わきのジッパーをとめた。女が服を着るのを眺めるのが好きだ。もちろん、服を脱ぐのを見るのと同じほど楽しいというのではない。どちらかと言えば審美的な目の保養ということだ。「いずれにしても」と彼女は言った。「彼は外出中で、わたしの帰宅時間など分かりっこないわ。気にするはずもないでしょうけれど」

事実をただ客観的に、辛辣さはこめずに、というのが夫について語る時の話し方だということは、前から気がついていた。二人の結婚生活は、明らかに死に絶え、とうの昔に葬られてしまった。だが、他人同様の夫がもはや嫉妬さえ出来ないと思っているのなら、彼女は男というものを知らないのだ。

「母上はどうかな？」と私は訊いた。私もベッドの上に起き上がっていた。

彼女は大きな革のベルトのバックルを締めているところだったが、手を休め、当惑げに私を見つめた。「わたしの母のこと？　母がどうかしたの？」

「遅くに帰宅するきみに気づくんじゃないのか？」

彼女は笑い声をあげた。「あの屋敷を見たでしょう？」と彼女は言った。「どんなに広いか気がつかなかったの？　母が一方を、リチャードとわたしがもう一方を、建物の両翼を別々に使っているの」

「きみの弟は、どこに住んでいるんだ？」

「レット？　ああ、彼はふらふらさまよっていると言ったらいいのかしら」

「彼は何をしている？」

「どういう意味？　ベッドのあっち側に、わたしのもう片方の靴がないかしら？　まあっ、わたしたち、ベッドであばれまわっていたようね、ちがう？」

私はベッドの片側に手を伸ばし、彼女の片方の靴を見つけて渡した。「つまり、仕事は何をしている？」と私は訊いた。

彼女は、今度はいたずらっぽい目つきをした。「レットは働く必要はないのよ」子供に何かを説明するような口調で、彼女は言った。「彼は、母から見れば目に入れても痛くないリンゴみたいなもの。リンゴの頬をして優しくしていることが、彼のおつとめのすべてなの」

「可愛らしくは見えなかったがね」

「必要がなかったのよ、あなたに対しては」

「どうやら、彼のことをあまり好いていないようだ」

その言葉を反芻（はんすう）しながら、彼女はまた手を休めた。「もちろん愛しているわ。たとえ父親は違っても、彼はわたしの弟なのだから。でも、そうね、わたし、彼のこと好きだとは言えないわ。いつかまともな大人になったら、好きになれるかもしれないけれど、そんな日が来るとは思えない。とにかく、母が存命中は無理でしょうね」

彼女が世界と向き合うべく忙しく身づくろいをしているのをベッドに座って眺めているのは無作法に思えた。たとえそれが夜の世界であろうとも。それで私も立ち上がり、衣服を身につけ始めた。

シャツを着終えた時、彼女が近寄って来て私にキスをした。「お休みなさい、フィリップ・マーロウ」と彼女は言った。「おはようと言うべきかしら」私は向きを変えかけた彼女の肘を摑んだ。

「私と話したことを、母上は何と言っていた？」と私は尋ねた。

「母が何と言ったかということかしら？」彼女は肩をすくめた。「たいしたことは言わなかったわ」

「きみがなぜ、母上が言ったことを私に訊かなかったのか、よく分からない。気にならないのか？」

「ちゃんと訊いたわ」

「本当に知りたがっているようには聞こえなかった」

彼女はぐるっと向きを変えて向き合い、まじめな顔で私を見た。「分かったわ、それで母は何と言ったの？」

私はにやりと笑った。「たいしたことは言わなかった」

彼女はにやりとは笑い返さなかった。「本当に？」

「香水をどうやって作るかを教えてくれた。それからきみの父親のこと、彼の死に際のことも」

「残酷な話よね」

「とびきり残酷な話のひとつだと言える。あんな経験に耐え抜いて、ここまで事業を成しとげたきみの母上はタフな女性だ」

彼女はいくぶん口元を引き締めた。「そう、タフな人よ、確かに」

「母上のことは好きなのか？」

「質問は一晩にこれくらいで打ち止めにしてくれないかしら」

私は両手を上げた。「ごもっとも」と私は言った。「そうしよう。ただ、私は……」

彼女はしばらく黙って待っていた。「それで、ただ、どうしたの？」

「ただ、私は、きみを信頼すべきか否かが分からないんだ」

彼女は冷ややかな笑みを見せた。一瞬私は、彼女の中に、彼女の母親の姿を垣間見た。彼女のタフな母親の姿を。「パスカルの賭け（信じる方に賭ければ得が多く、損が少ないの意）をするのね」と彼女は言った。

「パスカルって？」

「フランス人。大昔の人。哲学者、の一種かな」彼女は居間へ向かった。後について行った。素足だった。彼女は財布を拾い上げ、私の方に向きを変えた。怒りのあまり、顔が青白くなっている。「わたしを信頼していないなんて、よくも言えるわね」そう言って彼女は寝室のドアの方に首を振った。「あの後で、よくもそんなことを」

私はウィスキーのお代わりを注いだ。背中を向けたままだった。「信頼していない、とは言わなかった。信頼すべきか否かが分からない、と言っただけだ」

これが怒りを煽り立て、彼女は本当に踵で床を踏み鳴らした。理由は違うが、リン・ピーターソンが兄の家の敷居で同じことをした姿を思い出した。「自分が何者か分かってるんでしょう？」と彼女は言った。「あなたはペダント（衒学的な人）よ。ペダントって言葉の意味を知ってる？」

「百姓の訛りかな」

火がついたような勢いで睨まれた。こんな色の目が火のように燃えるなんて、考えも及ばなかった。「とにかく、絶対に道化者じゃないわね」

「ごめんよ」と私は言った。本気で謝ったようには聞こえなかったろう。「コートをとってこよう」

私は手にしたコートを広げて持った。彼女は私を睨んだままその場に立ちつくしていた。顎のあたりの筋肉が小さく波立っていた。「あなたを見損なっていたようね」と彼女は言った。

「どんな風に？」

「わたしは、あなたが……ああ、もういいわ」

彼女はコートの袖に手を通した。彼女の向きを変えさせることも出来た。抱きしめることも、悪かったと告げることも出来た。本気でそう言っていることに疑いの余地もない言い方で謝ることも。なぜなら私は、彼女にすまなかったと思っていたからだ。その場で舌を噛み切ることも出来た。彼女はこれまでの私の人生に舞い降りて来た最も美しい人と言えるだろう。リンダ・ローリングよりも愛らしい女を前にして、今私はしゃべりすぎ、彼女の信頼性に疑問を呈しながら、安っぽい軽口を連発していた。部族のすべてよりも価値のある真珠を自分の手で投げ棄ててしまう卑しいインド人（シェイクスピア『オセロ』）、それがマーロウ、お前だ。

「聞いてほしい」と私は言った。「今日、あることが起きたんだ」

彼女は急に心配そうな、それでいて用心深い顔をして、私の方を向いた。「あら？」と彼女は言った。「どんなことが？」

私は、ピーターソンの家へ行き、家捜しの最中にリンが現われ、その後二人組のメキシコ人がやって来て、何が起きたかの一部始終を話した。飾り立てはせずに、簡潔に。私が話している間、彼女の目はまるで読唇術をやっているかのように私の口元を見つめていた。

話し終えても、彼女はじっとその場に立ち、ゆっくりと目をしばたたかせた。「でも、なぜ」彼女は感情を押し殺した口調で言った。「もっと前にその話をわたしにしてくれなかったの？」

「我々の間に違うことがいくつか始まっていた」

「何てことなの」彼女は言葉を切り、首を左右に振った。「あなたが分からない。今夜、ずうっと」彼女はどうしようもないという仕草で片手を振った。「寝室でのことや、いろいろあって……そのあいだよくもあなたは黙っていられたわね。どうやって隠し続けられたの？」

「〝隠し続け〟たんじゃない」と私は答えた。「きみと私とのあいだで起こったことの方がよりたいせつなことだった」

彼女は怒りに満ちた不信の念をこめて再び首を振った。「その男たちは何者だったの？」と彼女は訊いた。「二人のメキシコ人のことよ」

「彼らはニコを探していた。彼が、メキシコ人の何かを持っているか、何か借りがあるという感じだった。たぶん、カネを借りていたのだろう。そんな話を耳にしていないか？」

彼女はまた片手で、やめておけと言うようないらいらとした仕草を繰り返した。「もちろん聞いていないわ」彼女は部屋の中を困惑した目で見回し、また私を見つめた。「それでそんな顔になったのね？」と彼女は訊いた。「この傷を負わせたのが二人組のメキシコ人だった」私は肯いた。彼女はしばし考え込み、あれこれ足し算をして、答えを引き出した。「そして二人は今、リンを拉致している。彼女を傷つけたりするのかしら？」

「かなりタフな二人組だからね」と私は言った。

彼女は手で口元をおさえた。「何てことなの」ほとんど聞きとれないかすれ声だった。彼女には荷が重すぎるのだろう。事態をしっかり理解することさえ出来ないようだ。「警察は」と彼女は言った。「警察は来たの？」

「ああ。保安官事務所から、私の知っている男が来た。きみがここに着いたとき、すれ違った車の男だ」

「その人がここに？　わたしのことを話したの？」

「もちろん、話さなかった。彼は、きみが何者で、私が誰に雇われているのかも知らない。私を大陪審の前に立たせでもしないかぎり、この先も分からないままだろうね。大陪審に引っぱり出す気もない」

彼女はまた、前よりももっとゆっくりと目をしばたたいた。「わたし、怖いの」と彼女はつぶやいた。その口ぶりには、恐怖だけでなく一種の驚きもひそんでいた。こんな面倒な厄介事になぜ巻き込まれたかが理解出来ずにいる人間が抱く驚きだった。

「きみが恐れる理由はない」と私は言った。彼女の腕に触れようとしたが、まるで私の指がコートの袖を汚すかのように、彼女は素早く後ずさった。

「もう帰らねばなりません」彼女は冷ややかに言い、背を向けた。

私は彼女の後に従って、レッドウッドの階段を降りた。彼女の方から吹きつけてくる寒風が私の眉に氷柱（つらら）を垂れ下げさせてもおかしくはなかった。彼女は車に乗り込み、ドアを勢いよく閉めるのとエンジンをかけるのがほとんど同時だった。走り去る車の一陣の排気煙が口に攻め入り、鼻腔を突き刺した。またしても喉に湿りをくれながら、私は階段を昇った。やってしまったな、フィル。むかつく思いで、私は自分に言いきかせた。お見事、お見事。

あと数段というところで、電話のベルが鳴り出した。夜のこんな時間にかかってくる電話が吉報のはずがなかった。受話器に手をかけたとたんにベルが鳴り止んだ。私は悪態をついた。家にひとりでいる時は、しょっちゅうだ。ここを人間味のある場所にしようとしているのかもしれない。どうしてそんな効き目があるのかは知らないが。

私は残っていたウィスキーを飲み干し、クレアのグラスも一緒にキッチンへ運び、流しで洗い、乾かすために底を上にしてラックに並べた。くたくただった。顔がずきずきし、後頭部ではまたアフリカの太鼓が鳴り始めた。

今夜、クレアに対して見事にやってしまったことをまたしても苦々しく褒めてやっていたとき、再び電話が鳴り出した。バーニー・オールズだった。バーニーに違いないと、なぜか私には分かっていた。

「どこにいたんだ？」と彼は怒鳴った。「くたばったのかと思ったぞ」

「星と交信をするために一分ほど外に出ていた」

「何ともロマンティックなことだな」彼は一拍置いた。効果を狙ってのことだろう。「俺たちは女（スケ）を見つけた」

「リン・ピーターソンのことか？」

「違う。ラナ・ターナー（一九二一～一九九五年。スキャンダルが多かった女優）さ」

「聞かせてくれ」

「こっちへ来て、自分の目で確かめろ。エンシーノ貯水池だ。エンシーノ・アヴェニューを来て、〈立ち入り禁止〉の標識が見えたら右折だ。気付けの嗅ぎ薬も持って来い。いい眺めとは言えないんでな」

## 15

私はウィンドウを開けたまま車を走らせた。冷んやりとした夜気が腫れた頬にやさしく当たったが、今夜、何もかもをぶち壊しにし、怒り、おびえているクレア・キャヴェンディッシュを夜の闇の中に送り出す前に私に触れてくれた彼女の指ほどやさしくはなかった。彼女を頭から追い払うことは出来なかった。彼女のことを考えていれば、ニコ・ピーターソンの妹のことや貯水池で私を待っているであろうことを考えずにすむので、それはそれでよかった。例の二人組のメキシコ人を怒らせてしまうという最悪の過ちを犯してしまったことをあらためて、ぐずぐずと考えるのもいやだった。もし私が彼らを怒らせたりせずにクールに振る舞ってやり過ごしていれば、彼女はさらわれずにすんだかもしれなかったのだ。そううまくは運ばなかったにしても、不可能ではなかったはずだ。だがそれは、今ではなく別の時に悔めばよいことだ。

エンシーノまではたいした道のりではなく、道も空いていたが、どうしても間に合わせねばならない時間までに着けばいいという思いから、私は車をのろのろと走らせた。そう言えばエンシーノは昔、テリー・レノックスが住んでいた地区だった。二エーカーもある最高級の土地に建つまがいものの英国調大邸宅（マンション）だった。彼の妻がまだ生きていた頃の話だ。その時彼は彼女と二度目の結婚をしていた。二人は二度くっついたのだ。つまりはダブル・トラブル（シェイクスピア『マクベス』）というやつの見本と言ってよいだろう。

今でも私はテリーを失って寂しい思いを抱いている。彼は存在自体が災害地域のような男だったが、私の友人であり、この世では、私の世界では、希有な事柄であった。私は人とあっさり友情を育める人間ではなかった。彼は今どこにいて、何をやっているのだろう。最後に噂が耳に入った時は、メキシコのどこかにいて、死んだ妻の金をたよりに生きていた。もうその金も底をつく頃だろう。テリーはとてつもない浪費家だったから。そのうち〈ヴィクターズ〉で、彼との友情のために一度ギムレットを献じることにしよう。その店は我々の行きつけの店だった。テリーと私の。彼が死んだと思った時、私はそこへ二度ばかり足を運び、献杯をした。そうやって彼は我々みんなをだましたのだ、しばらくの間は。

とてもくたびれていたので、危うく〈立ち入り禁止〉の標識と正面衝突しそうになった。そこを右折するとすぐに、前方にライトがいくつか見えた。道路わきに車首を向け合って二台のパトロールカーが駐まっていた。バーニーのおんぼろシェヴィーと両開きの後部ドアを開き、明りを投射している救急車も鼻面をくっつけて駐まっていた。センチネル・パインの木立ちの下、この無人の土地にはそぐわない奇妙な光景だった。

車を近づけ、降りかけた時、腰が固まって一瞬動けなかった。走行中に身体が硬直していたのだ。たとえクレア・キャヴェンディッシュが横たわっていなくても、私の寝室のベッドが恋しかった。こんな仕事を続けるにはいささか歳をくいすぎたということだ。

バーニーは、医者か検屍官事務所のスタッフと思しき白衣の男と一緒に立っていた。二人の足元には、毛布で覆われた、人間の身体の形をした何かが横たえられていた。私は吸っていた煙草を地面に捨て、靴底で踏みつけた。数歩進んだところで逆戻りし、煙草の火が完全に消えているかどうかを確認した。ニコ・ピーターソンが住む通りのじいさんは、私が捨てた煙草の火がウエスト・ハリウッドを丸焼けにする恐れがあると警告したが、場所がエンシーノとなると話は違ってくる。エンシーノの火はロス・アンジェルス郡及びその周辺の保険会社の半数の資金に大きな穴を開けることになるだろう。テリー・レノックスの邸宅、と言うか、彼の妻の邸宅は当時すでに十万ドルかそれ以上の価値があった。しかし心配する必要はなかった。最近の雨で地面はぐしょぐしょに湿り、あたりには濡れた松脂の匂いがたちこめていた。

バーニーの位置からそれほど離れていない地点で、三、四人の制服の警官と帽子をかぶった二人の私服が、懐中電灯の光で地面を照らしていた。その光に照らされて松葉が光った。何を捜しているにせよ、誰も真剣に事に当たっていないように見えた。車に乗ったメキシコ人の二人組は、とうの昔に国境を越えているだろうし、たとえ何か見つけても先を追う役に立つとは思えなかった。

「何をもたもたやってたんだ？」とバーニーが訊いた。

「景色を眺めようと何回か車を止め、詩的な思いに耽っていた」

「ほんとかね。白状しろよ。俺が帰った後、何をやっていた？」

「刺繍の遅れを取り戻そうとしてたのさ」と私は答え、毛布にくるまれた足元の死体に目をやった。「彼女か？」

「運転免許証の名前はそうなっている。遺体の識別には手間どりそうだがな」彼は不格好な靴の先で毛布の隅を持ち上げた。「そう思わないか？」

メキシコ野郎どもは、彼女に念入りに手を下していた。私が会った時よりもっと顔が大きくなり、カボチャのように脹れ上がり、黒色と青色にまみれていた。目も鼻も口も、あるべき位置が変わっていた。さらに、いわば二つめの口が顎の下の喉元に深くえぐられていた。あの小型のナイフを持ったロペスの仕業だ。ピーターソンの家の流しの横で、両手に製氷皿を持って立ち、カナダ・ドライの瓶がどこにあるのか私に教えようとこっちを向いたリンの姿が、一瞬頭に浮かんだ。

「誰が発見したんだ?」と私は訊いた。

「思いっきりいちゃつける静かな場所を探して車を走らせていた若いカップルだ」

「死に際は?」

バーニーは短い笑い声をあげた。「見りゃ分かるだろう。どう思うんだ?」

白衣を着けた男が告げた。「生命維持に不可欠な静脈及び動脈の構造を切断する、前頸三角に達する深く、連続する横断創傷が見られる」

私はその男を凝視した。年老いた男だった。私と同様、あらゆる物を見てきた、くたびれ果てた男だ。

「すまんが」とバーニーがぶっきらぼうに言った。「こちらはドクター……お名前は何でしたっけ?」

「トーランス」

「こちらはドクター・トーランス。ドクター、こいつは腕ききの探偵、フィリップ・マーロウだ」バーニーは私の方に向き直った。「ドクターは、彼女の喉が切られている、と言っているんだ。切られた時のことを思えば、むしろ救いだったと言ってもいい」彼は腕を私の腕にかけ、向きを変えさせ、少し離れた場所に私を連れて行った。「本当のことを教えろ、マーロウ」静かな口調だった。「この女とはどんな関係だったんだ？」

「今日、いや、昨日初めて会った。なぜそんなことを訊く？」

「ドクターの話では、二人組は彼女をさんざんオモチャにしている。意味は分かるな？火のついた煙草やナックル・ダスターズ（指にはめる殴打用金属）やナイフを使い始める前の話だ。可哀そうに」

「私も可哀そうに思っている、バーニー。だがうまくはいかんぞ。この線を追っても答えには行きつけない。私が彼女と会ったのは一度っきりだ。しかも、メキシコ人たちが襲って来る前に交わした言葉は一ダースぐらいなものだった」

「一緒に飲んだろう」

私は腕を振り切った。「だからと言って、婚約指輪を一緒に買いに行くことにはならない。私はいろんな連中と、しょっちゅう一杯やっている。あんたも同じだろう」

彼は一歩さがって、私を見つめた。「メキシコ野郎どもの手にかかるまでは、さぞ別嬪（べっぴん）さんだったんだろうな」

「バーニー、もうやめろ」私は溜め息をついた。「あんたがほのめかしてるような意味では、リン・ピーターソンのことは何にも知らないんだ」

「オーケー、お前は彼女を知らなかった。彼女の兄貴の家を家捜ししていたとき、彼女はたまたまやって来て……」

「いい加減にやめろ、バーニー。私は家捜しなどしていなかった」

「とにかく、お前が現場にいたとき、彼女がやって来て、その後すぐ二人のメキシコ野郎が追いかけて来てお前の頭をぶん殴り、邪悪な魔手で彼女をひっつかんでとんずらした。そして今彼女は、エンシーノの寂しい道端で死んでいる。もしお前が俺だったら、こう言うかな。〝いいんだ、フィル、気にすることはない。とっとと消えて、自分の頭のハエでも追ってろよ。お前が不運な女性の殺しにはこれっぽっちも関わりがないってことは俺も知っている。たとえお前が、死んだはずの彼女の兄貴を探していたとしてもだ〟。どうだ、お前が俺ならそう言うか？」

私はもう一度溜め息をついた。バーニー・オールズのあてこすりでうんざりしていたせいだけではない。芯からくたびれていたのだ。「分かった、バーニー」と私は言った。

「あんたが自分のやるべきことをやっているのはよく分かっている。それで給料をもらっているんだからな。だが、あんたは丸っきり時間を無駄にし、いらいらし、むかっ腹を立てて続けることになるぞ、もしこの一件をどうしても私と結びつけようとすれば」

「お前は間違いなく結びついているんだ」ほとんどわめき声だった。「このピーターソンという男を探して嗅ぎ回ったのはお前だ。そして今、彼の妹が死んだ。これが結びつきでなければ何だ？」

「彼女が死んだのは分かった。私に見せてくれたばかりだからな。そして、あそこにいるアルバート・シュワイッツアー博士は、血みどろの検屍結果を詳細に報告してくれた。でもいいか、バーニー、聞いてくれ。この一件は、私とは無関係だ。それだけは腹におさめてくれ。私はいわば罪なき傍観者なんだ」バーニーが鼻を鳴らした。「そうとも、嘘いつわりはない」と私は言った。「知っての通り、こういうことはたまに起きる。銀行の窓口に立っているとあんたの後に二人組の強盗が入ってきて、金庫の中の金を一セント残らずかき集め、店長を射殺し、獲物をかかえて逃走したとしよう。いくらか預金をするか引き出しをするために、銀行の窓口にいたからと言って、あんたが強盗と結びつきがあったなんてことにはならない。そうだろう？」

バーニーは親指のわきを噛みながらしばし考え込んだ。彼は、私の言い分が正しいことを知っていた。だが、このような場合に、自分たちが握っている唯一の手がかりとなり得るものを手放そうとするおまわりはいない。やっと彼は不快げなうなり声を発し、ハエでも叩くかのように、私に向かって手を振った。「勝手にしろ」と彼は言った。「さっさと消えてくれ。お前にはうんざりだ、この殊勝ぶった道化野郎め」

悪口を言われるのは気分が良いものではない。殊勝ぶった、はまだしものこと、赤っ鼻をしてサイズ二十の靴を履いた道化師ココ（一九〇〇～一九七四年。高名な道化師ニコライ・ポリアコフ）の役を振られるのは願い下げだ。「家に帰るよ、バーニー」と私は言った。物柔かで、敬意さえこもった口ぶりだった。「今日は、長くてつらい一日だった。痛む頭を横たえて休ませてやる必要がある。もしニコ・ピーターソンか、あるいは妹のことや家族や友人のことで何か分かれば、そしてそれがこの一件と関係があると思ったら、あんたに隠し立てはしないと約束する。それでいいか？」

「そんな頭なら、煮るなり焼くなり勝手にしろ」と彼は言った。彼は私に背を向け、トーランス医師がリン・ピーターソンのめちゃくちゃにされた遺体を救急車の後部に収納する指示を与えている方に歩き去った。

# 16

　この事件もこれで行きどまりだと私は思った。きっとそうなるだろうと踏んでいた通り、バーニーは、メキシコ人追跡については空振りに終わった。ゴメスとロペスの行方に関してティファナの国境警察にいる友人と連絡を取ったのだが、その友人は何の助けにもならなかったというのだ。この件について、私は二つのことで驚かされた。ひとつめは、バーニーに友だちがいたこと。しかも、よりによってティファナにだ。二つめは、あの一帯に国境警察なるものが存在するということ。つまり、国境にはこんな連中がいるということだ。腋に汗のしみがついたカーキ色のシャツを着、退屈したような目であなたに目をやり、くわえている楊枝もそのままにして手を振って通過させる連中のことだ。今度メキシコへぶらっと行くときは、彼らにもう少し敬意を表するのを忘れないようにしよう。

　どっちみち私には、リン・ピーターソンを殺害した男たちを追い詰めるためにバーニーがどれだけの努力をしたのかを確かめる術はなかった。彼女は、たとえばクレア・キャヴエンディッシュとは違って、とりたててどうということもない女だった。今では分かっているが、彼女はダンサーだったことがあり、ベイ・シティーのあちこちのクラブで働いていた。きついばかりでやりがいのない仕事をする毎日のことなら、私もいくらか知っていた。その世界で生きるというのがどんなことだったのか、想像もついた。手の甲に縮れっ毛を生やした男たちが、絶えずちょっかいを出してくる。夜間のマネージャーは、お手盛りの自分勝手な就業規則を押しつけてくる。酒と麻薬、かすみがかったような深夜の倦怠感、そして安ホテルの一室で迎える灰色の夜明け。ほんの少しの出遭いだったが、私は彼女が好きだった。もっとましな人生にめぐりあってもよかったのだ、もっとましな死に方にも。

二人組のメキシコ人のことをこれ以上考えるのは止めねばならない。彼らに対するくすぶり続ける怒りが、私の魂まで焼き焦がすような気がした。損失が少ないうちに手を引いて、先へ進むしかなかった。頬のあざはだいぶ治ってきているし、後頭部の腫れはハトの卵ぐらいになった。

数日後、私はリンの葬式に顔を出した。理由は私には分からなかったが、葬儀はグレンデールの葬儀社で行なわれた。たぶんその近くに住んでいたからだろう。彼女は、兄同様、火葬に付された。葬儀は三分ほどで終わった。参列者は私と、ぼんやりとした顔をしたスチールウールの髪の年老いた女性の二人だけだった。彼女は本物の口の上に口紅で上唇を尖らせた口を描いていた。葬儀後、私は彼女に話しかけたが、玄関に現われたブラシのセールスマンを相手にするかのように、彼女は後ずさった。飼いネコが腹を空かせているので早く家に帰らねばならない、と彼女は言った。しゃべっていないときは、口紅で描かれた口が音を立てずにつぶやいているような動きをした。この年老いた女は何者なのだろう。リンの母親ではない。それはまず確かだ。あるいは叔母なのだろうか、それとも家主なのか。彼女にリンのことを尋ねたかったのだが、足止めをくらうのは拒むだろうし、私も引き止める気はなかった。腹を空かしたネコが優先だ。

オフィスに向かい、オールズモビルを駐めた。カーウェンガー・ビルディングの入口の外に立っていた、赤と緑のチェックのジャケットを着てポークパイ・ハット（頂きが平らなフェルトの中折れ帽）をかぶった痩せた若い男が、壁から身体を引き剝がし、私の真ん前に立った。「あんた、マーロウか？」突き出た頰骨、はっきりした色のない目、黄ばんだ青白く細い顔をした男だった。

「マーロウだ」と私は言った。「お前は？」

「ボスがあんたに話がある」彼は私の肩越しにちらっと目をやった。縁石際に大きな黒い車が駐まっていた。

私は溜め息を洩らした。仕事場に向かう途中、こんな男が立ちふさがって、彼のボスが面会を望んでいると告げれば、それはトラブルを意味した。「それで、お前のボスというのは誰だ?」と私は訊いた。

「黙ってあの車に乗れ、いいな?」彼はジャケットの右胸を四、五センチ開いて、ショルダー・ホルスターにぴったり納まっている黒光りする物を私に覗かせた。

私は車の方に歩を運んだ。ベントリーだった。運転席が右側だ。誰かが英国から輸入したのだ。腋の下に拳銃を吊した小僧が後部ドアを開け、一歩引いて、私を車に乗るよううながした。身をかがめたとき、一瞬私は、彼が私の頭を押さえ込むのではないかと思った。おまわりが映画の中でよくやるように。だが、私の目に宿っていた何かが、やりすぎるなよと彼に警告を発した。私が乗ると彼は車のドアを閉めた。銀行の大金庫が閉じる時のような、たっぷりと重みのある音がした。小僧は壁際の定位置に戻って行った。

私は車内を見回した。クロム合金と磨き上げられたクルミ材がふんだんに使われていた。薄クリーム色のシートは高級英国車の車内でとりわけ強烈に立ちこめている新しい革の匂いを放っていた。前部の運転席には、運転手帽をかぶった黒人が座っていた。私が乗り込んだとき、彼は身動ぎもせず、フロント・グラス越しに前方を凝視していた。私は彼の目をリアヴュー・ミラーの中でとらえた。友交的な目つきではなかった。

私は隣りに座っている男の方に顔を向けた。「それで」と私は言った。「何の話をしたいのかね？」

男は微笑んだ。温かみのある屈託のない笑みだった。成功したしあわせな男の笑みだ。「私が誰か知っているか？」感じのいい口ぶりだ。

「ああ」と私は答えた。「知っているとも。あんたはルー・ヘンドリクスだ」

「よかった！」笑みがさらに広がった。「自己紹介は大嫌いなもんでね、そう思わないか？」気取ったきれいな英国訛りだった。「貴重な時間の浪費だろう」

「その通り」と私は言った。「殊更に退屈なものだ、我々のような多忙な種族にとっては」

彼はからかわれたことを意に介さないように見えた。「まさに」と彼は気楽に言った。「なるほど、お前さんはマーロウだ。口先の達者な男だとは聞いている」

彼は大男だった。この大き過ぎる車の後部席の片側を埋めつくすほどの大きさだ。靴箱の形をした頭が、昔は顎があった部位に三重、四重に重なった肉のたるみの上におさまり、偏平な頭蓋骨のてっぺんに油を塗ったチーク材の色に染められている濃い髪がぺったりと横になでつけられていた。小さな目が、楽しげに光っていた。薄紫色のシルクを豊富に使ったダブルのスーツを着て、真珠のピンが刺さった深紅色のふんわりしたネクタイを結んでいた。やくざ稼業の男にしては確かに洒落者だ。目を下にやってスパッツを穿いているのを知っても驚きはしなかったろう。〝お洒落なルー〟と陰では呼ばれている。彼は砂漠の方にカジノをひとつ持っていた。ラスヴェガスでは、ランディー・スターをはじめとするギャンブル業界のタフな連中と並ぶ大物の一人と目されていた。〈パラマウント・パレス〉以外にもいろいろな方面に手を出しているという噂だ。売春、麻薬、そんなもののことだ。たいした大物なのだ、可愛いルーは。

「信頼出来る情報によれば」と彼は言った。「お前さんは、この私も少し消息を聞きたいことのある男を探しているそうだな」

「そうかい？　誰のことだ？」

「ピーターソンという男だ。ニコ・ピーターソン。その名前を聞いて、ベルが鳴り響かなかったかね？」

「チリンと鳴ったかもな」と私は答えた。「信頼出来る情報源というのは何者だ？」

彼の笑みがいたずらっぽいものに変わった。「ああ、ミスタ・マーロウ。お前さんは情報源を明かさないのに、なぜ私にはそれを求めるのかね？」

「おっしゃる通りだ」私はケースを取り出し、煙草を一本抜いたが、火はつけなかった。

「間違いなくご存じのはずだ」と私は言った。「ニコ・ピーターソンは死んだと」

おまけにくっついた三、四重の顎をぶるぶる震わせて、彼はうなずいた。「我々はみんな、そう思った」と彼は言った。「だが、どうやらみんな間違っていたらしい」

私は、火のついていない煙草を指の間で回したりしながら、おもちゃにした。死んだはずのピーターソンが目撃されたことを、彼はどうやって知ったのだろうかと考えていたのだ。ヘンドリクスはクレア・キャヴェンディッシュとつき合いのあるタイプの男には見えない。では他に私がピーターソンのことを話したのは誰だったろう？　ジョー・グリーン、バーニー・オールズ、バーテンダーのトラヴィス、ネイピア通りの向かい側に住んでいるじいさん。他にもまだ誰かいただろうか？　だが、それだけいれば充分だ。この世は穴だらけだ。いろんなことが、自然にちょろちょろ洩れ出てしまう。と言うか、いつもそんな風に思えるのだ。

「彼が生きていると思うのか？」時間稼ぎを続けながら、私は訊いた。彼は、明るい小さな目の隅に小皺を寄せ、人を見下した例の陽気な笑みを浮かべた。

「さあ、さあ、ミスタ・マーロウ」と彼は言った。「私は忙しい人間なんだ、お前さんも同じだろう。初めはさっさと話していたのに、そちらさんは今、わざとぐずぐずしているようだ」彼は浜に乗り上げたクジラさながらに身体を波打たせ、ポケットから大きな白いハンカチを取り出して、音高く鼻をかんだ。「この街のスモッグは」ハンカチを鼻から放し、首を振りながら、彼は言った。「私の気道を痛めつけている」彼は私を覗き見た。

「そっちはどうだ？」

「少しは気になる」と私は答えた。「だが気道の話なら、すでに充分に厄介ごとをかかえている」

「ああ、そうなのか？」

彼はきゅうに無駄話を気にかけなくなった。

「鼻中隔をつぶされてね」鼻柱を一本の指で叩きながら、私は言った。

「チッ、チッ。さぞや痛かっただろう。何があった？」

「カレッジ時代にフットボールでタックルされた時の話だ。直そうとしたふざけた医者に鼻を折られて、もっとひどくなった」

「可哀そうに」ヘンドリクスは身震いした。「考えるだけでぞっとする」とは言いながら、もっと聞きたがっていた。彼が健康を過剰に気にするという話を思い出した。犯罪者の世界はなぜこういう極めつきの変人を生み出すのだろうか？

「ピーターソンの妹が殺されたのは知っているな？」と私は言った。

「ああ、知っている。南から来た喧嘩っ早い二人組に出くわしたと耳にしている」

「何にでも通じているようだな、ミスタ・ヘンドリクス。二人組がどこから来たかは、新聞には出ていなかったのに」

特大の褒め言葉をもらったかのように、彼はにんまりした。「ああ、いつも耳を地面につけている」彼はひかえめに言った。「仕事が仕事だから」彼はスーツの袖口から目に見えない小さなゴミを拾った。「南からの来客たちも彼女の兄の後を追っていたのか？　お前さんは彼らと出くわしたんだろう。そうじゃなかったのか？」彼はまた舌を鳴らした。「と言うか、むしろ、彼らがお前さんに出くわしたと言うべきかな。その頬のあざが雄弁に物語っている」

彼は私を同情深げに見つめた。苦痛の何たるかをよく知っている男なのだ。他人に及ぼす苦痛という意味でだが。彼はてきぱきと要点に入った。「いずれにせよ、話を戻せば、もしニコが本当にまだ生きているというのなら、ニコとひと言話が出来ればありがたい。彼は私のためにソンブレロとラバの国で定期的に運び屋をやってくれていた。たいした物ではなく、法律が不必要なほど厳しいアメリカ本土では少しばかり手に入りにくい小さな品物に過ぎなかったのだがね。死んだと言われていた日、彼は、それ以来消えてしまった私のある所有物を持っていたのだ」

「スーツケースかな？」と私は言った。

ヘンドリクスは目を光らせて、私を用心深く、時間をかけて見つめた。その後、薄紫色のスーツをまとった角張った身体をシートの柔らかな革にもたせかけて緊張を解いた。「セドリック、「ドライブはいかがかな？」そう言って彼は、前部席の黒人に声をかけた。公園をひと回りしてくれないか？」

リアヴュー・ミラーの中でまたセドリックと目が合った。敵意はいくぶん薄れたようだ。私に対して腹を立てる必要は何もないことが分かったのだろう。彼は縁石から車を発進させた。エンジンは先刻からかかったままだったに違いないが、私の耳には聞こえなかった。英国人は車の作り方を心得ている。振り向くと、ポークパイ・ハットの若造が壁からさっと離れ、大あわてで腕を上げるのがちらっと見えた。が、セドリックも彼のボスも無視した。あの手の筋肉マンは一ダース十セントで転がっているのだ。

囁くような音を立てながら車はカーウェンガー通りを時速四十キロを保って南に下る流れに乗った。大きな車なのにこれほど静かに走っているのは奇妙な感じだった。夢の中での車の走行がこんな感じだ。ヘンドリクスは彼の側のドアに組み込まれているクルミ材のキャビネットを開き、何かのチューブを取り出してキャップをひねり、白い濃厚なローションを二、三センチ絞り出し、両手に擦り込み始めた。ローションの香りに覚えがあった。ラベルにちらっと目をやるとラングリッシュ社製〈鈴蘭ハンド・ローション〉とあった。

おもしろい偶然と言いたいところだが、この街に住む下層階級より上の階層に属する人々がほとんどラングリッシュ社の製品を使用しているらしいので、偶然とは言い難かった。とにかくクレア・キャヴェンディッシュを知って以来、あの忌々しい香水の匂いにはいろんな場所で遭遇するようになった。

「教えてくれないか」とヘンドリクスが言った。「私の関心の的がスーツケースだとなぜ分かったのだ？」

私は彼から目を逸らし、カーウェンガー通り沿いに建ち並ぶ住宅や商店に目を向けた。彼に何と答えればよいのだろう？　スーツケースという言葉がどこから飛び出したのか、自分でも分からなかった。いきなり口をついて出たので驚いたほどだ。じつのところ、私の頭に浮かんだのはスーツケースではなくスペイン語のマレタだった。それを自動的に英語に言い換えてしまったのだ。

マレタ。この言葉を私は誰から聞いたのか？　あの二人組のメキシコ人以外には考えられなかった。ニコの家でロペスに頭を殴られて床に倒れた後も、きっと私の耳は彼らの会話を聞き続けていたのに違いない。私が二人の足元に横たわり、トゥイーティー・パイに殴られた後のネコのシルヴェスター（ワーナー漫画映画の人気キャラクター）みたいに、星とさえずり続ける小鳥たちが頭の中を駆けめぐっているあいだ、二人組はリン・ピーターソンの口を割らせようと責め始めていたのだろう。

ヘンドリクスはソーセージの形をした指で脇の革の肘掛けをドラム代わりに叩きだした。

「お前さんの返事を待っているのだがね、ミスタ・マーロウ」あい変わらず愛想のいい上品な口ぶりだった。「どうしてそれがスーツケースだと分かったのかね？　ニコと話したのか、もしかして問題の品を見たのかな」

「当てずっぽうで言ったまでだ」私は弱々しく答え、また目を逸らした。

「するとお前さんは千里眼ということになる。たいへん役に立つ力をお持ちのようだ」セドリックはカーウェンガー通りを右折し、チャンドラー・ブールヴァードを西に向かい始めた。感じのいい通りだ、チャンドラーは。卑しい所はまったくない。広くて、清潔な明るい場所。だがここは公園ではない。ヘンドリクスがそう呼んだのは、彼の勝手な思いつきなのだろう。私の見るところ、人をからかうのが好きな男でもあった。

「なあ、ヘンドリクス」と私は言った。「いったい何の話なのか、そろそろ話してもらえないかね。仮にピーターソンがあんたのスーツケースを持っていたとしよう。そして彼が死んだためにあんたはそれを失ってしまった。あるいは彼は死んではおらず、スーツケースを盗んだとかいう話のようだが、それと私がどんな関係があると言うのだ？」

彼は、言い立てられたことを悲しんでいるような目で私を見た。「前に言った通りだ」

と彼は言った。「ピーターソンはいきなり死んだ。そしてその後きゅうに死んではいなかったということになり、お前さんが彼の行方を追い始めたという話が耳に入った。それで興味が湧いた。好奇心がもぞもぞし始めると、私は掻かずにいられなくなる。無作法な言葉を使って申し訳ないが」

「スーツケースの中には何が？」

「それも前に言ったはずだ」

「いや、言わなかった」

「品目を詳細に言えというのか？」

「詳細にでなくてもかまわない」

彼の顔が醜悪になった。私はとつぜん、確かマークソンという名前のカレッジ時代に知っていたデブ学生を思い出した。マークソンは金持ちの家の子で、甘やかされて育てられ、怒りっぽい気性だった。ヘンドリクス同様、不快を覚えたり、欲しい物がもらえないと分かると、すぐに顔色が変わった。二期在学しただけで彼は転校した。自分の部屋に女の子を連れ込んだあげく、暴行を加えたために退校させられた、という者もいた。私はこの世に住むすべてのマークソンのような人間が嫌いだ。じつを言えば、こんな稼業に身をやつしている理由のひとつが、彼のような人間の存在だった。

「私が知りたがっていることを話す気があるのかね？」とヘンドリクスが訊いた。

「それが何か、言ってみてくれ。話すかもしれない。あるいは話さないかも」

彼は私をじっと見つめ、頭を横に振った。「頑固な男だな、ミスタ・マーロウ」

「ああ、よくそう言われる」

「お前のおかげでひどく腹を立てることになるかもしれないぞ。何はともあれ、お前のその態度のおかげでな。セドリックに、元の場所に引き返してジミーを拾えと命じるべきか否かを今考えている。ジミーというのはお前をこの車に案内した、みっともない帽子をかぶった若者のことだ。私のために、彼はいろんな仕事をやってくれる。何と言うか、もっと汚れた仕事をな」

「あのお稚児（ガンセル）さんが私に指一本でも触れたら、背骨を折ってさしあげる」と私は言った。

ヘンドリクスは、ブタそっくりな小さな目を見開いた。「おやおや！」と彼は言った。

「我々は二人とも急にタフ・ガイになったようだ」

「二人ともかどうかは知らない」と私は言った。「だが、少なくとも私はそうだ。必要な時はタフになれる」

ヘンドリクスは今度はくすくすと笑った。ゼリーがスーツを着たように身体中がぶるぶる揺れていた。「お前はケチな覗き屋だ」声を荒らげずに彼は言った。「私が手下どもに命じてお前をどんな目に遭わせられるか、分かっているのか？　若いジミーのことは屁とも思っていないようだが、マーロウ、たまり場へ行けば他のジミーがわんさと控えている。どいつもこいつも人一倍でかくて、根性の悪い連中だぞ」

私は運転席の黒人の肩を軽く叩いた。「このあたりで降ろしてくれ、セドリック。脚を伸ばしたくなった」

もちろん彼は私を無視し、平然と車を走らせた。

ヘンドリクスはシートの背にもたれかかり、手をこねだした。今度はローションを塗らずに。「いさかいはやめようじゃないか、ミスタ・マーロウ」と彼は言った。「オフィスの前で車に乗ってもらったとき、お前さんは急ぎの仕事に追われているようには見えなかった。それが何で今になって、性急になっているんだ？　しばらくここでくつろいで、ドライブを楽しんでくれ。もしお望みなら話題を変えてもいい。特に関心があるのはどんなことかね？」

彼のみせかけの英国調のしゃべり方や取り澄ました挙作はカウィーア・クラブでも充分に通用するのではないか、とふいに思った。あるいはすでにあのクラブの会員であるのかもしれない。そこで思い当たった。私のことを彼に告げたのは、マネージャーのフロイド・ハンソンに違いない。カウィーア・クラブへ赴き、彼と会話を交わしたことをうかつにも忘れていたのだ。私の指はまだ煙草をはさんでいた。私は火をつけた。ヘンドリクスは顔をしかめ、肘掛けのボタンを押し、彼の側のウィンドウをほんの少し開けた。私は彼の方に煙を少しばかり送ってやった。故意にやったようには見せかけずに。

「取り換えっこという手もある」と私は言った。「あんたはピーターソンの死について知っていることを話し、私は彼が生き返ったいきさつを教える」一か八かの賭けだった。生死にかかわらず、私がピーターソンについて知っているのはほんのちっぽけなひと山の豆に過ぎなかったのだからなおさらだ。ちっぽけな豆の山にさえ及ばないかもしれない。しかも私の手中のわずかな豆は干からびて味も無くなっていた。とはいえ、勝負に出るしか道はなかった。

ヘンドリクスは私を見つめていた。見つめつつ、考え込んでいた。彼もまた手持ちの豆を数えているのだろう。「私が知っているのは」と彼は言った。「と言うか、私が小耳にはさんだのは、あの哀れな男が、あの暗い夜、パシフィック・パリセイズで、無責任な無暴運転の車に轢かれたということだけだ」

「現場へ行って状況を確かめなかったのか？」

彼はまた顔をしかめた。「なぜだ？」と彼は訊いた。「行くべきだったというのか？」渋面は、私の煙草の煙ではなく心配事から生じたものだった。どうやら彼は、私が話そうとしないことを山のように知っていると思い込んでいるようだ。このままどこまで騙し続けられるかやってみよう。

「そうだな」わけ知り顔の相手を見下した口調になるように努めながら、私は言った。「もし彼が殺されていなかったとしたら、あの晩いったい何があったのか？　死体がひとつあった。死体置場に運ばれて、ピーターソンの死体だと確認され、その後火葬に付された。これだけのことをやるには、かなりの手間が必要だ」

正直なところ、私もまだここまでは考えていなかった。死体がひとつ、何者かが死んだということだ。そして、それが何者であれ、リン・ピーターソンは自分の兄だと証言した。もしピーターソンが死んでいなかったのなら、死んだのは何者だ？　そろそろフロイド・ハンソンを再訪する潮時のようだ。

しかし、あるいはそうではないのかもしれなかった。ニコ・ピーターソン、彼の妹、カウィーア・クラブ、クレア・キャヴェンディッシュのことをぜんぶすっぱりと忘れる潮時なのかもしれなかった。だが、ちょっと待ってくれ、クレアを忘れるだって？　他のことを心の外に押しやるのは簡単だが、あの黒い瞳の金髪女だけは論外だ。前にも言ったし、今後も繰り返して言うことになるだろうが、女はトラブルの元凶だ、あなたが何と言おうと、何をしようと。ベッドわきのランプのシェードに描かれたバラの花のことを思った。

オスカーの壁紙同様、先に逝ってもらいたいのは間違いなくあのシェードの方だ。

ヘンドリクスはまた考え始めた。話し方は銀の舌のように滑らかだが、頭の働きの方は早撃ちとはとても言えなかった。「ニコがひとりで手配したのに違いない」しばらくして、彼は言った。「事故も轢き逃げ用の車も火葬もすべて彼がやった。それは明白じゃないのか？」

「彼は協力者が必要だったはずだ。おまけに、死体もひとつ手に入れねばならなかった。まわりに志願者がいたとは考えられないんでね。そこまで役に立ってくれる友だちはいるはずがない」

ヘンドリクスはまたしばらく沈黙したが、周りにハエでも飛んでいるかのように頭を振った。「そんなことはどうでもいい」と彼は言った。「何ひとつ気にしない。私が知りたいのは、彼が生きているのか、もし生きているのならどこにいるのか、ただそれだけだ。彼は私のスーツケースを持っている。私が必要なのはそのスーツケースだ」

「オーケー、ヘンドリクス」と私は言った。「あんたとは素直に話そう。それから、私に腹を立てないでくれ。元々この車に自分の意志で乗ったわけではないんだ、覚えてるだろう？」

「よし」と彼は顔を歪めた。「そうしてくれ」

私は、自分の肘掛けについている灰皿の端に煙草の灰をポンと落とした。灰皿にはバネ仕掛けの小さな蓋がついていた。誰かが、たぶんセドリックが、灰皿をきれいにし忘れたのだろう。蓋を開けると不快な臭いがした。私の胸腔を開けば、肺から立ち昇るのがきっとこの臭いだろう。ときたま私は、煙草をきっぱりとやめようと考えることがある。だが、もしやめれば、私にはチェス以外に趣味が無くなってしまい、ひとりゲームで自分を負かし続けるだけになってしまう。

私は、煙草の煙なしに、深く息を吸った。「正直に言おう」と私は言った。「ピーターソンやその他もろもろのことについて、私はあんたが知っている以上のことは何も知らない。本当にそうだったのかという疑惑があったために、私は彼の死を究明すべく依頼を受けた。そして、何人かの人と話をした。彼の妹もふくめて」

「彼女と話したのか？」

「ほんの五分間ほどだ。話の中身は、彼女が作ってくれていた飲物に何を入れてもらいたいかというのがほとんどだった。そこへ南から来た男たちが押し入って来て、それっきりだ」

「リン・ピーターソンはお前さんに何も言わなかったか？」彼は身動きもせずに座ったまま、私をじっと観察していた。

「何も」と私は言った。「誓ってもいい。話をする時間もなかった」

「スーツケースのことで何か言ったか？」

「何も言わなかった」

彼はしばらく考え込んだ。「ほかに話したのは？」

「あまりいない、ピーターソンの向かいに住んでいる老人、〈バーニーズ・ビーナリー〉のバーテンダー。その店はピーターソンがときたま一杯飲みに行っていたところだ。後はカウィーア・クラブのマネージャーぐらいだ」今度はこっちが相手の顔色をうかがった。

「名前はハンソン、フロイド・ハンソンだ」その名前は望んでいた効果はあげなかった。じつを言えば、何の効き目もなかった。彼がその名前を知っているのかさえ分からなかった。「知ってるか？」できるだけさりげなく、私は訊いた。

「何だって？」彼は聞いていなかった。「ああ、ああ、知っているとも。ときたまあのクラブに行くんでね。夕食とかそんな時に」彼は目をしばたたかせた。「ハンソンがこの件と関わりでもあるのか？」

「ピーターソンはカウィーア・クラブの前で殺された」

「それは知っている。いや、そう報らされた」

「ハンソンは、あの晩現場に駆けつけた最初の人間の一人だった」

「そうだったな」口の端を噛みながら、彼は一呼吸置いた。「彼は何か言ったのか。お前さんに何か告げることでもあったのか?」

「いいや」

ここでヘンドリクスは、ラングリッシュ・ママの鈴蘭のローションを再び取り出し、両手にまたやさしく塗り始めた。たぶん神経を休めてくれるのだろう、あるいはものを考える手助けをしてくれるのか。考えるということについて言えば、彼には役に立てばどんな物でも必要だった。「いいか、マーロウ」と彼は言った。「私はお前さんが好きだ。身の処し方が気に入っている。しかも、おツムもいい、それは確かだ。おまけに、口のつぐみ方も心得ている。お前さんを雇いたいくらいだ」

私は笑い声をあげた。「そんなこと、口には出さないでくれ」と私は言った。彼は、小ぶりのポークの半身ほどある手をかざした。太った男はなぜ指輪をはめたがるのか? こういう男の指にはめられた指輪を見ると、いつも私は品評会で一等賞をとった太ったブタを思い出す。

「仕事の口を提供しようというのではない」と彼は言った。「時間の無駄だということは分かっている。私はただニコ・ピーターソンを探すためにお前さんを雇いたいんだ」

私はもう一度笑い声をあげ、今度はいくぶん陽気な感じを盛り込んだ。「何も聞いていなかったのか？　ある依頼人のために、すでにピーターソンを探し始めている」

彼は両目を閉じ、頭を左右に振った。「本気でという意味だ。どう見てもお前さんは、これまであまり真剣に捜索に取り組んで来なかったようだ」

「どうしてそう思うのかね？」

彼は目を開き、私をじろじろ見た。「なぜなら、まだ彼を見つけていないからだ。お前のことはよく知っている、マーロウ、どういう男かということをだ。もしあることに心を向ければ、必ずやりとげる男だ」このあたりで英国訛りがかなり怪しくなってきた。「雇われて、いくらもらっている？　二百ドルぐらいか？　私は千ドル払ってやろう。セドリック！」彼は手を突き出した。運転席の黒人は前方から目を逸らさずに身体を横に傾け、物入れをポンと開き、長くて黒い革の財布を取り出して肩越しに主人に手渡した。受け取ったヘンドリクスは留め金をピシッと開き、内側のポケットからまっさらな百ドル紙幣を五枚抜き取り、私の目の前でトランプの札のように扇状にしてひらひらさせた。「半金は今、残りは発見時に払う。どうだ？」

「はははんだ、と答えよう」と私は言った。私は灰皿で煙草を押しつぶして消し、バネつきの蓋をパシッと閉めた。「私はすでにピーターソンを見つけるために雇われている。もし生きていればの話だが、たぶん生きてはいないだろう。もし生きていて、私が見つけだしても、それはあんたのためにやったことにはならない。分かるかな？　私には物事の規範というのがある。たいしたものでも、高貴なものでもないが、その一方で、それは売り物でもない。さて、もしよければ、そろそろ仕事に戻る頃合いだ。セドリック、車を止めてくれないか。今度言う通りにしなければ、お前の首をねじり落とすことになるぞ」

リアヴュー・ミラーの中でセドリックはヘンドリクスの方角に視線を向け、ヘンドリクスは短く肯いた。車は右側に寄って、停止した。ヘンドリクスはまだ手に紙幣を持っていたが、大きく溜め息をついて紙幣を財布にしまい込み、留め金を止めた。「どっちでもかまいはしない」と彼は言って唇を赤ん坊のようにすぼめた。と言ってもカバの赤ん坊だ。「もしお前が彼を見つければ、私にも分かる。それからやつをとっつかまえてやる。その時はお前さんが私の邪魔立てをしないことを願っておこう、ミスタ・マーロウ」

私は車のドアを開けた。船の隔壁と同じほどのスチールを使っている感じだった。そして舗道に足をつけ、振り向いた。「分かってるだろうが、ヘンドリクス」と私は言った。「あんたらはみんな同類だ、やくざ稼業の連中はな。うなるほどのカネと後ろを固めてくれる物騒な一団のおかげで、あんたらにはっきりノーと言える者は一人もいない、と思っている。だがたった今、ある人間がノーと言い切った。ジミーのような手合いを何人けしかけられようと、ノーと言い続けるだろう」

ヘンドリクスはかけ値なしに嬉しそうな笑みを私に向けた。「ああ、ミスタ・マーロウ、何と勇気のあるお方だろう。まさにその通りだ。その勇気に敬意を捧げよう」彼は楽しげにうなずいた。また一分の隙もない純正英国紳士に戻っていた。「我々の往く道がいつか再び交わらんことを祈る。きっとその日が来ると確信している」

「その時はつまずかないよう気をつけてくれ。あばよ」

私は車外に立ち、ドアを押して閉めた。囁き声をあげて車が動き出した時、ヘンドリクスがまた鼻をかむ音がした。遠い霧笛のような音だった。

# 17

夜中の十二時はとうに過ぎ、私は上衣を脱いでベッドに横になり、煙草を吸いつつ天井を見つめていた。ベッドわきのランプの明りに照らされて、シェードに描かれたバラの花の影が壁に映し出されていた。誰かが洗い流そうとして途中で断念した血痕のように見えた。

私はあれこれ考えていた。あれというのはクレア・キャヴェンディッシュのこと、これというのもクレア・キャヴェンディッシュのことだった。私が今横になっているのは、彼女が横たわっていた側で、枕にしみついた彼女の髪の残り香がした。まあ、思い込みに過ぎないのかもしれなかったが。彼女を立ち去らせたのはきわめて順当だった、と私は自分に言いきかせた。彼女は美人だというだけでなく金もたっぷり持っていた。その手の女は私にはふさわしくない。今パリにいるリンダ・ローリングも同じタイプで、ずっと言い寄られていながら彼女との結婚に真剣になれないのはそのためだった。リンダとは一度ベッドを共にし、おそらく彼女は私を愛しているのだろうが、愛は必然的に結婚につながるべきだとなぜ彼女が信じているのか、私には分からなかった。彼女の妹はかつてテリー・レノックスと結婚していたが、脳に銃弾を受け、顔を潰されて一生を終えた。結婚生活の悦びの一例とはとても言えない。それだけではない。私はもはや若くはなかった。この後も結婚することはないだろう。

電話のベルが鳴った。クレアからだとすぐ分かった。どうしてかは分からないが、分かった。電話についてはある思いがあった。嫌いなのに、妙に波長が合うのだ。

「あなた?」とクレアが訊いた。

「ああ、私だ」

「遅い時間なのは分かっているわ。眠っていたの? ごめんなさい、もし起こしてしまったのなら」もうろうとしているようなゆっくりしたしゃべり方だった。「他に誰にかけていいのか、思いつかなかったので」

「何か悪いことでも?」

「ね、家まで来てもらえるかしら?」

「きみの家へ? 今すぐにか?」

「ええ。必要なの。誰かが必要なの……」声が震えだし、数秒口を休めて、口調を整えねばならなかった。ほとんどヒステリー症状を呈している。「レットのことよ」と彼女は言った。

「きみの弟？」

「そう、エヴァレットよ」

「彼がどうかしたのか？」

彼女はまた口を閉ざした。「もし来ていただけたら、本当に感謝するわ。来られそう？無理な注文かしら？」

「行くよ」と私は言った。

もちろん、行くとも。もし月の暗い裏側からかけてきたのだったとしても、私は彼女のもとに馳せ参じていただろう。おかしなものだ、事態は急に一転する。一分前まで、私は彼女を追い返したことで自分を褒めてやっていたのに、私の中でいきなりドアが開いたかのように、私は帽子をつかみ、コートの裾を翻して、そのドアから走り出ようとしていた。愚かしい軽口をたたき、ならず者のように振る舞って、彼女を立ち去らせたのは何のためだったのか？上下の唇を万力のように締め合わせ、怒りで額を蒼白にしたあんな別嬪さんを夜の闇の中に追い出してしまうなんて、私はどうかしていたのだ。あんな具合に彼女を追い払えるほどもてる男だとうぬぼれていたのだろうか。まるでこの世には、クレア・

キャヴェンディッシュ並みの女がわんさといて、私が指を鳴らせば新しい女が、頭を垂れ、小さな8字型を描いて足を前の足の前にきちんと運びつつ、表のドアまで急いで階段を昇ってくるとでも思っているのか。

外に出ると、通りは閑散としていて、生暖かい霧が丘の方から漂い下ってきた。通りの向こう側には、街灯に照らされたユーカリの木立ちが静止している。オールズに乗り込む私を黙したまま見つめる糾弾者の一群のようだ。彼らは前にも私に言ったのではなかったか。レッドウッドの階段に立って、クレア・キャヴェンディッシュが早足で降りて行くのを見守り、何ひとつ止めだてしようとしなかったあの夜の私が、いかに愚か者だったかを、彼らは私に告げたのではなかったか。

私は街を横断した。スピードの出し過ぎだった。が、運良くパトロールカーには出遭わなかった。海岸に出て右折したとき、前方で三日月が霧のかかる空を飛び過ぎていった。月明りの下で幽霊のような波が砕け、水平線の見えない夜は空虚な暗黒だった。誰かが必要なの、と彼女は言った。誰かが必要なの、と。

ラングリッシュ・ロッジのゲートから中に入り、クレアに言われた通り車のヘッドライトを消した。私の到来を誰にも知られたくないと、彼女は言っていた。誰にもというのはおそらく彼女の母親と、たぶん夫のことだろう。邸宅の側方を回り込み、温室の向かい側に車を駐めた。いくつかの窓には明りが灯っていたが、どの部屋にも人の気配はなかった。

私はエンジンを切り、ウィンドウを下ろし、遠くの潮騒とときたま水鳥が眠たげにあげる声を耳にしながら座って待った。煙草を吸いたかったが、火をつけたくなかった。霧雨まじりの夜気が生暖かく私の顔を濡らした。私の到着がクレアに分かったのか、確かめようもなかった。クレアは私に、車を駐める場所を指示し、見つけに来ると言っていた。私は腰を落ち着けて待った。これが私の人生のお定まりの一場面なのだ。深夜ひとり車に座り、鼻には不快な煙草の煙、外では野鳥が啼いていた。

長くは待たされなかった。二分とたたぬうち、霧の中を近づいてくる人影が目にとまった。クレアだった。喉元をきつく締めた、長い、黒っぽいコートをまとっていた。私は車から降りた。

「来てくださってありがとう」彼女は震え声で囁いた。両腕に抱きかかえたかったが、そうはしなかった。彼女は私の手首を一瞬指で摑んだが、背を向けて邸宅に向かった。

私は彼女の後に従った。開きっ放しになっていたフレンチ・ドアから中に入った。彼女は明りをつけずに苦もなく暗い家の中を通り抜けて行ったが、私は家具のぼんやりとした輪郭を注意深く縫って進まねばならなかった。長い、カーブした階段を昇らされ、カーペットを敷いた廊下を歩んだ。壁には明りがついていたが、明るさはおさえられていた。彼女は階下で黒っぽいコートを脱いでいた。下にはクリーム色のドレスを着けていた。白い靴が庭の露で濡れていた。足首はほっそりとして形が良い。足首の後部は深くくびれ、骨と腱の間が滑らかで青白く、貝殻の内側のように見えた。

「この中よ」と彼女は言って、指をまた切迫した様子で私の手首にあてがった。

その部屋は舞台のセットのようだった。なぜそう見えたのかはよく分からない。たぶん照明のせいだろう。ランプが二つ。小さな方は化粧台の上に、大きな方はベッドのわきにあり、直径六十センチはありそうな黄褐色のシェードがついていた。ベッドはいかだほどの大きさがあり、その上に横たわったエヴァレット・エドワーズ三世の身体はとても小さく見えた。乱れたシーツの下で完全に意識を失っていた。両手を胸元で組み、あお向けになっている姿は、古典絵画に描かれた殉教者の死体のようだった。顔の色はシーツの色と同じ、汗まみれの髪はだらっと垂れ下がっていた。前部に吐瀉物が乾いてこびりついている下着をつけ、口の両端には乾いた泡の斑点がついていた。

「何があったんだ?」充分に推測はついたが、私は彼女に尋ねた。

「具合が悪いのよ」とクレアは答えた。ベッドのかたわらに立ち、弟をじっと見おろしていた。まるで殉教者の母親のようだ。「彼は、何かを打ったの」

私は彼の左腕を持ち上げ、ひっくり返して、いくつもの注射の跡を見つけた。古いのも新しいのもあった。手首から肘の内側にかけて乱れた線を描いていた。「注射器はどこだ？」と私は訊いた。

彼女の手がぴくっと動いた。「捨てたわ」

「いつからこんな状態が続いている？」

「分からない。たぶん一時間ぐらいかしら。階段で見つけた。家中をさまよい歩いて気を失ったんだと思う。わたしは、何とかしてここまで運んできた。この部屋は、彼のではなくわたしの部屋よ。ほかに何をしていいのか分からなかったので、あなたに電話をかけたの」

「前にもこんな風になったことがあるのか？」

「いいえ、こんなのは初めて。これほどひどいのは」こわばった顔つきで、彼女は私を見た。「彼、このまま死ぬと思う？」

「分からない」と私は言った。「呼吸の具合はそんなに悪くはない。医者を呼んだか？」

「いいえ。呼べなかったわ」

「彼には医療処置が必要だ」と私は言った。「ここに電話機は？」

彼女は私を化粧台に連れていった。特別注文の黒いぴかぴかの電話機で銀の縁取りがついていた。私は受話器を手に取ってダイアルを回した。こんな番号がなぜ頭に刻みこまれていたのか、我ながらあきれた。私ではなく私の指が記憶していたかのようだった。ベルは長い間鳴り続けた。やがて、刺すような冷ややかな声がした。「はい」

「ドクター・ローリング」と私は言った。「マーロウです。フィリップ・マーロウ」

素早く息を呑む音がしたように思った。数瞬続いたブーンというハム音だけの沈黙の後、ローリングの声が再び響いた。「マーロウ」まるでそれが呪いの言葉でもあるかのように、彼は言った。「夜中のこんな時間になぜ電話をかけてきたのかね？　そもそもきみには私に電話をかける筋合いはないだろう？」

「あなたの助力が必要なのです」

「よくもぬけぬけとそんなことを……」

「いいですか」と私は言った。「これは私自身のことではない。私はある友人の代理を務めているのです。ここに人事不省の男が一人いる。彼には助けが必要だ」

「で、私に電話をかけた？」

「ほかに誰か思いついていたら、あなたにかけたりはしなかった」

「今すぐ電話を切るぞ」

「待ってくれ。医療の道に入った時の誓いはどうなる？　この男は、今助けが得られなければ死ぬかもしれない」

沈黙があった。クレアは先刻からずっと私の近くに立ち、電話相手の台詞を読みとるかのように私の顔を見つめていた。

「その男はどこが悪いのかね?」とローリングが訊いた。

「過剰摂取だ」

「自殺を試みたのか?」

「いや違う。麻薬の静脈注射だ」

「静脈注射?」不快げに顔をしかめる様子が目に浮かんだ。

「そうだ」と私は答えた。「彼は麻薬中毒者だ。それがどうした? 麻薬中毒者も人間に変わりはない」

「私に説教しようと言うのか!」

「説教してるわけではない、ドク」と私は言った。「夜も更けていて、私はへばっている。私の頭に浮かんだのは、あなたの名前だけだった」

「その男には家族はいないのか? かかりつけの医者は?」

クレアはひと言も聞き洩らすまいと耳を澄まし、私を見続けていた。私は彼女から離れ、送話口を手で囲んだ。「家族の名前はキャヴェンディッシュ」と私は静かに言った。「ラングリッシュともいう。何か思い当たらないかね？」

またしばしの沈黙があった。ローリングについてひとつだけいいことは、彼が紳士気取(スノッブ)りの男だということだ。現状ではいいことだという意味だが。「きみが言っているのはドロシア・ラングリッシュのことかな？」と彼は訊いた。口調が変わるのが分かった。いくぶんうやうやしい敬意の念が加味されていた。

「その通り」と私は言った。「内密にせねばならない理由が、これで分かってもらえたと思うが」

一瞬の躊躇の後、すぐに彼は言った。「住所を言ってくれ。すぐに行く」

私は彼にラングリッシュ・ロッジまでの道順と、私がやったように到着後ヘッドライトを消し、温室の近くに車を駐めるよう指示した。電話を切ると、私はクレアの方に向きを変えた。「電話の相手が誰か、分かってるね？」

「リンダ・ローリングの別れた夫でしょ？」

「その通り。彼を知ってるのか？」

「いいえ。一度も会ったことはないわ」

「規律にきびしく、身勝手な男だ」と私は言った。「だが彼は腕のいい医者でもある。秘密も守る」

クレアはうなずいた。「ありがとう」

私は目を閉じ、指の先で瞼をマッサージした。そして彼女を見つめて訊いた。「飲物を用意してくれないか？」

彼女は一瞬、どうしていいか分からないように見えた。「リチャードのウィスキーがあるわ」と彼女は言った。「ちょっと行って見てくる」

「ところで、リチャードはどこに？」と私は訊いた。

彼女は肩をすくめた。「あら、外出中よ」

「もし帰宅して、きみの弟がこんな状態だと知ったらどうなる？」

「どうなるかって？ディックはたぶん笑うでしょうね、それから寝てしまうわ。レットとわたしの間のことには、あまり関心がない人だから」

「きみの母上は？」

警戒の色が彼女の顔をよぎった。「母には絶対に知られたくない。絶対に」

「教えた方がいいんじゃないのか？何と言おうと彼女の息子なんだ」

「心が張り裂けるでしょうね。母は、麻薬のことは何も気がついていない。リチャードはわたしに腹を立てると、母に話すと言っておどすの。わたしを牛耳ろうとする作戦のひとつよ。ほかにもいろんな手を使うけれど」

「様子は分かった」と私は言って、また瞼を揉んだ。焚き火で軽くあぶられたような感じがした。「飲物の方は？」

彼女は部屋から出て行き、私はベッドのそばに戻って、端の方に腰をおろし、シャツを吐瀉物で汚し、髪を振り乱して、意識を失っている若者を見つめた。死にかけているとは思わなかったが、麻薬と麻薬中毒者に関しては、私は専門家ではなかった。エヴァレット三世は明らかに年季の入った中毒者だ。注射の痕跡のいくつかはかなり古いものだった。遅かれ早かれ、彼の母親は、家で髪を撫でてもらっていないとき、可愛い息子が何をしていたかに気がつくだろう。つらい思いをして教えられるのでないことを願うしかない。あのような状況で夫を亡くした後、この歳になって、家族内にもうひとつの暴力的な死が発生するなどという目に遭ってはならない。

クレアは〈サザン・コンフォート〉の瓶とカットグラスのタンブラーを持って戻って来た。たっぷりと注いで、手渡してくれた。私は立ち上がり、感謝の印にグラスの端をわずかに彼女の方に傾けた。〈サザン・コンフォート〉は私の好みではなかった。うんざりするほど甘ったるくて口に合わない。だが、何とか飲めるだろう。シガレット・ケースを取り出しかけて、私は気を変えた。とにかくクレア・キャヴェンディッシュの寝室で煙草を吸うのはよくないと思えた。

私は彼女の弟にまたちらっと視線を落とした。「彼はヤクをどこで手に入れるんだ?」と私は訊いた。

「今はどこで手に入れているのか、わたしは知らない」彼女は唇を噛んで目を逸らした。苦悩の最中でも、充分に美しかった。「前はニコが、ときどき用意してくれたわ」と彼女は言った。「そんなつながりで、彼と出遭ったの。エヴァレットの仲立ちで」彼女は悲しげな小さな笑みを浮かべた。「ショックだった?」

「ああ」と私は答えた。「いくぶんだがね。きみとピーターソンがそんな風につながっているとは気がつかなかった」

「それ、どういう意味なの? そんな風につながっている、というのは」

「きみが麻薬密売人と寝てるってことだ」

その言葉に彼女はたじろぎ、すぐ素早く立ち直った。元気を取り戻しつつあり、助力者も駆けつけてくる途中なので、まもなくすべてのことで責任を負わずにすむようになる。

「あなたって、女のことがまるで分かっていない、そうでしょ」と彼女は言った。

ふいに思った。これまでに彼女は私の名前を呼んだことがあったろうか? 私をフィリップと呼んだことが。一度でも呼んだとは思えなかった。血のように赤く彩られたバラの輝きの中で、ひとつのベッドに一緒にいた時もふくめて。「その通りだ」と私は言った。

「女が分かっているとは思っていない。そうじゃない男がいるかな」

「ええ。女が分かる男を何人か知っているわ」

私は飲物を口にした。本当に粘っこくて甘ったるかった。カラメルか何かを加えているのではないか。「私に対して、何か隠していることがあるんじゃないのかい？」と私は訊いた。「マーケット通りで、本当にあの日ピーターソンを見たのか？」

彼女の目が丸くなった。「もちろんよ。なぜわたしが嘘をつくの？」

「それは分からない。きみも言ったように、私はきみを分かっていないんだ」

彼女はベッドに座り、両手を組み合わせ、膝に載せた。「あなたが正しいわ」と彼女は静かに言った。

言葉を探していた。「あんな男とどんなつながりも持つべきではなかった。彼は……」彼女は言葉を探していた。「無価値な男よ。おかしく聞こえるかしら？　わたしにはふさわしくないと言ってるんじゃない。わたしだってそれほどの人間じゃないわ。彼はチャーミングで、おもしろくって、頭もいい。ある意味では勇敢でさえあるけど、中心にあるのはポッカリ開いた穴だけよ」

私は彼女の目を見つめた。目の奥の彼女は、遥か彼方にいた。ずっと遠いところに。彼女が今話しているのはピーターソンのことではないことに気がついた。ある人物のことを話すために、ピーターソンを引き合いに出しただけだ。間違いない。私には確信があった。

その男は彼女にとって、ニコ・ピーターソンのような男が逆立ちをしてもなれない、特別な存在なのだ。ある意味では、私のような男がいくらあがいてもなれない男でもある。私はとつぜん無性に彼女にキスをしたくなった。なぜだったかは分からない。彼女が私から遠く離れてしまい、愛している何者かのことを考えている今になって、なぜキスをしたくなったのかが分からなかった。私が分からないのは女のことだけではなかった。自分自身のことも分からない、丸っきり分かっていなかった。

きゅうに彼女が片手を上げ、頭を起こした。「車の音よ」と彼女は言った。「ドクター・ローリングに違いないわ」

我々は暗い家の中を抜け、来たときの逆をたどって庭に出た。ローリングの車は私の車の後ろに駐められていた。私たちが近づくと、ローリングが車のドアを開けて、外に降り立った。

小さな山羊髭をたくわえ、傲慢な眼差しをした、細身の男だ。私たち、私と彼は、前に荒っぽいやりとりを経験していた。彼の別れた妻が、私との結婚を望んでいることを知っているか否かは分からなかった。たとえ知っていても、たいした変わりはなかっただろう。これまで以上に輪をかけて私を忌み嫌うのは無理だ。しかも、リンダと関係を絶ったのはかなり以前のことだった。

「マーロウ」と彼は冷ややかに言った。「ほら、やって来たぞ」

私は彼をクレアに紹介した。彼はそっけなく握手を交わして言った。「患者はどこだ？」

我々はクレアの寝室に向かった。私は中に入って寝室のドアを閉め、向きを変え、背中をドアにもたせかけた。この先はクレアに任せていいだろう。エヴァレットは弟なのだし、出来るかぎりローリングの邪魔にならないようにするのが最善の道だった。

彼はベッドに近づき、ベッド・カヴァーの上に黒い鞄を置いた。「何を使ったのかね？」と彼は言った。「ヘロインか？」

「そうです」とクレアが小声で答えた。「そうだと思います」

ローリングはエヴァレットの脈をとり、瞼を広げて瞳孔を調べ、胸に片手を押し当てやさしく二度圧力を加えた。彼はうなずき、鞄から皮下注射器を取り出した。「アドレナリンの注射をする」と彼は言った。「ほどなく意識を回復するだろう」

「つまり、それほど重態ではないと？」とクレアが訊いた。

彼は彼女に意地の悪い一瞥をくれた。怒ったり、あきれたりすると、それはしょっちゅうなのだが、彼の目は眼窩の奥に縮んでしまうように見えた。「奥さま」と彼は言った。「あなたの弟さんの心拍は五十以下、呼吸率は十二以下です。私の推測では、今夜彼はしばらくの間危篤状態にあったと考えられる。幸運にも、彼は年若く、健康状態も比較的良い方だ。とは言え」彼は透明な液体が入ったアンプルを掲げて逆さにし、注射器の先端でゴム栓に穴を開けた。「もしこの習慣を続けていれば、早かれ遅かれと言うか、かなり早い段階に、中毒死することになるだろう。ヘロインの常習者の中には長く生きられる者もいるが、具合良く生きるのではなく、ただ生きているというだけの生き方だ。あなたの弟さんは、私には明白に分かるが、そのタイプではない」

彼はエヴァレットの腕に針を刺し、顔をちらっと上げてクレアを見た。「彼は体力が弱っている。それが全身に現われている。クリニックへ連れて行くべきでしょう。電話をかける相手とか、様子を見に出かけられる施設とかをいくつか教えてあげられます。さもなければ、間違いなく、あなたは弟さんを亡くすことになる」彼は注射器の針を抜き、空のガラス瓶と一緒に鞄に戻し、またクレアと向き合った。「これは私の名刺だ。明日、電話をください」

クレアはまたベッドの端に座り、膝の上で両手を組み合わせた。誰かにしたたかに殴られたかのように見えた。彼女の弟が身動ぎし、うめき声をあげた。

ローリングはさっさと向きを変えた。「一緒に出よう」と私は言った。彼は私に冷たい視線を投げた。

我々は下に降り、暗い家の中を抜けた。ローリングはしゃべるよりも沈黙を保つことで雄弁に語るタイプの男だ。まるで熱波のように、彼の身体から軽蔑と憎悪が発せられるのを感じた。彼の妻が彼を捨て、今私との結婚を望んでいるのは、私のせいではないのだが。

我々は真暗な温室を通り抜け、夜の闇の中に出た。濡れたスカーフみたいに霧が顔にまとわりついた。海では、停泊中の船のマストの上でライトがまたたいていた。ローリングは車のドアを開け、鞄を投げ込み、私と向き合った。「貴様がなぜ私の周りにしょっちゅう出没するのか、そのわけが分からない、マーロウ」と彼は言った。「気にくわないんだ」

「私も好きでやっているのではない」と私は言った。「だが、今夜ここへ来てくれたことは感謝する。死んでいたかもしれないと言いましたね？」

彼は肩をすくめた。「さっきも言ったが、彼はまだ若い。若い男はいくら自分をぶち壊しても生きのびることが多い」彼は車に乗りかけたが、ふと足を止めた。「ここの家族とどんな関係があるんだ？　きみとは社会的なレベルが段違いだと思うんだが」

「ミセス・キャヴェンディッシュに依頼されて、ちょっとした仕事をやっている」

彼は他人なら笑い声に聞こえるような音を立てた。「きみに電話をかけるとは、よっぽどひどいトラブルに巻き込まれているに違いない」

「トラブルとはまったく無縁だ。彼女の友人の行方を突きとめるために、彼女は私を雇った」

「彼女はなぜ警察へ行かない？」

「ごく内輪の問題だからさ」

「なるほど。きみは他人の内輪の問題に首を突っ込むのが得意だからな、そうだろう」

「いいか、ドク」と私は言った。「私はあんたに含むところはない。あんたの女房が出て行ったのは……」

暗闇の中で彼が身をこわばらせるのが感じとれた。「よくも私の結婚生活に口をはさめるもんだな」

「よくもかどうかは知らないが」私はうんざりした口ぶりで答えた。「あんたに悪意はもっていないことを知ってもらいたかっただけだ」

「そんなことが、私にとって意味があると思っているのか？　きみの何かがほんの少しでも私の関心の対象になるとでも考えているのかね」

「いや。そうは思っていない」

「ところで、その顔はどうした？」

「どこかの野郎が銃尾で殴ったのさ」

彼はあの冷たい笑い声をもう一度発した。「素敵な連中と仲良しのようだな」

私は一歩退った。「とにかく、来てくれて礼を言う。人の命を助けたのなら、悪い気はしないだろう」

彼はさらに何か言いかけたが、黙して車に乗り込み、ドアを勢いよく閉め、エンジンをかけ、急発進で後退し、砂利道の上を突っ走って、消え去った。

私は湿った暗闇にしばし立ちつくした。傷ついた顔を空に向け、夜の潮風を吸い込みながら。家の中へ戻ろうかとも思ったが、やめることにした。クレアにこれ以上告げる言葉はなかった。とにかく、今夜は。だが彼女は再び私の人生に戻って来た。そうだとも、彼女は戻って来たのだ。

# 18

若かった頃、ざっと二千年ほど前のことだが、私は自分が何をやっているか、正しく認識していると考えていた。世の中が気まぐれな、つまり、人の希望や欲望を弄（もてあそ）んでやりたがる山羊踊りのようなものだということは分かっていたが、自分の行動に関するかぎり、私は運転席にきちんと座り、二本の手でハンドルをしっかりと握っているという確たる自信があった。今は違った。自分で下したと思っている決断は、単なる後知恵に過ぎず、実際に物事が進行中に私がやっているのは成り行きにまかせているだけのことなのだ。自分の周りで起こることを我々はほとんど抑制できないと自覚しても、私はさほど気にはしなかった。たいていの場合、流れに沿って、水中で指を櫂（か）きつつ、たまに水から魚を摑まえたりしながらするすると移動していくことに満足していた。だが、ときたま自分がやっていることの結果を見据え、計算する努力ぐらいはやるべきだったと思うこともあった。こんなことを言うのは、カウィーア・クラブへの二度目の訪問のことを考えているからだ。

とにかくそれは最初の訪問とはかなり違った結果になった……

午後で、クラブは立て込んでいた。大会のようなものが開催されていて、男たちがたくさん集まっていた。大半は老人で、色柄のシャツと派手な格子縞のバミューダ・パンツを身につけ、丈の高いグラスを持ってブーゲンヴィリアの茂みのあいだに群れていた。足元が定かではないものも見かけられた。植木鉢を逆さにしたような、飾り房のついた赤いトルコ帽を全員がかぶっていた。顔がぴくぴくしている門番のマーヴィンはマネージャーのオフィスへ連絡を入れた後、手を振って私を通してくれた。私は木陰にオールズモビルを駐め、クラブハウスへ向かった。途中で、前に来た時私に話しかけてきた、子供のような老人と出遭った。彼は通路の落ち葉をレーキで掃いていた。私を思い出したようには見えなかったが、とりあえず声をかけてみた。

「キャプテン・フックはどこかな?」と私は訊いた。彼は不安げにちらっと私を見やり、そのまま掃き続けた。もう一度試してみた。「きょうはロスト・ボーイズたちは元気か?」

彼は頑固そうに首を横に振った。「お前さんとはしゃべってはいけないことになっている」と彼はつぶやいた。

「そうなのか？　誰がそう言っているんだ？」

「知っているだろう？」

「キャプテンか？」

彼はあたりを用心深くうかがった。「彼のことを口にするな」と老人は言った。「私が困ることになる」

「そんな目に遭わせたくはない。ただ……」

我々の背後から声がかかった。「ラマール？　お客様をわずらわせてはいけないと言わなかったかな？」

ラマールははっとして、殴られるのを覚悟しているかのように、首をすくめる動きをした。フロイド・ハンソンが、例によってプレスしたばかりのスラックスのポケットに片手を突っ込み、ゆったりと近づいて来た。きょうは、薄いブルーのリネンのジャケットと白いシャツを着用し、黒光りするウシの頭の石細工で止めた細紐のネクタイを締めている。

「やあ、ミスタ・ハンソン」と私は言った。「ラマールは何もめんどうをかけたりはしていないよ」

口の片側に小さな笑みを浮かべたハンソンは私に肯き、片手をラマールのカーキ色の仕事着の肩に置いて、物柔かに話しかけた。「さあ、もう行きなさい、ラマール」

「分かりました、ミスタ・ハンソン」口ごもりながらラマールが答えた。彼は半ば恨み、半ばおびえているような目で私をちらっと見ると、レーキをお供に従え、足を引きずるようにして去った。ハンソンは寛大な顔つきで、ラマールを見送っていた。

「ラマールは心根はいいんです」と彼は言った。「ただ、妄想に耽るくせがあって」

「あなたをフック船長だと思っていますよ」と私は言った。

彼は微笑みながらうなずいた。「ピーター・パンの話をどこで知ったのでしょうか。子供の時誰かが一度読んで聞かせたのか、あるいは舞台を見に連れて行かれたことがあるのかもしれない。この世に存在するラマールのような男でさえも、とにかくかつては母親がいたのですから」彼は私の方に向き直った。「ご用件は何でしょう、ミスタ・マーロウ?」

「リン・ピーターソンのことは耳にされたと思いますが」と私は言った。

彼は眉を寄せた。「ええ、もちろん。悲惨な出来事です。彼女の死に関連して、あなたのお名前を新聞で見かけたような気がするのですが?」

「かもしれない。殺人者たちが彼女を連れ去った現場に居合わせました」

「そうですか。気が転倒なさったでしょう」

「ああ」と私は言った。「気が転倒ね、そんなところです」

「彼らはなぜ彼女を連れ去ったのですか？　そうおっしゃいましたね」

「彼女の兄を探していました」

「死んだというのに？」

「死んだのでしょうかね？」

それに対してハンソンは何も反応せず、頭を片側に傾けたまま、長い間考え深げに私を見つめていた。「ニコのことでまた何か聞きに来られたのでしょうか？」と彼は言った。

「これ以上話せることは、まったく何もありませんが」

「ルー・ヘンドリクスという名前の男を知っていますか？」と私は訊いた。

彼はしばし考え込んだ。「砂漠の方であのカジノを経営している男のことですか？　会ったことはあります。当クラブに一度か二度おいでになったことがあるので」

「しかし、会員ではない」

「その通り。ゲストとしていらっしゃいました」

大会の参加者たちが芝生の先で耳障りな喚声をあげるのが伝わってきた。ハンソンは、片方の手を目の上にかざし、その方角に視線を走らせた。「ご覧のように、きょうはシュライン会（フリーメースンの外郭団体）の会合です」と彼は言った。「お気づきでしょうが、チャリティー・ゴルフ・トーナメントを開催しています。いつも少しばかり騒がしい集まりになります。何かお飲みになりますか？」

「別にさし障りはないので、いただきましょう。お茶はもうけっこうですが」

彼は笑みを見せた。「こちらへどうぞ」

我々は正面のドアから入り、装飾を施したデスクとそこに座っている青いフレームの眼鏡をかけたお洒落な受付嬢の前を通り過ぎた。トルコ帽をかぶった老人たちが、廊下やバーやダイニング・ルームに屯（たむろ）していた。「私のオフィスへ行きましょう」とハンソンが言った。「そこなら静かです」

彼のオフィスは広くて天井の高い見栄えのする部屋で、選び抜かれたブロンド色の家具と床に敷かれたネイティヴ・インディアンの良質の絨毯でひかえめに飾られていた。壁はサクラ材の板張りで、受付にあったのと似ているが、さらに大きく、装飾も細かく施されたデスクが置かれていた。ハンソンは、自分の快楽については倹約などしない主義らしい。だが私の目にとまらなかったのは、私生活の匂いだ。妻や子供たちの額入りの写真も、ハンソンのような男であれば自分のデスクの要（かなめ）の場所に必ず立てておくはずの、煙草を手にし、ヴェロニカ・レイク風に髪にウェーヴのかかったガールフレンドのスタジオ写真も置かれていなかった。もしかすると彼は女性には関心がないのかもしれない、あるいはクラブの規律が私生活の介入に眉をひそめるのだろうか。まあ、そんなことはどうでもよかったが。いずれにせよ、私生活が刈り込まれたこのオフィスの端整さは薄気味悪いとさえ言えた。

「お座りください、ミスタ・マーロウ」とハンソンが言った。彼は部屋を横切り、瓶が整然と並べられた食器棚に近づいた。「何を差し上げましょうか？」と彼は訊いた。

「ウィスキーでけっこう」

彼は瓶を選んだ。「ここに〈オールド・クロウ〉がありますが、かまいませんか？ 私はもっぱらマティーニなのですが」

彼はたっぷりと注ぎ、角氷をいくつか加え、戻って来て私にグラスを手渡した。私は傾斜のある木の脚に支えられた背中の高い、こぢんまりとしたソファに座っていた。「ご相伴いただけないのですか？」と私は訊いた。

「勤務中ですから。ミスタ・キャニングは、アルコール禍について強固な観念を持っておられます」彼は例の輝くような笑みをのぞかせた。

「煙草を吸ってもかまいませんか？ ミスタ・キャニングは葉っぱについても一家言持っておいでなのでしょうか？」

「かまいません、どうぞ」彼は私が煙草に火をつけるのを見守っていた。私は彼にケースを差し出したが、彼は首を左右に振った。そしてデスクに近づき、その正面に背を向け、腕を組み、足首も組んで、ゆったりと椅子にもたれた。「あなたは頑固な方ですね、ミスタ・マーロウ」軽い口ぶりだった。

「つまり、どこまでも諦めないのでいらいらさせられるということかな」

「そういう意味で言ったのではありません。私は頑固さに敬意を表します」

私は飲物をすすり、煙草をくゆらせ、部屋の中を見回した。「あなたのお仕事は具体的に何ですか、ミスタ・ハンソン？」と私は訊いた。「マネージャーだということは知っていますが、そのために何をなさっているのでしょうか？」

「当所のようなクラブを切り盛りしてゆくのには管理面でさまざまな仕事があるのです。それを知ったら驚くでしょうね」

「ミスタ・キャニングはそれを全面的にあなたに託しているのですか？」

彼の目がわずかに狭まった。「まあ、そういったところです。彼と私は、そうですね、ある取り決めを結んでいます」

「というと？」いろいろな人が、お互いに取り決めを結んでいることを私は教えられているようだ。

「ここを取り仕切る仕事は私に任されているが、めんどうな事態になっても、ひとりで片づけます。そのめんどうな事態というのが、どう言ったらいいかな、つまり、私ひとりでは対処出来ない事態の場合は別ですが」

「その場合はどうなるのですか？」

彼は、目尻に皺を寄せて微笑んだ。「ミスタ・キャニングが指揮をとる」と彼は物静かに言った。

目にごみが入ったかのように、自分が目をしばたたいているのに気づいた。バーボンが異常な早さで魔法をかけてきたようだ。「分かりました」と私は言った。「あなたは雇い主に対してきわめて健全な敬意を抱いているということですね」

「あの方は、人に敬意を表されて然るべき人物です。ところで、飲物はいかがですか？」

「なかなかですよ。ケンタッキーの奥深くの晩秋、ヒッコリーを燃やすような味わいがある」

「おや、詩人のようですな、ミスタ・マーロウ」

「昔はキーツも少しかじっていたもんだ。シェリーも」いったい何をしゃべっている？舌がきゅうに自分の意思を持ち始めたらしい。「だが、詩の話をするためにここに来たんじゃないぞ」と私は言った。ソファから身体が滑り落ちるような気がして、しっかり上体を起こそうともがいた。手にしているグラスを見た。中の液体が揺れ、角氷がぶつかり合ってやさしい音を立てている。私のことを話題にして議論しているようだ。私は部屋の中をもう一度ぐるりと見回し、また目をしばたたかせた。窓に当たる陽射しは強く、木製のブラインドの小割板を通して、剣の刃のように差し込んでいた。

ハンソンはじっと私を見守っていた。「ここに何をしに来たのかね、ミスタ・マーロウ？」と彼は訊いた。

「ピーターソンのことをあと少しあんたと話したかったんだ」と私は言った。「ニコ・ピーターソンだ」また舌が少しおかしかった。普段の二倍の大きさになり、剛毛が周りに生えている熱くて、柔かいポテトみたいに口の中に居座っていた。「彼の妹のことももちろんだが」私は眉根を寄せた。「だが、彼女のことはもう言ってたよな。違ったか？ リンが彼女の名前だ。だったと言うべきかな。いい女だった。目が素晴しかった。緑色の素晴しい目だ。もちろん、あんたも知ってるはずだ」

「私が？」

「そう、あんたがだ」今度はｓの発音が難しくなってきた。もつれた糸楊枝のように前歯にひっかかってしまう。「彼女、ここにいただろう。私があんたに会いに来た日のことだ。あれは、いつだったかな？ まあ、そんなことはどうでもいい。我々は彼女が出て来た日に出遭ったんだ。彼女はどこから出て来たんだったかな、スウィ、スウィム、そう、スウィミング・プールからだった」ソファの前の低いガラスのテーブルの上にグラスを置こうと前かがみになったが、目測を誤って、五センチほど上で手を放してしまった。グラスはテーブルの表面にぶつかり、ガラスが砕ける鋭い音がした。「あんた、知ってるか」と私は言った。「私が思うに……」

私の声はそこで打ち止めになり、私の身体はソファの上でまた前方に滑りだした。ハンソンはずっと遠くの高みに立ち、水中に沈んだ私が、揺らめく水面越しに彼を見上げているかのように、彼の身体はちらついていた。

「大丈夫かな、ミスタ・マーロウ？」彼の声が割れ鐘のように耳の中で響いた。彼は今もデスクに背中をもたせかけ、腕組みしたままだった。笑みを浮かべているのが見えた。ひどく難渋しながら、私はもう一度だけ声を発した。「私に何を飲ませた？」

「今何と言いました？　言葉がもつれているようですね。アルコールには強いとお見受けしたのですが、ミスタ・マーロウ。どうやら間違っていたようです」

彼をつかまえようと必死に手を伸ばしたが、遠くに離れすぎていた。それだけではない、私の指に何かを摑む力があるとは思えなかった。いきなりバランスを失い、穀物袋みたいに、どさっと床に倒れ落ちるのを感じた。その後、ゆっくりと周りが暗くなっていった。

## 19

催眠薬を盛られたのは初めてではなかった。たぶん最後でもないだろう。何事も同じだが、そういうこととの折り合いをつける術を人は学ぶことになる。少なくとも事後の対処法ぐらいは。たとえば今の場合、意識を取り戻した後、目をすぐに開けるのは考えものだということを私は知っていた。ひとつには、こういう状態では、ひかえめな一条の陽光でさえ、酸剤を目に振りかけられたような効果を及ぼすからだ。もうひとつは、あなたに一服盛ったのが何者であろうと、あなたがまだ気を失っているとその相手に思わせる方が、どんな場合でも有利だということだ。そうすれば、あれこれ対応策を考え、次の動きを検討することもできるし、同時に身体は周囲の状況に慣れていく。

それで、最初に知ったのは、私が縛られていることだった。背がまっすぐな椅子に座っていて、ロープでぐるぐる巻きにされていた。手も背中で縛られていた。私は動かずにぐったり座ったまま、胸に顎を埋め、目を閉じていた。周りの空気は生暖かく、もやもやした感じだった。うつろにこだまする音を立てながら、水が静かに跳ねるのが聞こえるような気がした。浴室にいるのだろうか。いや、それよりずっと広い空間だ。塩素の匂いがする。そうだ、スウィミング・プールだ。

頭の中に脱脂綿を詰め込まれたような感覚があった。ロペスにやられた後頭部の傷口の痛みが勢いを取り戻していた。

すぐ近くでうめき声がした。うめき声にはゼーゼーいう音が混っていた。その声の主はかなりの災難に遭っているようだ。死にかけているのかもしれない。一瞬私は、耳にしたのは自分の声だったのではないかと思った。ほどなく、数メートル離れたところで別の声がした。「少し水をやって、目を醒ましてやれ」

誰の声か分からなかった。男の声だが、若い男ではなかった。きびしい棘のある声だ。何者であるにせよ、命令し、服従されることに馴れている男だった。

その時、喉が詰まるような音としわがれた咳が聞こえ、水が石の上で跳ねる音もした。

「この男は死にかけています、ミスタ・C」と別の声が言った。これには聞き覚えがあった。と言うか、少なくとも、前に聞いたことのある声だった。アクセントは同じだ。しかし、口調は違っていた。

「まだ死なせるな」と最初の声が言った。「楽になる前に、もう少し痛い目に遭わせてやれ」それから、足音が近づいて来た。靴底の革が大理石と思しき床を打つ鋭くこだまする音を立て、私の前で止まった。「こいつはどうします。もうすぐ目が醒めてもいい頃ですが」

一本の手がいきなり私の髪の毛を後ろで摑み、頭を上に向けたので、両目が人形の目のようにパッチリ開いてしまった。明りはそれほど強く目を刺さなかったが、数瞬、目の前に見えたのは、燃えるような白い霧とその中にいるいくつかのぶれた人影だった。「目を醒ましている、間違いない」それに、最初の声が答えた。「良かった」

霧が晴れ始めた。私はスウィミング・プールにいた。広くて長く、高いドーム状のガラス屋根を通して陽光が射し込んでいた。壁と床は石目の入った白い大理石製の大きめのタイルで覆われている。プール自体の長さは十五メートルはあるだろう。私の髪の毛を摑んだまま後ろに立っている男の姿はまだ視野に入らなかった。少し片側に寄って前に立っているのはハンソンだった。薄いブルーのジャケットを着、ウシの頭の形をした留め具のついた紐ネクタイを着け、青白い病人のような顔をしていた。

ハンソンの隣に立っていたのは背の低い、ずんぐりした年配の男で、頭髪はまったく無く、とんがった頭蓋骨とまるで描いたように見える黒くて太い眉毛をしていた。イガから出したばかりのクリのように輝く膝まで届く茶色いブーツを履き、綾織りのズボンと黒い開襟シャツを身に着けている。首の周りには、オオカミの歯が並び、中央に大きな切れ長の青い目がひとつ描かれた、何かの骨で作られているインディアンのお守りのついたネックレスがかけられていた。右手が持っているのはマラッカ杖（ケイン）だった。英国人がスワッガーと呼んでいる短いステッキだと思う。セシル・B・デミル（一八八一〜一九五九年。映画製作者）と引退したライオン調教師を足して二で割り、いくぶん小さくしたような男だ。

その男が、ハゲ頭を片側に傾げ、ステッキで自分の太腿を軽く叩きつつ、私の顔を覗きながら近づいて来た。彼は足を止め、かがみ込み、顔をぐっと私の顔に寄せた。無情な青い目は私の魂の奥まで覗きこんでいるようだった。「私はウィルバーフォース・キャニングだ」と彼は言った。

何とか声を出せるようになるまで、唇と舌の乱れを元に戻すのに難儀させられた。「だろうと思った」と私は言った。

「そうだったのか。それは良かった」ハンソンは、私がロープから逃れて小柄な男に襲いかかると案じているかのように、キャニングの後ろで心配しながらうろうろしていた。そんな可能性はあり得なかった。ロープで身体を椅子に縛りつけられているだけでなく、私は疥癬（かいせん）持ちのネコほどの力さえ持っていなかった。「その頬のあざはどうしたのかね？」とキャニングが訊いた。

「蚊に食われた」

「蚊は食ったりしない、刺すだけだ」

「ところが、そいつは歯を持ってたのさ」

私は目を細めてキャニングの向こうのプールに目を向けた。青い水がしきりに私を呼んでいる。冷たい、絹のような水面に浮かんで、静かに癒されている自分の姿を思い描いた。

「あなたはたいへん詮索好きだと、このフロイドから聞いているが、ミスタ・マーロウ」前かがみになって私の顔を凝視したまま、キャニングが言った。ステッキの端で、私の頰とあざを愛撫するように触れた。「詮索好きも過ぎると、良からぬ事態にいたることがある」別のうめき声が聞こえた。私の右方から伝わってくる。そっちを見ようとしたが、キャニングがステッキの端を私の頰に強く押し当て、首を回せなくした。「今は、私に神経を集中させていればいい」と彼は言った。「当座のことに集中するのだ。ニコ・ピーターソンについてあれこれ訊いて回っているのは何のためだね？」

「あれこれだって？」と私は言った。「私の見るところ、質問はひとつっきりだが」

「では、それは何だ？」

「彼は死んでいるのか、それとも死んだふりをしているのか」

キャニングがうなずき、一歩後退し、私の後ろの男はやっと私の髪の毛から手を放した。

これで見られるようになった。私は首を回した。プールの右方三、四メートル先に、ゴメスとロペスがいた。水の方を向いて、背のまっすぐな椅子に並んで座らされていた。私同様、きつく編まれた細紐で縛られていた。見たところ、ロペスはすでに息絶えていた。頭部は裂け目とあざのごった煮で、半ば乾いた艶光りする血が彼のハワイアン・シャツの前面を滝のように伝い落ちていた。右目は腫れたまま閉じられ、血走った左目は眼窩から突き出て狂ったように前方を睨んでいるように見えた。側頭部を強打され、眼球が飛び出してしまったのだ。上唇には一ダース以上のすき間が生じていた。

ゴメスの方もひどいざまだった。パウダー・ブルーのスーツは切り裂かれ、いたるところに血が飛び散っていた。少なくとも二人のうち一人は脱糞していて、その悪臭は愉快なものではなかった。うめき声の源はゴメスだった。彼は半ば意識を失いつつ、高いビルの屋根から落下する夢を見ている男のような、おびえきったうめき声をあげていた。今よりはましなあの世で、仲間と一緒になるのは時間の問題だろう。一方は殴り殺され、もう一方は死にかけていた。無惨な光景だったが、この二人組を悔んでやる気は毛頭無かった。

私は、あの夜、喉をかき切られて道端の空地の松葉の上に横たえられていたリン・ピーターソンを思い出した。死ぬ前に彼女が何をされたかを話してくれたバーニー・オールズのことも。

私の髪の毛を摑んでいた男が、見えるところに姿を現わした。執事のバートレットだった。初めてこのクラブを訪れた時、ハンソンと私にお茶を運んで来た年配の男だ。縞のヴェスト、長い白エプロンの下に黒いモーニングのズボン、エプロンの紐は背中できちんと蝶結びにされ、上衣は着ていなかった。前に見かけた時より若く見えはしなかった。皮膚は灰色でたるみがうかがえた。だが、それ以外はまるで別人のようだった。太く短い腕と樽のような胸をした強健で筋肉質のタフな男だということを私は見過ごしていた。たぶんボクサーだったことがあるのだ。エプロンの前部には血痕の筋がついていた。右手には、これまでに見たこともないほど小さくてこぎれいなブラックジャックが握られていた。ひんぱんに使われてきたために、磨き上げられ、光っていた。なるほど、執事というのは、あらゆる種類の仕事をこなすのが務めなのだ。彼はこのブラックジャックをロペスから奪ったのだろうか？　となれば、これはロペスが私に用いたブラックジャックだ。

「この二人の紳士のことは覚えているはずだ、そうだな」キャニングはメキシコ人たちの方を身振りで示した。「ここにいるミスタ・バートレットは、ご覧の通り、彼らとたいそう手間のかかる打ち合わせをやってきた。あなたは深い眠りの中にいたので幸運だったのだよ。騒々しい応酬があったし、ときには見るに耐えない場面もあったのだから」彼は執事の方に向き直った。「こいつらを放り出してくれないか、クラレンス？　フロイドが手伝ってくれる」

ハンソンはぎょっとして彼を見たが、無視された。

「諒解です、ミスタ・キャニング」とバートレットが言った。彼はきびきびとハンソンの方を向いた。「こっちは私がやる。あんたはそっちを」

彼はゴメスの背後に回り込み、椅子の背を摑んで傾け、二本足にして、プールの向こう側のドア、私がちらっと見かけた時、リン・ピーターソンが、頭にタオルを巻いて出て来たあのドアに向かって、死体ごと椅子を引きずり始めた。深い不快感を顔に浮かべたハンソンはロペスの椅子を摑んで傾け、バートレットの後に続いた。椅子の脚は、大理石の床の上で黒板の上をひっかく爪のような音を立てた。ロペスの頭が片側に垂れ落ち、眼球がぶらさがった。

キャニングは再び私と向き合った。そしてもう一度自分の腿をステッキで軽く叩いた。

「あの二人組はあまり協力的ではなかった」消え去ろうとするメキシコ人たちの方角にぐいっと顎をしゃくって、彼は言った。

「何を教えてくれなかったんだ？」と私は訊いた。急に、ひどく煙草が欲しくなった。自分もぐちゃぐちゃになるまでぶちのめされ、忌々しい椅子に縛りつけられたまま、あのメキシコ人たちのようにここから引きずり出されることになるのだろうか。なんとも見苦しい、無様な死に際だ。

キャニングはハゲ頭を左右に振った。「本当のことを言えば、そもそも初めから、私は奴らからたいして訊き出せるとは思っていなかった」と彼は言った。

「彼らにとってはいくらか救いだっただろうね」

「奴らに救いを与えるつもりはまったくなかった」

「まさに。それはよく分かった」

「奴らに同情しているのか、ミスタ・マーロウ？　奴らは二匹のけものにすぎない。いや、けもの以下だ。けものは楽しみで相手を殺したりはしない」

彼は私の前を同じ歩幅で歩き始めた。こっちにピシッと三歩進み、次いであっちにピシッと三歩、踵がタイルを打ち鳴らした。こいつは小さな身体にバネが入っていて、いつ怒りを爆発させるか分からない小男の一人だ。しかも今、ひどく興奮している。私は舌の裏側にお馴染みの金属的な味覚を感じた。一セント銅貨を舐めているような感じだった。それは恐怖の味だった。

「煙草を吸いたいのだが、どうかな？」と私は言った。「それを使ってロープを焼くとか、そんなことは絶対にしない」

「私は煙草を吸わない」とキャニングは言った。「下卑た習慣だ」

「まさに、その通りだ」

「煙草を持っているのか？　どこにある？」

私は顎の先で、ジャケットの胸ポケットを示した。「ここだ。マッチも入っている」

彼はジャケットの内側に手を伸ばし、頭文字入りの銀のケースと〈バーニーズ・ビーナリー〉で見つけたことを忘れていたマッチブックを取り出した。彼はケースから煙草を一本抜き、私の唇にはさみこみ、マッチを擦り、火をつけてくれた。私は熱い煙を時間をかけて、深々と肺に吸い込んだ。

キャニングはケースを私のポケットに戻し、歩行を再開した。「ラテン系の人種には」と彼は言った。「私はあまり敬意は表さない。歌ったり、闘牛をやったり、女のことで口論したり、やることはそれくらいが限度だ。そう思わないか？」

「ミスタ・キャニング」煙草を何とか口の端に移して、私は答えた。「何を訊かれても、今私は反対する立場にはいない」

彼はさえずるような細い音を立てて笑った。「まさに」と彼は言った。「お前さんはその立場にはいない」彼はまた歩き出した。サメのように絶えず動き回っていなければならないようだ。この男はどうやって財を成したのだろう。石油か、あるいは水源の利権か。初期のロス・アンジェルスっ子が街を築こうと選んだこの乾燥した峡谷では、水も石油と同じほど貴重なものだった。「私の考えでは、この世には立派な人種は二つしか存在しない」と彼は言った。「人種と言うよりむしろ種類と呼ぶ方が妥当かな。その二つが何か知っているか？」私は首を横に振り、即座に苦痛のために悔んだ。煙草の灰が私のシャツの前部にひらひらと舞い降り、膝に落ちた。「アメリカ・インディアンと」と彼は言った。「英国紳士だ」彼は楽しげな目つきで私をちらっと見た。「奇妙な取り合わせだと思うだろうがね」

「いや、そうでもない」と私は言った。「両方に共通しているものがいくつかある」

「たとえば？」キャニングは足を止め、黒々とした太い眉毛の片方を吊り上げて、私と向き合った。

「土地への忠誠心」と私は言った。「伝統に対する愛着、そして狩猟への熱意とか」

「その通り、まさにその通りだ！」

「つけ加えれば、邪魔立てする者は誰であれ容赦なく虐殺する傾向も似ている」

彼は首を左右に振り、叱責するように指を一本私の前で揺らした。「今のは無礼だぞ、ミスタ・マーロウ。無礼な言動を、私は好まない。詮索好きなのを好まないのと同様に」

一方に三歩、回れ右をして三歩、彼はまた歩き始めた。私はステッキをじっと見つめた。あれで顔をひと叩きされたら、すぐには忘れられないだろう。

「殺人が必要な時もある」と彼は言った。「と言うか、排除と呼んでもいいだろう」表情が暗くなった。「生きるに価しない人間がいる。それはごく単純な事実だ」彼はまた近づいて来て、私が縛りつけられている椅子のすぐわきにしゃがみ込んだ。何か告白でもされるのではないかと、落ち着かない気分になった。「お前さんはリン・ピーターソンを知っていたな、違うか？」と彼は言った。

「いや、知ってはいなかった。会ったことは……」

彼はそっけなくうなずいた。「お前さんは生きている彼女に会った最後の人間だ。あれは数にいれないとして」そう言って、ドアの方に顎をしゃくった。「あの二つのクズは」

「そうだと思う」と私は言った。「私は彼女が好きだった。会ったのは少しだが、いい人だと思った」

彼は横からじっと私を見た。「そうだったのか？」左のこめかみの筋肉がぴくぴくしていた。

「ああ。きちんとした女性のようだった」

彼はぼんやりと肯いた。彼の目に奇妙な、こわばった色が浮かんだ。「あれは私の娘だった」と彼は言った。

言葉の意味を吸収するのに手間どった。言うべき言葉はひとつも思いつかなかったので、私は沈黙を守った。キャニングはまだ私を見つめていた。その顔には、遠く深い悲しみの色が宿っていた。その色は現われたと思うとすぐに消えた。彼は立ち上がり、プールの際まで行って、私に背を向けたまましばらく立ちつくし、水の中を見つめていた。それから私の方に向き直った。「驚かなかったようなふりはするな、ミスタ・マーロウ」

「何のふりもしていない」と私は言った。「驚いている。あなたに何と言っていいのか分からないだけだ」

私は煙草を端まで吸い終えていた。キャニングは近寄ってくると、不快な顔をして私の口から吸いさしの煙草を抜きとり、ゴキブリの死骸ででもあるかのように人差し指と親指でつまんで身体の前に掲げ、隅のテーブルまで持って行って、その上にあった灰皿に落とした。そして戻って来た。

「あんたの娘の名前がなぜピーターソンなんだ?」と私は訊いた。

「母親の名前を継いだのだ、理由など知るものか。私の妻は尊敬をうけるような女ではなかった、ミスタ・マーロウ。メキシコ人の血が混っていたから気がつくべきだったのだ。彼女は金のために私と結婚し、たっぷりと使った後、と言うか、彼女の浪費に私がストップをかけた後、ある男と駆け落ちをした。そいつは詐欺師だった。興味をそそる昔話ではないことは分かっている。その頃の人生を自慢出来るとは言えないな。自分を弁護するために言えるのは、まだ年若く、女の色香に目がくらんでしまったということだけだ」彼は急に歯をのぞかせて、にやりと笑った。「寝取られ亭主の決まり文句だったかな？」

「さあ、分かりようがないな」

「お前さんは運がいいんだ」

「運もいろいろだからね、ミスタ・キャニング」私は身体を縛っているロープに目を落とした。「私の運は目下のところたいして機能していないようだ」

また頭がもやもやしてきた。ロープのために血のめぐりが悪くなっているのだろう。だが力は甦ってきていた。それは感じられた。ニコチンの効果に過ぎないと言えばそれまでだったが。こんなことがいったいいつまで続くのだろうか。ついでに考え、再度考えてみた。どんな結末に向かっているのだろうかと。私はロペスの飛び出した目の玉とシャツの血痕のことを考えた。ウイルバー・キャニングは、物柔かな老人役を演じているが、死んだ娘への思いを別にすれば、やわなところなどかけらもない男だ。それは分かっていた。

「なあ」と私は言った。「リンがあんたの娘だとしたら、ニコはあんたの息子ということなのか？」

「二人とも私の子供だ」私を見ずに彼は答えた。

「あいにくだったな」と私は言った。「あんたの息子には会っていないが、さっきも言ったように、リンはいい感じの子だった。なぜ葬式に出なかったのだ？」

彼は肩をすくめた。「あばずれ女だった」声を強めもせずに彼は言った。「ニコは一番ましな時でもジゴロだった。二人とも母親の血をたっぷりと受け継いでいたのだろう」彼は私の方をまっすぐ見た。「二人とも失った後だというのに、息子と娘に対する私の態度がお前さんにはショックだったのかね、ミスタ・マーロウ？」

「ショックには強い方でね」

彼は聞いていなかった。また歩き始め、その姿を見ていると頭がくらくらしてきた。

「不満は言えない」と彼は言った。「私は完璧な父親とはとても言えなかった。二人はまずぐれ始め、その後家を飛び出した。私は探そうともしなかった。時間が経ち、二人と仲直りをするのはもう手遅れだった。リンは私を憎んだ。たぶんニコも同じだったろう。だが彼には、私からもらいたい物がいろいろあった」

「どういう物だ？」彼はそれには答えようとしなかった。「あんたは自分で思っていたほど父親として悪くはなかったのかもしれない」と私は言った。「父親というものは、しばしば自分をきびしく裁きすぎる」

「お前さん、子供はいるのか、マーロウ？」私は首を左右に振った。またしても、頭蓋骨の中で大きな一対の木のサイコロがぶつかり合うような感じがした。「子供がいないのなら、父親のことなど何も分からんはずだ」と何よりも悲しげな響きを込めて、彼は言った。陽は暮れかけているのだろうが、天井の高い大きな空間の温度は高くなりつつあった。サバンナの八月の午後の陽気に似ているような感じがした。それに加えて空気中の湿気が、私の胸と手首を縛りつけているロープをきつくしているようだ。上腕の感覚は、二度と戻らないかもしれなかった。

「なあ、ミスタ・キャニング」と私は言った。「私から何を知りたいのか言ってくれるか、さもなければ私を解放するか、どちらかにしてくれ。メキシコ人のことなど、私はどうでもいいんだ。あんたのジーヴス（P・G・ウッドハウスの小説に出てくる執事）に何をされたのであろうと、それが報いだった。奴らの場合はリンチの正義もそれなりの正義と言える。だがあんたには、日曜日のご馳走のチキンみたいに私を縛り上げておく理由などないはずだ。私はあんたに対して何もしていない。あんたの息子と娘に対してもだ。私はその日の糧を得るためにあくせく働いているただの探偵屋だ。いまはそれさえ満足にやっていないが」

何はともあれ、私の言葉でキャニングの歩行が止まった。それが救いだった。彼は近づき、両手を腰に当てがい、ステッキを腋にはさみ込んで、私の前に立った。「ところで、マーロウ」と彼は言った。「私は知っているんだ。お前が誰のために働いているのか」

「そうかい？」

「おい、おい、私を何者だと思っているんだ?」

「別に何者だとも思ってやしない、ミスタ・キャニング。だが言わせてもらえば、あんたが私の依頼人を知っていると言うのはいささか眉唾物だと思う」

彼は身を乗りだし、首の周りに紐で下がっているお守りを手に持って私の方に突き出した。「これが何か分かるか? カウィーア神の目だ。カウィーア族というのはとても興味深い種族でな。彼らは科学的にも証明されている予知能力を持っている。この種族の者に対して嘘は通じない。すべてお見通しなんだ。私は名誉勇者として特別に彼らの一員に迎えられている。そこでの儀式のひとつが、このすべてを見通す目という貴重な像の授与式だ。だから、私に嘘をつこうとしたり、無実を装って私をごまかそうとするのはやめておけ。さあ、しゃべるんだ」

「何をしゃべらせたいのか、さっぱり分からない」

彼は悲しげに首を振った。「お前がジーヴスと呼んだ私の召使頭はほどなくここに戻ってくる。彼がメキシコ人に対してやったことはお前も見たろう。彼に同じことをお前に対してやらせざるを得なくなるようなことは、私は望まない。こういう状況にあるとはいえ、私はお前にある種の尊敬の念を抱いている。頭を冷静に保てる男が、私は好きなのだ」

「問題は、ミスタ・キャニング」と私は言った。「あんたが私から何を知りたいのかが分からないということだ」

「本当に、分からない？」

「分からない。私はニコ・ピーターソンを探すために雇われた。私の依頼人は、他のみんな同様、ニコは死んだと思っていたのだが、たまたま街でニコを見かけ、私のところへ来て彼の行方を突き止めてほしいと言った。個人的な理由からだ」

「彼はどこでニコを見かけたというのかね？　お前の依頼人とかは」

彼、か。この男は自分では知っていると思っていることをじつは知らないということだ。これは救いだった。今ここにいるクレア・キャヴェンディッシュのことなど考えたいとは思わない。この殺人狂の小男が、彼女が縛りつけられている椅子の前を気取って行き来する場面など考えたくもなかった。

「サンフランシスコでだ」と私は言った。

「メキシコではなく彼はアメリカにいるのか？」

「誰のことだ？」

「お前の依頼人だ、分かっているくせに。彼はサンフランシスコで何をやっていた？　ニコを探していたのか？　なぜニコが死んでいないと思ったんだ？」

「ミスタ・キャニング」出来るかぎり辛抱強く、静かな口ぶりで私は言った。「あんたが言っていることは何ひとつピンとこないんだがね。思い違いをしているようだ。もし、それがニコだったとしての話だが、通りでたまたま見かけただけだった」

キャニングは両方の拳を腰にあてがって、再び私の前に立ち、長い間、黙したまま私を凝視していた。「お前はどう思うね?」やっと口を開いた。「その男はニコだったと思うか?」

「分からない。何とも言えない」

また沈黙が続いた。「フロイドは、お前がルー・ヘンドリクスの名前を持ち出したと言っている。なぜ彼の名前を?」

「ヘンドリクスは通りで私を車に拾い、派手な車でドライブに連れて行ってくれた」

「そして?」

「彼もニコを探していた。人気者だな、あんたの息子は」

「ヘンドリクスはニコが生きていると思っているのか?」

「どちらだか分かっていないようだった。あんた同様、彼も、ニコの行方を突きとめようと私が嗅ぎ回っているのを知っていた」私はスーツケースの話は口に出さなかった。ヘンドリクスに告げてしまったことを、今では後悔していた。「彼にも私から教えられることは何もなかった」

キャニングは溜め息をついた。「分かった、マーロウ。勝手にほざけ」

合図があったかのように、その時プールの向こう側のドアが開き、バートレットとフロイド・ハンソンが戻って来た。ハンソンは前よりもよけいつらそうにしていた。顔色は緑がかった灰色だった。上物のリネンのジャケットに血痕が飛び散り、先刻まではしみひとつなかった白いズボンにも血がついていた。かなり手荒く痛めつけられた死体を二つ始末した後だった。どこに運ばれたにせよ、その目的地に着く頃には二人目のメキシコ人も絶命していただろうというのはきわめて妥当な推測だろう。フロイド・ハンソンのような伊達男にとってはことさらのことだが、服の汚れの心配がたいへんだったはずだ。明らかに彼は、血まみれの光景に馴れていなかった。少なくとも二人のメキシコ人が流した血の量には。だが彼は、アルデンヌで戦ったようなことを言っていたはずだ。どうやらあの話は大きく割り引きをして聞くべきだったらしい。

バートレットが前に出た。「すべて片づけました、ミスタ・キャニング」と彼はコックニー訛りで言った。

キャニングはうなずいた。「二つ片づいた」と彼は言った。「あとひとつだ。ここにいらっしゃるミスタ・マーロウは私に協力的ではない。たっぷりと水に浸けてやれば、頭もすっきりするだろう。フロイド、ミスタ・バートレットに手を貸してやってくれ、いいな？」

バートレットはまた私の背後に回り込み、ロープを解き始めた。ロープが解かれた後、両脚が麻痺していたので、彼は私を立たせるのに手を貸さねばならなかった。手を縛っていたロープも外され、血行を良くしようと私は両腕を折ったりひねったりした。彼はすぐに私をプール際まで歩かせ、私の肩に手を置き、大理石の床に膝をつかせた。プールの水面は縁から四、五センチのところにあった。バートレットが私の一方の腕をつかみ、前に出て来たハンソンがもう一方の腕をとった。二人が私を水に投げ落とすのかと思ったが、そうはせずに私の両腕を背中にねじ上げ、バートレットは再び私の髪をつかんで頭を前方に押しやり、顔を水中に突っ込んだ。充分に息を吸い込んでいなかったので、私はすぐに水に溺れる人間のパニックにおちいった。顔を横に向けて空気を吸おうとしたが、バートレットの指はピットブル・テリアの顎みたいに頑健で、頭を動かしようがなかった。すぐにでも肺が破裂しそうな感じがした。やっと引っ張り上げられ、水が襟元からシャツの下に流れ落ちた。近寄って来たキャニングはわきに立ち、両手をしっかりと膝にあてがってかがみ込み、顔を私に近づけた。「さて」と彼は言った。「そろそろ知っていることを話してくれるかな？」

「あんたの勘違いだ、キャニング」ぜいぜいあえぎながら、私は言った。「私は何も知らない」

彼は再度溜め息をつき、バートレットに向かって肯いた。私の頭部は再び水中に沈められた。最悪の事態だというのに、こんなことに気がつくというのはおかしなものだ。目を開けていたので、ずっと下のプールの薄いブルーの底に、泳いでいた女性の指から気がつかないうちに抜け落ちたのに違いない小さな指輪、飾りのない金の結婚指輪が見えたのだ。二度目だったので水に浸けられる前にぬかりなく大きく息を吸い込んでいたのだが、一分ほど経過するうちにまた溺死人と似た状態になった。水に入ったことはあまりなかったし、チャンピオン級の水泳選手がやるような息のもたせ方を学んだこともなかった。どうせたいした差はない。プールの底に沈んでいる指輪がこの世の見納めの品になるのではないかと考えた。息をしている間の、私の場合は、息をしないでいる間の最後に目にする光景ということなら、もっとおぞましい光景がいくらでもある。

バートレットは私がパニックに近づき、まもなく口を開いて肺を水でいっぱいにしかねないのを察知した。まだ私を死なせる気はなかった。彼はハンソンと一緒にまた私の頭を水から引き揚げた。キャニングがかがみ込み、私の顔を覗いた。「話す気になったか、マーロウ？　三度倒れたらおしまいだとよく言うだろう。ゴミの山に棄てられた二人のメキシコ野郎の仲間入りをしたいのか、ええ？」

私は何も答えず、水の滴り落ちる頭を垂れた。ハンソンは私の右側にいて、私の片方の腕を背中でねじり上げていた。彼の粋なローファーと白いリネンのズボンについたカフスが見えた。バートレットは反対側で私の左腕を摑み、右手はまだ私の後頭部の髪の毛を握っていた。次の三度目で二人は私を溺れ死にさせるつもりなのだ。何か手を打たねばならない。水中で溺死するくらいなら殴り殺される方がましだ。だが、私に何が出来るのか？殴り合いはそれほど得意ではなかった。四十の坂を越えれば、とにかくもう無理だ。殴り合いなら何度もやったが、強いられた時だけだ。暴力から身を守るのと自分が暴力を加えるのとには大きな違いがある。ただひとつだけ学んだのはバランスの重要性だった。年齢と背の低さにもかかわらず、バートレットもその一人と言えるだろうが、たとえ最強の敵でも、絶好のタイミングで、絶好の部位を狙えば、足をすくってやる可能性はある。私をまた水に浸けようと準備しているバートレットは私の後頭部を摑んでいる右手に神経を集中していた。そのために、私の腕をおさえている左手の握りが一瞬ゆるんだ。私を水の方に押し出すために、彼は爪先立ちの姿勢を余儀なくされた。私は勢いよく腕を払って彼の握りを逃れ、折りたたんだ肘を彼のわき腹にめりこませた。彼は低くうめき、頭から手を離した。ハンソンはまだ私の右腕を摑んでいたが、あまり気合いはこもっていなかった。私が右腕を振り切ると、バートレットにしたのと同じことを私がするのではないかと恐れて、一歩後ずさった。

背後でキャニングが何かわめいたが、言葉は聞きとれなかった。バートレットに神経を集中させていたからだ。膝をついていた姿勢から私は立ち上がり、左の拳を振って大きな半円を描き、彼の首筋のわきをしたたかに殴りつけた。彼はまたくぐもったうめき声をあげ、プール際によろめき、映画の一場面であれば笑いがとれそうな格好で両腕を振りながら後ろにひっくり返り、頭から先に水中に転落した。水しぶきはすさまじかった。水が大きな透明のじょうごのように盛り上がり、奇妙に緩慢な動きを見せて落下した。私の脳はまだ麻薬で鈍麻していたのに違いない。

私は向きを変えた。二秒も経っていなかった。キャニングとハンソンが態勢を立て直して攻撃をしかけてくるのはそれよりも早いかもしれない、と分かっていた。ところが実際にはその必要はなかった。見ると、ハンソンは手に拳銃を構えていた。銃身の長い大きな黒いピストルだ。ウェブリーだろうと私は思った。どこから来たのか。おそらくキャニングの物だ。英国製の武器が好みなのだろう。例の世界一優れた英国紳士とやらが使うような銃だ。

「そこから動くな」とハンソンが言った。彼がよく観てきたB級映画の悪役にそっくりだ。

私は注意深く彼を観察した。殺人者の目つきは備っていなかった。私は一歩踏み出した。

拳銃の銃身が揺らいだ。

「撃つんだ！」とキャニングが勇ましげに吠えた。「さっさと、くそ引き金を引くんだ！」確かにわめいてはいるが、前に出ようとはしなかった。「あんたは、私を殺せやしない」と私は言った。「おたがいに、それは分かっている」彼の顔と上唇に汗が光っているのが見えた。人を撃てないからと言って、臆病者とは言えない。人を殺すのは決して容易ではないのだ。目の隅に、プールから身体を持ち上げるバートレットの姿が映った。私はもう一歩前進した。銃口は私の胸骨に狙いをつけていた。私は銃身を摑み、横にねじった。ハンソンはあまりに驚いて抵抗しなかったのか、何でもいいから拳銃を早く始末したかったのだろう。彼は拳銃から手を放し、両手を上げ、弾丸を防げるかのように私の方に手を伸ばしながら後退した。手にした奇妙な拳銃は鉄床ほどの重さがあり、両手で握らねばならなかった。ウェブリーでもなく、英国製でもない。ドイツ製のワイラウフ三十八口径だった。不細工な武器だが、極めて威力がある銃だ。私は身体の向きを変え、バートレットの右膝を撃った。狙ったのが膝だったのかどうかは確かではないが、弾が命中したのはそこだった。彼は妙に弱々しい泣き声をあげ、わきにばったり倒れ、うずくまるように横たわり、身もだえした。大きな血痕が濡れたズボンの脚に広がっていった。後ろで物音がした。素早く片側に寄ると、悪態をつきながらキャニングがたたらを踏んで通過していった。両手をたよりなく前に突き出していた。彼は足を止め、くるっと回転し、再び私に飛びかかろうとした。私は彼も撃とうかと考えたが、撃たなかった。「あんたを殺したくないんだ、キャニング」と私は言った。「だが、やむを得ない場合は殺す」私はハンソンの方に拳銃を振り向けた。「こっちへ来い、フロイド」と私は言った。

彼は寄って来て、ボスと並んで立った。「この腰抜けめ！」キャニングは歯のすきまから声を発した。

私は声をあげて笑った。現実に、腰抜けという言葉を人が口にするのを聞いたことがあるとは思えなかった。私は笑い声をあげ続けた。一種のショック状態だったのかもしれない。それにしても、この三十秒ほどの間に起こったことは、ある角度から眺めれば、チャーリー・チャップリンの十八番（おはこ）のように、コミカルでグロテスクなものに見えただろう。

バートレットは砕かれた膝のすぐ下で脚を摑み、もう一方の脚を、スロー・モーションのサイクリストのようにタイルの床でぐるぐる回していた。まだ同じ泣き声をあげ続けていた。どれほどタフであろうと、破砕された膝頭の痛みだけはたまらない。彼が午後のお茶を供せるようになるまで、かなりの日数がかかりそうだ。

ピンと注射針に刺されたかのようにちくちくする私の両腕は、ドイツ製の大砲の重みを支え、銃身をなんとか水平に保ち続けてきたおかげで痛くなってきた。キャニングは、目に軽蔑の色をみなぎらせて私を見つめていた。「さて、マーロウ」と彼は言った。「これからどうする？ 結局私を殺さざるを得ないのではないかね？ もちろんここにいる忠実なる召使頭ともども」ハンソンは彼に激しい憎悪の視線を向けた。

「プールに入れ」と私は二人の男に言った。二人とも目を見はって私を見た。「すぐにだ」拳銃を振って、私は言った。「水に入るんだ」

「私は、私は泳げない」とハンソンが言った。

「泳ぎを覚えるいい機会だ」と言って、私はまた笑い声をあげた。と言うか、くすくす笑いだった。頭がおかしくなっていたようだ。ハンソンは生唾をぐっと飲み込み、ピカピカの靴を脱ぎかけた。「だめだ」と私は言った。「履いたまま水に入れ。何もかも身につけたままにしろ」

キャニングはあい変わらず私を睨んでいた。彼の狂った小さな目は怒りで凍りついていた。それなのに、その眼差しには、確固としたほとんど夢見るような色が射していた。もし機会が得られれば、バートレットか、この可能性の方が高いが、バートレットの後釜の男にやらせることを楽しげに思い描いているのだろう。

「さあ、キャニング」と私は言った。「そこにいる愉快な老ジーヴスにしたのと同じことを私にやらせたくなければ、さっさと水に入れ。ついでにそのステッキを棄ててくれないか」

キャニングは竹のステッキを大理石のタイルに投げた。まるで、返してやれと言われた他人のオモチャを投げ捨てる子供のように。そして向きを変え、プールのもう一方の端の浅い地点に向かって歩き出した。彼がひどいガニ股だということに初めて気づいた。両わきできつく拳を結んでいる。彼のような人間は、いきなり何をすべきかを命じられる側に回り、拒絶する術も失った時、どのように振る舞うか、いかに我が身を処するかが皆目分からなくなるものだ。

ハンソンは訴えかけるような目で私を見、何かしゃべりかけた。私は彼の顔の前で銃身を振り、黙らせた。前はうっとうしく冷ややかだったが、今はか細く、哀れっぽい彼の声を聞くのにうんざりしていた。

「さあ、行け、フロイド」と私は言った。「水は気持ちいいぞ」彼はみじめっぽく肯き、向きを変え、キャニングの後に続いた。「いい子だ」と私は彼の背に声をかけた。

キャニングはプールの一番端まで歩いて行って向きを変え、長い距離を越えて私を見つめた。先手を取る手がまだあるかもしれないと自問しているのが聞こえるほどだった。

「ここからでも充分にあんたを仕止められるぞ」と私は声をかけた。高いガラスのドーム状の天井の下で、私の声は湿っぽくこだました。彼はさらに一瞬躊躇した後プールに足を踏み入れ、水中に続く白い踏段をガニ股で踏みしめながら進んだ。「もっと先までだ」と私は言った。「プールの中央まで歩け」フロイド・ハンソンもプールの端にたどりつき、数瞬うろうろしてから用心深く水中に降りて行った。「顎まで水がくるところまで歩き続けろ」と私は彼に言った。「そこまで行ったら止まっていい。あんたを溺れさせたくはないんでね」

キャニングは水が胸に達するまで私の方に歩いてきたが、その後は平泳ぎでプールの中央まで泳ぎ、そこで止まって、両腕で水を櫂きながら身体を浮き沈みさせた。ハンソンもそのそばまでたどりつき、肩が水中に隠れると足を止めた。「どうした、フロイド」と私は声をかけた。「言ったろう、顎が水につくところまで行け」彼はさらに一歩、こわごわと進んだ。かなり離れていたが、彼の目に浮かぶパニックは読みとれた。少なくとも彼は、戦時中海軍にいたとは言わなかった。「そこでいい」と私は言った。「そこで止まれ」身体のない頭部だけが水面に浮かんでいる光景は薄気味悪かった。思い出したのは洗礼者ヨハネだ。

一生のうちには決して忘れられない一瞬というのがある。後になっても、鮮明で明確な輪郭を描く幻覚的な細密画として甦る光景だ。

「よし」と私は言った。「私はあのドアから外に出て、しばらく様子を見る。いつまでそうやっているかはあんたらには分からない。その間にあんたらの一人がプールから出る気配を察したら、私は戻って来て、どっちだろうとそいつを撃つ。分かったな?」私は銃口をキャニングに向けた。「あんたは分かったのか、じいさん?」

「逃れられると思っているのか?」と彼は言った。「どこへ逃げようとも、必ず追いつめてやる」

「当分の間、狩りは出来ないと思うがね、ミスタ・キャニング」と私は言った。「縞模様の服を着て、夜は自分でベッドの用意をしなければならないムショに入れられれば、人を追いかけることなど出来なくなる」

「くたばれ、マーロウ」と彼は言った。手足をばたつかせながら水に浮かんでいるので、すでに息づかいは荒くなっていた。あとしばらくそうやっていれば溺れてしまうだろう。そうなっても私は別にかまわない。

もちろん、ドアから出た後、私はその場でぐずぐずはしていなかった。どっちみちキャニングも、私が外で待機しているとは考えていなかったろう。私は正面のドアは危険なので回避することに決めた。受付にはならずものの一団を招集するボタンがあるかもしれないので、代わりにわきの出口を探した。すぐに見つかった。しかも前に使ったことのあるドアだった。ドアを二つ開け、部屋を二つ通り抜け、見覚えのある廊下に出ると、また別のドアを開けた。行き当たりばったりだったのだが、そこは前に、散歩の後ハンソンが私を連れて来て、バートレットが威厳のある家臣の役を演じつつお茶を出してくれた、チンツのアームチェアと背の高い暖炉のある客間だった。私はその部屋を横切り、ガラスのドアを開け、陽光とオレンジの木の優美な香りの中によろよろと足を踏み出した。

シュライン会の会員たちはよろめきながらまだあたりを歩き回っていた。半数は泥酔し、残りの半数はそれに近づきつつあった。トルコ帽は斜めになり、声は前よりさらに騒々しい。薬でぼうっとした状態だったので、一瞬私は『アリババと四十人の盗賊』の一場面に飛び込んでしまったのかと思った。思いっきり派手に咲き乱れるブーゲンヴィリアのわきを歩いて行った。

車を駐めた場所にたどりつけるかどうか覚つかなかったが、うろ覚えでその方角に向かいかけると、小道の曲り角で、少し形がくずれかけたトルコ帽をかぶった赤ら顔の赤髪の男に行く手を阻まれたのに気がついた。家庭用の大型冷蔵庫ほどの大きさだった。ライム・グリーンのシャツと紫色の短パンを着け、巨大なピンク色の手でハイボールのグラスを握りしめていた。彼は、嬉しそうな大きな笑みを見せて私を見つめたが、それが異議申し立てのおふざけの渋面に変わり、私の頭を指差した。「頭に何も載ってないぞ、同胞よ」

と彼は言った。「それは規律違反だ。トルコ帽をどこへやった？」

「サルに盗られた。そいつは帽子をかぶって林に逃げこみやがった」と私は言った。

それを聞いた太った男は心から楽しそうな笑い声をあげ、目のくらむような明るい緑色のシャツの下で下腹が揺れた。私は手にまだワイラウフを握っていたことに気がついた。男も気がついた。「おや、こいつを見てみろ！」と彼は言った。「小粋な武器をお持ちのようだ。どこで手に入れたんだね？」

「クラブハウスで配っている」と私は答えた。「ここのマネージャーがクラブの基金を横領したので、後を追う追跡隊を募っているんだ。急いで行けば、仲間に入れるかもしれない」

彼は大口を開けて私を見つめた。その後、いたずらっぽい笑みが顔中に広がった。クリスマスのお祝いのハムみたいな顔だった。彼は人差し指をふざけながら私に向けて振った。

「からかってるんだな、同胞よ」と彼は言った。「そうだろ？　分かってるぞ」

「おっしゃる通りだ」そう言って私は拳銃の重さを測るような仕草をしてみせた。「これは実物そっくりの模型だ。このクラブの元締め、キャニングという男がコレクターなんだ。モデル・ガンのね。頼めば彼の銃器室を見せてもらえる。ちょっとしたものだ」

太った男は頭を後ろに反らせ、私をじっと見た。「そうなのか」と彼は大らかに言った。

「じゃ、そうしてみるか。彼はどこにいる?」

「スウィミング・プールだ」と私は答えた。

「どこだって?」

「プールだよ。身体を冷やしている。あっちの方角だ」私は親指でぐいっと肩越しに後方を指した。「すぐ見つかるはずだ。あんたに会えれば喜ぶだろうよ」

「そうか、ありがとう、同胞よ。ご親切にどうも」

彼はクラブハウスの方に向かって、嬉しそうによちよち歩き去った。

男が角を曲って姿が見えなくなると、私はあたりに目をやった。他人目にはちょっと取り乱した態度に見えただろうと思う。拳銃をどう処分するか考えていたのだ。この数日と数時間の間にこうむったすべての侮辱のために、私の脳はあまりうまく働いていなかった。そして、サン・クレメンテの市の花がたわわに垂れ下がる高い塀のわきに、私は立っていた。そして、無造作に拳銃を投げ捨てた。塀に当たり、その下に小さな音を立てて落ちるのが聞こえた。後日、バーニー・オールズの部下たちは拳銃を発見するのに丸二日近くを要することになった。

言うまでもないことだが、陽光はたっぷりと車に照りつけ、車内は蒸気釜の中のようだった。気にもしなかった。たとえハンドルが掌から骨まで焼き焦がすほど熱くても、ほとんど何も感じないだろう。私は正面のゲートの方角に車を進めた。曲り角のひとつで、私は急に頭がぼんやりして、危うく車を木にぶつけそうになった。ロープで縛られていた両腕の痛みはまだ引いていなかった。門番のマーヴィンは用心深い目つきで私を見、顔を醜くしかめたが、何も言わずに仕切り棒を開けてくれた。私は外に出て最初に目にとまった公衆電話のそばで車を駐め、バーニーに電話をかけた。うまくしゃべれなかったので、初めのうち彼は私が言っていることを聞きとれなかった。少し経って、やっと話が通じた。

# 20

その後はすべてが退屈な警察の仕事になった。それまでに起こった色鮮やかで刺激的な出来事に比べると、少なくとも私にはそう思えた。バーニーと部下たちはカウィーア・クラブを強制捜索し、多量の出血のため意識不明になっていたバートレットをプールわきの同じ場所で見つけた。あたりをふらふらと歩いている酔ったシュライン会の会員の一群をかき分けて進むのにはかなり手間どったらしい。フロイド・ハンソンは、ベイ・シティーの海岸沿いにある彼のアパートメントで逮捕された。あれもこれもと欲ばっていなければ、逃げる時間はなんとかあったのに、まだ荷造りの最中だった。

「たまげたね、彼の部屋を見せてやりたかった」とバーニーは言った。「壁にはマッチョ連中の写真が額入りで架けられ、クロゼットには紫色の絹の化粧着がわんさと吊り下げられていた」彼はぐんにゃりとさせた手首をひらひらさせ、ひっそりと口笛を吹いた。「ウッ、フーッ！」

もちろんキャニングのことも教えてもらった。ハンソンとは違って、彼がまんまと逃げおおせたことを知っても、私はそれほど驚かなかった。あの夜バーニーは手勢を引き連れて、ハンコック・パークにあるキャニングの邸宅に向かったが、到着したときにはすでに鳥は飛び立った後だった。使用人たちは彼の行き先を知らなかった。彼らが知っていたのは、キャニングが大あわてで帰宅したこと、衣服がずぶ濡れだったこと、荷造りをさせ、直ちに空港へ向かう車の手配を彼が命じたことだけだった。保安官事務所が出発便の乗客リストをくわしく洗い始めるあいだに、バーニー一行は空港へ急行し、航空会社のスタッフにキャニングの写真を見せて回った。チェック・イン担当の一人の女性が見覚えがあると言ったが、その人物が名乗った名前はキャニングではなかった。だが、何と名乗っていたかは、彼女は覚えていなかった。その男が乗ったのはトロント行きの直行便で、ロンドン便と接続していた。しかし、チケットに記されていた目的地がどちらだったかも、彼女は記憶していなかった。バーニーは保安官事務所に電話をかけ、トロント行きのカナダ航空夜行便の乗客名簿を徹底的に調べ、何か答えが見つかるかやってみるよう命じた。

その間、バーニーと私は一杯やりに出かけた。私が〈ヴィクターズ〉を提案し、一緒にバーニーの車で向かった。どちらにもギムレットを注文した。〈ヴィクターズ〉は私が知るかぎり、まっとうなギムレットを供する唯一の酒場だ。かき氷にジンとローズのライム

・ジュースを同じ量ずつミックスさせるのが流儀だった。砂糖やビターなどをまぜる店もあるが、それは間違いだ。〈ヴィクターズ〉を私に教えてくれたのはテリー・レノックスだった。私はときたまこの店に出かけ、かつての友交の思い出のために盃を献じてきた。バーニーもテリーのことは知っていたが、私しか知らないこともいくつかあった。

フロイド・ハンソンが今どこにいるのか、私は尋ねた。バーニーの話では、ハンソンは本署へ連行され、裏方の連中が直ちに取り調べに当たったという。絞り上げるまでもなかったらしい。プールわきの血痕について追及されたハンソンは、二人組のメキシコ人のこと、キャニングの命をうけたバートレットが、情報を得るために二人を拷問にかけたあげくに始末したことをしゃべった。おまけに彼は、カウィーア・クラブの敷地内の一番奥の隅にある石灰穴(ライム・ピット)を見せようとまで言いだした。彼とバートレットが二人のメキシコ人の死体を投棄した場所だ。「あのあたりの土はかなり酸性らしいな」とバーニーが言った。「それで石灰か。死体を二つ処分せねばならない時は便利だ。穴一杯の石灰があるんだから」

それについてバーニーは自分の意見はさしはさまなかった。「こいつはいけるな」ギムレットを一口すすり、唇を鳴らしながらバーニーは言った。「生き返るみたいだ」彼は私を見ていなかった。目を二つとも大きく見開いているときもバーニーは、何にも見ていない目つきをすることがあった。「キャニングが、お前やメキシコ人たちから何を訊きたがったのかは大方察しがつく」と彼は言った。「我らがお馴染みの友、ピーターソンのことだろう？　まったく迷惑な野郎だ」

私はシガレット・ケースを取り出し、一本すすめた。彼は首を左右に振った。「まだやめているのか？」と私は訊いた。

「楽じゃないがね」

私はケースとマッチブックをカウンターに置いた。バーニーは煙草をやめるべきタイプの男ではない。やめればよけいに苛つくだろう。私は煙草に火をつけ、煙の輪を三つ作った。三つとも完璧な仕上がりだった。自分がこんなに器用だとは思ってもみなかった。

バーニーは苦虫を嚙みしめていた。本当は一本吸いたいのだ。暗い顔になり、〝洗いざらいぶちまけろ、さもないと〟という目つきをした。「よし、マーロウ」と彼は言った。「話を聞こう」

「バーニー」と私は言った。「たまにでいいから、私をファースト・ネームで呼んでくれても死にはしないだろう？」

「なぜだ？」

「今日は一日中、いろんな連中にマーロウと呼ばれ、その後に災厄や脅しや荒事（あらごと）が続きっぱなしだった。もううんざりだ」

「で、俺にフィルと呼ばせたいのか」

「フィリップでもかまわない」

「それで俺たちは友達になる。そういう寸法か？」

私は横に向きを変えた。「もういい」と私は言った。

バーテンダーが前を通り過ぎ、片方の眉を吊り上げたが、私は手を振って去らせた。翌朝、頭の中を檻一杯のバタン・インコに占拠されて目を醒ましたくなければ、ギムレットはマイペースで飲むにかぎる。かたわらでバーニーの息づかいが荒くなっていた。彼がこんな風に鼻を鳴らし始めたら要注意だ。

「ここまでのいきさつをまとめてやろう。いいか、マーロウ」そう言って彼は、ぼってりとした太い指を順に折りながら数え始めた。「まず第一に、このピーターソンという男が死んだ。その後死んでいないかもしれない、という話になった。次に、この一件を調べさせるために何者かがお前を雇った。調査中にお前はピーターソンの妹と出くわした。その後すぐに彼女は死ぬが、これには疑問の余地はなかった。耳から耳までかき切られた彼女の遺体をこの目で見たからだ。俺はお前を現場に招待し、お前が何を知っているか、丁重にお尋ね申し上げた。するとお前は、俺がどこへ行き、何が出来るかを教えてくれた」

「いい加減にしろ」と私は抗議した。「ちゃんと礼儀正しく対応したはずだ！」

「そしてさらに、お前からの電話があり、この時は死体が二つ、膝に一発くらってプールわきに転がっている召使いか給仕が一人と逃亡した金持ちが一人、逃亡を図っていた男も一人現われた。俺は自分に言って聞かせたもんだ。おい、バーニー、これはとんでもない事件だぞってな。こういう事件はな、マーロウ。今にもその耳に伝わるはずだが、保安官殿がきわめて迅速な対処を俺に期待する事件なんだ。このキャニングという男のことだが、彼が何者か、知っているか？」

「いや、くわしくは知らない。教えてくれるんだろう」

「彼は、このあたりでは最大手の不動産ブローカーだ。デパートメント・ストア、工場、住宅開発地、なんでもござれだ」

「そして、ピーターソン兄妹の父親でもある」と私は言った。「リンとニコのことだ」

これを聞いて彼はしばし口をつぐんだ。頭を前に突き出し、両の眉毛を寄せ、とりわけ気に入らない闘牛士に攻撃をしかける牡牛のような形相になった。「からかっているのか」と彼は言った。

「あんたをからかうだって、バーニー？」

彼は座ったままじっと考え込んだ。バーニーが物を考える姿はまさにおぞましいものだった。とつぜん彼は手を伸ばして私のシガレット・ケースを摑み、煙草を一本抜き出し、口にくわえ、マッチを擦った。彼はマッチの炎を数瞬そのままにしていた。彼の目には、誘惑に負けて罪を犯す男の、悔みつつも反抗的な色が宿っていた。結局彼は両切り煙草の先端に火をつけ、ゆっくりと長く煙を吸いこんだ。「ああ」と溜め息をつき、煙を吐いた。「くそっ(ジーザズ)、なんてうまいんだ」

私はバーテンダーを目でとらえ、指を二本掲げた。彼は肯いた。名前はジェイクという。私がリンダ・ローリングと初めて出遭ったのがこの〈ヴィクターズ〉だった。ジェイクは今でも彼女のことを覚えていた。驚くことはない。リンダは忘れられなくなるタイプの女なのだ。まだ彼女にその気があるのなら、私は彼女と結婚すべきなのかもしれない。だがたぶん今は、その気は失せているだろう。リンダがテリー・レノックスの義理の姉だという話は前にもしたと思う。テリーの細君、シルヴィア・レノックスは殺され、テリーが容疑者と目された。実際は、シルヴィアは嫉妬に狂った人妻に殺害されたのだった。その女性の夫とシルヴィアが愛人関係にあった。嫉妬のせいだけでなく、もともとかなり異常な女性だった。テリーにはいずれにせよ身を隠したい理由があったので、オタトクランというメキシコのどことも知れぬ土地にあるみすぼらしい名も無い町で自殺を偽装した。とはいえ、自殺が偽装だったのを知っている人間は多くはいない。だが、バーニーにそれをわざわざ教えてやる理由などどこにもなかった。テリーは裏のある男だったが、とにかく私は彼が好きだった。彼は品のあるワルだ。私が評価するのは品格（スタイル）なのだ。

ジェイクは新しいギムレットを二つ運んで来た。バーニーはいま、考えごとと煙草を吸うことを同時にやりながら、合い間に荒い息をついていた。私はこのお代わりが必要だった。おそらくその後のもう一杯も。

「いいか、バーニー」と私は言った。「あんたがまたあれやこれやを指で数え始める前に、これまでに私がした話をもう一度繰り返させてもらおう。ピーターソンの一件との関わりは単なる偶然に過ぎなかった。キャニングやメキシコ人やリン・ピーターソン殺しとはまったく無関係だし……」

「そこで止まれ、お利口さん」そう言ってバーニーは、ベイ・シティー・ブールヴァードの車の流れを止めるような仕草で片手をかざした。「ちょっとバックしろ。キャニングはこのピーターソンのおやじだと言うんだな？」

「それを言ってるんだ」

「だが、どうしてそれを？」

「キャニングが教えてくれたのさ。彼は私が息子の後を追っていると聞きつけた。それで私を引っぱって来て、手下に命じてプールに浸けたんだ」

「彼がひどいやり方で〝手下〟に殺させた二人のメキシコ野郎のことはどうなる？　やつらはどこからこの話に割り込んできた？」

「彼の娘を殺してしまったからさ。リン・ピーターソンを殺したのはやつらだ」

「それは知っている。だが、なぜだ？」

「なぜって何が？」

「二人はなぜ彼女を殺した？　ニコ・ピーターソンの家から連れ出した理由は何だ？　そもそもやつらはなぜニコ・ピーターソンの家に現われた？」彼は口を休め、吐息をつき、頭をかがめて額に手を当てた。「アホだと言ってもいいぞ、マーロウ。長年おまわりをやってきたためにおツムがフライになっちまったと言われてもかまわない。とにかくさっぱりわけが呑みこめないんだ」

「しっかり飲めよ、バーニー」と私は言った。「もう一本吸って、くつろいだらどうだ」

彼はキリッと頭を立て、私を睨んだ。「くつろぐとも」と彼は言った。「お前が協力を渋るのをやめ、裏で何が起こっているのか洗いざらい教えてくれさえしたらな」

「そこまでは教えられない」と私は言った。「なぜ教えられないのか。もう一度言わせてくれ。知らないからだ、こっちも。私はこの一件にたまたま巻き込まれた。私は、死んだと思われていた男を見つけるために雇われた。ところが気がつくと、死体の群に膝まで浸り、こっちまで死体になりかけた。だが、いいか、バーニー。お願いだから、よく聞いてくれ。あと一回だけ言う。いったい何が起こっているのか、あんた同様、私も知らないんだ。天気のいいある朝、散歩に出かけ、街角まで歩いて行ったとたんに、車十台の玉突き衝突に出くわしたようなもんだ。血と死体が散乱し、車は何台も燃え、救急車のサイレンが鳴り響く。とんでもない大騒ぎだ。その騒ぎのまっただ中で、こっちはスタン・ローレル（一八九〇～一九六五年。オリヴァー・ハーディと極楽コンビを組んだ喜劇俳優）みたいに頭を掻きながら突っ立っている。確かに〝またしても大騒動だ〟（相棒のオリヴァーが怒ったときの口ぐせ）、バーニー。だがこれはおれが起こしたんじゃない。信じてくれ」

バーニーは悪態をつき、興奮のあまり、まだほとんど口をつけていなかったお代わりのグラスを手に取って、一気に飲み干してしまった。私はぎょっとした。ギムレットをそんな風に飲んではいけない。世界一洗練された飲物なのだ。シンプルでいながら洗練されている。そして、この世で最も洗練されたこのカクテルは、味わいながらゆっくりと飲むべきだ。さもないと水中爆雷の一撃をくらうことになる。

ジンが体内に沈んで攻撃目標を定めたとき、バーニーは何度か目ばたきをして、また私のシガレット・ケースを手に取り、キャンサー・スティック（癌の原因となる小枝）の新しい一本に火をつけた。私は彼を見つめながら、バーニーの細君にも、少し経ってさらに考えたのだが、彼のネコにもなりたくないと思った。今夜、オールズ家ではわめいたり蹴ったりの騒ぎが繰り広げられそうだった。「吐いちまえ」煙草の煙と今彼の声帯を洗い流したばかりのアルコールのために、しゃがれ声になっていた。「ピーターソンを見つけてくれとお前に依頼したのは誰だ？　さっさと吐いちまえ」彼は、パイプを取り出した私の手首をきつく握った。「そのくだらんやつをオモチャにするのはやめろ！」

「分かった、バーニー」宥めるように私は言った。「いいよ」私はパイプをポケットに戻し、代わりに煙草を手に取った。バーニーにぜんぶ吸われてしまう前に一本ぐらい吸っておこう。私は話題を逸らす別の戦術を模索した。「ハンソンが何をしゃべったのか教えてくれ」

「それはどういう意味だ？」

「つまり、裏方さんが親指締め（サムスクルー）の道具を使い出したとき、彼が何をしゃべったのかということだ。どんなネタを吐いた？」

バーニーは唾でも飛ばそうとするようにわきを向き、また元の姿勢に戻った。「たいした話は出なかった」と彼は忌々しげに言った。「ネタの持ち合せはなかった。俺の考えでは、キャニングは彼を信用していなかったのだろう。とにかく大事な話についてはな。キャニングは、お前がニコ・ピーターソンについて何を知っているか、もしニコが生きているなら、どこに隠れているのかを知りたがった。どうってことのない話さ。メキシコ人については、キャニングはやつらが娘を殺したことを知っていて、復讐を果たしたってことだ」

「キャニングはどうやってメキシコ人をつかまえたんだ？　ハンソンは何か話したか？」

「キャニングには国境の南に仲間がいる。そいつらがメキシコ人をつかまえて、こっちに送ってよこしたんだ。金の力で有力者を友達にしておけば元がとれるってことさ、そうだろ？」彼は空（から）のグラスを手に取り、うらめしそうに中を覗いた。「何という騒ぎだ」と彼は言った。「エンパイア・ステート・ビルディング級の、とびっきり派手な大騒ぎだ」彼は悲しげな目を上げ、私を凝視した。「俺がなぜここにいるか分かるか、マーロウ？　お前と一緒に飲んだり、煙草を吸ったりしているわけが分かるか？　部署に戻ると、悪党どもを逮捕したか、お前をブタ箱にしっかりと閉じ込めたか、シティー・ホールやらどこやらにいるキャニングのお偉方の仲間たちに事態をどう説明したらよいのか、どうやって俺たちが彼のクラブの手入れを行なったのか、とかいうボスからかかってきていたに違いない半ダースほどの電話に俺は答えなきゃならないんだ。クラブの名前は何だっけな？」

「カウィーア・クラブ」

「シティー・ホールのお偉方連中がみんな会員になっているカウィーア・クラブの大がか

りな手入れを、上司に相談して許可をとる前になぜ強行したのか、と問い詰められるに決まっている」

「何だって？」と私は言った。「親分の諒解を取らずにやったのか？」

バーニーの上司であるドネリー保安官は、最近の選挙で前任者を二千票ほどの僅差で破り、周囲の者を、たぶん本人もふくめて、すべての人をおどろかせて勝利をおさめた。彼が追い出した前任の保安官は第一次世界大戦以前、まあ、それっくらい古くからその椅子を守ってきた人物だったので、ドネリーは負けていないことを身をもって証明せねばならなかった。彼が着任した時、保安官の椅子にはまだ前任者のぬくもりが残っていた。そのため彼は着任と同時にいばり散らし、指揮下にあるバーニーとその部下たちにきつく当ってきた。それもむべなるかなだ。たぶん彼らは旧体制の下でやわになっていたのだ。

「緊急を要する事態と思われたからだ」とバーニーは言った。「お前が教えてくれたクラブで行なわれている怪しげな行為を考えてのことだった。もしドネリーにおうかがいを立てていたら、始動する前にくぐり抜けねばならない難関がわんさと待ち構えていて、ラウンジのスタッフや庭師たちもふくめて、あのクラブにいる全員が、俺たちが着く前にとんずらを決めていたに違いない」彼は口を休め、私を見た。「おい、どうしたんだ？」

よく人が言う、無意識にギクッとするような発作を見せてしまったのかもしれない。私の頭にとつぜん、邪悪で、いやな考えが浮かんだからだ。

「クラブで働いている使用人たちのリストはないのか？」と私は訊いた。

「リスト？　どういう意味だ？」

「誰が雇われているのかに関する記録が必ずあるはずだ」バーニーにと言うより、私は自分に問いかけていた。「職員名簿とか給料の支払い簿とか、そんな類のものだ」

「何の話だ、わけが分からん」

私は飲物をほんの一口すすった。ライム・ジュースはジンのピリッとするビャクシンの実の味を何と完璧に引き立てていることか、今さらながら感心した。テリーのやつが、他にはたいしたことをしなかったとしても、とにかくこのみごとなカクテルを私に教えてくれたことだけは確かだ。「あのクラブへ出かけて行った時」と私は言った。「ラマールという名前の男が近づいて来て、話しかけてきた。その男は、ちょっとこれなんだ」私はこめかみを指の先でつついた。「だが病的に異常ではないし、人に危害も加えないと思う。私がフック船長と話しているのを見た、自分はロスト・ボーイズの一人だ、と彼は言った」

「フック船長か」バーニーはうなずきながら、抑揚のない口調で繰り返した。「そして、ロスト・ボーイズ。いったい何なんだ、それは？」

「フロイド・ハンソンは、あのクラブにはラマールのような一匹狼や流れ者、過去もなければたいした未来もない連中を雇用するという方針があると教えてくれた。一種の博愛事業らしい。ウイルバー・キャニングが博愛主義者だとは思えないがね。ほんものの博愛主義者はキャニングの父親だろう」

私は口を閉じた。バーニーは続きを待ち、いらいらしながら尋ねた。「それで？　どうだって言うんだ？」

「もしニコ・ピーターソンが生きていて、死んだというのが芝居だったとしたら、代わりの死体がひとつ必要になるはずだ。リン・ピーターソンは死体置場で遺体を見せられ、兄の遺体だと確認した。ニコは生きていて、すべてが仕組まれた話だという事実を押し通すためにウソをつかされたのだろう」

バーニーは今の話をじっくりと検討していた。「すると、死体置場の遺体はクラブで働いていた流れ者(ホーボー)の一人だと言いたいのか？　そこにいた男をニコが殺害し、服を取り替え、識別がつかなくなるまで念入りに車で轢いて、道路端に棄て、とんずらをきめたってことなのか？」

私はゆっくりとうなずいた。さっきの話をまだ考えていたのだ。「ラマールは〝ロスト・ボーイズ〟と言った。〝俺たちはロスト・ボーイズだ〟と」

「ロスト・ボーイズってのは誰のことだ？　フック船長とは何者だ？」

「『ピーター・パン』の登場人物だよ。知ってるだろう、J・M・バリが書いた話だ」

「風変わりだが本はよく読んでるってわけか、ラマールって男は？」

「彼はフロイド・ハンソンのことを言っていた。ハンソンがフック船長だと。ニコ・ピーターソンが死んだことになっていた夜、現場に最初に駆けつけたうちの一人が彼だった。そして、その場でとりあえず身元を確認した。ハンソンをお前のところに連れ戻したら、今度はしっかり泥を吐かせろ。そうすればすべて分かると思う」

バーニーは、カウンターの上で私のマッチブックをいじくり回し、指でひっくり返したりしながら、しばらく黙り込んだ。「それでもお前は、俺たちみんなが知っている以外のことは何も知らないとつっぱり続けるつもりなんだな？」

「その通りだ、バーニー。何度も繰り返してしゃべるのに気がついたはずだ。もしかすると、おれが本当のことを言っているのかもしれない、という気にならないのか？」

「この一件はお前から始まった、マーロウ」バーニーはうつむき、マッチブックを見つめながら言った。優しいと言ってもいい口ぶりだった。「ともかく、すべての鍵になるのはお前だ。それは分かっている」

「どうやっておれが……」

「黙れ。ピーターソンは、俺にとってはどうでもいい、彼の妹のこともだ。メキシコ人も気にならない。死んだ二人組の密入国者ぐらい、何だ。あのオカマのハンソンもおよびじゃないし、ピンストライプのスーツを着たブラックジャック使いもどうだっていい。だがキャニングは別だ。話がまったく違ってくる。誰かが介入して、口止めをかけないかぎり、明日の新聞は全面を使って彼のことを書き立てるに決まっている」

「ほう？」と私は言った。「その誰かって言うのは誰のことかな？」と私は訊いたが、とたんに答えは分かってしまった。その予想のために心が沈み始めた。

「お前が知らないたくさんのことのうちのひとつが」半ば腹を立て、半ばひとりよがりのいつものしゃべり方で、バーニーは言った。「ウイルバー・キャニングがハーラン・ポッターのごく親しい商売仲間だということだ」

この情報をここまで彼はしまいこんでいたのだ。私はグラスの中を覗いた。ギムレットを発明したのは何者なのか。この名前をどこから思いついたのだろう？ 世の中はこういった小さな疑問で満ちあふれている。すべての質問に答えられるのはリプリー（ロバート・リプリー。一八九〇～一九四九年。Ripley's Believe It or Not! の創案者）だけだ。

「ああ」と私は言った。

「今のはどういう意味だ？」

「〝ああ〟は〝ああ〟さ」

ハーラン・ポッターはカリフォルニア沿岸のこの一帯の広大な部分を所有し、最後に数えた時点で約一ダースほどの大手の新聞も同時に持っていた。そしてたまたまこの人物は、リンダ・ローリングと故シルヴィア・レノックスの父親でもあり、つまりはテリーにとっては義理の父親に当たることになる。どうやら私の人生が節目にさしかかるたびに、悲しげな笑みを浮かべ、象牙のように白い指でギムレットのグラスをくるくる回しながら、テリーが登場することになっているようだ。妙なものだ。ほとんどの関係者が、ニコ・ピーターソンが死んだと思っているのと同じように、テリーも死んだと思っていた。だが幽霊のように絶えず私につきまとってくるが、彼は実際には死んではいなかった。

もし私がリンダ・ローリングと結婚すれば、ハーラン・ポッターは私の義父ということになる。これを忘れるにはギムレット三杯が必要だ。私がバーテンダーのジェイクに合図を送ると、肯き返したとは思えないほど控え目に彼は微かに肯いた。

「なるほど」ゆっくりと息を吐きつつ、私は言った。「ハーラン・ポッターか。これは、これは。まさしく市民ケーン（オーソン・ウェルズが一九四一年に作った名作映画）のお出ましか」

「少しは敬意をはらえ！」くすくす笑いを押し殺して、バーニーが言った。「お前ももう少しで家族の一員になりかねないんだぞ。俺が耳にしたところでは、ポッターの娘はまだお前を想っているという話だ。お前の灰色の人生に明りを掲げさせてやる気はないのか?」

「いい加減にしろ、バーニー」と私はおだやかに言った。

彼は両手をかざして退却した。「おいおい、頭を冷やせ。いつものユーモアのセンスとかをどこへやったんだ、マーロウ」

私はスツールをくるっと回し、彼と向き合った。彼は私から目を逸らした。彼が言い過ぎてしまったことに気がついているのは分かったが、私は突っ込み続けた。「いいか、バーニー。あんたの仕事にまっとうな関わりがあることなら、どんな風に痛めつけるのも勝手だが、プライベートな話には口を出さないでくれ」

「分かった、分かった」彼はきまり悪そうな目つきをして口ごもったが、まだうつむいて顔をしかめていた。「悪かったよ」

「謝ってくれて礼を言う」

私はカウンターに向き直り、顔から消せなかったにやにや笑いの影を彼に気どられないようにした。バーニーを赤面させるチャンスなどめったになかった。こんなチャンスがめぐってきた時はとことんやってやる。

ジェイクがお代わりを運んで来た。バーニーが三杯目をそれほど欲しがっていないのは分かったが、とんでもない大失言をやらかした後だったので、彼は断る口実も見つけられなかった。

「まあ、あんたが言った通りだろう」と私は、彼に少しだけ息抜きをさせてやった。

「何の話だ？」

「ポッターは明日の新聞でお仲間のキャニングが徹底的に叩かれないようとりはからうだろうということだ」

「そうだな」彼は飲物をすすり、心配げに顔をしかめてグラスをカウンターに置いた。ほどなく彼はドネリー保安官と顔を合わせねばならないのだ。ジンが匂ったりすればうまくはない。すでに二杯やっているので、とにかく今は見え見えだ。「この町のことが」舌を鳴らして彼は言った。「もうここまでいっぱいになっている」彼は片手を顎の高さで水平に伸ばした。「俺はこの仕事を四半世紀も続けてきた、知ってるな？　それがどういうことか考えてみろ。肉挽き器みたいなもんさ。だが俺は上等の肩肉ですらない」

「おいおい、バーニー」と私は言った。「お涙ちょうだいの話は勘弁してくれ」

彼はむっつりと私を見た。「そういうお前はどうなんだ？」と彼は言った。「お前が住んでる世界の方が、俺がとっつかまっている世界よりいくぶんでも清いというふりをしたいのか？」

「どっちもたいした違いはないさ」と私は言った。「だが、こういう見方もある。あんたやおれのような男が秤のこっち側に乗っていれば、キャニングやポッターの類が膝に金の袋を載せて座っていても、一方的にあっち側に傾くということはない」

「ああ、そうとも」とバーニーは言った。「今夜のお前は底抜けの楽天家のようだな、違うか」

私は口を閉ざした。バーニーの皮肉のせいではない。ハーラン・ポッターをウイルバー・キャニングなどという輩と同列に置いていいのかと気がついたからだ。ポッターはタフな男だ。資産一億ドルと言われているが、ときには欲しい物を賄賂で手に入れたり、人を裏切ったりしてこなければ、これだけの財は築けなかった。だが、リンダ・ローリングのような娘を作った父親がそれほどのワルであるはずがない。私は一度だけ彼と話したことがあった。初めは私をおどしにかかり、我々一般人がいかにつまらない人間の群かと教訓を垂れ、その後再度私をおどしたが、最後は、もし私がこれ以上悪さをしなければ、仕事の口を回してやってもいいとさりげなく持ちかけられた。私は、ご好意は感謝するが、お受けすることは出来ないと答えた。少なくともそんな意味の返事はしたつもりだ。

バーニーは腕時計に目をやった。ジャガイモほどの大きさの時計だが、彼の腕にはめられるといやに小さく見える。「そろそろ帰らなくちゃ」と彼は言って、スツールから降りかけた。

「まだ残ってるぞ」と私は言った。「カクテルは安くはないんだ、分かってるだろう」

「いいか、俺は勤務中なんだ。ほら」。彼は財布を取り出し、五ドル札をカウンターに投げた。「俺のおごりだ」

私は彼を睨み、紙幣を拾い上げ、折りたたんで、彼の紺色をしたサージのスーツの胸ポケットに突っ込んだ。「恥をかかせるな、バーニー」と私は言った。「一杯やろうと声をかけたのはこっちだから、ここはおれが払う。それが社交上の礼儀というものだ」

「そうだな。社交上の決まりにうといもんでね」彼は笑みを見せ、私も笑みを返した。

「また会おう、フィル」と彼は言った。

「またにするか？」

「仕事だからしかたない」彼は帽子を頭に乗せ、向きを正し、敬礼のような仕草で帽子のつばを指で小突いた。「またな」

私はグラスの中身を飲み干し、バーニーの飲み残しも飲んでやろうかと思ったが、我々マーロウ族がけっして越えない一線というやつがある。そのまま私は代金を払い、帽子を手に取った。ジェイクが、私のレディー・フレンド、つまりリンダ・ローリングの近況を尋ねたがっているのが分かった。彼を振り切るために、私は急ぎの約束を思い出したふりをして店を飛び出した。

よく澄んだ、冷んやりとした夜だった。空には大きな星がひとつ、低い位置にかかり、ハリウッド・ヒルズの中心に細長い短剣のような明りを投げかけていた。キーキー鳴きながら火で焦げた紙切れのようにひらひらとはばたくコウモリも飛び交っていた。月を探したが目に入らなかった。その方がよかった。月を見ると私はつい哀しいムードになってしまう。どこにも行くあてはないし、特にすることもなかった。車がないことを思い出し、タクシーを止め、運転手に家まで送るよう頼んだ。バーニーと同じくらい大男のイタリア人で、機嫌の悪さまで同じだった。信号が赤に変わるたびに、小声で悪態をついていた。言葉はイタリア語だが、いちいち翻訳してもらわなくても意味は分かった。

家の中は、大勢の人間が一日中窓を閉め切って屯(たむろ)していたかのようにむっとする空気がこもっていた。私はチェスの本から選んだラスカー対カパブランカの一戦をおさらいしてみた。カパブランカ（ホセ・ラウール・カパブランカ。キューバ生まれのチェスの名手）がドイツ人の巨匠を、終盤のみごとな攻めで打ち負かした一戦だ。これに勝る試合はなかった。しかし今はチェスをやる気分にはなれなかった。平らげたジンで酔いがまわっていたが、酔いからは醒めたくなかった。思考が停止すればいいと願う時がある。だが今夜の私の頭は、安らぎを望むにはあまりに忙しく回転していた。いくら追い出そうとしても、結局入り込んでくる思いがあるものだ。

私はオールズモビルに乗り込み、〈バーニーズ〉まで行って、バーボンをストレートで六杯やった。良き友、トラヴィス、カウンターの後ろに立つ我が守護神が、それ以上注ぐことを拒否しなかったら、際限なく飲み続けていただろう。彼は私から車のキーを取り上げ、通りまで送り出し、タクシーに押し込んでくれた。その後のことはよく覚えていなかった。レッドウッドの階段をなんとか昇り、表のドアを通り抜け、寝室まではたどりついたらしい。真夜中に目を覚ました時は、顔を伏せ、着衣のまま、ベッドに斜めに横たわっていた。アライグマみたいな臭いがし、ラクダのように喉が渇いていた。

つまずきながらキッチンへ行き、流しに首を突っ込んで、蛇口からじかに水を一リットルほど口に流し込むと、洗面所によろよろと向かい、便器の前にかがんで、二リットル分吐いた。最初の一リットルは水、次の一リットルは薄緑色の液体だった。その半分はギムレット、残り半分は胆汁だろう。長い一日だった。

だが、一日はまだ終わらなかった。夜中に電話でたたき起こされた。初めは火災警報器かと思って、夜の闇の中に飛び出しそうになったが、何のはずみか表のドアを開けられなかった。私はガラガラヘビの頭であるかのように受話器を摑みあげた。バーニーだった。

フロイド・ハンソンが、独房の窓の格子にぶら下がって死んでいるのが発見されたという。

ベッドのシーツを紐のように切り裂いて結び合わせ、間に合わせのロープを作ったのだ。窓には充分な高さがなかったので、彼は足を床につけ、膝を折りたたんだ姿勢でぶら下がらねばならなかった。事切れるまでにたいそう時間がかかったに違いない。

「これで歌えなくなったカナリアが一羽か」とバーニーは言った。なんとも優しい口の利き方だな、と私は言った。彼は楽しむかけらもない笑い声をあげた。「どうした？」と彼は訊いた。「猿ぐつわでもかまされているみたいな声だぞ」

「酔っているんだ」と私は告げた。

「何だって？　何と言ったんだ、聞きとれなかったぞ」

「酔ってると言ったんだ。ご酩酊、へべれけ、ぐでんぐでん」

彼はまた笑い声をあげた。今度は楽しんでいた。私ほど酔いの回った男がこういう言葉、とりわけ最後の一語を口にするのを聞くのはさぞかしおもしろかったに違いない。

私は深く息をした。頭がくらくらしたが、少しすっきりしたので、バートレットのことを尋ねた。

「バートレットって誰だ？」とバーニーが訊き返した。

「お願いだ、バーニー、怒鳴らないでくれ」受話器を耳から離して、私は言った。「バートレットはあのクラブの執事だ。私が膝を撃ってやった、あのブラックジャック使いのじいさんだ」

「ああ、あいつか、いい具合じゃない。最後に聞いたときは、昏睡状態だった。樽一杯分の血を失った。輸血中だ。持ち直すかもしれないし、ダメかもしれない。さぞご自慢だろう、ワイルド・ビル？」

「もう少しで溺れ死にさせられるところだったんだぞ」私はうなるように言った。

「あんなじいさんにか？　歳だな、マーロウ」

「ほら、またマーロウと呼び始めたな」

「ああ、ほかにももっと悪い呼び方も出来るがな。二、三杯おごってもらったからといって、俺がお前のとびきりの親友になったり、遊び相手になるわけではない。それに、事務所に戻ったとたんに酒の気はすっとんじまった。どこかのお上品な募金集めパーティーに行っていたドネリーがコロンと上流の貴婦人たちの匂いをプンプンさせ、黒ネクタイにタキシード姿で現われたんだ。その手の夜会に行くと、女たちの匂いが充満しているのに気がついたことがあるか？」

「おれが、その手の場所に行ったとでも言うのか？」

「目まいがしてくるんだ。下の方にも何か変化が起こる。とにかくドネリーは、舞踏会から連れ出されておかんむりだった。だが、カウィーア・クラブで起こったことを聞かされ、お前が執事を撃ち、キャニングが宙に消えるインド人のロープ・トリックを演じたと知ったときの怒り方と比べればどうということはなかった」

「バーニー」無限に優しげで、無限に苦しむものと詩人が書いている口ぶりで、私は言った。「バーニー、おれは今酔っていて、吐きそうだ。頭のうしろのあたりで削岩機をがんがんやっている男がいる。今日はあやうく溺れ死にしかけた。男を一人撃った。そいつは生きのびられないかもしれない。たぶん生きのびるに値しない男だとしてもだ。たとえ撃った相手が悪党どもでも、こたえることに変わりはない。そんなわけで、ベッドに戻らせてもらえないか？」

「いいとも。ベッドで眠って、みんな忘れちまえ、マーロウ。残りの俺たちは、徹夜で後始末にとりかかろう。俺の見るところ、お前が口火をつけたこの騒ぎの後始末をな」

「選んだ職場があいにく違っていたのさ、バーニー。本当は何になりたかったんだ。幼稚園の先生か？」

ぶち切れたバーニーがとんでもない種類の言葉をわめき散らした。いつもシェードが降り、戸口に看板もかかっていない店で見つける、無地の茶色いカヴァーのかかった本の中でさえ見つからない種類の言葉だった。気がすむまで怒鳴り散らしたあげく、彼は気力を失くし、口をつぐんだが、怒り狂った息づかいが受話器を通して伝わってきた。その後彼は、拳銃をどう処分したのかを私に訊いた。

「どの拳銃だ？」

「どのだって？　お前がバートレビーを撃ったやつだ」

「バートレットだ。投げ棄てたよ」

「どこへ？」

「ブーゲンヴィリアの中へ」

「何の中だって？」

「花の茂みだ、カウィーア・クラブの」

「この間抜けめ。何を考えていたんだ？」

「何も考えていなかった」と私は言った。「直感に従って行動していただけだ。直感とは何か覚えてるか、バーニー？　一般の人間の行動の大半を導いてくれるのがそれだ。四半世紀も警察勤めをしたりはしていない普通の人間のな」

私は返事を待たずに先に切った。

# 21

正午まで眠った。目覚めた時の気分はどうだったか。家の近所に、私に気に入られようとしている野良猫が一匹いる。家に入れてもらい、あれこれ私のめんどうをみてやろうと願っているらしい。ボロボロのシャム猫だが、もちろん自分はエジプトのお姫さまの生まれ変わりだと思っている。ある日、裏のドアを開けると、そのファラオの娘が鳥らしきものの死骸の一部を口にくわえて踏段に座っていた。彼女は愛くるしい目をして死骸を私の足許に置いた。私へのプレゼント、私の家に住みつくに際しての頭金だったのか。

つまり、その鳥が私だ。目はどんよりと曇り、全身ばてばてのまま、汗まみれのシーツにくるまれ、天井の照明器具を見つめながら横たわっている私だ。天井の照明は楕円の軌道を描いてゆっくりぐるぐると回り続けている。忠告をひとつ。ギムレット三杯にバーボン六杯の追い討ちをかけるのは絶対によろしくない。唇を何とか引き剥がして口を開けたとき、緑色の煙がもくもくと立ち昇らなかったのにはかえって驚いたほどだ。

ベッドから起き上がり、もろく壊れやすくなったおいぼれのように用心深く歩を進めつつキッチンまで身体を引きずっていった。パーコレーターにスプーンでコーヒーの粉を入れ、こんろに載せ、火をつけた。それから流しの縁に寄りかかり、長い間ぼんやりと裏庭を眺めた。裏庭に射す陽光はレモン汁なみに目にしみそうだった。だが、最近降った雨のために何もかもすっかり生き返ったようだ。パルーサ夫人のポテト・ヴァインの花はほとんどがすでに実と化したが、ゴミ缶の後ろにあるキョウチクトウの茂みにはピンク色の花が咲き乱れ、小さなハチドリが五、六羽、忙しく授粉活動にいそしんでいる。ああ、自然よ、そして二日酔いよ、私だけがこの風景の中の汚れたしみだ。

パーコレーターが、私の胃と同じゴロゴロという音をたて始めた。

私はローブを羽織り、外に出て、配達の少年がポーチに投げていった新聞を拾い上げた。涼しい日陰に立ち、第一面にざっと目をやった。七つ目のコラムにカウィーア・クラブでの〝出来事〟に関する記事が載っていた。それによると、身元不明の二人の侵入者がクラブに乱入し、警備担当者たちによってとりおさえられ、結局、二人は死亡。バートレットの名前は出てこなかった。クラブのマネージャーであるフロイド・ヘンソン〔新聞記事の表記のママ〕は、二人組の共謀者だったが、警察に拘留中、事故によって死亡。クラブのオーナー、ウイルバーフォース・キャニングは、昨夜遅く、行先き不詳の国外へ旅立ったという。私は首を振りつつ、口笛を吹いた。ハーラン・ポッターには脱帽だ。ある事件を抹殺すると決めた時の完璧な手際はまさに驚嘆すべきものだった。

私は家の中に戻り、パーコレーターからコーヒーを注いで飲んだ。強すぎて苦かった。あるいは、今読んだ記事のために、口の中がすでに苦くなっていたのだろうか。

しばらく後、私はバスルームでパジャマの上衣を脱ぎ、バートレットのロープが私の腕と胸、そして胸郭にかけて刻んだ傷跡に目を見はった。黄ばんだ灰色から青味を帯びた深紅色、そして薄い硫黄色をまじえた黄色にいたる色彩のパレードだった。私の肺は、長時間縛られていたことと水中に浸けられた時破裂しないよう必死に努めたためにひどく痛めつけられていた。昨夜〈バーニーズ〉で、バーボンの瓶の中に深く深く沈んで行った時に吸った煙草の影響は言わずもがなだ。

気分は最低だったが、死ぬよりはましだ。ましと言ってもほんのわずかだが。

髭を剃り、シャワーを浴び、身体をできるかぎり磨き上げ、灰色のスーツ、白いシャツ、黒っぽいネクタイを身につけた。酔いどれた夜の後は地味な服装にかぎる。ぬるくなっていた泥のようなコーヒーをもう一杯注ぎ、カップを持って居間に行き、ソファに座って試しに煙草に火をつけた。ニガヨモギのような味がした、と言うか、ニガヨモギの味を想像しただけのことだったが。二日酔いの時にやる最悪の行為は、コーヒーを飲みつつニコチンを摂取することだろう。分かっていても、ほかにやることがなかった。

郵便配達夫がその日二度めの配達物を郵便受けの口から玄関のタイルに落とした音で、私は三十センチほど飛び上がった。そんな精神状態だった。私は玄関口に出て、封筒を拾い集めた。水道代などの請求書。塩漬けの高級リブアイ・ステーキを航空便で送るというネブラスカ州の会社からの案内状。電気料金の支払い期限が過ぎているというPG&Eの通知書。そして最後の一通は、クリーム色の封筒に紫色のインクで私の名前と住所が流麗な手書きで記されていた。匂いを嗅いでみた。ラングリッシュ・レースだ。微かな香りだが、いまではもう分かった。

手紙を持ってソファに戻り、腰をおろし、親指と人差し指でつまんで目の前にかざし、じっと見つめた。あの日、温室の中の小さな錬鉄のテーブルの前に座っていたクレア・キャヴェンディッシュを思い出した。今振り返るとずっと昔のような気がするが、あの日彼女は、高級な万年筆でノートに何か書いている最中だった。　私は手紙をコーヒー・テーブルに置き、煙草を吸い終えるまで見つめ続けた。中身は何だろう？　最後の肘鉄、とどめの一撃を伝える〝親愛なるジョン〟で始まるお定まりの手紙なのか？　依頼人と不適切な関係を結んだことを非難する短い手紙か？　いよいよ首を宣告されるのか？　それとも、勘定を清算し、そっけなく別れを告げる小切手が入っているのだろうか？

それを知る道はひとつしかなかった。私は封筒を手に取り、蓋の下に指を一本滑り込ませつつ、クレアがその部分を舐め、鋭く尖った深紅色の舌の先端が、その部分に沿って滑らかに移動し、糊に湿りをくれる様に思いを馳せた。

依頼した調査に関して進捗はありましたか、お尋ねいたします。そろそろ重要な進展がある頃でしょう。可及的速やかにおしらせください。

CC

それだけだった。差し出し人の住所も、時候の挨拶も、名前もなかった。あったのは頭文字のみ。誤解をうけるようなことは何ひとつ記されていなかった。手書きの文字で腹をひと蹴りされたようなものだ。腹を立てかけたが、馬鹿な真似はするなと自分に言い聞かせた。腹を立てれば肝臓にストレスがかかるだけで、ろくなことにならない。

私はクレア・キャヴェンディッシュの冷ややかな短い手紙をわきにやり、ソファにもたれかかって新しい煙草に火をつけ、逃げるわけにはいかなかったので、黙考に耽り始めた。ニコ・ピーターソンの一件は当初からあまりわけが分からなかったが、今はまったく意味を成さなくなってしまった。ごく最近、私はあるいい言葉にめぐりあった。パリンプセストという言葉だ。辞書には、初めに羊皮紙にあった文章の一部が抹消され、その上に新しい文章が書かれたことだと出ている。私が今扱っているのは、それとよく似ていた。これまでに起こった事象の裏側には、私には読みとれなかった別の一面が隠されているに違いない。読みとれなくても隠されていることは分かっていた。こんな仕事を長年やっていると、欠けている事実を嗅ぎ出す鼻が発達するものだ。

昼下がりの静けさの中でソファに座り、私はもう一度この一件を振り返ってみた。袋小路の通りに住まう利点は、車の往来が少なく、その結果騒音が比較的少ないことだ。だが、書かれた文章に変化はなく、どこにも進めなかった。とにかく、新しい道は開けなかった。私が唯一確信しているのは、クレア・キャヴェンディッシュがジグソーパズルのどうしても嵌めこむことが出来ない一片だということだった。ニコ・ピーターソンのことなら何とか理解出来た。彼は大富豪の息子で、人生の目標は自分自身も金持ちになり、父親の目に唾を吐きかけることだった。ただ彼には百万ドルを生み出すのに必要な父親の頭脳もなければ、大胆さも苛酷さも持ち合わせていなかった。マンディー・ロジャースさえ彼を役立たずだと見抜いていたが、エージェント業ではどこにも道は開けず、たぶんたちの悪い連中とつるんでいたのだろう。

ニコがルー・ヘンドリクスに届けるためにメキシコからスーツケースに詰め込んで密輸

した品物が何であれ、かなり値の張るものだったことは見当がついた。二束三文の価値しかない物のために死を偽装したりはしない。フロイド・ハンソンがニコと共謀していて、替え玉の死体としてロスト・ボーイズの一人を供給したのはほぼ間違いないだろう。ウィルバー・キャニングはハンソンとニコが組んで何をたくらんでいたかを知らず、私がサーカスの天幕に首を突っ込むまでは、ニコが死んだものと信じていたようだ。ゴメスとロペスについて言えば、二人は、中身は何であれ、ニコが運んでいたスーツケースの中身の正当な所有者で、ニコを探し出してそれを取り戻すために当地へやって来たものと思われた。

残るはクレア・キャヴェンディッシュだ。彼女は私を雇って、初めは死んだかのように見せかけ、次いで生きている姿を見せるという驚異の離れ業を演じて彼女を裏切った恋人を探させたが、その一部始終がきな臭かった。彼女ほどの女性がピーターソンのような男と親しい関係になるということ自体がそもそも初めから信じられなかった。汚れたものにちょっかいを出したがる女は確かにいる。自らの名声と身体の健康さえも危険にさらすことに刺激を感じるのだ。しかし、クレア・キャヴェンディッシュはそういうタイプの女ではない。ワルの男の腕に身を任せる彼女を想像は出来るが、ワルと言っても、上品さと品格と金も持っている男でなければつとまらない。確かに彼女は、洒落た外国製のスポーツカーのギアの使い方さえ満足に知らない私のような男とベッドを共にした。その理由は今の中でも私には分からなかった。あの夜のことを思うたびに頭に浮かぶのは、私のベッドの中の彼女が、ランプの明りに照らされて私におおいかぶさり、指先で私の唇に触れつつ、ブロンドの髪を私の顔に垂らした姿だけだというのに、いったい何を説明できると言うのか。もしかすると私は、彼女が昔知っていた男を思い出させるのかもしれなかった。昔、愛していた男だったのかも。それとも彼女は、私をいい気分にさせ、何をたくらんでいるにせよ、私を利用し続けたかっただけなのかもしれなかった。最後の推測はあまり考えたくないものだった。だがいったん考えだしたことは振り切れなくなってしまう。

自分でも何をしているのか分からぬまま、私は電話機を手に持ち、彼女の番号を回していた。よく訓練された犬が主人の後を速足で追うように、直感に任せて動く時が人にはある。メイドが電話に応え、少し待つように言われた。音がこだまする広い廊下を去っていくメイドの靴音が聞こえた。これほど大きな反響音を立てるには、家がとても広くなくてはならない。私は、花びらをつぶすことによって財を成した話をした時のドロシア・ラングリッシュの驚異に満ちた顔つきを思い出した。世の中はおもしろいものだ。

「はい？」とクレア・キャヴェンディッシュが言った。タホー湖の湖面を氷の膜で覆うような口調だった。私は、彼女に会いたいと告げた。「あら、そうなの？」と彼女は言った。「報告することでもあるのかしら？」

「あなたに訊きたいことがある」と私は言った。

「電話ではいけないのですか？」

「だめです」

沈黙があった。なぜこれほど冷ややかなのか、納得がいかなかった。あの夜、私の家での別れ際はあまり芳しくなかったが、弟がヤクをやりすぎた夜、助けを求めて電話をかけてきた時はちゃんと出かけて行ったではないか。それくらいのことで円卓の騎士、ガラハッドにはなれないとしても、これほど冷たい口ぶりで応対されたり、あの不快な手紙を送りつけられねばならない筋合いはない。

「どうしますか？」と彼女は訊いた。「わたしの家にいらっしゃるのはあまりよい考えとは思えません」

「昼食はどうかな？」

また数秒の間合いをとった。「分かりました。どこで？」

「〈リッツ・ベヴァリー〉で」と私は言った。それが最初に頭に浮かんだ場所だった。

「母上とお会いして話をしたのがそこだった」

「ええ、知っています。母は今日は出張中です。三十分でそこへ参ります」

私は寝室に行って、衣装簞笥の鏡に自分の姿を映した。灰色のスーツはみすぼらしく見えた。おまけに私の顔色とほぼ同じ色合いだ。濃紺のスーツに着替え、締めていたネクタイをはずして、赤いのを選んだ。靴も磨こうかと思ったが、この微妙な体調でかがみ込むのは禁物なので差し控えることにした。

表のドアから外に出て、縁石際の空所を目にした時、とっさに私はオールズモビルを盗まれたと思った。そして、思い出した。昨夜、トラヴィスが私から車のキーを取り上げ、タクシーで私を家まで帰らせたことを。私はローレル・キャニオン通りまで歩いて下った。陽光はユーカリの木立ちを照らし、その匂いで空気は新鮮に感じられた。気分はそれほど悪くはない、と言い聞かせ、自分でも信じそうになった。一台のタクシーに追い抜かされ、車に向かって口笛を鳴らすと止まった。運転手はヘラジカほどの大男だった。顔を見て、びっくりして見直した。昨夜、〈ヴィクターズ〉の前で拾った車を運転していたイタリア人だった。この街は日増しに狭くなっているようだ。彼の機嫌は少しもよくなっていないらしく、我々が接近するのを見はからって何者かが必ず赤に切り替えているかのように信号が変わり、車を止めさせられるたびに彼は悪態をついた。

偶然が重なる日だったらしい。〈ベヴァリー〉では、前にママ・ラングリッシュと同席したテーブルに案内された。ウェイターも同じ男だった。彼は私を覚えていて、心配げな口調で、ラングリッシュ夫人と一緒かと尋ねられた。そうではないと答えると、クリスマスのことを思い浮かべているかのように笑みを見せた。私はウォッカ・マティーニを注文した。かまうもんか。ソルト・レイク・シティー並みにドライにしてくれとつけ足した。「承知いたしました、サー」と彼は小声で答えた。その時ウィンクをされたとしても驚かなかったろう。充分に経験を積んだ男で、百歩離れていても二日酔いの男を見分けられるに違いないからだ。

飲物が運ばれてくるのを待つあいだ、私はあたりに目をやった。今日は、ネフェルティティの彫像の形のいい乳房も尻もあまり私の関心を惹かなかった。二、三のテーブルには白い手袋を着け、帽子をかぶった、昼食をとる常連のご婦人方が座り、地味な服装をしたビジネスマンたちが押しの強い態度で取引きをしている姿もあった。枝の垂れるパームツリーの下の長いベンチに並んで座っている若いカップルが一組。新婚夫婦に違いない。男の方は、見違えようもない間抜けな薄笑いで顔をくちゃくちゃにしていたし、女の方はムール貝の貝殻ほどの大きさと色をしたキスマークが首筋のわきについていた。私は二人の幸福と良き将来をひそかに祈った。かまわないだろう？　カブみたいに重い頭をした男でも、これほど若やいだ、優しい愛の印を見せつけられれば、穏やかな笑みのひとつも浮かべてみたくなるものだ。

私のマティーニはキラキラ輝くトレイに載せられてやってきた。よく冷えていて、少しばかりオイルが混っているが、銀の鈴を鳴らしながら、私の歯の上を楽しげに流れ過ぎていった。

彼女はそれほど遅れなかった。ウェイターが私のテーブルへ彼女を案内してきた。胴回りの細い、白のウールの上着に細身のスカートといういでたちだった。かぶっているのは黒い帯と大きなひらひらしたつばのついたクリーム色のストロー・ハット。私の口の中は干上がってしまった。彼女はぎょっとしたような表情を浮かべて、じっと私を見つめていた。自分がどんな風に見えるのか、想像は出来た。私が顔を彼女の方に下げると、私の頬から五センチほど離れた空間にさっとキスをし、小声で言った。「まあ、何があったの？」

ウェイターが旋回していたので、私はそっちを向いた。「こちらのご婦人にも私と同じマティーニを頼む」と私は言った。

クレアは拒みかけたが、私は気がつかないふりをした。昼食といっても、ドリンク・ランチだ。彼女はエナメル革の小さなハンドバッグをテーブルに置き、まだ私を見つめたままゆっくりと腰をおろした。「ひどい顔をしているのね」と彼女は言った。

「あなたの方は、母上の預金残高並みだ」

彼女は笑わなかった。幸先が悪い。「何があったの？」と彼女は再度尋ねた。

「昨日は、あなたなら〝つらい日〟と呼びそうな日だった。今朝の『クロニクル』の記事を読んだかな？」

「どの記事かしら？」

私は歯をのぞかせてこわばった笑みを浮かべた。「カウィーア・クラブにおける戦慄的な惨事の記事だよ」と私は言った。「あのクラブが今後どうなるのか見当もつかない。現場にはメキシコ人の死体が二つ、マネージャーは変質者と判明。フロイド・ハンソンを知っていただろう、当然のことだが」

「〝知っていた〟とは言えないけど」

飲物を運んで来たウェイターは、彼女の前にうやうやしくグラスを置いた。彼が、ウェイター特有の素早い、吟味の眼差しを彼女に投げかけたのが見えた。たぶん彼の口の中もカラカラに干上がっていたのだろう。彼女が感謝を込めた微かな笑みを授けると、ウェイターは一礼しつつ後ずさった。

「新聞の記事は実際にあったこととは違っていたのではないかと思うけど、どうなの」とクレアが言った。彼女は斜めに傾いた帽子のつばの下から片方の目で私を見ていた。

「新聞は、事実をありのままに伝えることはめったにない」

「あなたもクラブにいたんでしょう？　たぶんそれであなたの一日が、さっき何と言ったかしら？ そう、〝つらい日〟だったわね」私は何も言わず、あの探るような片方の目を見返し、硬い笑みを保ち続けた。「なぜあなたの名前が載っていなかったの？」と彼女が訊いた。

「上層部に友だちが何人かいる」と私は答えた。

「リンダのお父様のことかしら？」

「ハーラン・ポッターもおそらく電話をかけたろうね」と私は言った。「リンダは、私と彼女がどの程度親しいか、あなたに話したのかな？」

ここで彼女も笑みをのぞかせたが、ほんの微かな笑みだった。「はっきりとは言わなかったけれど、あなたについて話すときのしゃべり方から見当はつくわ。あなたも彼女が好きなのかしら？」

私は煙草に火をつけた。「ここに来たのはリンダ・ローリングの話をするためではない」と私は言った。思ったよりきびしい口調になっていた。彼女はいくぶんひるんだが、そういう仕草をすべき場面だと判断してやってみせただけのことだろう。

「ごめんなさい」と彼女は言った。「詮索するつもりはなかったの」

彼女はハンドバッグを開け、煙草を取り出した。今日はソブラニー・ブラック・ラシアンの日のようだった。彼女は煙草を黒檀のホルダーに差し込んだ。私はテーブル越しに身を乗り出し、火のついたマッチを差し伸べた。「分かったわ」と彼女は言い、天井に向かって煙を吐いた。

「そう」と私は答えた。「ここにいらっしゃったのは何の話をするためだったの？」

「あなたと私の共通の話題はひとつしかないと思いますが、ミセス・キャヴェンディッシュ」

彼女は私が名前を口にした口調をじっと受けとめるように、しばらく黙したままだった。

「少し手遅れだと思わない？」と彼女は静かに言った。「他人行儀に逆戻りするのは」

「その方がいいんだ」と私は言った。「きちんとビジネスライクに話を進める方が」

彼女はまたちらっと笑みを投げてきた。「そう思うの？」

「そうだね、あなたから送られた手紙がまさにその調子だった」

彼女は微かに頬を染めた。「そうね。かなりそっけなかったわ」

「いいですか、ミセス・キャヴェンディッシュ」と私は繰り返した。「我々の間にはいくつか誤解が生じているようだ。あなたと私との間に」

「どのような誤解かしら？」

今はまだ腹立ちまぎれに振る舞う時ではないと自分に言い聞かせた。「解きたい誤解だ」と私は言った。「はっきりさせておきたいことがある」

「どうやって解くのですか？」

「あなたしだいです。ニコ・ピーターソンについて正直に話すことから始めてください」

「正直に？　どういう意味なのかよく分かりませんが」

私のグラスは空だった。オリーブまで食べてしまっていた。ウェイターに合図を送ると、彼は肯いてバーの方へ移動した。きゅうに疲労を覚えた。胸部と上腕の痛みはまだ激しく、頭の中から響く遠い連打音はこれまでずっと続いていたように思えた。涼しい日陰で横になり、いつまでも休みたかった。

「私が話しているのは難しいことでも当惑する話でもない、ミセス・キャヴェンディッシュ」と私は言った。「たとえ話している私が難しいと思い、当惑しているとしても。私の観点から話させてもらいます。事の始まりは単純だった。あなたが私のオフィスに現われ、姿を消したボーイフレンドを探してほしいと私に頼んだ。あなたが座ったあの椅子に腰をおろした女性が同じことを私に頼んだことは以前にもあった。男というものは、弱くて、意気地がない。愛人と向き合って、彼女はもう過去の存在だとはっきり告げるより、さっさと逃げ出してしまう道を選ぶ例はひんぱんにある。あなたの話を伺いながら、心の底では、待てよと留保した事柄もいくつか……」

「たとえば？」

彼女は熱心に首をのばした。シガレット・ホルダーが急な角度で傾き、煙草の煙が真上に向かってすっと細い線を描いた。

「何度か言ったが、私はあなたが、あなたの話から想像するニコ・ピーターソンのような男と親しい関係にあったとはどうしても思えなかった」

「彼のような男というのはどういう意味ですか？」

「あなたのタイプではない、ということだ」彼女は更に何か言いかけたが、私は黙らせた。「待ってください」と私は言った。「まだ先がある」そっけない態度がとれるのは彼女だけではない。

ウェイターがマティーニのお代わりを運んで来た。会話を中断出来たのはありがたかった。私の声音は、頭の中のドラムに合わせて基礎低音を軋らせていたからだ。私は冷えた飲物をひとすすりし、聖書に出てくる鹿が谷川の流れを慕いあえぐ一節を思った。詩篇の作者がウォッカを知らなかったのは良いことだ。

私は新しい煙草に火をつけ、先を続けた。「どっちみち、たとえ疑念があっても、いいですよ、分かりました、彼を見つけましょう、と私は請け合いました。その後、彼があの世に旅立ったことを知り、次いで、あなたがクールで華やかなサンフランシスコの街のマーケット通りを行く彼を目にしたため、じつは死んではいなかったことになる。おもしろい展開だな、と私は思い、事実これはパイプの葉を三回詰め変える（ホームズ譚「赤毛連盟」）ほどの長考一番となり、私は鹿狩り帽をかぶって再び追跡に出立。次いで気がつくと、私の周辺で人がバタバタと殺され始める。おまけに私自身、一度ならず二度も殺されかける。そこではたと考え、錯綜した来し方を振り返ってみると、はるか後方に立つあなたの姿を認めることになる。あれから後すっかりお馴染みになる、あの謎めいた笑みを浮かべ、私が調査を開始した出発点に立っているあなたの姿を見ながら、私は自分に問いかけた。これは、当初考えたほど単純な話なのだろうか、いやまさか、そんなはずはない、と」

私も首をのばし、テーブル越しに我々の顔と顔の距離は三十センチもなくなった。「それで、ミセス・キャヴェンディッシュ、これは当初考えたほど単純な話なのだろうか？　正直になってほしいと言うのは、そういうことだ。あなたは前に、パスカルの賭けをやってみたらどうかと言いましたね。私はやってみた。そして負けたのだと思う。ところで、飲物をひと口もお飲みになっていませんよ」

私は椅子に深く座った。クレア・キャヴェンディッシュは左右に目を走らせ、眉根を寄せた。「今気がついたわ」と彼女は言った。「ここは母のお気に入りの席ね」

「そうです」と私は言った。「偶然の一致です」

「もちろん、ここで会ったのね？」

「まさにこの席だった」

彼女は肯いた。様々なことを考え、ふるいにかけ、計算し、決断を下しているように見える。彼女は帽子を頭からぼんやりとはずし、テーブルの上のバッグのわきに置いた。

「ひどい髪をしている?」と彼女は訊いた。

「素敵だ」と私は言った。

本気で言った。苦痛に満ち、何の希望もないのに、私は今も彼女に恋をしていた。何という間抜けなやつなんだ。

「何の話だったかしら?」と彼女が訊いた。

本当に話の脈絡がつかなくなっているようだ。もしかすると彼女は、私同様、今分かっている以外のことは何も知らないのかもしれなかった。そんな考えがちらっと頭をよぎった。ニコ・ピーターソンを探させるべく私を雇ったことと、その後に続いた様々な出来事にはいっさい関連がなかったのかもしれなかった。そういう可能性もあった。人生は、我々がみずから認めるよりもっと面倒でしかも脈絡のないものなのだ。物事を筋道だった、具合の良い秩序ある姿にしようとするために、我々はたえずプロットを立て、現実の世界に無理矢理あてはめようとする。それは確かに我々の弱点のひとつではあるが、それがなければ、貴重であろうと何であろうと、人生そのものが成り立たないのだから、たいせつな人生のために、そのやり方に必死にしがみつかざるを得ないのだ。

「話題は」と私は言った。「と言うか、私が言ったのは、あなたに尋ねたのは、あなたがニコ・ピーターソンを見つけるために私を雇ったことが、彼の妹が誘拐され、殺害された件、彼女を殺した二人組も殺されてしまった件、フロイド・ハンソンの自殺、ウィルバー・キャニングの国外逃亡、そして、押し寄せて来たこれらの人々の群がまるで野牛の一群のように私に襲いかかってくる結末が最後に私を待っていたことなどとどんな関連があるのか、あなたは説明できるのか、ということだった」

彼女はすっと頭をもたげ、私を見つめた。「今、フロイド・ハンソンのことで、何と言ったのですか？　新聞には……」

「新聞に何と書かれていたかは知っている。だが、ハンソンは事故で死んだのではない。シーツを引き裂き、ロープを作り、輪にして首に巻きつけ、一方の端を窓の鉄格子に結びつけ、身体を落下させた。窓から床までの高さが充分ではなかったので、息が絶えるまで彼は脚をぶらぶらと曲げロープからぶらさがっていなければならなかった。かなりの努力と強い意志がなければ出来なかったろう」

彼女の顔は青ざめ、うるんで艶を帯びた大きな黒い目が顔から飛び出しそうになった。

「何ということかしら」と彼女は囁いた。「可哀そうに」

私は注意深く彼女を観察した。男が芝居をしているのはすぐに見分けられる。が、女の場合はいつも自信がなかった。「汚れきった事件だ」声を抑え、出来るかぎり穏やかに私は言った。「リン・ピーターソンは、残酷で苦痛に満ちた殺され方をした。自業自得とは言え、フロイド・ハンソンの死に様も同じだった。二人のメキシコ人は殴り殺された。哀れに思うべきではないとしても、野蛮で醜い殺され方だった。あなたはこの事件の奥深くまで、すべては知らないのだろう。そうであることを祈ってあげたい。少なくとも、これまでは知らなかったと思いたい。しかし、今はもう知らないふりは出来なくなったわけだ。そろそろ知っていることを話してくれる用意が出来たと思うが、どうだろう？　これまでずっと私に隠してきたに違いないことを話してくれる頃合いではないのかな？」

彼女は前方を見つめていた。恐怖を覗いていた。ここまで話を聞いて初めて恐怖を目のあたりにしたのかもしれない。「できない……」と彼女は言って、言葉を途切らせた。

「そんなこと……」彼女は片手を握りしめ、白くなった拳の角を唇に押し当てた。近くのテーブルの女が彼女の様子を見て、向かい側の男に何か話しかけ、その男が首を回してこっちを見た。

「少し飲むといい」と私は言った。「強いから、力になってくれる」

彼女は、拳の角を口に押しつけたまま、素早く首を横に振った。

「ミセス・キャヴェンディッシュ、いや、クレア」テーブルの上に再び身を乗り出し、切迫した囁き声で私は言った。「きみの名前はここまでずっと表に出さずにやってきた。非常にタフなおまわりが、じつを言うと二人のおまわりが、ニコ・ピーターソンを探すのに私を雇った人物の名前を教えろと、かなり強い圧力をかけてきた。私は何も教えなかった。ピーターソンの調査は後から起こったこととは無関係で、私がそれに巻き込まれたのはただの偶然だと言い続けてきた。おまわりは偶然を嫌うものだ。彼らが知っている世界でどんな風に事が進行するかという通念とはくい違っているから気に障るのだ。たまたまこの事件では、どれほど連中が不平を言おうと、私の言葉を受け入れればそれですませられる。だが、もし私が間違っていれば、それを単純な誤りとは見なさずに、エホバのごとく復讐心に燃えて私に襲いかかってくるはずだ。それでもかまいはしない。こんなことは前にも経験ずみだ。もっとひどい局面の時もあった。しかし、連中が私を正式に調べ上げれば、いずれはきみのところにも手は伸びる。私は実際に知っているんだ。調べを受ければ不快な気分になる。本当だ。何らかの理由できみが自分のことはどうでもいいと思っているとしても、それに伴うスキャンダル騒ぎが母上に及ぼす悪影響を考えねばならない。大昔に彼女は嫌というほど暴力を見た。一生分の悲しみに苦しめられた。二度とつらい目に遭わせてはならない」

私は口をつぐんだ。自分の声に反吐（へど）が出そうになっていた。頭の中の一人っきりのドラマーの周りにはあらゆる打楽器の仲間たちが集まり、熟練度の不足を元気の良さで埋め合わせるアマチュア・バンドが出来上がっていた。今日はまだ何も食べていなかった。ウォッカは、無防備の内臓中を駆け回る酸みたいに燃え上がっていた。うつむいて座り、前方をじっと見つめたままだったクレア・キャヴェンディッシュが、急に醜く見えた。どこかへ逃げ出したくなった。ここ以外のどこでもよかった。

「時間をください」と彼女は言った。「考える時間が必要なの」

私は待った。先を続ける気はないらしい。「何をするためにだ？」と私は言った。「相談したい相手でもいるのかな？」

彼女は素早く顔を上げて私を見た。「いいえ。なぜそんなことを言うの？」

「さあ」と私は言った。「今日ここで話し合ったことを報告した時、その相手が何と言うかをあなたが今考えているように思えたからかもしれない」

それは間違いなかった。確かに彼女はほかの何者かのことを思っているように見えた。どうしてそんな推測をしたのかは分からなかったが、あの晩彼女の寝室で、彼女が心の中で考えていたのと同じ人物に違いなかった。人の心にはドアがある。心はそれに背中をもたせかけてしっかり閉めさせておこうと命じるが、外からの圧力に耐えきれず、蝶番が壊れ、ドアはあけっぴろげになり、あらゆる種類の物がなだれ込む日がやって来るのだ。

「時間をください」と彼女は繰り返した。今は両手を握りしめ、二つの拳をテーブルに並べ、強く押しつけていた。「分かってください」

「私が今やっているのが、まさにそれだ」と私は言った。「理解しようと努めている」

「分かるわ。感謝します」懇願するように、彼女はもう一度顔を上げ、ちらっと私を見た。「本当に、感謝します」

急に彼女は、煙草や黒檀のホルダーを忙しげに手に取り、ハンドバッグにしまい出した。帽子も手に取って頭に載せた。帽子のつばが、そよ風に愛撫されたかのように、彼女の額にものうげに垂れ下がった。ほんの一瞬だったにせよ、なぜ私はこの女を醜いなどと思ったのだろう？　これまでに見た中でも、これから見る中でも最も愛らしいひとを、醜いなどとなぜ思ったのか。地震の時、道路が波打つように、横隔膜が強くうねった。そもそも本当に自分のものにしたことなど一度もなかったにせよ、私は今、この女を失いかけていた。こよなく貴重なこの女を。こんな悲しみを経験したら、耐えて生きのびられるとは思えないほどの深い悲しみで胸がいっぱいになった。

「行かないでくれ」と私は言った。

彼女は私を見つめ、素早く目をしばたたかせた。私がそこにいることをすっかり忘れていたか、私が誰かも分からなくなっていたかのように。彼女は立ち上がった。身体を少し震わせていた。「遅くなってしまったわ」と彼女は言った。「わたし、約束があるんです」

もちろん嘘をついていた。それはかまわなかった。幼い頃から、この種の嘘をつく訓練を受けて育ったのだ。罪のない、社交上の嘘。誰も非難せずに受け入れてくれる嘘。とにかく彼女の住む世界では当然だと受け入れられる嘘だった。私も立ち上がった。あばら骨が、傷ついた肉の囲いの下で軋んだ。「電話をもらえるかな？」と私は言った。

「ええ、もちろん」

私が言ったことを聞いていたとは思えなかった。だがそれもどうでもよかった。

彼女は向きを変えて歩きかけた。手を伸ばして止めたいと思った。摑まえて、離さないために。自分が手を突き出し、彼女の肘を摑むのが見えたと思ったが、それは想像に過ぎなかった。私にはよく聞きとれなかった呟き声と共に彼女は私から充分に離れ、テーブルの間を縫い、彼女を見ようと目を上げるたくさんの男たちの視線を無視して歩き去った。

私はまた腰をおろした。座るというより、へたり込む感じだった。テーブルには、彼女が口をつけなかった飲物が置かれ、ひとりぼっちのオリーブが中に沈んでいた。灰皿の中の押し潰された吸い殻には彼女の口紅の跡があった。半分飲みかけの私のグラス、丸められた紙ナプキン、すぐに風に運ばれていきそうな、テーブル上の煙草の灰を私は見つめた。

後に取り残されるのはそんな物だ。記憶に残るのはそんな物なのだ。

私は、自分の車を回収するためにタクシーで〈バーニーズ〉へ向かった。ウィンドウ・グラスには駐車違反のチケットが三枚はさみ込まれていた。破って、雨水の排水溝に捨てた。雨は降っていなかった。私の目に、そう見えただけだ。

# 22

すべてを断念しかけたのはそれが二度目だった。肉体も心も痛み、実際には一週間ほどしか経っていないのに、それよりずっと長かったように感じられる道のりの前方には何も見えていなかった。暑気は衰えを見せる気配もなく、午前中は茶色っぽい青いスモッグが低く垂れ込め、太陽はその合い間を何とか突き破ろうとしていたが、たいしてうまくいっていなかった。街全体が、汚れた空気の詰まった大きな肺のようだった。

私はオフィスの椅子に何時間も座りっぱなしだった。両足をデスクに乗せ、上衣は脱ぎ、シャツの胸元を開き、ものうげに虚空を凝視するか、ハエの小隊が、天井から吊られている照明器具の周りを休むことなく旋回するのを見つめていた。デスクの抽斗から瓶を取り出そうかと再三誘惑に駆られたが、そんなことをしたらどういうことになるか、よく分かっていた。

仕事の依頼人の候補者は何人かオフィスにやって来たが、契約にはいたらなかった。そのうちの一人は女性で、隣人が彼女の飼いネコを毒殺しようとしている、と信じ込んでいた。どことなく見覚えがあると思っていたら、数年前にも同じことを訴えて私のところに来たことがあったのを思い出した。その時も彼女にはお引き取りを願った。電話帳に載っているすべての私設調査員を順に当たり、今は二巡目にさしかかっているのだろう。怒鳴りつけて追い返すべきだったかもしれないが、気の毒に思った。私自身首まで悲嘆に暮れつつ、あらゆることに憐れみを感じ、ある日気まぐれで買った、日本のモミジのボンサイのことまで悲しんでいた。オフィスの中を明るくし、何事も起こらず、誰一人訪ねて来ない長い時間を共に過ごす相棒にしようと思ったのだが、何とか生きのびさせようとする努力も空しくモミジは今枯れかけていた。きっと努力の仕方が間違っていたのだ。

ハエの小隊さえぐったりしていた、とりわけ変化のないある日の午前中、私はバーニー・オールズに電話をかけ、ハーラン・ポッターが報道を許してくれた一日か二日のあいだに、新聞がカウィーア・クラブ事件と命名した事件を扱った記事で何が起こっているかを尋ねてみた。新しいことは何もない、とバーニーは言った。彼の口ぶりは、私の気分と同じほどうんざりしたものだった。声にかすれがあるのは、あの日〈ヴィクターズ〉で、せっかくの禁酒をやめてしまった後ずっと続けてきた喫煙のためだろう。禁煙を破る片棒をかついだのは私だが、いまでは悪いことをしたと感じていた。

「キャニングの行方はつかめない」と彼は言った。「バートレットは依然しゃべっていないい、しゃべりたくてもしゃべれないからだ。見事に仕とめたもんだな、マーロウ。あの早撃ちで、お前がやつの膝にめりこませた弾が動脈に穴を開けたらしい。命がもつかどうか、医者はあまり期待していない。そして、二人のメキシコ人の身元はまだ分かっていない」

「ティファナの国境警備に就いている友人たちにもう一度当たってみたらどうだ？」と私は訊いた。

「無駄だ。あの連中は何も知らないし、気にかけてもいない。俺が思うに、二人組は、お前のお友だちのピーターソンが持ち逃げした彼らの品物の後を追っていて、たまたまキャニングや彼の執事とかいう男と関わり合うという失敗をやらかしてしまったのだろう」

彼は口を休めて咳をした。キャブレターが最悪のトラブルを起こしたときの年代物のナッシュのセダンのような音だった。「そっちはどうだ？」と彼は言った。「ピーターソンを探すためにお前を雇った謎の男とまだつながっているのか？」

「ときどき連絡をとり合っている」と私は言った。「まだ報酬はもらっていないが」

「そうなのか？　そいつのために費した手間はどうなる？」

「それくらいにしておいてくれ、バーニー」と私は言った。「おれに同情して息を詰まらせられては困るからな」

彼はくすくすと笑ったが、そのためにまた咳こんだ。「もらうものはしっかりともらっておけ」咳の発作がおさまると、彼は声をしぼりだした。「酒と煙草は値上がりする一方だからな」

「ご忠告かたじけない。胆に銘じておこう」

彼はまた高笑いした。「じゃあな、間抜け野郎」と彼は言った。電話を切りながら、彼がぜいぜいとあえぐのが聞こえた。

受話器を架台に戻すか戻さないうちにまたベルが鳴り、いつものように私はピクリと飛び上がった。何かおもしろい冗談を思いついたバーニーが追い討ちをかけてきたのだろうと思った。そうではなかった。

「マーロウか？」男の声がした。くぐもった用心深い口調だった。

「マーロウだ」

「フィリップ・マーロウか？」

「そうだ」

「私立探偵の？」

「このアンケート調査はいつまで続くのかね、相棒？」と私は訊いた。

ちょっとの間があった。「ピーターソンだ。ニコ・ピーターソン」

ユニオン・ステーションはラッシュアワーだった。メイン・ターミナルはいつも日干し煉瓦づくりの巨大な教会のように見える。アラミーダ通りに車を駐め、足早に歩く人の群に加わった。暑気と、汗、ホットドッグ、列車の混り合った匂いを別にすれば、水があふれ、波立つ川に飛び込んだような案配だった。アナウンスの声はただの騒音にしか聞こえず、言っていることは誰にも分からなかった。私の前を行く赤帽は、手押し車の後ろの車輪で私の足を踏んでおきながら、謝りの言葉さえ口にしなかった。

約束までに少し間があったので、時間つぶしに私は新聞売り場に寄り、チューインガムをひと包み買い求めた。普段ガムは嚙まないのだが、それ以外に何を買えばよいのか思いつかなかった。長時間をぼんやり過ごすために、新聞ならうんざりするほど読んでいた。売り場の主人は太っていて、顔は汗でてかてかしていた。おたがいに暑さのことで同情の言葉をかけ合い、彼は『クロニクル』を一部ただでくれた。遠慮深い性向(たち)なので断れなかった。彼から見えなくなったとたんに、私はくず箱に新聞を捨てた。

初めてフランク・シナトラのコンサートに向かう女学生のようなわくわくした気分だった。

人込みのわずかな合い間から、ピーターソンの姿をちらと見かけたのは、かなり離れた場所からだった。だが、すぐに彼だと分かった。細い口髭（ペンシル）、油で塗り固めたウェーヴのある髪、明るすぎるブルーのジャケット、薄い色のスラックス。そんないでたちだから見間違うわけがない。彼は大きな出発時刻掲示板の下のベンチに座っていた。彼が電話で指定した待ち合わせ場所だった。おびえきっているのが見てとれる。すぐわきにスーツケースがひとつ置かれていた。いきなり脚を生やして逃げ出すのではないかと恐れているのか、彼はスーツケースの取手をしっかりと摑んでいた。

だまし討ちのパンチのように私を襲った驚きと困惑の大波に呑まれまいと、思わず私は後ずさった。そのスーツケースに見覚えがあったのだ。古いので色が褪せた豚革のスーツケースで壊れかけた純金の金具がついていた。見るのは久しぶりだが、間違いはなかった。

私は身体を斜めにして人込みを横切り、彼の正面で足をとめた。「やあ、ミスタ・ピーターソン」と私は言った。彼は目に疑念と敵意を浮かべて私を見上げた。まさに、予想していた通りだった、それ以上だったとも言える。よく陽に焼け、ウェーヴのかかった黒光りする一房の巻き毛が額に垂れ下がっているのはとてもきざな感じだ。わざとそうなるようにしたかのような垂れ具合だ。実際にそうだったのだろう。シャツの胸元は開き、両方の襟がジャケットの折り返しの上に形よく折り返されていた。首には細いゴールド・チェーンがかかり、黒くて密生した胸毛の茂みに隠れるように十字架が吊られていた。「マーロウだ」と私は言った。

「あ、そうかい」

彼は、助っ人の姿でも確かめるように、私の背後に目を走らせた。「一人だ」と私は彼に告げた。「そうしろと言ったろう」

「身分証明書でも覗かせてくれないか？」彼はまだ立ち上がっていなかった。座ったまま目を細めて私を見上げていた。落ち着きはらい、横柄に振る舞おうとしているのだが、スーツケースの取手を強く握りしめているので、陽に焼けた拳が白くなっていた。目の色は妹と同じ緑色だ。目を覗き込むと妹の目を思い出すようで薄気味悪かった。

私がジャケットの内側に手を入れると、彼は思わずぎくっとした。免許証をゆっくりと取り出して、彼に見せた。「よし、分かった」と彼は言った。「場所を変えて話そう」彼は立ち上がり、両肩を揺らして、ジャケットの着具合を直した。うぬぼれ屋なのだ。

我々が移動しかけたとき、頭上の出発時刻掲示板が大きな音を立てて表示を変え、彼はまたしてもたじろいだ。こんな精神状態のときは、ボウル一杯の朝食のシリアルが立てるカサカサとした音さえも銃殺執行隊のライフルの撃鉄が上がる音のように聞こえるのだろう。この男はびくびくしきっていた。

彼はスーツケースを手に取った。「重そうだな」と私は言った。「赤帽を呼んで運ばせたらどうだ？」

「冗談はやめろ、マーロウ」食いしばった歯のすき間から声が洩れた。「ユーモアを楽しむ気分じゃないんだ。あんた、拳銃は持ってるのか？」

「いや」

「持ってない？　いったいどんな私立探偵なんだ、あんたは？」

「どこへ行くときも必ず拳銃を持ち歩きはしない種類の私立探偵だ。おまけに、二人組のメキシコ人に私の拳銃を勝手に持っていかれたもんでね」

それに対して当然示すだろうと思っていた反応を彼は見せなかった。反応そのものを示さなかったのだ。


中央ホールから少し離れたところにコーヒー・ショップを見つけ、隅のテーブルを選んでドアに面して座った。店はさほど混んでいなかった。客たちは絶えず腕時計に目をやり、いきなり席を立って飛び出して行くが、新来の客がもう少しゆっくりとした動きで店に入って来て、代わりに席に着く。ピーターソンは、自分の椅子の後ろの壁にスーツケースを押しやった。

「良いバッグだな」と私は言った。

「えっ？」

「スーツケースのことだ。金の金具などがついていて見栄えがする」

「おれの物じゃない」彼はドアを見張っていた。緑色の目は鋭く、少し飛び出ていた。

「野ウサギみたいに。

「なるほど」と私は言った。「お前さんは死んではいなかったわけだ」

「なかなかよく頭が回るようだな」不快な笑い方をしながら彼は言った。

ウェイトレスがやって来たので二人ともコーヒーを注文した。ピーターソンはカウンターの前に立っている強面タイプの男に目を向けていた。グレイのフェドーラ帽をかぶり、龍の絵が描かれたネクタイを着けている男だった。

「なぜ私に電話をかけたんだ？」と私は訊いた。

「何だって？」

「なぜ私にかけた？」

「あんたの名前を耳にしていた。そうしたら、リンのことが記事になった新聞にあんたの名前が出ていた」

「それで、私がお前さんを追っていると分かったんだな？」

「追っているというのはどういう意味だ？」

「お前さんの死をめぐる状況を調査してきた」

「そうだったのか。誰のためにかな？」

「見当がつかないのか？」

彼の顔が苦々しげに歪んだ。「もちろん見当はつくさ」

フェドーラ帽をかぶったカウンターの前の男がコーヒーの最後の一口を飲み終え、口笛を吹きつつぶらっと店を出て行った。ピーターソンがひと息つくのが感じとれた。

「マンディー・ロジャースと話をした」と私は言った。

「ふん、そうかい」関心もなげに彼は言った。「いい子だ」マンディーが、今ではこの男の中で重要な位置を占めていないのは明白だ。重要だったことがこれまでにあったのかどうかは別として。

「お前さんの妹のことではお悔みを言いたい」と私は言った。

彼は肩をすくめる真似事をした。「ああ、いつも運のないやつだった」

殴りつけてやりたかったが、代わりに私は言った。「私に何の用だ、ピーターソン？」

彼は爪でざりざりと顎を掻き、軋むような音を立てた。「おれのために用足しの仕事をしてもらいたい」と彼は言った。「百ドル払おう」

「どんな仕事だ？」

彼はまた店の入口に目をやった。「造作もない仕事だ」と彼は言った。「このスーツケースをある人物に届けてほしい」

「ふん、そうかい。なぜ自分でやらないんだ？」

「忙しすぎるからさ」と彼は言って、またくすくすと笑った。あまりひんぱんに聞かされるといら立ってくる笑い方だ。「引き受けるのか、どうなんだ？」

「もう少しくわしい話を聞かせてもらおうか」と私は言った。

コーヒーが運ばれて来た。鉄道の駅かややましな安食堂でしか見かけないオフホワイトの大きなカップに入れられていた。コーヒーに口をつけ、口をつけたことを悔んだ。

「オーケー」ピーターソンは声をひそめて言った。「段どりはこうだ。おれは、スーツケースを壁のそばに置いたまま席を立ち、ここから出て行く。あんたは、そうだな、三十分ほど待ってから、スーツケースを持って、ある男のところに届ける。そいつは……」

「ルー・ヘンドリクスか？」と私は言った。

彼はさっきの野ウサギの目を繰り返した。「どうしてそれを……」

「どうしてかって？」と私は言った。「ミスタ・ヘンドリクスが、彼の大きな車でのドライブに私を招待し、お前の居場所を吐かなければ私の脚を折るとおどしをかけたからだ」

彼は眉を寄せた。「おれを探させるためにあんたを雇ったのは彼じゃないのか？」

「違う」

「彼はあんたを道で拾っただけか？」

「その通り」

彼は顔をしかめ、拳の角を少し舐めた。「で、何と答えた？」と彼がやっと訊いた。

「お前の居場所は知らないと答えた。もし知っていても教えない、とも言った。私の知るかぎり、お前さんは死んだはずだとも言ったが、彼は本気にしなかった。誰かが知恵をつけたんだろう」

ピーターソンはじっと考え込みながら肯いた。額にはうっすらと汗がにじんでいた。彼は口髭を指でいじった。小さな汗の玉が口髭中に散らばっていた。見るのも不快だった。とりわけ不快なのは口髭の真ん中にある小さな白い切れ目だ。人前にさらすにはあまりに恥ずかしい彼の秘部のように思えた。

私はコーヒーを押しやり、煙草に火をつけた。「何があったのか、話してくれるか、ニコ？」

彼はとつぜん怒った声を出した。「あんたに話す必要はない、どんなことでもだ！　仕事の報酬として百ドル払う。言うことはそれだけだ。やる気があるか？」

私は考え込むふりをした。「金のことなら、そんなものは無くてもやっていける。仕事のことなら、少し考えさせてくれ」

彼はジャケットのポケットから銀の薬入れを取り出し、小さな白い錠剤をつまんで舌の下側に滑り込ませた。

「頭痛か？」と私は訊いた。

返事をするに値する質問とは見なさなかったようだ。「いいか、マーロウ」と彼は言った。「今、少しばかり急いでいるんだ。そのスーツケースを持って、さっきの人物のところへ運んでくれるのか、くれないのか？」

「まだ腹が決まらない」と私は言った。「出来れば少しペースを落とす方がいい。お前さんは今おびえて、逃げ回っている。あてに出来る相手が私しか思いつかないとしたら、間違いなく厄介事に首まで浸っているということだ。お前の後をしばらく追って来て、はっきりさせたいことがいくつか残っている。そろそろ話してくれないか？」

彼は口を尖らせた。子供の頃、拗ねるとこんな顔になったのだろう。「何を知りたい？」と彼はつぶやいた。

「何もかもってことかな。まず、そのスーツケースから始めよう。ルー・ヘンドリクスがこれほど熱心に手に入れたがっている中身とはなんだ？」

「あるブツさ」

「どんなブツだ?」

「いいか、マーロウ」

私はテーブルに載っていた彼の手首を掴み、骨が軋るほど強く握った。彼は手を抜こうとしたが、そうはさせなかった。

「痛いっ!」と彼はわめき声をあげた。

「そうとも。しゃべり始めないと、もっと痛くなるぞ。スーツケースの中身は何だ?」

彼はもう一度手をもぎとろうとしたが、私はいっそう強く握り締めた。「離してくれ」と彼は鼻を鳴らした。「しゃべるから、お願いだ!」

私が握りをゆるめると、彼は身体中の空気がきゅうに抜け出てしまったかのように、椅子にへたり込んだ。「中は二重底になっている」むっつりした低い声で、彼は言った。

「その下には、セロファン袋二十個のホース十キログラムが入っている」

「ヘロインか?」

「声をひそめろ!」彼は素早く店内を見回した。我々に関心を向けている者は一人もいなかった。「ヘロインだとも」

「届け先はルー・ヘンドリクス。送り主は?」

彼は肩をすくめた。「ある男だ」彼は一方の手の指で、痛む手首をマッサージした。目には怒りの色がみなぎっている。こいつには絶対に先手をとらせてはならない、と胆に銘じることにした。

「どういう男だ？」と私は訊いた。

「南の男だ」

「名前を言え」

彼はジャケットの胸ポケットから白いハンカチを取り出し、口を拭った。「メンディー・メネンデスを知ってるか？」

私は口を閉ざした。予想していた名前ではなかった。メネンデスはやくざ稼業の男である。このあたりでは相当の大物だったこともあった。超大物の一人と言えた。だが彼はメキシコへ移り、最後に耳にしたときはアカプルコ界隈で商売をやっていた。収入(みい)りのいい商売だ。それを商売と呼べればの話だが。「ああ、彼なら知っている」と私は言った。

「彼とヘンドリクスは共通のビジネスに携っている。メネンデスは二カ月かそこいらに一回荷を送り、ヘンドリクスが売り捌く段どりだ」

「そしてお前が配達人か」

「何度かやった。楽にカネが入る」

「さっき言ったほどの量を毎回運んでいるのか？」

「そんなところだ」

「ヘロイン十キログラムの価格は？」

「市場価格か？」彼は唇を結び、にやりと笑った。「需要度にもよるが、あんたみたいな探偵屋が一生かけて稼ぐカネとどっこいというところかな」

彼の唇はピンク色で、女性の唇と言ってもいいくらい良い形をしていた。この男はクレア・キャヴェンディッシュが恋した相手ではない。意識を失った弟が横たわっていたベッドの端に座って、あの夜、自分の寝室であれほど熱っぽく言及した男ではない。このピーターソンを見、卑しい目をのぞき、泣き言を耳にすると、彼女が黒檀のシガレット・ホルダーの先でさえこんな男に触れるはずがないことがすぐ分かった。そう、ほかに別の男がいるのだ。そして、それが何者なのかも分かった。きっと、少し前から分かっていたのだと思う。だが、分かっていながらそれに気がつかないということがよくある。それがあるからこそ、運命のめぐり合わせを受け入れ、気が狂わずに生きていけるのだ。

「あれだけの量のヤクが何人の人間を破滅させるか知っているか？」と私は訊いた。

彼は鼻で笑った。「麻薬中毒者（ジャンキー）の命に救ってやるだけの価値があると思っているのか？」

私は煙草の端を見つめた。別れる前のどこかで、ピーターソンの陽に焼けた可愛い顔に拳をお見舞いするチャンスにめぐりあえないものだろうか。「それで、お前さんはいったい何をやらかした？」と私は訊いた。「ブツを猫ババして、誰かと取引きをしようとでも企んだのか？」

「フリスコに知ってるやつがいた。分け前さえ払えば、どれほど多くても請け負って、何も質問されずに、マフィアに売り渡せると言っていた」

「ところが、そううまく事は運ばなかった」

ピーターソンは唾を飲み込んだ。確かにそれが聞こえた。次は泣き出すのかと思った。造作もないことのように思えたのだろう。よくあるどんでん返しだ。スーツケースを手放さず、たとえヘンドリクスが耳にしても、やめろと詰め寄る気にならないほど恐ろしい取引き相手に、ブツを売り捌かせるつもりだったのだろう。その間にピーターソンは、夢にも見なかった大金で懐をふくらまし、どこか遠くの安全な土地に逃げのびるつもりだったに違いない。

「おれが知っていた男は」とピーターソンは言った。「命にかかわる事故に出くわしてしまったんだ。やつの浮気の現場に古女房が押しかけ、自分の脳ミソを飛び散らす前に、やつの顔に弾を撃ち込んじまったのさ」

「悲劇だな」と私は言った。

「ああ、そうとも。悲劇さ。しかもおれは、売る相手もいないホース二十袋を持ったまま立ち往生させられた」

「自分でマフィアと取引き出来なかったのか？」

「コネがなかった。おまけに」彼は悲しげな小さな笑い声をあげた。「おびえきっていた。そのときリンのことも耳に入ったんで、なおさらびびってしまった。いろんなことが、おれの周りにしだいに輪を狭めて近づいてくるように思えた。ヘンドリクスにつかまったらどうなるか、よく分かっていたんだ」

「なぜあっさり諦めてしまわなかった？　ヘンドリクスに電話をかけ、頭を下げてスーツケースを渡せばすむだろう」

「ああ、そうとも。ヘンドリクスはおれに礼を言い、荷を受け取り、その後手下の一人がペンチでおれの指の爪を引っこ抜くって寸法さ。しかもそれはほんの手始めにすぎない。あんたは連中がどういう人間か知らないんだ」

それは間違いだが、異を唱えたところで何の役にも立たない。カップの中のコーヒーは小規模な石油漏出みたいな光る皮膜に覆われ始めていた。煙草の煙が口の中でいがらっぽく感じられた。ピーターソンごときはんちくな詐欺師のそばにいるだけで心身共に汚れてくるような気がした。

「話を少し前に戻そう」と私は言った。「どうやって死んだように偽装したんだ？」

彼は怒りを混えた溜め息を洩らした。「おれをいつまでここに引き留めておくつもりだ、マーロウ」彼は言いつのった。「くだらん質問にいつまで答えさせる？」

「必要なかぎりだ。私は好奇心が強いんでね。満足させてくれ」

彼はまたぼんやりと手首のマッサージを始めた。すでに青あざさえ見えかけている。こんなに強い手を私が持っていたとは知らなかった。

「おれはフロイド・ハンソンを知っていた」彼はむっつりとした口調で言った。「おやじが居ないときは、よくクラブに入れてくれた」

「それはどういう意味だ？」

彼はまた顔を歪めた。可愛い顔が台無しだ。「おれはおやじに、親子の縁を切られた。そばに近づくことも、たいせつなカウィーア・クラブに立ち入ることも禁じられたのさ。おれはあのクラブに入り込んで、酔いどれてインディアンの敷物にゲロを吐くのが好きだったのにな」

「ハンソンにどんな貸しがあった？」

「何か貸しがなきゃいけないのか？」

「そう思うね。お前をクラブに入れることで、かなり危険な綱渡りをしていたことになる。

私はお前の父親に会ったことがある。寛大な人間とはとても思えなかった。お前はハンソンに金を握らせたのか？」

彼は笑い声をあげた。心から笑っているのを聞いたのはこれが初めてだった。「とんでもない」と彼は言った。「彼に金を払う必要はなかった。ある秘密を握っていたんだ。おれが若かった頃、彼は一度おれに手を出そうとしたことがあった。後から、なぜそんな気を起こしてしまったのかわけが分からないと言って、おやじには内緒にしてくれと頼み込まれた。いいとも、内緒にしておいてやるよってね。だがそうするために、二人のあいだである取り決めを定めたこともしっかり頭に入れておかせたのさ」自分の頭の切れ具合を自慢するかのように、彼はにんまりと笑った。

「あの夜、お前の服を着させて道路際に放置した死体のことだが」と私は訊いた。「あれはどこから調達した？　何者の死体だったんだ？」

「クラブで働いていた作業員か誰かだろう」と彼は言った。

「お前が殺したのか？」

彼は目を見はって後ろに身体を引いた。「何だって？　冗談はよせ」

「すると、フロイド・ハンソンの仕業ということか」と言って一拍置いた。「妙だな。彼が殺人者とは思ってもみなかった。人を殺せるやつだとは思わなかった」

ピーターソンも考え込んだ。「おれは死体の調達について彼には訊かなかった」彼は苛立たしげに言った。「何者であったにせよ、自然死した男の死体だろうと思っていた。目立つ傷はどこにも見当たらなかった。フロイドとおれは、クラブハウスの裏手で死体におれの服を着せ、道路まで手押し車で運んだ。それまでずっと、おれはべろべろに酔っているふりをして人に見られるように振る舞っていたんだ」

「クレア・キャヴェンディッシュにも見られるようにだな」

「ああ」と彼は肯いた。「クレアもいた。おれは、リンが死体を確認し、火葬に付す手配もするように打ち合わせておいた。すべてが計画され、すべてが予定通りおさまっていた。おれは道の先の方に車を駐めておいたので、死体を二人がかりで捨ててから、トランクにスーツケースを入れて北に逃げた。うまくゆくはずだった」彼は握り拳をもう一方の掌に叩きつけた。「うまくゆくはずだったんだ」

「おやじさんはこの件を知っているのか？」

「知っているとは思わない。知ってるはずがないだろう。フロイドがしゃべるわけがない」彼は灰皿からマッチ棒を拾い、二本の指と親指の間にはさんで転がした。「どうやって彼と会ったんだ？」

「誰と？　お前のおやじのことか？　お前のことを訊きにクラブへ出かけて行って、まずハンソンと話をした。とても協力的とは言えなかったがね。そのしばらく後、お前の妹を殺害した二人組のメキシコ人が現われ、やはりお前の行方を探し始めた。お前のおやじと執事のバートレットはそいつらを捕え、目の玉が飛び出るまで絞り上げた。その騒ぎの最中に、たまたま二度目の訪問に出かけるという過ちを犯したために、気がつくと私はプールに浸けられて、お前とお前の居場所について知っていることをぜんぶ吐けと責めたてられた。たいした男だ、お前のおやじは。すべて力ずくで攻めてくる。お前がおやじと反りが合わなかったのも肯けるというもんだ」

私はカウンターのわきの持ち場に立っているウェイトレスが、ひと息入れている姿を眺めた。色の褪めた金髪、哀しげな目、みじめな口元。下唇を突き出し、上に向かって息を吐くと、額にかかった湿った前髪がいったん持ち上がって、また元の位置に戻った。私はとつぜん、彼女と彼女が縛りつけられている、音と匂い、苛立ちと不快感をあらわにして駆けずり回っている際限のない人込みの渦中で終日立ち働いている貧しい人生とに、胸を突かれるような憐れみを覚えた。だが思い直した。彼女を憐れんでいるお前は何様なんだ、と。彼女と彼女の人生とについて、私がいったい何を知っていると言うのか？　彼女のことだけではない。人のことなど、何が分かる？

「あのおいぼれのくそおやじめ」遠く空しい口ぶりでピーターソンは言った。「そもそもの初めから、おやじはあらゆる面でおれをだめにした」

ああ、そうかい、と言ってやりたかった。何もかもおやじのせいだと言いたいのか。お前みたいなやつの決まり文句だ、それが。だが、言わなかった。「彼が逃走中だというのは知っているな」と私は言った。「お前のおやじがだ」

それで少し気が晴れたようだ。「そうなのか？　なぜ逃げている？」

「二人のメキシコ人を殺害したからさ。と言うか、人に命じて殺させたんだ」

「そうだったのか？」おもしろがっているように聞こえた。「どこへ逃げた？」

「いろんな連中がそれを知りたがっている」

「ヨーロッパのどこかだろう。あっちに大金を隠している。偽名で動いているはずだ」賛嘆しているような忍び笑いを洩らした。「誰にもつかまらないさ」

しばらく沈黙が続いた。二人ともしゃべらなかった。やがてピーターソンが身動ぎした。

「もう行くぞ、マーロウ」と彼は言った。「どうする？　あれをヘンドリクスに届けるか？」

「いいだろう」と私は言った。「預かることにしよう」

「よし。だがひとりよがりの妙な考えはおこすなよ。おれはヘンドリクスに、あんたがスーツケースを持っていることを伝えるつもりだ」

「好きにしろ」と私は言った。

彼はジャケットの内側に手を滑り込ませ、財布を取り出し、テーブルの下で膝に載せ、十ドル札を数え始めた。かなりの額が入っていた。メンディー・メネンデスのヤクの一部をかすめとり、石膏を二袋代わりに入れておくといった妙な真似をしていないことを願った。ヘンドリクスはそんなありきたりの小細工にだまされるような間抜けではないはずだ。

「金はもらわない、ピーターソン」と私は言った。

彼は、疑り深く、計算高い横目づかいをした。「どうしてだ？」と彼は言った。「慈善事業でもやっているのか？」

「その札は、私が触れたくない人間たちの手を渡ってきた」

「じゃ、何で……」

「お前の妹が好きだった」と私は静かに告げた。「胆がすわっていた。この仕事は彼女のためにやるということにしよう」私の厳しい目の色を見逃していたら、きっと彼は笑い出していただろう。「そっちはどうなんだ、どういう計画を立てている？」と私は訊いた。

気になったからではない。この男とは二度と会わないことを確かめたかったからだ。

「おれには仲間がいる」と彼は言った。

「まだいるのか？」

「南米航路のクルーズ船で働いている。仕事の口を回してくれるだろう。リオかブエノスアイレスかそんな所に着いたら、船にはおさらばして、新しい暮しを始める」

「お前の仲間はどんな仕事を世話してくれるのかな？」

彼はにやりと笑った。「つらい仕事じゃないはずだ。乗客に親切にしたり、身の回りで起こる小さなトラブルの始末をしたり、そんな仕事だ」

「おやじさんが言った通りだ」と私は言った。「これで公認だな」

「どういう意味だ？」

「名誉あるジゴロ結社の誠実かつ会費納入ずみ会員ってことさ」

笑みが消えた。「よく言うぜ」と彼は言った。「覗き屋のくせに。だが、よく考えてみろ。あんたはあい変わらず街をほっつき歩いて、亭主族が女友達とやっている現場を押さえるだけだ。おれの方は、南方の陽光を浴びながらハンモックで日光浴という身分だがな」

彼は立ち上がりかけたが、私はまた手首を掴み、椅子に引き戻した。「もうひとつ、最後の質問がある」と私は言った。

彼は可愛いピンクの唇を舐め、ドアの方を熱っぽい目でちらりと見て、ゆっくりと椅子に腰をおろした。「どういう質問だ？」

「クレア・キャヴェンディッシュ」と私は言った。「彼女は、お前と彼女がいい仲だったことがあると言っている」

彼は目の玉が飛び出るほど大きく目を見開いた。「彼女がそう言ったのか？」ふっと笑った。「まさか」

「ウソだと言いたいのか？」

彼は首を横に振った。否定ではなく驚きの仕草だった。「そんな機会があれば誰でも断りはしないだろうが、彼女はおれには目もくれなかった。あの手の女は、とてもじゃないがおよびじゃない」

私は彼の手首を離した。「知りたかったことはぜんぶ聞いた」と私は言った。「行ってもいいぞ」

だが彼は目を細め、立ち去ろうとしなかった。「おれの後を追わすためにあんたを雇ったのは彼女だった、そうだろう？」そう言って、彼は肯いた。「なるほど、これで辻褄が合う」

彼は、私がウェイトレスを見ていたのと同じ目つきで私を見つめていた。憐れみを目にたたえて。「彼が、彼女をあんたのところへやったんだな？ 彼はあんたのことをよく話していた。あんたの名前を初めて聞いたのは彼の口からだった。あの目、あの髪、氷のように冷ややかな振る舞いをもってすれば、あんたが彼女にめろめろになることは彼にはお見通しだったんだろう。あの手の女にはからっきし弱いタイプだからな」彼はゆったりと椅子の背にもたれ、大きな笑みが糖蜜を垂らすように顔一面にゆっくりと広がっていった。「何てことだ、マーロウ。可哀そうな間抜けさん」そう言って彼は立ち上がり、姿を消した。

キャッシュ・レジスターのわきに電話ボックスがあった。中に入り込み、折りたたみのドアを押して閉めた。中は汗と生ぬるいベークライトの臭いが立ちこめていた。ドアのガラス板越しに、向こうの壁際のテーブルの下に置かれたスーツケースが見えた。誰かがそれをひっ摑んで逃げ出してくれることを心の中で願っていたのかもしれない。だが、そんなことは起こらないと分かっていた。そうなってほしいと願う時にかぎって、起こってはくれないのだ。

私はラングリッシュ・ロッジの番号を回した。電話に応えたのはクレアだった。「マーロウだ」と私は言った。「彼と会いたい、彼にそう伝えてほしい」

彼女が息を呑むのが分かった。「誰のこと?」

「誰のことか百も承知だろう。次の便に乗れと伝えてくれ。今夜のうちにこちらに着く。彼が着いたら、電話をかけてほしい」

彼女は何か言いかけたが、私は先に電話を切った。

テーブルに戻ると、ウェイトレスが近づいて来た。例のくたびれた顔で私に笑いかけ、二つのカップを手に取った。「コーヒーをお飲みにならなかったのね」と彼女は言った。

「ああ、いいんだ。コーヒーの飲み過ぎだと医者に注意されているし」私は彼女に五ドル札を渡し、お釣りはとっておきなさいと告げた。彼女はびっくりして私を見つめた。信じられないという笑みを浮かべて。

「帽子でも買ったら」と私は言った。

# 23

日々の糧を得るために自分で選んだ道なのだから、蓋の開いたマンホールに落ちるようにたまたまこの道に入ったのではなく、本当に選んで入ったのなら、いかに待つかを心得ていて然るべきだった。だが私は生まれつき忍耐強いたちではない。時間をつぶすだけならたやすいことだ。オフィスの回転椅子に座り、窓から通りの向こうのビルで口述録音機と向き合っている例の秘書嬢を眺めながら、何時間でもやり過ごせた。ずっとでなくてもいい、半分ぐらいは彼女の姿が見えなくてもよかった。チェスの駒がぼやけてきて、チェス盤の市松模様のために脳がぐるぐる回り始めるまで、キングズギャンビット（初手の定石のひとつ）を置いてもたも考えることも出来た。つまらない酒場へ行って、自分の女房がいかに間抜けかとか、ガキたちが自分をまったく敬（うやま）おうとしないなどとこぼすバーテンダー相手に、あくびもせずに座り続け、ビールをちびちびやり続けることも。生まれついての時間浪費家、それが私だ。ところが、具体的に何かを待たねばならないとなると五分もたたぬうちに、私は身をよじり始める。

その日私はラシエネガ通りにある〈ルディーのバーBQ（ベキュー）〉で早めの昼食をとっていた。スペア・リブは濃い赤色のワニスみたいなものでてかてかに光り、味もワニスそっくりだった。私はメキシコ・ビールを飲んだ。不快な事件にお似合いだった。この事件のテーマ音楽は、初めっからずっとメキシコだった。それに気づくほど頭が回らなかっただけのことだ。その後私は、依頼人がふらっと現われるのを期待して、しばらくオフィスに戻った。隣人が彼女のネコの毒殺を企んでいるという老婦人の姿でさえ、目にすれば喜んだに違いない。しかし、一時間経っても、三倍に思えるほどの一時間だったが、私はあい変わらず一人っきりだった。オフィスに置いてある瓶からひと口、ふた口盗み飲みをし、新しい煙草も吸った。通りの向こうのミス・レミントンは録音機のスイッチを切り、タイプライターにカヴァーをかけていた。それが済むと、コンパクトを取り出し、小さな鏡を覗き込み、唇を突き出して化粧をし、髪を櫛で梳き、ハンドバッグをパチリと閉めて家路につく段どりだ。この通り、彼女の日課はすべて頭に入っていた。

私は映画館の広告リストを調べた。ロキシーにはマルクス兄弟の『御冗談でショ』のリバイバルがかかっていた。手頃な映画だ。グルーチョと兄弟たちは、一時間か二時間楽しい時間を過ごさせてくれるだろう。私はぶらぶらと出かけて行って、二階桟敷席の切符を買い、案内嬢に席まで連れて行ってもらった。彼女は前髪を切り下げた赤毛さんで、可愛い口と親しみやすい目をしていた。一階席にはもう一人、やはり可愛らしい子がいて、アイスクリーム、キャンディー、煙草を載せたトレイを持ち、スクリーンの前でポーズをとっていた。着ているのはホテルのメイドみたいな衣裳で、短めの黒いスカート、白いレースの襟、ひっくり返った紙のボートそっくりの小さな白い帽子といういでたちだ。小屋には客は一ダースも入っておらず、私と同じ一人ぼっちの連中が、出来るだけ別の客から遠く離れた椅子を選んで座っていた。

深紅色のカーテンがサーッと音を立てて開き、照明が暗くなり、『ゴリラの花嫁』の予告篇が始まった。主役はロン・チェイニーとバーバラ・ペイトン。レイモンド・バーが、南米のジャングルの奥深くにあるプランテーションのマネージャー役で出演し、その土地の魔術師に呪いをかけられ、夜な夜な、ご存じのおぞましきイキモノに変身させられて、美しいご婦人方に悲鳴をあげさせ、大人の男たちに身をすくませる役を演じていた。予告篇の後、フィリップ・モリスやクロロックス（漂白剤）といった商品の宣伝が終わると、カーテンは再び閉じられ、スポットライトがアイスクリームの売り子に当てられた。彼女は片膝を折り、頭を傾け、歯をのぞかせて、〝こちらへいらっしゃい〟という笑みを見せてポーズをとったが、それに応じる客は一人もいなかった。一分後、やる気を失ったスポットライトがカチッと音を立てて消え、カーテンが開き、本篇の上映が開始された。

どたばたと跳ね回る兄弟たちが、私に魔法をかけるのを期待して座っていたが、そうはならなかった。笑えなかったのだ。私だけでなく、他の客も同じだった。お笑い映画は満員の小屋でなければ笑いをとれない。ほとんどガラ空きの状態だと、ひとつのジョークの後、観客からの笑いの波を迎えるための演技の余白がわざと用意されていることに客が気づいてしまうのだ。そんな具合で、その日の客は一人も笑わなかったので、すべてがみじめになり始めた。映画の途中で私は立ち上がり、席を離れた。スイング・ドアの外に出ると、赤毛の案内嬢が爪やすりで爪を磨きながら椅子に座っていた。具合でも悪いのかと声をかけられ、そうではない、ちょっと新鮮な空気を吸いたいのだと答えた。彼女は素敵な笑みを見せてくれたが、そのおかげで何もかもがいっそうみじめになった。

夕方の早い時間で、外気は、地下鉄の駅みたいに暑くけぶっていた。ほとんど何も考えずに大通りに沿ってぶらぶらと歩いた。外科手術が始まるのを待たされているときのような宙ぶらりんの状態だった。来るべきものは来るし、起こるであろうことは起こるのだ。どっちみち、今夜私にもたらされるものは、すでに起こってしまった惨事の余波のように感じられるものになるはずだ。受ける可能性のある痛手はほとんどすべて受けてしまったのだから、後はたいして残っていないだろう、と私は考えた。胸の痛みを感じられるような年齢に達してからは、つらいめに遭うたびに甲羅に毛が生えてくるが、やがてこれまでに経験したことのない強い一撃に急襲され、自分がいかにやわで、これから先もずっとそうなのだろうと思い知らされる時がくるのだ。

私は通りの郵便ポストの前で足をとめ、回集時刻を確かめ、前の回集が今しがた済んでいたことを知った。私はジャケットの胸ポケットから一通の封筒を取り出し、スロットに滑り落とし、それが底に落ちる音を確認した。

カーウェンガー・ビルディングは、エレベーターわきのガラスで囲まれたブースの中にいる夜警と、ルーファスという名前の非常に背の高い黒人の掃除人のほかは無人だった。ルーファスはいつも私に親しみをこめて声をかけてくれた。私は競馬の情報をときたま彼におすそ分けしてやるが、実際に賭けたことがあるのかどうかは知らなかった。私がエレベーターを降りると、彼は廊下にいて、濡れたモップで床を物思わしげに前後に拭いていた。身長はおそらく二メートル近く、大きくて端整なアフリカ人の頭をしていた。

「今夜は遅くまで働いてるんですね、ミスタ・マーロウ」と彼は言った。

「電話をひとつ待っているんだ」と私は言った。「具合はいいかい、ルーファス?」

彼は歯をのぞかせて大きな笑みを浮かべた。「ご存じでしょう、ミスタ・マーロウ。おいぼれルーフは、いつだって元気ですよ」

「だろうな」と私は言った。「そうだろうとも」

オフィスに入っても私は、どの明りも点けなかった。暗がりに座り、椅子を回し、窓から街の明りを眺めた。その向こうの青味がかった丘陵の上に月がかかっていた。抽斗から瓶を取り出したが、またしまい込んだ。今夜だけは、酔ってぼやけた頭は願い下げだ。

私はバーニー・オールズに電話をかけた。保安官事務所にはいなかったので、ページの隅が犬の耳のように折れている古びた住所録に目を通し、彼の自宅の番号を見つけ出した。家にかけられるのを嫌っているのは知っているが、かまいはしない。彼の細君が電話に応え、私が名前を告げたとたんに切られるのではないかと思ったが、彼女は切らなかった。バーニーを呼んでいる声が聞こえ、それに応えて微かに、バーニーの怒鳴り声が伝わり、二階から降りて来る物音が続いた。「お友だちのマーロウよ」と、細君がむっつりした口ぶりで伝えるのが聞こえ、次いでバーニーの声がした。

「何の用だ、マーロウ?」うなり声だった。

「やあ、バーニー。お邪魔じゃなかったかな?」

「世間話はやめておけ。何の用だ?」

私は彼に、ピーターソンに会ったと告げた。彼の耳がおっ立つ音が聞こえたような気がした。

「彼と会っただと？　どこでだ？」

「ユニオン・ステーションだ。電話をかけてきて、そこに来てほしいと言われた。スーツケースを持っているので、人目につくのはまずいからわざと駅を選んだらしい」

間合いがあった。「どんなスーツケースだ？」

「ただのスーツケースさ。英国製、豚革、金の金具」

「それで中身は？」

「何百万ドル分のヘロインだ。ミスタ・メネンデスなる人物の所有物だという。我々の古くからの友人、メンディーのことは覚えているだろう。今の住まいは国境の南だ」

再びバーニーは黙りこくった。圧力鍋の蓋を懸命に閉めようとしている男の姿が頭に浮かんだ。バーニーの忍耐心は歳とともに少なくなってきた。それにどう対処するか真剣に考えてもらいたい、と私は思っていた。「分かった、マーロウ」と彼は言った。ジャック・ベニー（実際とは逆に締まり屋の役が多かった俳優）の財布の紐より厳しく締まった口調だ。「説明しろ」

私は説明した。たまに驚きや不快感を示す鼻を鳴らす音が混るくらいで、後は黙って耳を傾けていた。私が話し終えると、彼は深く息を吸った。それがまた咳こむきっかけになった。咳がやむまで、私は受話器を耳から遠くに離していた。「話を整理させてくれ」少しあえぎながら、彼は言った。「メキシコからメネンデスのヤクをルー・ヘンドリクスの手元に運んでいたピーターソンは、荷を猫ババして、イタリア人の血を引くさる紳士方に売りつけようという名案を思いついた。ところがその話がおしゃかになり、死体がごろごろ転がり始めたので、ピーターソンはすっかりびびって、お前を雇い……」

「雇おうとしただけだ」

「……そのスーツケースをヘンドリクスに届けさせようとした」

「ま、そういういきさつだ」電話の向こうで何かもぞもぞとしているような気配がして、マッチを擦る音が伝わってきた。「バーニー、煙草に火をつけたな?」と私は訊いた。

「咳はもうたっぷりしただろうに」

彼が煙を吸い込み、吐き出す音がした。「で、スーツケースは今どこにある?」

「駅のロッカーだ。ロッカーのキーは封筒に入れてサウス・ブロードウェイ通りの郵便ポストに入れた。明朝二度目の配達でそっちに届くだろう。訊かれる前に言っておくが、ピーターソンには急いで逃げるだけの時間をやると約束した」

「今彼はどこにいる?」

「南米航路のクルーズ船上だ」

「冗談だろ」

「やつを追っても始まらないぞ、バーニー」と私は言った。「無駄なエネルギーをつかって、今よりもっと嫌な気分にはなりたくないだろう」

「ヘンドリクスはどうする？」

「どうすると言うと？」

「しょっぴいて、少しばかり絞りあげるべきだと思うんだが」

「何の容疑でしょっぴくんだ？　ヤクは彼の手元に届かなかった。代わりにあんたが手に入れた。と言うか、明日の昼頃、あんたの家の玄関マットにロッカーのキーを入れた封筒が配達されたときに手に入ることになる。この一件をヘンドリクスと結びつける証拠は何もない」

バーニーはまた深々と煙草の煙を吸い込んだ。禁煙したはずの男ほど煙草を楽しむものはいない。「分かっているんだろうな」と彼は言った。「この大騒ぎの結果、どうなった？　死んだのは五人、キャニングの手下の殺し屋もふくめてだ。名前は何だっけな？」

「バートレット」

「やつもふくめてだ。今日の午後、息を引きとった」

「可哀そうに」本音であるかのように私は言った。

「いずれにせよ、これだけの殺しと騒ぎの後、おれは一件も起訴に持ち込めず、一人の容疑者さえぶち込んでやれないことになる」

「バートレットに一発くらわした罪でおれを逮捕できるぞ」と私は言った。「それで気が晴れるんならな。まあ、たいした結果にはならんだろうが」

バーニーは溜め息をついた。へとへとなのだ。引退を勧めようかとも考えたが、やめにした。しばらくして、彼が訊いた。「ボクシングは観るか、マーロウ？」

「テレビでか？」

「そうだ」

「たまに観るくらいだ」

「今夜おれは、上で試合を観ていた。お前が電話をかけてきたとき、シュガー・レイはジョーイ・マキシムをぶちのめしている最中だった。ほら、今聞こえてきたぞ、専用のテレビを置いてある二階の隠れ家で鐘と大歓声が鳴り響いている。たぶんジョーイが、血と折れた歯を垂れ落としながらカンヴァスの床を這ってるんだろう。最後にやつがダウンするところをおれは観たかったんだ。ビッグ・ジョーイをどうこう言う気はない。ハンサムだし、勇気のあるボクサーだ。目の前が暗くなる前に、やつはきっと見世場をつくったはずだ。とにかく試合の結末を見られなかったのが口惜しい。おれが言っていることが分かるか？」

「残念だったな、バーニー」と私は言った。「ごめんよ。あんたのお楽しみを邪魔する気など毛頭無かったんだ。ただ、ピーターソンやもろもろのことを知りたいだろうと思っただけだ」

「その通りだ、マーロウ。何が起こっていたのか、不明な部分をぜんぶ埋めてくれて感謝する。本当だ。さて、これからお前に何が出来るか、分かってるか？　何が出来るか、知りたいか？」

「あまり知りたくはない。どうせ教えてくれるんだろうが」

まさにその通りだった。彼は教えてくれた。彼の声高な提案は具体的だったが、人体解剖学上ほとんど実現不能なものだった。

彼が悪態を吐き終えると、私は丁重にお休みを告げて電話を切った。悪いやつではない、バーニーは。何度も言ったように、彼は短気な男だ。限界に達するまでの時間がますます短くなっているのだ。

私は両足をデスクに乗せた。それでも窓から外が見える。街の明りは、遠くからだとなぜまたたいているように見えるのだろう？　近くで見れば、明りは揺れずに輝いている。おそらく中間の空気層のせいだ。数百万にのぼる微小な埃がその中で渦を巻いているのに違いなかった。どんな物も見かけは静止しているように見えるが、じつはそうではなかった。たとえば私が足を乗せているデスクは、実際は固くも何ともなく、あまりに小さいために人間の目が選り分けられない分子の群なのだ。この世の中も、よく考えてみれば恐ろしい場所だ。そこに住む人間は勘定に入れないとしても。

私は、クレア・キャヴェンディッシュが私の心を引き裂く時がいつか来ると思っていた。私の心がすでに引き裂かれていたことには気がついていなかった。生き続けて学ぶしかない、マーロウ。生き続けて学ぶのだ。

# 24

彼女が電話をかけてきたのは午後十時過ぎだった。心がぐらつき、デスクの抽斗の奥深くからまた瓶を取り出し、慎ましやかに指二本分のバーボンをやってしまった後だった。ウィスキーは紙コップで飲むとそう深刻なものではないように思えるものらしい。ただ口の中を刺されるような感じがした。長い一日の間に吸い続けた煙草のせいで荒れていたのだろう。バーニー・オールズに禁煙しろなどと言う資格は私にはない。

電話が鳴るのは、鳴る一瞬前に察知した。彼女の声は小さく、囁き声に近かった。「彼はここにいます」と彼女は言った。「いつものように、温室を通って来てください。ヘッドライトを消し忘れないように」

何と答えたのか覚えていなかった。何も答えなかったのかもしれない。私はあい変わらず、自分の身体の外に浮かび、自分の行動を見つめつつなぜかそれに加わっていないという、奇妙な宙吊りの夢心地の中を漂っていた。待ち続け、時間を無為にやり過ごしてきたためだ。

ルーファスは帰った後で、彼がモップをかけた床はとっくに乾いていた。だがまるでまだ濡れているみたいに、私の靴の底は軋るような音を立てた。夜の屋外は涼しくなり、日中のスモッグもやっと空中から去っていた。私は車をヴァイン通りの街灯の下に駐めていた。歩道際にうずくまっている大きな黒い動物のように見える。明りがついていないヘッドライトが殺気をこめて私を睨んでいるように思えた。車を発進させるのにも手間どった。ゴロゴロと息を吹き返すまで、エンジンは咳こんだり、バタバタやっていた。オイル交換の時期がきているのかもしれない。

ゆっくりと車を走らせたが、どっちみち海はすぐに見えてきた。恐ろしげに荒れる白線を描く波を左方の暗闇の中に見ながら、ハイウェイに沿って右折した。私は車内ラジオのスイッチを入れた。めったにやらないことで、そんなものが備っていることさえ忘れていることがよくあった。聞こえてきたのはポール・ホワイトマン楽団の懐かしのメロディーで、大衆向けに無難にクールにまとめられたホット・ジャズだった。ホワイトマンなどという名前をしていて、よくもジャズを演奏しようという勇気を出せたものだ。

ジャックラビットが真ん前の道路を駆けて横切った。ヘッドライトに映えて、尻尾が異様に光っていた。この動物と私とについて比喩をひとつひねり出してもいいのだが、今はそんなことにかまっていられなかった。

ゲートの前で、私はヘッドライトを消し、アクセル・ペダルから足を離して、車を自然に停止させた。月は姿を隠し、あたり一面が闇につつまれていた。木立ちが、夜になると鼻面を突き出して現われる巨大な盲目のけもののようにのしかかってきた。エンジンがカチカチと小さく鳴るのを聞きながら、私はしばらく座って待った。くたびれ果てて長い旅路の終点にたどりついた旅人のような気がした。休息したかった。だが、まだ休めないことは分かっていた。

車を降り、空気の匂いを嗅ぎながら、その場にしばらく立っていた。エンジンの焼き焦げるような匂いがするが、その先にひろがる夜は、草とバラと私には分からないものの香りに芳(かぐわ)しくくるまれていた。芝生の上を横切り始めた。正面の邸宅は、一階のいくつかの窓明りをのぞいて暗かった。正面のドアの前の砂利が敷かれた場所で、私は左方へ進路を変えた。このあたりはバラの匂いが強烈だ。飽きがくるほど強すぎた。

すぐ近くで風が起こる気配を感じて足を止めたが、闇の中には何も見えなかった。一瞬、青いものが目にとまった。キラッと光る濃いブルーだった。そして、サーッという音がして、すぐに止んだ。クジャクに違いなかった。あのすさまじい悲鳴は勘弁してほしい。今の私の神経ではとても耐えられそうになかった。

邸宅の角を回り込み、温室に近づいたとき、ピアノの音が聞こえ、私は足を止めて耳を傾けた。ショパンだ、と思った。間違いかもしれない。ピアノの音は私にはすべてショパンなのだ。ここで聞く極めて微かな調べは、胸を引き裂かれるように愛らしかった。そして、まあいい、胸を引き裂かれるだけにしておこう。考えてみろ、と私は思った。木と象牙とピンと張ったワイヤーで出来ているあの大きな黒い箱を使ってなぜこのような妙なる調べを生み出せるのだろう。

温室に通じるフレンチ・ドアには鍵がかかっていたが、私はキー・リングについている例の信頼できる小道具を使用し、数秒もたたぬうちに中に入っていた。

ピアノの調べに導かれて進んだ。暗闇の中で、居間だと記憶していた部屋を横切り、カーペットを敷いた短い廊下を歩き、突き当たりが、音楽室に違いないと思った部屋の閉じられたドアだった。音を立てずにひっそりと進んだが、ドアまでまだたっぷり五メートルのあたりまで行ったとき、ピアノが楽句の途中で途絶えた。私も足を止め、立ちどまって耳を澄ましたが、すぐわきの丈の高いランプの切れた電球が発するブーンという低い、途切れのない音以外何も聞こえなかった。私は何を待っていたのだ？　ドアがいきなり開き、音楽愛好家の一群が飛び出して来て、私を中に連れ込み、最前列に座らせてくれるのを待ってでもいたのか？

私はノックをしなかった。ただ取手を回し、ドアを開け、中に入った。クレアがピアノに向かって座っていた。私が入って行くと、彼女はピアノの蓋を閉め、スツールの上で横を向いて私を見た。廊下にいた私の気配を感じとっていたのに違いない。彼女の顔には表情がなかった。私が合図もせずに不意に現われたことを驚いているようにも見えなかった。裾が床まで届く、襟高のミッドナイト・ブルーのガウンを着ていた。髪は結い上げられ、小さな白いダイヤモンドのイアリングとネックレスをつけていた。まるでコンサートに出演するようないでたちだった。観衆はどこにいるのだろう？

「やあ、クレア」と私は言った。「私のためにせっかくの演奏をやめたりしないでくれないか」

ピアノの後ろの壁にある二つの高い窓には床まで届く厚手のカーテンが掛かっていた。室内の唯一の照明は、ピアノの上に載った大きな真鍮のランプ・スタンドの明りだった。白いガラス玉がひとつ、ランプの基部はライオンの爪の形をしている。クレアの母親なら粋の極致と見なすに違いないランプだ。その周りには大小様々な銀の額におさめられた二ダースほどの写真が置かれていた。その一枚に、娘時代のクレアの写真があった。短い金髪に花のティアラが載っていた。

彼女は今立ち上がった。ガウンの絹の布地がひそかに擦れ合うかすかな音がした。いかなる状況下でも、男の胸を必ずパタパタとはためかせる女性特有の音だった。顔には、あい変わらず感情が現われていなかった。

「車の音が聞こえなかった」と彼女は言った。「きっとピアノの音が大き過ぎたのね」

「車はゲートの近くに駐めた」と私は言った。

「分かっているわ。でもいつもは、どこに車が止まっても聞きとれるの」

「では、ピアノのせいだ」

「そうね。夢中になっていたから」

我々は四、五メートルほどの床の長さをはさんで立ち、ただ為すすべもなくおたがいを見つめ合っていた。この先どんなつらい展開になるのか、分かっていなかった。帽子はまだ私の手の中だった。

「彼はどこにいる？」と私は訊いた。

私が何か責めでもしたかのように彼女は肩を引き、頭を上げ、鼻孔をふくらませた。

「なぜここに来たの？」と彼女は訊いた。

「きみがそう言ったからだ。電話で」

彼女は額に小皺を寄せて、顔をしかめた。「言ったかしら？」

「ああ、言ったとも」

彼女の心はどこか別のところをさまよっているようだ。確かに、我を忘れてぼんやりしている。再びしゃべりだすと、その声は不自然なほど大きかった。遠くにまで届かせようとしているかのように。「何の用があるの？」

「何かな？」と私は言った。「改めて尋ねられると、自分でもよく分からない。はっきりさせたかったことが何かあったと思うんだが、それが正確に何だったのか、きゅうに思い出せなくなってしまった」

「電話ではひどく怒っているように聞こえたけれど」

「怒っていたからさ。今も同じだ」

笑みのつもりだったのだろうが、彼女の口元が引きつった。「そうは見えないわ」

「探偵養成学校で習ったんだ。〝感情に仮面をつける術〟だったと思う。きみもなかなか上手だよ」

「どんなことで怒っているのか、よければ教えてもらえないかしら？」

私は笑い声を上げた。とにかく笑っている音を発し、首を左右に振った。「ああ、スウィートハート」と私は言った。「どこから始めたらいいのかな？」

ゴボゴボと締めつけられるような音が左方から聞こえ、向きを変えてその音の方を見た私は、リチャード・キャヴェンディッシュがソファに長くなっているのに気づいてびっくりした。眠っているのか、気を失っているのか、どちらとも判断がつかなかった。この部屋に入ったとき、なぜすぐに気がつかなかったのだろう？　ソファに横たわった人間を、普通なら見過ごしてはいけないはずなのに。彼は両手を両側にだらりと突き出し、両脚を開いてあお向けになっていた。身に着けているのはジーンズ、ピカピカのカウボーイ・ブーツ、格子縞のシャツ。顔は青白い灰色、口を開きっぱなしにしていた。

「少し前に、泥酔してよろよろ入って来たんです」とクレアが言った。「何時間も眠り続け、朝になると何も覚えていないのでしょうね。よくあるのです。たぶんピアノの音につられて、この部屋に来たのでしょう。音楽は嫌いなのに。いつもあてつけにそう言っています」彼女はまたあのこわばった小さな笑みを見せた。「炎に吸い寄せられる蛾のようなものね」

「座ってもいいかな？」と私は言った。「少しくたびれている」

彼女は、黄色い絹張りで、装飾が施され、竪琴の造作が背についている椅子を指差した。私の体重を支えるにはいささか華奢に見えたが、とにかく腰を降ろした。クレアはピアノの前のスツールに戻って座り直した。ガウンの下で膝を組み、片方の腕をピアノの蓋に沿って伸ばした。背筋をピンとさせて座っている。彼女の首筋がこれほど長く、すらっとしていることに私は初めて気がついた。胸元のダイヤモンドが煌めいた。彼女からの電話を待っているあいだ、オフィスの窓から眺めていた街の明りを思い出した。

「ピーターソンに会った」と私は言った。

反応があった。彼女は飛び上がるかのような勢いで素早く身体を前に伸ばし、ピアノの蓋に置かれた左手の拳がきつく握りしめられた。大きく見開かれた黒い目がふいに激しく光った。しゃべりだした彼女の声は、喉が詰まったみたいにくぐもっていた。「どうして教えてくれなかったの？」

「今教えた」と私は言った。

「なぜもっと早くに、ということよ。会ったのはいつ？」

「今日の正午頃」

「どこで？」

「どこかはどうでもいい。電話をかけてきて、会いたいと言われ、会った」

「だけど」彼女は目ばたきを繰り返し、ブルーのガウンの裾から覗いている靴の先端に達するまで、全身をぶるっとふるわせた。「彼は何と言ったの？　彼はなぜ死んだふりをしたのか、わけを言った？　電話をかけてきて会いたいと言うなんて、そんなはずがないわ。教えて。わたしに教えて」

私は煙草ケースを取り出した。吸ってもいいか、とは訊かなかった。そんな風に上品に振る舞う気分ではなかった。「彼が、きみの愛人だったことはなかった。そうだね」と私は言った。「あれはたんなるきっかけの科白にすぎなかった。彼を探させるために私を雇う名目になるからだ」彼女は何か言いかけたが、私は先手を取った。「ウソはもうやめておけ」と私は言った。「いいか、じつのところ、そんなことはどうでもいいんだ。行方知れずの恋人を探してなどという話はそもそも初めっから眉唾物だと思っていた。ピーターソンが、きみがわざわざ時間を割くことさえしそうにないタイプの男だということは、きみの話からだけでもすぐに分かった」

「ではなぜ、私の話を真に受けたふりをしたの？」

「好奇心さ。そして、正直に言えば、きみを私のオフィスから帰らせて二度と会えなくなるのが気にくわなかった。感傷的な男だろう？」

彼女は頰を染めた。それで、ぐらついた。考え直すべきなのか、少しぐらいは？　ピーターソンと話した後、彼女と彼女の性格について下した、厳しい結論に少しばかり訂正を加えるべきなのだろうか。彼女は、男たちにうまく丸めこまれるタイプの女なのかもしれなかった。私に、彼女を裁く資格があるのか？　だがそこで私は、省略による消極的なウソもいくつか混ってはいるが、これまでに彼女が私についてきた数々のウソ、そもそもの発端から、彼女が私をだましてきたすべてのやり口のことを考えた。再び怒りがこみ上げてきた。

彼女は今、顔を左方に向け、完璧な横顔を見せて座っていた。女を憎みながらも、手招きをひとつされただけで、彼女の足元にひざまずき、彼女の靴にキスの雨を降らしてしまう、そんなこともあるのだ。

「お願いします」と彼女は言った。「彼と会って何があったのか、話してください」

「彼はスーツケースを持っていた。それを、ルー・ヘンドリクスという男に届けてほしいと言われた。この名前に心当たりは？」

彼女はそっけなく肩をすくめた。「聞いたことがあるかも」

「もちろん聞いたことがあるはずだ。ピーターソンがブツを届けることになっていた男だ」

「ブツって？」

私はくすくすと笑った。彼女はあい変わらずこっちを見ずに、みごとな横顔を観賞させていた。クレオパトラの横顔よりずっとみごとなあの顔だ。「さあ、さあ」と私は言った。「もうお芝居はやめてもいいんだよ。ジェスチャー・ゲームは終わりだ。正直になっても失うものは何もない。それとも、ウソをつかない振る舞い方を忘れてしまったのかな」

「侮辱なさる必要はありません」

「そうだね、おっしゃる通りだ。だが楽しいものだから、つい」

私はすぼめた掌に煙草の灰を落とした。クレアは立ち上がり、ピアノの上から大きなガラスの灰皿を取って、私に近づき、手渡してくれた。私は掌の灰をそれに落とし、私の椅子のわきの床に置いた。彼女はまた絹が擦れる音をさせつつ向きを変え、元の所に戻り、ピアノのスツールに座り直した。彼女は彼女に対して腹を立てていた。猛烈に。それでも、彼女が束の間、私のものだと思わせてくれた彼女のほんの小さなひとかけらを、たとえそれが何であろうと、これを最後に永久に失ってしまったのだと分かっていたので、胸が激しく痛んだ。

「教えてもらいたいことがある」と私は言った。「何もかもがお芝居だったのか？」

窓を覆う左方の厚いカーテンが微かに揺れた。風の気配はなかったのに。

「何もかも、というのはどういうこと？」

「どういうことか、分かっているはずだ」

彼女は膝の上で組んだ両手を見おろした。私は血のように赤いバラがシェードに描かれたベッドわきのランプを思い出していた。私の腕に抱かれてあえぎ声を洩らしていた彼女を、微かにはためいていた瞼を、私の背中にくいこむ彼女の爪を思い出していた。

「違うわ」と彼女は言った。やっと私の耳に届くほど小さく、微かな声だった。「違う。

何もかもではなかった」

彼女は目を上げて私を見た。そして、懇願するような表情を見せ、一本の指を唇に置いて、頭を小さく、素早く振った。私は無表情に彼女を見返した。そんな心配は無用だった。言口にしないでくれと彼女が無言で願ったことを、声に出して告げるつもりはなかった。言ってどうなる？　すでに受けてしまった痛手に追い討ちをかけてどうなると言うのだ？

それだけではない。彼女が私とベッドを共にしたのは、彼女がそうしたかったからであり、彼女が本当に愛していた男のためにやったことのひとつではなかったと、何が何でも私は信じたかった。

カーテンがまた揺らいだ。「訊きたいことがたくさんあるようですね、ミセス・キャヴェンディッシュ」と私は、部屋中に聞こえるように言った。クレアは肯き、また頭を垂れた。私は煙草の火を床の灰皿で押しつぶし、立ち上がった。

「よし、テリー」と私は声をかけた。「そろそろ出て来たらどうだ。隠れんぼは終わりだ」

最初は、何も起きなかった。クレア・キャヴェンディッシュが、何かに刺されたかのような、息を詰めた小さな悲鳴をあげ、片方の手で口をおさえただけだった。そして、謎めいた動きをしていたカーテンが左右に分かれ、テリー・レノックスとして私が知っている男が、忘れもしないあの笑みを浮かべて、部屋の中に姿を現わした。子供っぽく、とまどっているような、微かな憂いをたたえた笑みだった。濃い色のダブルのスーツを着て、ブルーの蝶ネクタイを結んでいた。背が高く、細身で、優雅な身のこなし。自分では意識していないからこそいっそう際立って見える優雅さだ。そして黒い髪、端整な口髭。

彼の本来の顔を、私が知らないことをふいに悟った。数年前、初めて会ったときの彼は白い髪をして、右頬と顎の皮膚がこわばっていた。死んだ皮膚に長く細い傷痕がいくつも走っていたのだ。戦闘中に迫撃砲に襲われ、ドイツ軍の捕虜となり、いい加減に傷を継ぎ合わされたのだという。とにかくそれが、彼が語ってくれた話だった。そしてしばらく後、彼の細君が殺害され、その罪を着せられそうになったのでメキシコへ逃亡という筋書きになった。メキシコへの逃亡は、まあ、私が手を貸したのだが。彼はその地で自殺を偽装し、大がかりな規模の形成手術を受けた。この時は金もかかる専門家による手術で、彼は南米（アメリカ）人（ン）に生まれ変わった。私は、新しい顔と身分を得た彼と一度だけ会ったが、その後彼は、私の人生から姿を消した。そして今戻って来た。

「やあ、君」と彼は言った。「煙草を一本恵んでくれるかな？　君の煙草の匂いを嗅いで、きゅうに吸いたくなってね」

断れはしなかった。三十分もの間カーテンの陰に隠れていて、ケイリー・グラント（一九〇四〜一九八六年。美男俳優）のような澄まし顔で、自分を茶化しながらすんなりと登場出来るのはテリーぐらいのものだ。私はシガレット・ケースを取り出しながら一歩前に出て、親指でケースの蓋をひょいと開け、彼の方に差し伸べた。「さあ、やってくれ」と私は言った。「煙草はやめたのか、それとも？」

「やめているんだ」一本抜き取り、愛おしむように指の間で転がしながら、彼は言った。「身体に悪かったのでね」彼は胸に手を当てた。「あっちの乾いた空気が合わないのさ」妙なものだ。こんなときだというのに、人はいきなりどうでもいいような話を始めてしまう。クレアは片手を口に押し当て、ピアノのスツールに座ったままだった。向きを変えて、テリーの方を見ようとさえしなかった。まあ、見るまでもなかったのだろう。

私がマッチを擦ってかざすと、テリーはうつむき、くわえた煙草を炎に近づけた。「空の旅はどうだった？」と私は尋ねた。「アカプルコからだったんだろう？」

「いや」と彼は言った。「クレアに電話をもらったとき、ささやかな休暇をとってバハにいたんだ。ティファナまで飛ぶ地元の農薬散布機に同乗出来たのは運がよかった。その後、メキシカーナ航空の便でここまで飛んで来た。機種はＤＣ－３だ。肘掛けを摑みっぱなしだったので、指がまだしびれている」

　そう言って彼は、昔よくやったおもしろい吸い方を見せてくれた。煙をいっぱい吸い、一瞬下唇の周りに漂わせてから一気に吸い込む技だ。「ああ」と彼は溜め息まじりに言った。「うまい」彼は頭を一方に傾げ、吟味するような目つきで私の身体に目を走らせた。「何となく冴えない感じだな、フィル」と彼は言った。「ニコの一件とかあれこれしんどい日が続いたのか？　悪かったな。勘弁してくれ」

　本気で彼は謝った。それがテリーなのだ。あなたから財布を奪い、あなたをぶちのめし、踏みつけにした後、すぐに助け起こし、服の塵を払い、心から詫びをいれる。それで、彼の言葉を信じてしまう。そっちは大丈夫かと尋ね返したり、手首をケガしなかったかとか、ポケットの中をさらっている間、重そうな拳銃をあなたに向けて構えていて不都合はなかったかなどと思わず訊いてしまうのだ。少し一方的に過ぎるだろうか？　いくぶんかはそうだ。昔、よく理解していると思っていた頃の彼は極めてまっとうな男だった。酒は弱いし、カネはすぐ使い果たしてしまうし、女のことではいつももめていたが、ひどい悪事を働くのは見たことがなかった。その最後のところが、今は変わってしまったのだ。

「メネンデスはどんな具合だ？」と私は尋ねた。

　彼は苦い笑みを浮かべた。「ああ、メンディーのことなら知っての通りさ。高い所から落ちても無事に着地するネコみたいなやつだ」

「よく会うのか？」

「よく連絡してくる。知ってるだろうが、僕は彼に大きな借りがあるんだ」

ああ、知っているとも。オタトクランでの偽装自殺の後、新しい身元を用意し、姿を隠させてくれたのは、メネンデスともう一人の古い戦友、ランディー・スターだった。フランス戦線のどこかで、あの迫撃砲の砲弾が飛んで来たとき、三人は同じたこつぼ壕の中にいた。そして、砲弾を摑んでたこつぼの外に飛び出し、クォーターバックが投げるヘイル・メアリー・パス（一か八かのロングパス）のように砲弾を放り投げて全員を救ったのがテリーだった。と言うか、少なくともそれが後々まで語り継がれた話だった。テリーと彼の冒険談をどこまで信じていいのか、私には分からなかった。今もそれは同じだ。たとえば、後になって私は、彼が自称していたソルトレイク・シティー出身のテリー・レノックスではなく、モントリオール生まれのカナダ人、ポール・マーストンだということを知った。ではそれ以前は誰だったのだろうか？ この次彼と会うことになったときは彼は何者になっているのだろう？ 玉ネギはいったい何枚の皮をまとっているのか？

「メンディーの根城はアカプルコだったな？」と私は言った。「君も今そこにいるのか？」

「ああ、海沿いのいい土地だ」

「そこでは何と名乗っている？　忘れてしまった」

「マイオラノス」と彼は恥ずかしそうな顔つきで答えた。「シスコ・マイオラノス」

「新しい別名か。君には似合わない名前だな、テリー。もし私なら……」

「やめて！」クレアがいきなりわめき声をあげ、ピアノのスツールからあたふたと立ち上がり、怒りをあらわにした白い顔を我々に向けた。「そこに立ったまま、ひと晩中クチャクチャおしゃべりを続ける気なの？　見苦しいわ！　悪いいたずらをやってうまくやりとげた、手に負えない二人のやんちゃ坊主そっくりよ」

我々は向きを変え、彼女を見つめた。二人とも、彼女がそこにいることをすっかり忘れていたのだ。「まあ、落ち着けよ、きみ」とテリーが言った。軽い口調で言おうとしたつもりがあまりうまくいかなかった。「僕たちは、つもる話に興じている昔馴染みってところさ」彼は私にちらっとウィンクした。「そうだろう、フィル？」

言いたいことがたくさんあるので、クレアはまたしゃべりかけたが、ちょうどそのとき控え目にノックする音がして、ドアがわずかに開き、薄気味悪い幽霊のようなものが現われた。能面さながらの白い顔をした人間の頭だった。ぴったりとしたメッシュのようなもので、豊かな髪がまとめ上げられていた。三人とも、それを凝視した。それが口を開いた。

「図書室で本を探していたら声が聞こえてね。あんたらはベッドがないのかい？」

クレアの母親だった。もう全身が見えた。ピンク色をしたウールの化粧着を着て、ピンクの毛糸の小玉がついたピンクの室内履きを履いていた。顔が白いのは美容マスクか何かのためだった。そこから外を見つめている目は、酔いどれみたいに赤く縁どられ、唇は生肉の色をしていた。

「まあ、お母さま」片手を額に当てがって、クレアが困り果てたような口ぶりで言った。「ベッドに戻ってください」

ミセス・ラングリッシュは娘を無視し、歩を進め、ドアを閉めた。彼女はテリーを見やって顔をしかめた。彼女は言った。「こちらはどちらさんかしら、教えてくれる?」

テリーはためらいもせずに、笑みを浮かべて彼女の方にするりと近づき、ほっそりとした手を差し伸べた。「名前はレノックスです、ミセス・ラングリッシュ」と彼は言った。「テリー・レノックス。初めてお目にかかります」

相手を見定めるように、ママ・ラングリッシュはじろりと彼の顔を見て、きゅうに笑みを浮かべた。テリーが香水瓶から液をまき散らすように魅力を振りまき始めると、若いのも年寄りも彼の魅力に抗うことは出来なくなる。彼女はテリーの手を両手でくるみ込んだ。「あなた、リチャードのお友だち?」と彼女は尋ねた。

テリーは躊躇した。「ええまあ、そんなところでしょうか」

彼はちらりとソファの方を見た。ママ・ラングリッシュも同じ方を見た。「あら、彼、あんなところに！」と彼女は言った。笑みが広がり、やさしさが加わった。「まあ、まあ！　ご覧よ、まるで赤ちゃんのように眠っているわ」彼女はクレアの方に向き直り、不気味な口の裂け目がこわばった。「あなたは、どうしてそんな他所行きの格好をしているの？」と彼女は詰問した。「真夜中だというのに」

「ベッドに戻ってください、お母さま」とクレアが繰り返した。「明朝、ブルーミングデイル（高級デパートメントストア）の人たちとの会議があることはご存じでしょう。くたびれてしまいますわ」

「ああっ、かまわないで！」と彼女の母親がわめき声をあげた。彼女はいたずらっぽく目を輝かせて、またテリーの方に向きを変えた。「あなたとリチャードは夜遊びをしてきたのね、そうでしょ？　可哀そうに、お酒など飲んではいけなかったのよ。いちころでへべれけになってしまうんだから」彼女は向きを変え、ソファに長く伸びている男の姿をまた寛大な眼差しで見つめた。「とんでもない男なのよ、この人は」その声が届いたのか、眠りながらリチャード・キャヴェンディッシュは身動ぎし、大きく鼻を鳴らした。老婦人は嬉しそうなはしゃぎ声をあげた。「聞いたでしょ！　まったく手に負えない道楽者だこと」

最後にやっと彼女は私に気づいた。彼女は顔をしかめた。「あんたのことは覚えているわ」私の胸を指差して、彼女は言った。「名前は何だっけ、とにかく探偵さんよね」彼女の唇が、ずる賢い、意地悪な笑みに歪んで上向きになった。両方の口の端のところで白いマスクに小さな網状の裂け目が生じ、ほんの一瞬、サーカスの道化師のように見えた。「女主人様の真珠は見つけ出したのかい？」彼女は意味ありげな柔らかなつぶやき声で訊いた。「その件で、ここに来たの？」

「いいえ、まだ見つけ出していません」と私は言った。「あと一息です」

道化師の笑みがすっと消え、再びあの指を私に向けた。今はその指が怒りでふるえていた。「わたしを馬鹿にするんじゃないよ、この小僧っ子め」と彼女はしゃがれ声で言った。

「どうでしょうか、ミセス・ラングリッシュ」テリーが滑らかに口をはさんだ。「クレアの言う通りだと思います。あなたは寝室に戻られた方がよろしいかと。美容のための睡眠をなおざりになさりたくはないでしょう」

彼女は目を細めてテリーを見つめた。彼女は長年、彼のような口達者な男を何人も相手にしてきた。彼の霞(かすみ)のような魅力にいつまでもだまされてはいないだろう。

クレアが前に出て、母親の腕にそっと片手を置いた。「行きましょう、お母さま。お願いよ」と彼女は言った。「ミスタ・マーロウとテリーは古くからのお友だちです。それで今夜、お二人をお招きしました。同窓会のようなものなの」

頭の切れるばあさんは嘘をつかれているのを承知している、と私は見当をつけたが、たぶん彼女はくたびれていたので、嘘を喜んで受け入れ、会釈して退場を決めたようだ。彼女はもう一度テリーに優しく微笑みかけ、私にはしかめ面を見せ、導かれるままドアに向かった。付き添って歩くクレアは、振り向いてテリーと私をちらりと見た。いつの日か彼女も、母親のように老いる日が来るのだろうか。

二人の女性が姿を消すと、テリーは口を尖らせてふうっと息を吐き出し、静かな笑い声を発した。「たいしたご婦人だ」と彼は言った。「ぶるっちまったよ」

「それほどおびえているようには見えなかったがね」と私は言った。

「まあ、それは、知っての通り、僕は変装の名人だから」彼は私が座っていた場所に行って身をかがめ、床の灰皿で煙草の火を押しつぶすと、両手をポケットに入れ、ソファに近づき、漫画の酔いどれさながらに大の字になって眠っているキャヴェンディッシュを見おろした。「可哀そうなディック」と彼は言った。「クレアの母親が言った通りだ。この男は酒を飲むべきじゃない」

「会ったことがあるのか、彼に?」と私は訊いた。「つまり、以前にということだが」

「ああ、もちろんだ。彼とクレアはよくメキシコへやって来た。みんな知り合いさ。ニコ、我々の友人、メンディー、ほかにも何人かいる。夕方集まって一緒にカクテルを飲む酒場が波止場にあった。いい店だ、今も」彼は肩越しに振り向いて私を見た。「君もそのうち訪ねて来るべきだ。陽の光と休養が必要な顔をしている。無理をしすぎてるんだろう、フィル。いつもそうだったな」

彼の妻が殺害された翌日、私はテリーを車に乗せて、ティファナの飛行場まで運んだ。彼はそこで南へ向かう便に乗った。こちらへ戻ると、ジョー・グリーンが私を待っていた。テリーが逃亡したことを知っていて、私は事後従犯で逮捕された。私はジョーの上司でグレゴリアスといういかつい大男に痛めつけられ、テリーが何とも都合のいい自殺を遂げたことを報らされた後、私を釈放してくれるまでの二晩を留置所で過ごした。私にとっても、世間でいうところの私の評判にとっても、際どい綱渡りをしたことになった。まさにテリーは、私に借りがあるのだ。

彼は戻って来て、私の真ん前に立っていた。両手はポケットに入れたままだ。相手を丸めこむとっておきの笑みを浮かべていた。「もしかして、ここにスーツケースを持って来ているのかな?」と彼が訊いた。「ニコは、あれを君に渡すために呼び出しをかけてきたんだろう。ねばり強さが足りない男だった。すぐにびくついてしまう。いくぶん彼を軽蔑していたことをあらためて認めよう」

「それでも自分の運び人として使うのをやめるほど軽蔑はしていなかった」彼は目を見開いた。「僕の運び人だって？　ああ、勘弁してくれ、僕がこの仕事に関わっていると思っているんじゃないだろうな？　僕には汚なすぎる仕事だ」

「昔なら、肯いていたところだ」と私は言った。「だが君は変わってしまった、テリー。君の目を見れば分かる」

「君は間違っている、フィル」彼は頭を左右にゆっくりと振った。「もちろん、僕は変わった。変わらざるを得なかった。南での暮しは、ギターの楽団とマルガリータとチキン・モレ（辛いソースで煮込んだ鶏肉）だけで成り立っているわけではない。こちらでは想像もしなかったようなことにも手を染めざるを得なかった」

「シルヴィアから相続した金を使い果たしてしまったと言うのか？　ハーラン・ポッターが彼女に与えた金だ。かなりの額だったに違いない」

彼は再び唇を結んだ。笑みを消すためだったのだろう。「投資で誤った判断を下してしまった、と言っておこうか」

「メンディー・メネンデスがらみでか？」

彼は答えなかった。図星だったのだ。「そのためにメンディーに借りが出来てしまった。大きな借金だ。それで君はクレアを私のところに差し向けた。メンディーに頼まれたからだ。そうだな？」

テリーは踵を返し、こわばった足どりで、床を見つめながら、一歩ずつ足を踏みしめて歩き、同じ足取りで戻って来ると、また私の前に立った。「前にも言ったように、君はメンディーを知っているはずだ。カネとか借りとか、そういうことにかけては容赦のない男だ」

「君は彼の相棒で、しかも彼にとっては英雄だと思っていた」と私は言った。「戦場で彼とランディー・スターを血まみれの死地から救った一件があったろう」

テリーはくすくすと笑った。「英雄も、しばらく経つと光沢が失せるのさ」と彼は言った。「それに、人間というのがどういうものか君も知っているように、感謝し続けるのに飽きてくるんだ。相手に恩義を受けていると感じねばならないことに腹が立ち始めたりさえする」

今の言葉をよく考えてみた。彼が言っていることは正しかった。そもそもメンディーが彼に手を貸したことが、ずっと私を驚かせていた。テリーがメンディーの弱味でも握っているのに違いないとさえ疑っていた。そうだったのかどうか、訊いてみようかと考えたが、今はもうそこまでやる気にはならなかった。

「もちろん」と彼は先を続けた。「クレアは喜んで僕を助けだそうとしてくれただろう。

知っての通り、自分のカネをたくさん持っている。メンディーと縁を切るためのカネをくれたがったりもした。だが」彼は弁解がましくとりつくろうような笑みをちらっと見せた。「これでも僕には名誉を重んじる最後の糸の切れ端ぐらいは残っている」

「二人のメキシコ人の件は？」と私は言った。

「ああ」とテリーは言い、眉間に皺を寄せた。「あれは最悪だった。ニコの妹は、僕は一度も会ったことはなかったが、死ぬ理由などなかったと思う」

「彼女は兄のニコと組んでいた」と私は言った。「偽の死体の身元確認をやった」

「ああ、だがどっちみち、あんな風に殺された。ひどすぎる」と彼は顔を歪めた。「誓ってもいいが、僕はメンディーが二人のメキシコ人にニコの後を追わせたことを知らなかった。クレアが君と話をするまで、君なら間違いなくやると思っていたが、君がニコを探し出すまで、彼が様子をみるだろうと考えたんだ。あとしばらくメンディーが待ってさえいたらよかったのに。だが彼は、運が悪いことに、辛抱することも人を信じることも出来ないやつだ。それで、自分たちでニコを探そうと二人のやくざものをこちらに送り込み、勝手にやらせた。それは不運な過ちだった」

「もちろん」と私は言った。「クレアがあの日サンフランシスコでたまたま彼を見かけたりさえしなかったら、ニコの消失劇のことは、君もメンディーも誰一人として気がつかなかったはずだ」

「ああ、その通りだ」そう言って彼は踵でくるっと向きを変え、少しだけ例のこわばった足取りで歩いた。両手は身体の後ろで組んでいた。「彼女が彼を見かけさえしなければ良かったのだ、いまさらながらそう願いたくなる。もしそうだったら、話はもっと単純にすんでいたはずだ」

「当たりだろうな、それが。しかし、彼女のせいだったのかな？　その話をメンディーにしたのは彼女ではなかった。違うか。彼女が君に話し、君がメンディーに話したのではないのか。そこからすべてが回転し始めた。そうだろう？」

「君に嘘はつけない」彼の言葉に、思わず私は笑い声をあげてしまった。彼は傷ついたように見えた。本当にそう見えたのだ。「とにかく、今は嘘はついていない」と彼はむっとした口ぶりで言った。「ああ、僕がメンディーに教えた。教えるべきではなかったのは分かっている。だが、さっきも言ったように、彼には恩義があって……」

「それだけではなく、ピーターソンは死んだ芝居をしただけで、メンディーのブツが詰め込まれたスーツケースを持ったままぴんぴんしているという飛び切り上等のネタを土産話にして、彼にいいところを見せたいという狙いもあったはずだ」

「ああ、そうそう」とテリーは言った。「例のスーツケースだが」

「前に私に預けたことがあったな」

「そう、預けたことがある。あれは、可哀そうなシルヴィアが死んだ後、僕を車でティファナまで運んでくれた夜のことだったかな。よく思い出せない。とにかく君は、それを持ったピーターソンと会ったとき、もちろんすぐにピンときた」

「ずいぶん長持ちのするスーツケースだな」

「英国製だからね。英国人は長持ちする物を作る」

彼は歩くのをやめ、ピアノのスツールに腰を降ろし、膝を組み、ロダンの〝考える人〟のように片手を顎に当てがった。テリーの脚は、誰よりもほっそりしていた。コウノトリみたいだ、彼は。

彼が何か言いかけたとき、リチャード・キャヴェンディッシュがいきなりソファの上で上体をまっすぐに起こし、我々を見ながら、唇を舐め、目ばたきをした。「何が起きてるのかね？」と彼はだみ声で訊いた。

テリーは彼にほとんど目もくれなかった。「何でもないよ、ディック」と彼は言った。「眠っていていいんだ」

「あ、分かった」とキャヴェンディッシュはつぶやき、両手、両脚を投げ出して、前と同じようにソファに身体を横たえた。一、二秒のうちに彼は静かにいびきをかき始めた。

テリーはポケットをパタパタとはたいていた。何を探しているのか、分からなかった。

「もう一本、煙草を所望したいところだが」と彼は言った。「ただし、またくせにはしたくないんだ」彼は顔を上げ、横目で私を見た。「スーツケースが今どこにあるか、教えてもらえるのかな?」と彼は訊いた。

「いいとも、教えよう。スーツケースはユニオン・ステーションのロッカーの中にある。ロッカーのキーは封筒に入れられて、私の友人の元に送られている途中だ。まあ、友人と言っておこう。バーニー・オールズという名前で、保安官事務所の殺人課の課長補佐をやっている」

部屋の中が急に静まりかえった。テリーは身体のあちこちをねじって座っていた。足を組み合わせ、一方の手は顎の先を、もう一方は肘を支えていた。私は窓辺に近づき、カーテンの間に入り込んで外を見た。何も見るものはなかった。見えたのは闇とガラスに映る私自身のぼんやりとした影だけだった。

「そうは思えない」背後でテリーが言った。「いい考えだったとは思えないな、君。まったくそうは思えない」怒っているのでも、おどしをかけている口ぶりでもなかった。むしろ感情は込められていなかった。たとえるなら、憂いに沈んだと言ったところだろうか。そう、それがぴったりだ。憂いに沈んだ口ぶりだった。

再び彼はしゃべり出したが、口調が変わっていた。「ああ」と彼は言った。「君か。何を持ってる？」

私は窓から向きを変えた。テリーは私に背を向けたまま、ピアノのスツールに座ったままだった。クレアの弟、エヴァレットが、その先の開いた戸口に立っていた。ふわふわした前髪が額にかかっていた。前に私が見たときより元気そうには見えなかったが、少なくとも意識はまともに保っていた。彼はパジャマの上に、龍を刺繍した絹の化粧着を羽織っていた。履いているのはペニー・ローファー（甲の飾りにペニー銅貨がついている）。パジャマとの取り合わせが珍妙だった。そして手には拳銃が握られていた。華奢な小型拳銃だ、たぶんコルトの一種だろう。銃把に真珠細工が施されているのに気がついた。たいして脅威的な武器には見えなかったが、たとえどれほど華奢だろうと、拳銃はタフな心臓に穴を穿つことが出来るのだ。

カーテンの陰の中から私が足を踏み出すと、彼は私を見つめた。不安げな目つきになった。私がいることに気づいていなかったのだ。

「やあ、エヴァレット」と私は言った。「起こしてしまったのかな？　君の母上も今までここにいたんだよ」彼はじっと私を見つめた。弱々しい顔つきをしているので、実際の歳より若く見えた。母親が彼を甘やかし、巨大な悪の世界から守ってきたせいもあるのだろう。とにかく彼女は、そうしてきたと信じ込んでいた。

「あんたは誰だ？」と彼は言った。彼の目は濃い紫色のくまに囲まれて、おちくぼんでいた。

「名前はマーロウ」と私は言った。「前に二度会っている。最初のときは、君は目を醒ましていた。芝生のところで話をした。覚えているかな？　君は、私が新しく雇われた運転手だろうと思った。二度目のときは、私がいたことを君は知らなかった」

「何の話をしているんだ？」

「私が何者か尋ねたろう」と私は言った。「だから説明している」

ここで笑みを浮かべて見せた。時間稼ぎだ。エヴァレット・エドワーズ三世はウイルバー・キャニングなら腰抜けと呼びかねない男だが、それだけではなくヘロイン中毒者であり、今は手に拳銃を握っていた。

「あ、そうか」不快げに彼は言った。「思い出した。あの日、クレアを探していた男だな。探偵とか言っていた。違うか？」彼はいきなりくすくすと笑った。「探偵か！　こいつは皮肉だ。僕は拳銃を持っていて、あんたは探偵ときたもんだ。傑作だ」

彼はテリーに目をやった。「おい、お前」くすくす笑いはやんでいた。「お前はなぜここにいる？」

テリーは考え込んだ。「まあ、僕は、家族の友人といったところかな、レット。僕を知って　るだろう」まだ私はテリーの背中しか見えなかった。背中と後頭部だけだ。だが冷静さを保っているのは分かった。よかった。この先の数分間は、全員が極めて冷静でいる必要がある。

テリーが先を続けた。「アカプルコで、みんなそろって楽しい日を過ごしたのを覚えてるかな？　君に水上スキーを教えてあげた日のことはどうだね？　楽しい一日だったじゃないか。その後、海辺にある〈ペドロズ〉という名前の店で、みんなで夕食を一緒にしたろう。あの店は今もある。僕はよく行くんだ。その店に行くと、君のことを思い出す。一緒に過ごした楽しかった日々のことも」

「このくず野郎」とエヴァレットは穏やかな声で言った。「お前が僕に初めて教えたんだ。そもそも最初にあのブツを僕にくれたのはお前だった」彼の手がふるえ、手の中の拳銃もふるえていた。うまくない。ふるえる銃はすぐにも弾を発射するものだ。これまでにも何度も目撃した。エヴァレットは今にも涙をこぼしそうだが、それは怒りの涙なのだろう。

「最初に教えたのはお前だ」

「ああ、メロドラマは勘弁してくれ、レット」小さな笑い声と共にテリーが言った。「あの頃君はとても神経質な子供だった。幸福の粉をときたまひとつまみやれば、気分が良くなるだろうと思っただけだ。間違いだったのなら謝る」

「よくもここへ来られたな、この家へ」とエヴァレットは言った。彼の手のふるえは前より激しくなり、銃身も左右に揺れ、私は思わず歯を食いしばった。

「いいか」と私は言った。「よく聞け、レット。さあ、拳銃をよこせ」

若者は一瞬私を見つめ、それから甲高い叫びのような笑い声を発した。「それが探偵の科白なのか」と彼は言った。「それがほんものなんだな？　映画の中だけかと思っていた」彼はまじめぶった顔をし、私の声音に似せた低い声で言った。「さあ、拳銃をよこせ、エヴァレット。誰もケガをしないうちに」彼は天井を見上げた。「分からないのか、この間抜け。そこが肝心なところだ。誰かがケガをすることになるのさ。大ケガをする。そうだろう、テリー？　違うか、アカプルコ時代の遊び友達さんよ？」

テリーが過ちをしでかしたのはその時だった。こういう状況下では、誰かがへまをやる。間違った動き、愚かな動きをしてしまう。後に続くのは大混乱だ。彼はピアノのスツールからとつぜん飛び出し、打ち寄せてくる波に向かって低い姿勢で飛び込む水泳選手のように前方に飛び、腹から着地し、私が座っている椅子のわきの床に置かれていたガラスの灰皿を掴み上げた。それを武器にして円盤投げのように、エヴァレットに投げつけようとしたのだ。そんな風に身体の前面を床に押しつけていると、物を投げるのにたいして力が入らないことを、彼は気づいていなかった。それだけではない。エヴァレットの動きが予想より機敏だった。彼が一歩踏み出したとき、テリーはまだ灰皿を投げようと手を後ろにやっていた。エヴァレットの拳銃は腕の長さまで突き出され、テリーの頭に狙いが定まり、引き金が引かれた。

弾丸は、髪の生え際のすぐ下でテリーの額に命中した。片手で灰皿を持ち、もう一方の手を床に支えて起き上がろうとしながら、一瞬テリーは腹ばいの姿勢のまま動かなかった。が、起き上がることはなかった。もう二度と。頭部には弾丸の穴が二つ。ひとつは額に、もうひとつのもっと大きな穴は、後ろ側の頭蓋骨の基部に開いていた。二つめの穴からは多量の血が、灰色の何か粘っこいものと一緒にあふれ出ていた。頭が下に垂れ、顔がカーペットにめりこんでいた。

エヴァレットはまた引き金を引こうとしているように見えたが、二発目を撃つ前に、私は彼に近づいた。拳銃はあっさり取り上げることが出来た。実際はむしろ私に拳銃を手渡したも同然だった。立ってはいるが、女の子のように力なく立ちつくし、下唇をふるわせながら、床で血を流しているテリーをじっと見おろしていた。テリーの片方の足、右足が数回ひきつり、やがて動かなくなった。前にも気づいたことがあったが、火薬の匂いはフライド・ベーコンになぜこれほど似ているのだろうか。

エヴァレットの背後のドアが再度開き、クレアが部屋に入って来た。彼女は戸口で足をとめ、恐怖と信じられないという思いを顔に浮かべて目の前の光景を見つめた。そして大股で前に進み、弟をわきに押しのけ、床に両膝をついた。彼女はテリーの頭をもたげ、揺りかごに乗せるように膝に載せ、両手で抱いた。何も言わなかった。泣きもしなかった。彼女を芯から愛していたのだ。それが今、明瞭に読みとれた。読みとれないわけがないだろう？

彼女は顔を上げ、私を見つめ、私の手の中の拳銃に目をやった。「あなたが？」

私は首を横に振った。

彼女は弟の方を向いた。「やったのはあなたね？」彼は姉を見返さなかった。「絶対にあなたを許しません」と彼女は、冷静な、ほとんど堅苦しいとさえ言える口調で彼に言った。「絶対に許さない。あなたは死ねばいいのです。近いうちに薬をやりすぎて失神し、それっきりになってしまえばいい。ずっと憎んできました、あなたのことを。そのわけが今分かりました。あなたが、いつかわたしの人生を破滅させるだろうと分かっていたのです」

エヴァレットはまだ彼女を見なかった。返事もせず、ひと言も発しなかった。どっちみち、しゃべることはあまりなかった。

我々の後ろで、リチャード・キャヴェンディッシュが立ち上がり、よろよろと前に出て来た。テリーに目をやり、妻のブルーのガウンの前面を濡らしている鮮血に気づいて、彼は足を止めた。数瞬、何も起きなかった。それから、キャヴェンディッシュはいきなり笑いだした。「これは、これは」と彼は言った。「男が一人、くたばったってことかな？」そう言ってまた笑い声を上げた。たぶん彼は夢を見ていると思っていたのだろう。目に映ったのが現実のものとは思わなかったのに違いない。彼はまた少し前に進み、テリーの死体をまたぎ、片手を伸ばし、クレアの頭を軽く叩いて、よろめきながら戸口を越え、何か口ずさみつつ姿を消した。

ついに、クレアが声をあげて泣き出した。近づこうかと思ったが、出来ることは何もなかった。今さら何をしようと手遅れだった。

# 25

私はバーニーには電話をかけなかった。当分、私にはうんざりといったところだろう。こちらはそれ以上だった。電話の向こうでガミガミとやられるのも、悪態をつかれるのも、身体を折り曲げることでは世界一の曲芸師でさえやれない芸をやれと命じられるのも、しばらくは願い下げだ。それで代わりにジョー・グリーンに連絡を入れた。ビールも一緒に飲んでくれるし、冗談を交わし、野球の話もペチャクチャやれ、気候が暑くなると、股倉がむれて、濡れた下着がくちゃくちゃになるという、あのジョーだ。

例によってジョーは勤務中だった。彼は、私の電話を受けた二十分後には、二台のパトロールカーを引き連れ、長く尾を引くサイレンと共に、ラングリッシュ・ロッジに到着した。その頃には、エヴァレット・エドワーズは、酔いつぶれた義兄が占領していたソファの上で、ハリネズミのように身体を丸めていた。辛そうに涙を流して泣いていたが、後悔の涙ではなく、満たされぬ思いがもたらす涙のようだった。なぜ満たされないのかは、私にはよく分からなかった。テリーがたっぷり苦しまずに、あっけなく死に過ぎたとでも思っていたのだろうか。あるいは、起こった出来事の陳腐さに失望したのかもしれない。剣による決闘や大向こうをうならせる科白、あたりに散らばる死体の山が見たかったのかもしれなかった。たとえば、キリストの血が何かの中を流れるのを仰ぎ見た、例の別のマーロウなら、きっと彼のために書いてくれたに違いない芝居のように。

ジョーは部屋の真ん中に立ち、心配げに顔をしかめて、あたりを見回した。理解の範囲を超えた場所に立っていたのだ。長屋の階段を音高く駆け上がり、ドアを蹴り開け、汗臭い下着をつけたガキどもを壁際に立たせ、わめき声をやめさせようと連中の口に三八スペシャルの銃口をくわえさせるのならお手のものだ。それがジョーのいつもの世界だった。今見ているのは、カントリー・クラブでの室内ゲームがとんでもない修羅場に変じてしまったような光景だ。

彼はしゃがみ込み、目を細めてテリーの頭の二つの弾痕を見つめ、ソファにうずくまっているエヴァレット・エドワーズに目を走らせ、最後に私を見た。「何てことだ、フィル」彼は声をひそめて言った。「いったいどうなっているんだ？」

私は両手を突き出し、肩をすくめた。何から話し始めたらいいのか分からなかった。

ジョーは大儀そうに立ち上がり、クレア・キャヴェンディッシュと向き合った。クレアは顔をひきつらせ、血にまみれた両手を脇に垂らしていた。ブルーのガウンの前面が血に濡れて光っていた。こちらは大昔、古代ギリシャの劇作家が書いた、古めかしい芝居の登場人物のようだった。ジョーが彼女を、ミセス・ラングリッシュと呼びかけたのをきっかけに、私は話に割り込み、言葉を訂正した。「名前はキャヴェンディッシュだ、ジョー」と私は言った。「ミセス・クレア・キャヴェンディッシュ」

クレアは何の感情も現わさずに、その場に彫像のように立っていた。ショック状態だった。ソファの上の弟が、涙まみれの嗚咽（おえつ）を洩らした。ジョーは首を振りながら、また私を見た。途方に暮れていた。

とうとう彼は、クレアを警官の一人に預けた。ニンジン色の髪をしたそばかすだらけの太ったアイルランド人の警官は、バリー・フィッツジェラルド（一八八八〜一九六一年。傍役俳優）風ににっと笑って、心配することは何もない、まったくありませんと彼女に声をかけた。彼はそのへんで見つけ出した毛布で彼女の両肩をくるみ、いかにも心配げに部屋から連れ出した。彼女はまったく抗おうとせず、血まみれのドレスのまま戸口にしなやかに向かった。背をまっすぐに伸ばし、無表情のまま、麗しい横顔をみんなに見せながら。とりわけ優雅な身のこなしだった。

警官たちはエヴァレットに手錠をかけ、パジャマとローファー姿の彼をやはり部屋の外に連れ出した。彼は誰のことも見ていなかった。涙を流した目を赤くし、両頰は鼻汁で汚れていた。この先数週間、数カ月のあいだに、自分の身に起きることが分かっているのだろうか。そのあとには、サン・クエンティンで過ごすことになる長い歳月もあった。もっとも彼の母親がタフで頭の切れる弁護士を見つけ、誰も栓をする術(すべ)を思いつかなかった法律上の抜け穴をくぐって息子を釈放させれば話は別だ。裕福な家庭の息子が、殺人を犯しながら罪を免れる話は何もこれが初めてではない。

息子と娘が退場したと思うと、今度はこともあろうに髪をネットでおさえ、白い泥のマスクをつけたママ・ラングリッシュがふらふらと再登場した。彼女は床の死体をじっと見つめたが、誰かが毛布をかけた後だったので、死体だとは気づかなかったようだ。彼女は私を見、ジョーを見やった。まったくわけが分からないようだ。とまどい困惑している、悲しげなただの老女に過ぎなかった。

すべてが片づき、パトロールカーもいなくなり、ジョーと私は彼の車のわきの砂利道に立って、一緒に煙草を吸った。

「やれやれ、フィル」とジョーは言った。「転職を考えることはないか?」

「しょっちゅうさ」と私は言った。「いつものことだ」

「本署に行って、陳述書を作らねばならないのは分かっているな」

「ああ」と私は言った。「分かっている。だが、聞いてくれないか、ジョー。お願いだ。今は家に帰して眠らせてくれ。明朝一番に顔を出すから」

「どうかな、フィル」心配げなやり方で顎を撫でながら、彼は言った。

「朝一番だ、ジョー。約束する」

「まあ、それならいいだろう」

「あんたはいい友だちだ」

「だまされやすいお人好しさ、それだけだ」

「そうじゃない、ジョー」砂利の上に煙草を捨て、靴の底で踏みつけながら、私は言った。「だまされやすいお人好しは私の方だ」

私は家に帰り、シャワーを浴び、夜の残っていた分を眠った。七時に目覚ましが鳴った。何とか起き上がり、熱々のコーヒーを飲み、ジョーに約束した通り、本署へ出頭し、当直のデスクの警官に陳述を行なった。

多くはしゃべらなかった。ジョーを喜ばせ、カリフォルニア州対エヴァレット・エドワーズ三世の公判時に法廷を満足させる程度にとどめておいた。当然私は証人として出廷を求められるだろうが、それ自体はたいして気にならなかった。心を悩ますのは、最前列に座り、自分の愛人を殺害した罪で今や被告人と呼ばれる弟を凝視するクレア・キャヴェンディッシュを目の前にして、証人席で陳述することだった。何ともうれしくない見通しだった。私はあの日、リッツ・ベヴァリーで、彼女の母親が、この事件で傷つくものが出ると言ったのを思い出した。あの時は、私が彼女の娘を傷つけるかもしれないという意味だと解したのだが、彼女が言ったのはそういうことではなかった。私のことを言ったのだ。最後に傷跡を残して終わるのは他ならぬこの私だと、なぜか彼女は見抜いていたのだ。その言葉に耳を貸すべきだった。

本署を出ると、陽にさらされた車のボンネットで熱気がむんむんしていた。ハンドルもさぞ熱くなっていることだろう。

その晩〈ヴィクターズ〉へ行って、私が死んだ友を偲(しの)んでギムレットを飲んだ、とお思いになるだろうか。私は、そんなことはしなかった。私が知るテリーは、エヴァレット・エドワーズが彼の脳に弾丸を貫通させるよりずっと前に死んでいた。面と向かっては告げなかったが、テリー・レノックスはかつて、私が考えるところの紳士といえる男だった。それは間違いない。酒癖や女癖が悪く、メンディー・メネンデスのような男たちとつるんでいて、土壇場になると自分の都合を最優先させたりもしたが、テリーはある意味で、名誉を重んじる男だった。

それが、私が知っていたテリーというか、知ったつもりでいたテリーだった。彼に何があったのか？　慎ましやかで、高潔で、忠実であることをやめさせたのは何だったのか？　彼はよく罪を戦争に着せていた。胸をポンと叩きながら、戦場から戻って以来、この中は死んでしまったとも言っていた。私はそれを鵜呑みにはしなかった。破滅を運命づけられたヒーローといったロマンチックな味つけが見え見えだ。おそらく、陽の当たるメキシコでの暮しが原因だったのだ。水上スキー、海辺でのカクテル、そしてメンディー・メネンデスの使い走りとならざるを得なかったことなどが、彼の中の何かを破壊し、みごとに磨き上げられたうわべの品格（スタイル）は残ったものの、その下の金属は酸と錆と緑青（ろくしょう）とによってぼろぼろになってしまったのだ。私が知っていたテリーは、エヴァレット・エドワーズのようなひよっ子をヘロインの餌食になどは断じてしなかった。メンディー・メネンデスみたいなやくざとつるんだりもしなかった。そして何よりも、自分の都合のために、彼を愛している女に別の男を誘惑させるような真似は絶対にしない男だった。

今、最後に挙げた背信行為だけは、取り消すことに決めた。クレア・キャヴェンディッシュはみずから選んで私のベッドにやって来たのだと信じよう。テリーがカーテンの陰に身を隠していたあの晩の彼女のことを考えてみよう。彼女は声をひそめ、ベッドを共にしたことを私にしゃべらせまいと唇に指を当てた。たとえ、私を求めたのではなかったとしても、たとえニコ・ピーターソンを探させようと私を巻き込むためだけに、私と寝たのだとしても、少なくともテリーがそうさせたのではなかったと思うことにしよう。無理にでも自分に信じさせなければならないことというのがある。彼女は何と言ったのだったか？パスカルの賭けを試みたらだったろうか。そう、私はその賭けを試みたのだ。パスカルが何に賭けたのかは今もって定かではないが、何かとても重要な意味のあるものだったに違いなかった。

つい先刻、私はデスクの抽斗を開け、中を探し回って、空の旅の古い時刻表を見つけ出し、パリ行きの便を探し始めた。パリへ行くチャンスなど皆無だが、夢見るのは楽しい。ところが、カウィーア・クラブのプールの底に沈んでいた結婚指輪のことが頭にこびりついて離れなかった。あれは一種の警告だったのだろうか？

私はひとつだけ象徴的なことをやってのけた。シェードにバラが描かれたランプをベッドわきのテーブルから持ち上げ、裏庭に運び、ゴミ缶に投げ落とし、中に戻って、パイプに葉を詰めたのだ。私にとってはそれが、クレア・キャヴェンディッシュとの惜別の儀式だった。彼女は私の人生に入って来て、私に彼女を愛させた。無理にしむけたのではないにしても、いずれにせよ、自分がやっていることはよく心得ていたはずだ。そして今、私から去って行った。

彼女を失って寂しくない、寂しくなかったなどとは言えない。彼女のような美しさが指の間を滑り抜けてゆくと、指には焼け焦げの跡が残るものだ。彼女なしの方が自分のためになることは分かっていた。ずっと自分にそう言い聞かせている。それは分かっている、そのうちいつか、自分でもそれが信じられるようになるだろう。

あの夜、私が彼女の邸宅に着いたとき、彼女はテリーのためにピアノを弾いていた。愛している相手のために弾くのなら無作法ではないということなのだろう。

彼女は私を雇ってやらせた仕事に報酬は払わずじまいだった。

# 著者ノート

レイモンド・チャンドラーは自分の資料ファイルの中に将来書くことになるかもしれない長篇小説や短篇小説の題名リストを保存していた。そのリストには『派手な縞柄のスーツの日記』『ちぎれ耳の男』『叫ぶのはやめなさい――私だよ』などの題名があった。そして『黒い瞳のブロンド』も。

# 謝辞

すべてのマーロウ物語において彼は南カリフォルニアの地誌に関する描写を手早く大まかにすませているので、私も同じように気ままにやらせていただいた。とはいえ、正確に記述せねばならない事象であるのに確信が持てない細かなことが数多くあった。そのため私は、この土地に通暁している情報提供者五人から得た助言に大幅に頼ることになった。その五人とは、キャンディス・バーゲン、ブライアン・サイベレル、ロバート・ブックマン、私の代理人、エド・ヴィクターとジェフリー・サンフォードである。この方々の専門知識、寛容さ、忍耐心、そしてやさしい対応に深甚なる感謝の意を表したい。とりわけ感謝するのは、キャンディス・バーゲンが私の原稿に寄与してくれた配慮、思慮、そして創意である。彼女は私にたくさんの落とし穴をやり過ごさせてくれた。そう言えば、クジャクの出番がほんの束の間だったことも申しわけないと思っている。

次の方々にも心からお礼を申しあげたい。

マリア・ファセ・フェリ、ロドリーゴ・フレサン、グレアム・C・グリーンとレイモンド・チャンドラー・エステイト、ドクター・グレゴリー・ペイジ、マリア・レッジ、フィオーナ・ルエイン、ジョン・スターリング、そして私の比類なき原稿編集者、ボニー・トムプスン。

最後に、兄、ヴィンセント・バンヴィルに心からの感謝を捧げる。彼は私にマーロウを教え、彼自身の手になる犯罪小説を通して、犯罪小説をいかに仕上げるかの道を示してくれた。

# 訳者あとがき

……良い犯罪小説を書くのは、どんな種類の小説を書くのとも同じように難しいが、それなりに報いもあることも同じだ。チャンドラーがあたためていた題名のひとつとして彼のリストに記され、私が拝借させてもらった『黒い瞳のブロンド』という題名の本書の中で、わたしは彼をただ真似るのでなく、この英語の文章家の作品に流れる活気に満ち、気骨があり、憂愁の漂う特質に敬意を払い、再現しようと努めた。そして、この物語を書き上げた今、私は願っている。サンセット大通り沿いのどこかの安酒場で彼と落ちあい、隣のスツールに尻を滑らせて座り、煙草に火をつけてやり、ギムレットを一杯ふるまってから、ところで、レイ、読んでくれただろう？ 私の本、どうだった？ と彼に訊けたらいいのだが、と。

ジョン・バンヴィル

これは、今年の三月八日、英〈ガーディアン〉紙の文芸欄に「フィリップ・マーロウを再生する」と題されて掲載されたエッセイの結びの一節である。犯罪小説を書くときのベンジャミン・ブラックというペンネームではなく、文芸作家、ジョン・バンヴィル（本名、ウイリアム・ジョン・バンヴィル、一九四五年、アイルランドのウェクスフォード生まれ）の署名記事になっているのは、バンヴィルの自尊心と、その名前の高名さゆえだろう。レイモンド・チャンドラーが創造した私立探偵、フィリップ・マーロウの〝新冒険〟を執筆することになったというだけで大きな話題になる大物作家なのだ。ノーベル文学賞の候補に挙げられているともいう。

一八八八年、シカゴ生まれのチャンドラーがアイルランド移民の子であったことはよく知られているが、バンヴィルは生粋のアイルランド作家である。ヒロインの家族の出自やアイリッシュ・パブの描写など、本書にアイリッシュ風味が控え目に盛り込まれているのはそのためだ。

バンヴィルは二十代半ばから、翻訳もある『バーチウッド』（七三年刊）などの文芸小説を書き始め、『コペルニクス博士』（七六年刊）、『ケプラーの憂鬱』（八一年刊）などが日本に紹介されたが、書き始めてから三十年間に十三作という寡作な作家だった彼の名が高まったのは二〇〇五年刊の『海に帰る日』が栄光のブッカー賞を受賞したときだったと言えるだろう。それ以降の新作『無限』（〇九年刊）、『いにしえの光』（一二年刊)もあいついで翻訳された。

『海に帰る日』が転機となったのか、バンヴィルはその翌年から、ベンジャミン・ブラック名義で、五〇年代のダブリンの街を背景に、病理学者、クワーク検視官を主人公にしたシリーズをほぼ年一作のペースで書き始めた。文芸作品以外は手書きをやめたので、執筆のスピードが十倍以上速くなった、と本人は言っている。既訳の『ダブリンで死んだ娘』『溺れる白鳥』(意外な犯人の隠し方に感心した)で始まり、英国でTVドラマ化されたクワーク・シリーズは、すでに第五作 *Vengeance* (一二年刊)、第六作 *Holy Orders* (一三年刊)まで続いている。そのあと、クワークをひと休みさせて書き上げたのが、念入りに書き込まれ、組み立てられたフィリップ・マーロウの新冒険『黒い瞳のブロンド』だった。

ここでまずこの題名の由来についてひとこと。バンヴィル＝ブラックが「著者ノート」と冒頭に引用したエッセイの中で言及している、チャンドラーが将来使おうとしていた題名のリストというのは、チャンドラー評伝を手がけたフランク・マクシェイン編 *The Notebooks of Raymond Chandler* という一九七六年刊の資料本が初出で、中篇小説「イギリスの夏」をふくめてこの資料本の大半を収録した『レイモンド・チャンドラー読本』(八八年、早川書房)に収められている(「創作ノート」)。

久しぶりにこれに目を通しておもしろいと思ったのは、「創作ノート」のひとつ「題名」の項で、訳者の稲葉明雄さんが *The Black-Eyed Blonde* という題名を「殴られたブロンド」とし、E・S・ガードナーのペリー・メイスンものに同題の作品があると指摘していたことだ。これに気づかずに本書を刊行前に紹介したとき、私が仮題を『目に黒アザのある女』としたのは、そのガードナーの本(原題は *The Case of the Black Eyed Blonde*)が頭に刷り込まれていたからだろう。だが、もしチャンドラーが同書(四四年刊)からこの題名を借りようとしたのなら、ガードナーとは違う正真正銘の黒い瞳のブロンドを思い描いていた可能性も無きにしもあらずである。いずれにせよ、『チャンドラー書簡集』に収められているガードナーあての六通の手紙(一九三九〜四七年)には、この題名の件はいっさい出てこない。

また、背景となる時代設定を各篇に課す工夫が施されたパスティーシュ・アンソロジー『フィリップ・マーロウの事件』には、ベンジャミン・M・シュッツ(二〇〇八年没)の本書と同題の短篇が収められている。シュッツはたぶんチャンドラーの「創作ノート」からこのタイトルを選び、〝黒い瞳のブロンド〟が殴られて目のまわりに黒いアザができるというお遊びを盛り込んだ物語をつくりだしたのだろう。シュッツでないほうのベンジャミンは、この短篇を知っていたのだろうか。

題名の話のほかに、私にはもうひとつ気になることがあった。本書で語られる物語は、いったいいつの出来事なのか、ということだ。『フィリップ・マーロウの事件』の趣向のひとつであった時代設定の観点から、本書の構成にあらためて目を向けてみよう。本書はありていに言えば、チャンドラーの『ロング・グッドバイ』の〝続篇〟と呼ぶべき構成をとっている。ロバート・B・パーカーが語り継いだ未完だった『プードル・スプリングス物語』で再登場するリンダ・ローリングや、『ロング・グッドバイ』の重要な傍役であった友人、テリー・レノックスの名前が本書の前半に出てくることからも、『ロング・グッドバイ』以後の話であることはすぐに気づかされる。お馴染みの保安官事務所の課長補佐、バーニー・オールズ、本署殺人課のジョー・グリーン部長刑事、リンダの夫であるローリング医師も登場する。

しかし、一九四九年から五二年まで、完成までに足かけ四年が費やされたこともあって、原典『ロング・グッドバイ』そのものは、いつの年の出来事なのか特定が難しい。むしろ特定できないように書かれている。では、その〝続篇〟である本書は、どの年の六月の事件なのか？　これを推理するヒントは、本書のあちこちで目につく。

たとえば、題名は省かれているが、アイリッシュ・パブにカラー写真が飾られている映画「静かなる男」（第六章）。アイルランドでロケが行なわれたこのジョン・フォード一家総出演の映画がアメリカで公開されたのは五二年の八月だったが、アイルランドと英国では六月上旬に公開されていた。宣伝用のポスターや写真はすでに出まわっていたと考えてもおかしくはない。

あるいは、イングリッシュ・パブに飾られている若いエリザベス女王の写真（第九章）。戴冠式は五三年六月だったが、父君ジョージ六世が亡くなったのは五二年二月である。

だがじつは、あれこれ詮索するまでもなく、時代設定を特定するまぎれのない出来事が第二十三章に出てくる。バーニーがテレビ放映を観そこなってしまうシュガー・レイ・ロビンソン対ジョーイ・マキシムのライトヘヴィ級のチャンピオンのタイトルを賭けた一戦が行なわれた日は、一九五二年六月二十五日だったのである。バーニーの応援もむなしく、シュガー・レイは十三回TKO負けを喫し、結果的に引退試合となった一戦だった。

ところでレイモンド・チャンドラーがマーロウ物語の第六作『ロング・グッドバイ』を完成させたのは六十四歳、最後の長篇『プレイバック』を書き上げたのが六十九歳、一方、バンヴィル＝ブラックが本書を脱稿したのはおそらく満六十八歳の誕生日を迎える前のことだった。年まわりもよく似ている。

冒頭のエッセイに吐露されているバンヴィルの願いが叶って、チャンドラーが本書を読み、正直な感想を求められたら、どのような言葉を返しただろうか。本書の翻訳で悪戦苦闘をさせられた訳者が、ここでお節介な代弁をさせていただくことにする。

「大いに楽しませてもらったよ、ジョン。我らのヒーローがはからずも二つの恋に破れるのだから、むしろ題名は『フィリップ・マーロウの災難』とすべきだったかな。私が最も気に入った情景は、ヒロインが自分の唇に指をあて、シーッという仕草でマーロウの口を封じたシーンだ。あの仕草ひとつで、マーロウの泣き言を封じ、しかも男を立ててくれたのには感服した。私も充分に楽しんだが、一番楽しんだのは君ではなかったのかな、ジョン」

最後になったが、「著者ノート」についてひとこと。著者が感謝の意を表しているのは出版社関係の人やエージェントたちのようだが、ロドリーゴ・フレサンは南米の作家、キャンディス・バーゲンは女優、そしてヴィンセント・バンヴィルは、ジョン・バンヴィルの五歳年上の実兄で、〝ダブリンのマーロウ〟と評された私立探偵、ジョン・ブレイン・シリーズ四作（デビューは九三年作の*Death by Design*）が知られている。ほかに普通小説、児童小説もあるが、日本ではまだ未紹介のアイルランド作家である。

訳者である私からは、第一稿の入力作業を丹念にやってくださった高橋知子さんと翻訳チェックを綿密におこなってくださった松下祥子さんに心からの感謝の意を表します。

二〇一四年八月二十六日

# 連鎖する孤高の抵抗精神

ミステリ研究家
小山　正

## 一　『黒い瞳のブロンド』誕生前史

『ロング・グッドバイ（長いお別れ）』の続篇？　と聞けば、誰だって期待と不安が入り混じる。僕も最初は「商魂たくましいなあ」と勘ぐったが、本書の元版が二〇一四年にハヤカワ・ミステリから刊行された際、著者がジョン・バンヴィルだと知って、俄然興味が湧いた。

バンヴィルといえば、現代アイルランド文学の巨匠。小鷹信光氏の「訳者あとがき」にもあるように、わが国でも多くの著書が翻訳されている。近現代の哲学・思想に造詣が深く、華麗な修辞を用いて、現在と過去が交錯する重厚な作品群を書く異才だ。二〇〇五年に英国の文学賞「ブッカー賞」を、また二〇一一年にチェコの「フランツ・カフカ賞」を受け、将来はノーベル文学賞に輝くとまで噂される彼が、ハードボイルドを書いたとは！　しかも主人公がフィリップ・マーロウ！　文学史上の椿事である。

だが、違和感はない。バンヴィルは以前から、ミステリ要素を持つ純文学作品をしばしば上梓してきた。主人公が殺人者だったり、構成上の仕掛けを施したり、謎解き風のラストを用意したり、とまあ、どれもミステリファン好みの小説群だ。だからバンヴィルのイメージは、ホルヘ・ルイス・ボルヘスや、ウィリアム・フォークナー、グレアム・グリーンといった驚きと稚気を愛した文豪たちに近い。

具体的に記そう。

バンヴィルの初期長篇『バーチウッド』（一九七三）は、古い荘園に戻った主人公が家族の狂気と虚妄を語りつつ、ラストで意外な真実が明かされる作品だった。また、長篇 *The Book of Evidence*（証拠の書）（一九八九・未訳）は、絵画を巡って殺人を犯し、収監された囚人の現在と過去を描く。二つの続篇 *The Ghosts*（幽霊）（一九九三・未訳）と *Athena*（女神アテナ）（一九九五・未訳）と併せて、犯罪文学風の三部作を成している。

さらに二〇〇六年、バンヴィルはベンジャミン・ブラックという新しいペンネームを用いて、長篇犯罪小説『ダブリンで死んだ娘』を発表した。

主人公は、ファーストネームが不明の検屍官で、酔いどれの病理医クワーク。謎の死をとげた若い女性をめぐり、彼の親族が関与する非道な犯罪に対峙する。舞台はカトリック教会が力を持つ一九五〇年代のアイルランド。重く暗い作品だが、上質のクライム・フィクションとして評価され、優れた長篇ミステリに与えられるMWA賞とマカヴィティ賞それぞれの最優秀長篇賞の最終候補作にノミネートされた。

続篇『溺れる白鳥』（二〇〇七）も読みごたえ満点のミステリだった。大学時代の友人から、彼の妻の自殺に関する相談を受けたクワークは、やがて薬物中毒者、オカルト治療医、性的倒錯者が跋扈し、脅迫と殺人が渦巻く修羅場に引きずり込まれる。

〈病理医クワーク〉シリーズは、日本ではこの二作しか訳されてない。が、欧米では二〇一一年の新作 ***April in Spain***（スペインの春・未訳）を含む八作が刊行されている。謎解き主体の単純な事件物ではなく、クワーク一族の罪と罰を叙事詩さながらに描く大河ミステリなのだ。

それにしても――と思う。一筋縄ではいかないクワークとは何者なのか？　彼は要領が悪く、気難しい。一方で、「物事の本質に切り込みたい、隠された闇を掘り下げたい」という気持ちを強く持っている。『溺れる白鳥』の中で彼は、解かれぬ謎を前に、こう呻く。

「おれは知りたい」（P. 39）

（『溺れる白鳥』松本剛史訳・武田ランダムハウスジャパン刊より）

事件の本質と闇に肉迫したい、という危険な好奇心。それを察した親族は、クワークにこう忠告する。

「また自分からトラブルにはまりこもうとしているのか、クワーク？」（同書P．52）

トラブル・イズ・マイ・ビジネス。そうなのだ。自ら危険に飛び込むクワークの性癖は、レイモンド・チャンドラーの同名短篇（別題「事件屋稼業」「怖じけついてちゃ商売にならない」）を想起させる。

チャンドラーが生んだ名探偵フィリップ・マーロウは、事件関係者をトラブルから救いたい、という一途な正直さで事件に飛び込んだ。単純に真犯人や真相を知りたいという浅薄な動機ではなく、つまりは人間の生き方の問題として――。

なんて書くと大げさだが、こうした一途な行動原理はクワークにもあてはまる。金は度外視され、人生の未解決の問題を解くために遂行される正義。タフでなければ生きていく資格がない、と言うマーロウの姿が重なる。

クワークとマーロウの接近を示す証憑をもうひとつ挙げておこう。とある登場人物はクワークの質問の仕方をこう評した。

「映画の探偵みたいな口のききかたねえ。ハンフリー・ボガートか、アラン・ラッドか」(同書P.338)

いうまでもなくボガートは、チャンドラーの長篇『大いなる眠り』の映画化『三つ数えろ』(一九四六)でマーロウを演じた名優だ。クワークも冷静かつ早口で、ボカートもどきに知りたいことを尋ねたのだろう。

バンヴィルはクワークを、複雑な過去を背負う陰鬱な人間として描いた。だから彼はマーロウの完全なコピーではない。とはいえ行動原理や口のききかた等に、マーロウを思わせる要素が垣間見られる。バンヴィルは、『黒い瞳のブロンド』で甦らせるチャンドラーの物語世界の下地を、〈病理医クワーク〉シリーズにおいて、すでに育んでいたのだろう。

## 二　チャンドラーとバンヴィルとアイルランド

二〇二〇年、アメリカのミシシッピー大学出版局から *Conversations with John Banville*

（ジョン・バンヴィルとの対話・未訳）というインタビュー集が刊行された。過去三十年分の主要インタビューを網羅した書籍で、純文学作品はもちろん、ミステリについても様々な想いが語られている。『黒い瞳のブロンド』の創作裏話も載っているので、この本から興味深い箇所をご紹介しよう。

ではまず、ミステリに関して。

バンヴィルがミステリに出会ったのは少年時代。最初に読んだのは、アガサ・クリスティー、ジョセフィン・テイ、ドロシイ・セイヤーズ、マージェリー・アリンガムなどの謎解き物で、その後、兄からチャンドラーの作品を教えてもらい、大きな啓示を受けたという。犯罪小説にも興味を持ち、ジェイムズ・M・ケインやリチャード・スタークを愛読した（特にスタークの〈悪党パーカー〉シリーズがお気に入りで、第三長篇『悪党パーカー／犯罪組織』から読むといい、と語っている）。

そして二〇〇三年、バンヴィルはジョルジュ・シムノンを初めて読み、衝撃を受けた。〈メグレ警視〉シリーズではなく、『雪は汚れていた』『モンド氏の失踪』『汽車を見送る男』等の犯罪小説群に高い芸術性を見出した彼は、シムノンの小説こそ二十世紀における実存主義文学の傑作であり、サルトルやカミュよりも優れている、と確信したという。このシムノン体験が、犯罪小説に特化した別名義ベンジャミン・ブラックを生む端緒となった。バンヴィルは言う。「シムノンはベンジャミン・ブラックの父である」

　そんなある日、バンヴィルは自身のエージェントで、彼以外にも様々な作家の著作権管理を担うエド・ヴィクターから、「フィリップ・マーロウが登場する小説を書く気はあるかい？」という打診を受けた。

　ヴィクターはフレデリック・フォーサイスやジャック・ヒギンズ等のミステリ作家の代理人で、しかもチャンドラーの著作権財団の管理者である。すでに〈病理医クワーク〉を何冊も書き、マーロウ的な主人公を造型していたバンヴィルにとって、この依頼はごく自然な流れだったのだろう。かくして彼は『ロング・グッドバイ』の続篇を構想、愛読していたチャンドラーの世界に没入し、長篇『黒い瞳のブロンド』を完成させる。同書はベンジャミン・ブラック名義、かつ財団公認の続篇として、二〇一四年に上梓された。

　インタビュー本の中でバンヴィルは、そんなチャンドラーの特長についてこう述べている。

「チャンドラーの筆致は、気取っていて、エレガントで、ウィットに富んでいます。スタイリッシュでもあります。しかもダンディーです。彼はP・G・ウッドハウスやセシル・スコット・フォレスターが通ったロンドンの『ダリッジ・カレッジ』に通い、自分が受けた英国の教育を非常に意識していました。そのダンディーな英国人的な感覚を、ロサンゼルスを舞台にした犯罪小説の執筆に生かしています。それがとても豊かで面白いところなのです」

（二〇一四年、ジョン・ウィーナーのインタビューより）

バンヴィルが改めて注目したのは、チャンドラーの英国的な素養だった。ファンにはよく知られた事実だが、こうした気づきが『黒い瞳のブロンド』の創作の要になっている。

もっといえば、チャンドラーはアイルランドとも深い関係にあった。彼はアメリカ生まれだが、実母が生粋のアイルランド人であり、幼い日に英国に移住。アイルランド人の親戚に囲まれて少年期から青年時代までを過ごした。しかも、その一人の叔父の援助で、ロンドンのダリッジ・カレッジで知的教育を受けることができた。

バンヴィルは『黒い瞳のブロンド』の中に、英国とアイルランドの空気をいくつも盛り込んでいる。アイリッシュネタは特に多く、例えば——アイルランド出身の依頼人。アイルランドが舞台の映画『静かなる男』（一九五二）の話。アイルランドの作家オスカー・ワイルドや独立運動家マイクル・コリンズへの言及。アイリッシュ酒場〈ラニガンズ〉での会話、とまあ、アイルランドがやたらと目につく。

これだけでも『黒い瞳のブロンド』は、ロサンゼルスが舞台の『ロング・グッドバイ』の続篇という枠組みを大きく超えた、ユニバーサルな異色作と言っていい。

マーロウについては、こんな言及があった。

「マーロウの本質は孤独です。彼は完全に孤独な人間で、家族も友人もいない。財産もない。借家に住んでいて、持っているのはチェスセットとコーヒーポットだけです。外見上はわびしい生活ですが、でもそれは、彼が自由を重んじた結果、自ら選んだ人生なのです」

(同インタビューより)

自己のあり方を自分で決める。マーロウを実存主義者として改めて捉え、そこからブレることなく、事件に彼を飛び込ませてゆくのだ。

バンヴィルは筆致にもこだわった。チャンドラー風に書くコツは何かと聞かれて、彼はこう答えている。

「彼は文章を書く際、一つのセンテンスで終わらせずに、いつも二つのセンテンスで語りました。例えば『私は部屋に入った。しかし、むしろ外に出たかった』と書くのです。これがコツだと気が付きました」

（同インタビューより）

なるほど。言われてみればその通り。こうした再発見があるから、古典の再読三読はやめられない。

このようなミクロ的な見方に加えて、バンヴィルはマクロな視座も大切にしている。〈病理医クワーク〉と『黒い瞳のブロンド』はともに一九五〇年代が舞台だが、バンヴィルはこの時代こそ、ノワールな犯罪小説の舞台にふさわしい暗黒の時だ、と語る。この部分はインタビュー内容の前後の繋がりもあって、そのまま掲載すると長く分かりづらくなるので、彼の主張を要旨で記そう。

バンヴィル曰く――。

その頃の東欧は無神論の共産主義の牙城の下にあり、アイルランドもまたカトリック教会によって人々の人生が左右され、ソビエト政権下とはまた別の意味で統制されていたという。当時のアイルランドは、国家に忠誠を誓うのではなく、ローマやバチカンに忠誠を誓う権力欲の強い男たちが運営する世の中で、タバコの煙と霧がたちこめ、不倫や浮気の愛が氾濫、秘密だらけの奇妙で暗い時代だった。同時期のロサンゼルスもマッカーシズムが蔓延る暗黒の時代。だから一九五〇年代は、犯罪小説の背景にもってこいの時代だった——。

いやあ、そういう発想なのか、と私は感心した。バンヴィルはエンタテインメント作品であっても純文学であっても、社会・文化・歴史に想いを巡らせながら、果敢に創作に挑むのだろう。こういうところがバンヴィルの凄さだ。

もっともこのインタビュー集には、『ロング・グッドバイ』の続篇としての仕掛けや、鑑賞ポイント・ストーリーなどの内容に係る考察は、あまり無い。特にクライマックスの謎解きは、チャンドラーファンでなくても賛否両論がありそうだが、でも、それはネタバレになりかねないし、あえて論じないのも、ひとつの見識であろう。でもバンヴィルさん、あのオチはいかなる意図でお書きになったのですか？　と聞きたい気もするけれど、それは別の機会に譲りたい。

## 三　映画『探偵マーロウ』について

本書『黒い瞳のブロンド』に関する情報をもうひとつ記しておく。

本作は二〇二二年、アイルランド出身の映画監督ニール・ジョーダンによって映画化され（原題はMarlowe）、わが国でも『探偵マーロウ』のタイトルで、二〇二三年六月から劇場公開予定。

脚本はジョーダン自身とウィリアム・モナハン。マーロウを演じるのは北アイルランド出身の俳優リーアム・ニーソン。共演はジェシカ・ラング、ダイアン・クルーガー、他。主な制作会社はこれまたアイルランドの映画会社パラレル・フィルムだ。

ジョーダンは昔からアイルランドを拠点に映像制作を行ってきた。今回の制作母体もアイルランドなので、舞台はロサンゼルスだが、この作品はアイルランド映画である。

バンヴィルとジョーダンの関係は意外と古い。ジョーダンが制作し、アングロ・アイリッシュ作家エリザベス・ボウエンの小説『最後の九月』を映画化したThe Last September（一九九九・本邦未公開）では、バンヴィルがシナリオを担当した。また、ジョーダンが監督したグレアム・グリーン原作の映画『ことの終わり』（一九九九）の制作にもバンヴィルは協力している。二人は旧知の仲なのである。

そういう信頼関係もあるのだろう。『黒い瞳のブロンド』は映画化に際して、大きく脚色されていた。

原作との最大の違いは、『ロング・グッドバイ』の続篇に係る重要な要素がバッサリとカットされているということ。さらに時代背景、一部の登場人物、展開と結末が変更され、

『ロング・グッドバイ』を知らなくても、単独作品として鑑賞できるように工夫されている。確かに原作のまま『ロング・グッドバイ』の続篇として映像化しても、観客は戸惑うだろう。

鑑賞ポイントは、なんといってもニーソン扮するマーロウだ。過去の映像化では様々な俳優たち――ディック・パウエル、ハンフリー・ボガート、エリオット・グールド、ロバート・ミッチャム等々――が、個性豊かなマーロウを演じてきた。ニーソン版マーロウの最大の特長は、歴代最高齢の老マーロウであること。ニーソン御年七十歳。高齢化社会に連動するジジイボイルドという見方も出来る。

原作では登場人物の一人でしかない依頼人の母親が、映画では重要人物としてアレンジされており、この役を名女優ジェシカ・ラングが演じているのも見所だ。ファム・ファタル的な怖さを見事に醸し出しており、これはこれでユニークな改変である。

そしてラスト。クライマックスはアンチ・ハリウッド・マインドが炸裂する。チャンドラーはミステリ界でも映画界でも、常に抵抗精神を示し続けたが、反骨の魂は、チャンドラーのそれに通じるような気がする、とまで書くと、この映画を持ち上げすぎかな？

〈主要参考文献〉

"*Conversations with John Banville* (Literary Conversations Series)" University Press of Mississippi 刊（2020）

（了）

二〇二三年五月

本書は、二〇一四年十月にハヤカワ・ミステリ
より刊行された作品を文庫化したものです。

訳者略歴　1936年生，早稲田大学英文科卒，ミステリ評論家，翻訳家，作家　編書『夫と妻に捧げる犯罪』スレッサー，『ジャック・リッチーのあの手この手』リッチー　訳書『郵便配達夫はいつも二度ベルを鳴らす』ケイン，『酔いどれの誇り』クラムリー，『マルタの鷹〔改訳決定版〕』ハメット（以上早川書房刊）他多数

HM=Hayakawa Mystery
SF=Science Fiction
JA=Japanese Author
NV=Novel
NF=Nonfiction
FT=Fantasy

# 黒い瞳のブロンド

〈HM⑦-19〉


二〇二三年六月　十　日　印刷
二〇二三年六月十五日　発行

（定価はカバーに表示してあります）

著者　ベンジャミン・ブラック
訳者　小鷹信光
発行者　早川浩
発行所　株式会社 早川書房
郵便番号　一〇一 - 〇〇四六
東京都千代田区神田多町二ノ二
電話　〇三 - 三二五二 - 三一一一
振替　〇〇一六〇 - 三 - 四七七九九
https://www.hayakawa-online.co.jp

乱丁・落丁本は小社制作部宛お送り下さい。
送料小社負担にてお取りかえいたします。

印刷・星野精版印刷株式会社　製本・株式会社川島製本所
Printed and bound in Japan
ISBN978-4-15-070469-8 C0197




本書は活字が大きく読みやすい〈トールサイズ〉です。